U0857294

洪放☆著

CNS PUBLISHING & MEDIA 中南出版传媒
湖南文艺出版社 HUNAN LITERATURE AND ART PUBLISHING HOUSE
博集天卷 CS-BOOKY

目 录 Contents

第 4 章 040 省委副书记给新市长居思源出的难题

中国现在跟官场关系最紧密的公司，不是国企，而是房企。房企拿地，是给政府的土地财政增加收入；而房企在一个地方发展，政府在环境上的宽与严，会直接导致项目的成与败。房企也因此与官员之间形成了说不清道不明的关系。这几年,众多官员的腐败,都与房企有关。房企老总所能攀上的领导干部的级别，就像他们所树立起来的房子一样，高度有时令人难以猜测。比如联建，这不就找到了李南书记头上?李南书记能亲自为他们打电话，其中的利害，自然是一目了然了。

第 5 章 052 新形势下，如何对待民意

居思源打开电脑。只要有空，上网看新闻，或者到论坛了解民意，是他这么多年坚持的习惯。在江平论坛上，关于新市长施政方针的讨论仍然在继续，不过猜测的少了，提建议的多了。对待网民和意见领袖们的建议,要一分为二地看。好的,拿来主义；发牢骚的,甚至有私人攻击的，略过不看。

第 6 章 066 了解官民关系的本质，才能更好地治理民众

中国向来是个民敬官民畏官的国度，老百姓没事是不太愿意跟官打交道的，要么逼急了，要么无路可走了，他们才会来与官纠缠。在官与民的纠缠中，民总是向下的。向下是最简单也是最基本的，连最简单最基本的都没法满足，你让他们怎么笑，怎么散开?

第 7 章 080 谁敢小视居思源市长强大的后盾

有人说：居市长到江平，不过是增加一次基层工作的经历，也许一年两年，至多三年五年，居市长就会到省里的。将来，或许还会到中央。你可以碰他自己，但是有多少人可以碰居思源超强大的后盾呢?

第1章　干部子弟市长居思源空降江平

……先是一片静寂，整个战场上没有一点声音。静寂，死一般的静寂。

突然，轰隆隆的炮声从战场的后方响了起来，霎时，天地间被炮火映红了。随着炮火的红光与呼啸声，新的一轮激战开始了。

父亲后来说："最难耐的时刻就是炮火响起之前。那静啊！静到了人的骨头里，静得让人心里没底，甚至感到了恐惧与绝望。"

居思源问："那后来呢？"

父亲闭上眼，过了一会儿才说："后来，战斗一打起来，所有的激情就都出来了。特别是看到战友们前赴后继，马上就热血沸腾了。"

"啊！"居思源应了声。他也如同进入了战斗中。

现在，居思源不是在战场上，而是在江平市的会议中心里。江平市领导干部会议在常委会后接着召开。主题只有一个：宣布江平市委市政府主要领导人事变动。

省委组织部副部长王长主持这次会议。

刚才，也就在十分钟前，王长副部长已经将居思源的简历及其他情况在会上作了通报，并宣读了省委关于调整江平市委市政府主要领导的决定。说是主要领导，其实就涉及居思源一个人。省委决定由居思源同志任江平市委副书记，提名江平市人民政府副市长、代理市长。相关程序由江平市人民代表大会按照法定程序进行。

王长在宣读这个决定时，居思源一动没动。他甚至在一瞬间感到这个决定好像跟自己没有关系似的。虽然决定上写的是自己的名字，而且这决定，也明明白白是江平官场上的一次意外。而此时，他忽然想到了父亲，想到了父亲曾经的战场。

台下，黑压压地坐满了人。居思源看着，心里想：真的了得。一个江平市，处级干部就这么多了。难怪说中国是个官大国，官多，小官多，大官也多。这处级，是在古代也多少算得上正式的朝廷命官了。七品县令啊！那可不是谁想当就当得了的。就底下这一大片人头来看，或许也是千辛万苦才拼将来的。古人一试定终身，今人呢？试之后还有太多太多。早些年，居思源刚刚改行进入官场时，报社里一位老先生就对他说过："从此，你得更要多一个心眼了。从此，你也就不再是婴儿了。"

"婴儿？"居思源当时就睁大了眼睛。老先生眯着细小的眼睛，推了推眼镜，道："你本洁如婴儿。可那官场，岂能如此？"

居思源叹了口气。那一刻，他差一点就放弃了改行的念头。

当然，改行不改行并不是居思源能定的。老先生的话，只不过是说说而已。所有的手续都办好了，他已经是宣传部的人了，而不再是都市报的记者部主任了。

居思源想着，又端起茶杯，打开盖子，喝了一口。对于茶，居思源有一种特殊的嗜好。他喜欢喝茶，尤其是绿茶，而且只喝西湖龙井。

茶的香气袅袅地升腾起来，一直到鼻子边，然后慢慢地沁入肺腑。啊！居思源又想起了父亲喝茶的样子。小时候，父亲的战友和部下经常来住在省委大院的家里。他们来时，带得最多的东西就两样，一是酒，一是茶。酒是父亲的至爱，父亲笑称是兄弟；而茶是父亲的至味，父亲笑称是伴侣。兄弟与伴侣，这两样，都完完全全地遗传给了居思源。他吸了口茶香，又抿了口茶。正回味时，王长副部长的讲话完了，同时，王长副部长道："下面，我们请江平市委书记徐渭达同志讲话，大家欢迎！"

掌声。

居思源也鼓掌，而且掌声比别人更响亮些。在徐渭达和他之间，坐着王长。其实，对于徐渭达，居思源也算是熟悉的。当然不能算十分熟悉，就是见面打个招呼，彼此并没有深交的那种。徐渭达是典型的江南人，身材不高，虽然五十七了，但长得清秀，有些书生气。在江南省的十二个市委书记中，徐渭达算是老资格的市委书记了，也算是市委书记中的秀才。他早年曾是省委办公厅的秘书，在省委老书记资中山后面干了近十年的秘书，从副科级秘书一直干到正处级秘书。资中山退下来后，到全国人大当了一专门委员会的主任，临走前，将徐渭达放到了江平市，任副市长。一晃又是十八年，资中山已经作古。徐渭达也从副市长干到了市委书记，而且在市委书记的任上又干了六年。在省里时，居思源就知道徐渭达是个知识型的干部，表面上斯斯文文，但内心里也是很有手腕的。在徐渭达干书记的这六年内，江平市换了三任市长。第一任曾是徐渭达的搭档，干了两年市长后，调走了。第二任是从省里派下来的原来的农业厅厅长，干了一年半，突然脑出血去世了。第三任，也就是在居思源之前的吉发强，现在正在拘留所里等待审判。

“哼！嗯！哼！”徐渭达习惯性地作了些讲话前的语气和情景铺垫。然后又端起茶杯，咕噜地喝了一口。这些响声，通过话筒，都清清楚楚地传到了整个会议中心。自然，他自己也是听得见的。他要的就是听得见的效果。一个人，特别是一个官场中人，很多习惯也许只是在特定场合才会出现。那是为了配合他即将开始的讲话，或者在讲话之前先营造出一种严肃和威严的氛围。

“尊敬的王部长，同志们，”徐渭达停顿了一下，环视了下会场，接着道，“省委作出了居思源同志任江平市委副书记、代理市长的决定，我代表江平市委，完全同意并坚决执行省委的决定！同时也代表我个人，欢迎思源同志到江平来。江平市一定会因为思源同志的到来，在各项工作上出现新的更大的起色。”

居思源听着这话，虽然是套话，但也感亲切。徐渭达又将江平现在的社会经济情况，作了简短的介绍，最后又回到了主题：“我代表市委，再次表示，坚决同意省委的决定，欢迎思源同志的到来，并希望全市上下，支持配合思源同志的工作。我也表个态，思源同志是个很有创新意识、理论水平和工作能力都很强的领导，有原则、有见识、有思想、有活力。市委将全力支持政府的工作！”

掌声。

这回的掌声，是徐渭达先开始的。他只是做了个鼓掌的手势，而并没有发出声音，底下人的掌声就都响起来了。掌声热烈，但并没有持久，显然，这掌声中藏着许多官场上的套套。徐渭达最后用了一个长句结束了讲话，掌声再次响起。而就是掌声刚开始时，坐在徐渭达左手边的江平市委副书记程文远，拿着手机离开了会场。

居思源看到了程文远的离开。

如果说江平将来就是居思源所要面对的战场，那么，徐渭达其实可以说是半身离开这个战场的人了。来江平前，省委副书记李南和省委组织部长孙兴东跟居思源谈话，就明确地告诉他："省委对江平的领导班子有通盘的考虑。对徐渭达同志，将会有其他安排。你到江平，先到政府熟悉工作，然后再到市委。"孙兴东部长还特地强调："渭达同志很有基层工作经验，要多向渭达同志请教，这对你现在和将来的工作都会大有裨益。"

居思源点点头。

孙部长又说："到江平后，一定要搞好班子内的团结。特别是跟副书记间的团结，与文远同志也要密切配合。文远同志是在江平成长起来的领导干部，对江平情况熟，政策性强，一定要保持好关系。只有班子团结了，工作才能打开局面。思源啊，江平刚刚经历过一些事情，你去后一定得'三慎'，也就是慎言、慎独、慎行。"

程文远，就从孙部长谈话时起，事实上成了居思源在江平战场上最能看得见的对手。当然，也可能根本不是对手。至少从工作层面上来看，也许更是战友，甚至会是意想不到的合作者。居思源希望是后者。如果不是后者，也不希望是敌人。

该居思源讲话了。

突然，居思源感到脸有点发烧。他赶紧喝了口茶，翻了下文件。文件是他的讲话稿，这稿子是江平市政府办提供的。市长人还没到，替他工作的机器们已经转动起来了。刚才，他看了一下，文字还是不错的，就是套话太多，官话太多，但原则性强，在今天这样的场合讲也十分贴切。他本来准备就对着稿子念一遍完事，但在听徐渭达讲话时，他决定放弃这稿子，而改用自己的语言来说。其实，平时在厅里大会小会，居思源都会让秘书写稿，但他很少对着稿子讲。那稿子，一般用来下面学习和提交媒体的。他一直认为，带着稿子，这是重视；脱离稿子讲话，那是水平。既要重视又要水平，因此就只好既麻烦秘书，又充分调动自己了。

“尊敬的王部长，”居思源顿了顿，还是加了句，“尊敬的渭达书记，同志们！”

徐渭达大概也没有料到居思源在开头就“尊敬”了自己一回，象征性地咳嗽了一声。这一声，居思源当然听到了，他继续道：“本来，我得照着讲话稿来讲，因为今天这个会议很重要，对于我个人来说更重要。既是省委组织部召开的江平市干部大会，又是我到江平参加的第一次会议。我很重视，也很感动，同时又很不安。正因为这些心情交织，所以我还是得用自己的语言，简单地讲三点。”

会议中心沉入了难得的安静。会议真正的主角亮相了，江平官场传来传去的人物终于现身了。这个人物如何，这个人将来在江平会走怎样的路，江平官场对这个人将会如何评价，这第一次亮相事实上就初步有了结果。特别是第一次亮相的讲话，那个倒霉的吉发强市长第一次到江平上任时，念讲话稿不知怎么就将徐渭达书记读成了徐达书记，中间的“渭”字竟然蒸发了。有人说，就是这一个字，让徐渭达书记伤了心。因此，当一年前，江平官场出现一系列窝案时，徐渭达本来可以救吉发强的，但他没救。甚至民间有小道消息说，徐渭达还踢了一脚。这居思源呢？这居思源会不会成为吉发强第二？

“我来江平，首先是组织的决定，更重要的是我个人的要求。”居思源此言一出，底下的安静立即被打破了，连王长副部长也稍稍地扭了一下头，徐渭达更是将单眼皮向下使劲地垂了垂。

“为什么说是我个人的要求呢？”居思源补了一句，又足足望了台下三十秒，才道，“我对江平这个地方有感情。我的父亲早年曾经在江平工作，我的很多老上级、老领导，都曾在江平这块土地上奋斗过。他们都告诉我，江平是一块热土，一块蕴藏着真、善、美的土地，一块能够让人为之不懈奋斗、为之不断奉献的土地。这些年，我在省城工作，也不断地同江平的同志们打交道，也到过江平多次。我一直对自己说，如果有一天，我能够到这块土地上来，为这块土地上的人们工作，那或许也是一种幸福。现在，我来了，站在江平的大地上。我可以这样说，我居思源来江平，是工作的，是奉献的，是带着一颗热忧的心来的。我希望江平的同志们能够支持我、爱护我。因为从现在起，我就是江平的一分子，就是江平人了。”

大概是居思源的讲话实在出乎了底下所有人的意料，居思源停顿时，全场没有一点声音。大家的眼睛都望着高高大大的居思源，居思源明白他所要的效果达到了。他又道：“刚才讲的是第一点。第二点，在江平，我是个新兵，因此恳请渭达同志多带我，多帮助，多关心我，还有班子里的同志。第三点，我在此声明，我在江平没有任何亲戚，我的亲友们一个也没有在这里。今后，如果大家遇上以我亲戚的名义托事，请一概拒绝。”

居思源停了话头，大家以为他或多或少还会再讲两句，但没有了。短暂的沉默后，掌声稀稀拉拉地响起来。这掌声里，分明听得出感叹、怀疑、猜测，甚至是哂笑。也难怪，现在的干部哪个不能口头说一套，背地里做一套？吉发强当初来时，也说过相同的话。结果呢？他的亲戚几乎走遍了江平市的所有要害部门。说者自说，那是组织需要；听者自听，那是面子需要。至于将来怎么样，谁还能说得清？

王长副部长最后作了个会议总结，也提了几点要求。会场上已经是台上大雨台下中雨了。好在居思源也见过多次这样的场面，他微微地皱了皱眉，旋即又恢复了笑容。他的笑容是职业性的，而且也就是这十来年生长出来的。这笑容一旦生长出来，就不大好去除了。有时候在家，妻子和女儿都笑话他，这笑容挂着，就像家里也是机关一样。他只好又笑笑，那种笑长期挂在脸上，肌肉开始适应了，成了定式。

会议结束时，徐渭达陪着王长副部长，先到了后台。居思源跟着，正要出后台上车，程文远来了，手机还拿在手上，嘴里正骂骂咧咧的。但居思源听不懂，他用的是一口地道的江平话。徐渭达问：“怎么了？”

程文远掏出支烟，点上火，才道：“处理好了。这些干部……”望了一下王长，他将后面的话吞了下去。

居思源觉得有些莫名其妙，一定是刚才开会时，外面发生了什么情况。程文远边说着边往边上停着的二号车走。就在正要开门上车时，他又转过身，迅速走到四号车边，边上车边说了句：“还嫌江平不乱，这些浑蛋！”

居思源被马鸣引导着坐上了二号车，这是政府的市长专用车。他不清楚吉发强出事后这一年的时间里，二号车是不是停着。没了市长，谁还能坐？而且江平市不仅没了市长，也没了常务副市长。原来的常务副市长也一道进去了。在来江平之前，居思源就知道这大半年来，政府的工作一直由程文远负责。那么，最大的可能就是程文远在坐着二号车。但今天，程文远坐到了四号车上。刚才程文远不经意间走到二号车前，或许正是一种惯性使然吧！

车队是中国官场的一大特色。一大长溜车子，而且都是高档的，呼地从街道上经过，本身就是一种风光。何况这些车子的车牌号，也是当地最靠前，这能说明什么？说明上面来人了，有重大活动了。车队就是一个地方政治生活的一种直观体现，老百姓哪有时间天天去估摸领导干什么，但一看到车队，老百姓就清楚了。清楚过后的老百姓，一开始还惊奇，然后再骂上两句，再后来就麻木了。反正车队就车队吧，我们老百姓还不是得过自己的日子？

居思源抬眼看着窗外。江平市是一座老城市，它最初的历史可以追溯到汉朝。千年城池虽然几乎没有了，但这街道上还是能隐约地看见一幢幢老旧的房子。道路狭窄，车队走着就停住了。居思源接着看见交警飞速地跑到了路前面，几分钟后，路又通了。这当儿，他瞥见路两旁伸出店门口的商铺舌头，一段一段的，他问马鸣："这街怎么回事？"

马鸣迟疑了下，说："这是江平的老城区，凡到此地的大富豪必须得从这过。"

居思源有些想起来了，去年他以科技厅长的身份来江平时，也从这路上走过。只不过那时候这路上好像没看见这么多人。而这回，不仅人，还有车，慢慢蠕动着，似乎成了一段梗阻了的肠子。马鸣也叹了口气道："这路要改建，都提了好几年了。一直没改成。老百姓太难对付了。吉……"

居思源明白马鸣下面没说的是什么，是说吉发强在时，也曾想下决心改建，同样是没搞成。官场上语言丰富，由此可见。吉发强当年在时，马鸣一定是左一声吉市长右一声吉市长地叫着，现在吉发强出事了，曾经的秘书连提他的名字也得小心翼翼。

"是吧。好！"车子出了老街，上了江平市中大道，又走了七八分钟，就到了大富豪。临下车时，居思源突然问马鸣："刚才文远同志会议中间出去，是……”

“啊，听说是高市长……啊，不，是高捷的老婆来了，说要找省里领导。”

“啊！”居思源也认识江平的原常务副市长高捷，那人是老三届，看起来很能干，也很有些官相。二〇〇六年，他刚考到科技厅当副厅长时，第一个接待的市级领导就是高捷。高捷领着江平市科技局的同志去汇报工作，同时争取科研资金。就第一印象来说，居思源对高捷感觉不坏，人很爽快，说话和喝酒都有些军人作风。而且后来对资金后续的实施与管理，也还到位。去年，当听说高捷出事时，他起先还感到有些惊讶。那现在，高捷的老婆找到会议上来，又是为了什么呢？

他没问。即使问了，马鸣也不能作答。

车子停稳。徐渭达和王长在前，并排边走边说话。程文远先下车了，但却等在路边上，直到居思源走到了前面，才跟了过去。进了餐厅，菜已经上好了。主次坐好，徐渭达说："今天该由思源同志造句。"

造句，是官场酒席上的一句行话，就是酒席开始前的简单致辞。

居思源摆摆手，笑着道："渭达书记说！你说才合适。王长部长，是吧？"

"都行，都行！"王长含糊着。

徐渭达便站起来，端着杯子，向王长副部长示意了下，说："那好，我就来造句。今天对于江平来说是个重要的、有意义的日子。我们欢迎王长部长一行。来，先干了这杯！"

"好，好！谢谢！"王长也欠了下身子，将杯子里的酒喝了。大家坐下，程文远却还半站着，杯子也还是满的。徐渭达向他看了眼，程文远先将酒喝了，然后说："是有意义，喝！"

居思源似乎听出了程文远话语中的牢骚。但他没动声色，而是端起杯子，敬了王长副部长一杯，又敬了其他两位省委组织部的处长各一杯，然后才敬徐渭达。徐渭达坐着，说："都是家里人，意思下。"

"这杯酒我不能意思，我得全喝了。"居思源眼望着徐渭达，将酒干了。

徐渭达也将酒干了，道："这是第一次。将来可不能……哈哈，喝吧。"

居思源坐了下来，他得将喝酒的分寸掌握好。刚才站着敬酒，是因为王长副部长和两位处长都是省里来的干部，而徐渭达，是市委书记，一把手，怎么着，这第一次，他都得敬。而除了这三位，他没有理由再站着敬其他人了。

……酒在流淌，时间也在消逝。

一直到酒席结束，居思源发现，他和程文远居然一杯酒也没互相喝。他没敬程文远，程文远也没敬他。送王长副部长上车时，他与程文远的眼光碰了一下，一瞬间他觉得也许自己刚才应该主动跟程文远喝一杯的。

省里同志走后，徐渭达喊居思源："思源哪，中午没事吧，咱们到休息室坐会儿。"

"这……渭达书记中午不休息？"

"休息？算了。啊，你休息吧？那好，小马啊，给思源同志安排好。我也先走了，下午到市委再谈。"

"也好。"居思源确实有午睡的习惯，只要不是出差和时间实在安排不过来，那怕睡半小时，他也得忙中偷闲地眯上一会儿。虽然是眯一会儿，可对下午的工作大有帮助。不然的话，往往是到了三点头就有些发晕，只得喝茶提神。池静笑话他这是公子哥习气，他却说非也，这习惯养成全是因为当了十年记者。当记者除了采访和写作，还有一个功夫得练，那就是休息的功夫，抓住一丁点儿空闲，打个盹，让紧张的脑子得到调整。那些年，有时他就睡在人家会议室的长椅上，倒头就睡，而且睡得香，睡得沉实。

马鸣站在车子边上，问居思源："居市长，是回……还是就在这儿？"

"回去吧。"

车子往江平市政府开。路上，居思源接到孙浩然的电话，居思源哈哈一笑："我这可是流放啊！"

大概是因为马鸣和司机也在，居思源又补了句："严格说叫到基层。"

"基层？居大市长刚到江平就开始谦虚了，好，谦虚是革命者的本色。什么时候回来？我和王河他们等着给你喝上任酒呢。"

"喝酒就喝酒，说什么上任酒？行啊，过两天回去，好好喝下。"居思源这说话的口气跟上午在台上说话完全不一样了。市长和普通人也就是一瞬之隔。前一秒是市长，后一秒就回归到了普通人。要看一个人的本质，最好就是与朋友间。朋友间肝胆相照，能看得通亮。因此，朋友间说话也就无所顾忌，哪儿像在官场上，得绕着弯，再绕，直到绕得基本解不开了，再说出来。说出来的，那不叫话，那叫谜。

马鸣坐在副驾位上听着，心想，这跟居市长说话的人，一定得是居市长十年以上的哥们儿，否则不可能有这样的问答。在政府当秘书，听话听音是基本素质。光听话听不懂音，那是传声筒；光听音听不清话，那是瞎琢磨。高明的秘书，在听与不听之间，在听声与听音之间。马鸣当然还没修到这份儿上，他才当了三年的秘书。他选择的做法是只听不说，大部分话到了他耳里，便等于撞上了墙壁。如果领导不愿开发，那墙壁连回声也是没有的。

居市长的房间已经整理好了，是个套间。市政府办公大楼后面特地建了一幢二层小楼，专供来江平工作的外地领导居住。目前在里面居住的，还有两位。一位是中组部派下来的挂职常委、副市长向隽，另一位是从外地调来的市委常委、纪委书记光辉。现在加上居思源，一共三位。这房子是按星级宾馆的标准建设的，一个套间包括会客室、卧室、洗手间和小储藏室。家电一应俱全，冷热水全天供应。隔壁就是政府食堂，虽然领导们难得在政府食堂吃上一餐，但必须得有。领导们有时要夜宵，或者领导家属来了，也得在食堂里对付。吃食堂在近几年，又慢慢成了官场饮食文化中的时尚。到哪个单位，或者到县市区，首先就提出来要吃食堂，领导的意思是食堂干净、节约。殊不知，进食堂比进饭店更让下属花心思。在食堂里，既要体现节约，又要让领导吃出特色。比如江平市的一些机关食堂，就很有些特色。像流水县的县委食堂，讲究的是诗意氛围，一个字“雅”，这里的食堂几乎与五星级大酒店的餐厅接轨了，一间足足有二百平方米的大厅，中间放一张圆桌，那个气派，那个讲究，并不是所有五星级酒店能够做得到的。流水县的菜也不同一般，往往都是数量不多，但档次上却是难得。据说在流水县食堂吃饭，连续三餐可以吃到正宗的川菜、徽菜和杭帮菜。省直有些部门的领导，有时专程到流水考察，点名要吃食堂。相比之下，桐山县的政府食堂，则在“野”字上下工夫，在那里，只要山野有的野味，几乎都能尝到。桐山县委书记李朴，本来就是个有些“野气”的人，他的口头禅是“到了桐山，靠山吃山”！此话不假，这年头，野味多得很，可是，真正的新鲜的活蹦乱跳的野味，又有多少？桐山的野味，大到野猪，小到蚕蛹，当然还有一些山野你能听出声音却不太容易看到的野鸟。在桐山这江平唯一的山区县，搞到这些野味并不难。但是到了市里，想吃到却只能是“奢想”了。桐山食堂以野取胜，竟也成了江平机关食堂中的一块招牌。不过这牌子并没打多久，去的人太多了，李朴只好下了条死命令：关门。这事在江平官场还真成了一件憾事。据说原来桐山食堂的那个炊事员，后来竟被请到市里某饭店执掌大厨，结果自然是不成功，野味不同了，岂能有桐山之效果？当然，食堂当中更多的还是那些机关食堂，说是食堂，其实对外就是饭店。档次还很高，设施也很齐全。这些食堂，几乎都被专人承包了。单位开会，在食堂；关系单位请客，就近吧，也在食堂。到了年终，食堂自然会给单位大大小小的人头福利。而且，这些食堂都在吃饭的同时，充当了另外一重角色：领导休息处。很多食堂都设有高档休息室。领导们酒多了，或者有些累了，就到高档休息室休息会儿。这里方便、安静又安全。前两年，江平某单位的食堂就出了一件大事。承包食堂的女经理，被单位一把手的老婆给带人打了。据事后报道，此经理乃是单位一把手之情人也。开了食堂，既给情人找了条生财的路子，又给彼此幽会找了条可靠的通道。谁承想就东窗事发了呢？在江平政府论坛上，早前几个月，还有好事者专门发表了一篇《江平食堂调查》，煞有介事，引来不少围观。自然，这帖子很快就被“密”下去了。不过，由此可见，“请领导到食堂吃饭”，正在江平这块热土上，引导着官场饮食文化的新潮流。

居思源到房间后，马鸣到楼下休息室去了。他给池静发了个短信，说一切顺利。又打了个电话回家，保姆接了，他请保姆转告九十岁的老爷子，他已正式到江平上班了，请老爷子放心。另外，请保姆对老爷子血压多关注些。前天他回家，看见老爷子脸色有点泛红。记着按时吃药，运动时要有人跟着。他叮嘱保姆，保姆也五十多了，说，放心，居厅长，没事的。这保姆居思源当然放心。早些年，母亲去世后，父亲一个人住在省委高干楼里，寂寞得很。居思源和居霜给他找了好几个保姆，都很短时间就处不下去了。现在这个，是居思源到江北调研时，当地的县委书记给介绍的。保姆三个孩子都在省城工作，也识得些字，懂大体。来了后，跟老爷子越处越好，就像父女一般。一晃就十年了，她几乎成了老爷子的拐杖，成了老爷子的依靠。

两点半，居思源起来稍稍漱洗了一下，并没有到市政府，而是直接到了市委。

江平市委在长江路上，而市政府在人民路上，两地相距大概五公里。从市政府到市委，必须要穿过大半个市区。江平是个中等城市，市区人口一百万多一点，在江南省处于仅次于省城的第一方阵。居思源一路看着市容，不时地皱皱眉。以前，他多次到过江平，也没有好好地注意。现在，他是市长了，他得认真地看看市容。这一看，他不得不从心里生出两个字："乱"与"旧"。是该想想办法，让城市变得好看一些了。市容是门面，城市不好看，人家的第一印象就上不来。第一印象不好，就像谈恋爱，再见下去还有可能吗？

车快到市委，居思源让马鸣给徐渭达书记的秘书黄启义打电话，问问渭达书记在办公室否。黄启义说："在，刚刚到。"

居思源上了市委楼的电梯，马鸣按了五层。电梯里是人说话最少的时候，也是难得安静的时候。居思源在电梯上升的一刹那，大脑里出现片刻的空白。这种情况不是一次两次了，很多时候，他坐在会议室里，听着别人说话，会兀自陷入一种虚幻之中。如果人有灵魂，那么，这一刻或许就是灵魂出窍了。灵魂游离于身体之外，空留着身体在会议室里，或者是这电梯里，其实深层次大概是渴望解脱的表现。从十四年前改行到机关，这种感觉越来越强烈。而且是随着职务的升高，次数越多。他同王河谈过一次。王河说，很简单，你骨子里还是当年的记者，当年的愤青，而你的身体已经适应了官场。骨子就是灵魂，因此灵魂才时常偷偷溜出来。矛盾啊，矛盾！

听了王河的话，他也觉得有理。也许这种瞬间的出窍，正是官场一种神秘的潜存在呢。

徐渭达正在大办公桌前开始喝下午的第一口茶，见居思源进来，身子往起稍稍站了站，示意居思源坐下。大办公桌对面放着两张椅子，这是用于来人汇报的。而环办公室摆放着两组沙发。居思源选择与徐渭达呈直角的沙发坐下来，徐渭达只好转动了下椅子，对着居思源。居思源看着徐渭达的光洁的脑袋，觉得如同一枚打磨过的精致的佛珠。他突然想起早些年读到的一句话：官场无佛。他从心里轻轻地笑了下。

"渭达书记，我刚到江平，政府工作还得请书记多关心。"居思源尽量把语气说得和缓些。

徐渭达却哈哈笑了两声："思源哪，你来主政江平，我是最放心的。怀凯书记征求我意见时，我立马就同意了。江平你来最合适！当然啰，压力也很大，事情也很多。特别是去年……哈哈，来了，就放手干，我会支持你的。我的情况你也知道……总之呢，江平也还是个不错的地方。干部整体基础也还好，好好干啊，思源！"

"有渭达书记在前面领着，我当然得好好干。我同意来江平，一半也就是冲着渭达书记的关心。有您在，我心里有底。"

"哈哈，哈哈！关键还是自己做。"

徐渭达又转了话题，问居老爷子身体怎样，又问到池静和孩子。居思源说都好着。徐渭达道："到江平来了，虽然离省城也就二百里地，毕竟也不如以前方便了。政府那边都安排好了吧？"

"安排好了。"

"那就好。"徐渭达起身给居思源茶杯里续了点水，然后就坐在对面的沙发上，清秀的脸上作出深思状，道，"不过，思源哪，江平也有很多复杂的地方。这点你得作好准备。首先要搞好班子里的团结，特别是文远同志。他是个老江平了，对江平情况了如指掌，我有时还得向他请教。另外就是，对江平的人事安排，下一步也是一个艰巨的工作，可能要先心里有底。这点，你来牵头。我支持你！"

"这……"居思源没想到徐渭达会将人事这个向来党委一把手管的事情交给他这个市长，赶紧道，"人事还得渭达书记亲自抓，我配合。"

徐渭达说这话，其实另有用意，一来是看看居思源的反应。在省里，居思源是少壮派的代表，又是干部子弟，关系盘根错节，深不可测。而且，从在科技厅任上看，他是个不拒权力的领导，甚至有些独断。这居市长，与以前的吉发强，还有其他市长是有根本上不同的。何况自己也五十七了，省里在安排居思源到江平来找他谈话时，就暗示了下一步省里会对他有所安排。一个市委书记到省里，能有什么安排呢？安排得好，不是人大就是政协。当然也有不好的，比如到政法委干个常务副书记，到宣传部干个常务副部长。实权还是实权，可级别没解决。到了这个年龄，在官场上混了三十多年，缺的就是级别。徐渭达的目标是人大副主任，副省级，作为一个农民的儿子，他就满足得睡觉也能笑醒。既然如此，他就没有必要与少壮派的干部子弟居思源碰，他得利用居思源的影响，为自己下一步作些铺垫。算起来，省两会召开也半年了。这期间，他得求稳，千万不能有闪失，更不能与居思源造成矛盾。居思源回省城一句话，或许就会起作用。

谈了快一个小时，外面不断有人要进来汇报。居思源便告辞。出了里间，看到外间坐着一长溜的等待者。其中有个别他似乎面熟。这些人先都愣了下，接着就不断喊道："居市长！"

居思源笑了笑，也没说话，出了门，在走廊上碰见程文远。程文远点点头，居思源没停步子，上了电梯。

下午四点，新任江平市代理市长居思源坐到了自己的市长办公室里。也是套间，外面是马鸣的办公室，里面是居思源的办公室。摆设几乎和徐渭达的办公室一模一样。居思源坐在椅子上往四周看了看，便喊马鸣进来："一是放几盆常绿植物，二是将办公桌移到后面来些，三是将这五年来江平社会经济发展报告和每年的政府工作报告找给我。"

"花已经订了，晚上送到。材料也找了，我这就拿来。"马鸣从外间将一大摞材料拿来放在桌上，居思源瞟了眼，看来这马鸣秘书工作做得还是有些预见性的。

马鸣推了下眼镜，说："桌子您下班后我再让人移。"

政府秘书长华石生拿着几份文件进来，他个子不高，显得精干。手指上夹着烟，抽了口，说："居市长，这是最近要急办的几个文件，副市长们都过了，等您审阅。"

居思源翻开文件，上面既有各部门牵头的意见，也有副市长的签发意见，他将文件拿起来递给华石生："副市长们签了就行。谁签谁负责。以后像这样的文件，就不要拿过来了。"

华石生一愣，嘴巴张了张，说："好，好，按市长意见办。"

初来乍到，最大的好处就是来汇报的人少。干部们还没摸到市长的脾气，轻易是不敢来推门的。到了五点，徐渭达打来电话，说："晚上有个北京来的企业家在大富豪，一块儿过去见见，也体现你这个市长的关心嘛！

"那好，我稍后就到。"居思源想，这就算是融入江平经济社会的开端了吧。

第2章　别人介绍居思源时，总是会捎上一句“居老的公子”

到江平已经半个月了。

这半个月，江平官场上都知道来了个新的市委副书记、代市长。但是，很少有人真正地见过。除了刚来那天的干部大会，居思源在这十五天，准确点说是十四天，其中有一天他是回省城和女儿居淼一块儿玩欢乐谷的。十四天中，他有一大半时间泡在房间内，看资料，甚至还专门看了两本关于江平历史文化方面的著作。另外的时间，在办公室待了大概三天，也是看资料，他让马鸣把能找到的近五年的江平社会经济方面的资料全都找来了，桌上堆得山高。他只看，并不记录。这一点，居思源是相信自己的记忆力的。小学时，他就发现在记忆力这一块，他有特长。人家总是记不住的东西，他往往瞟上一眼就能记住，这功夫就连老师也感叹少见。居老爷子那时刚刚从干校解放出来，亲自考了考儿子的特殊记忆能力，结果只说了一句话：要是在战争年代，你适合做侦察兵。做侦察兵，这是了不得的，并不是一般人能做的。从小，父亲给他讲战场上的故事时，说到侦察兵，总是佩服得不行。这记忆能力，后来在报社当记者时，更显露得让同行惊诧。大家一块儿采访，别人都争分夺秒地记录，居思源却只是听着。后来写出稿子时，居思源却从来不错，特别是记录被采访者的话语时，比人家用笔记录得还完整。这事后来传到人民日报社一位老总那里，那老总到江南专门与居思源见面，提出让居思源到北京工作。居思源正动摇间，当时省报老总王则劝他改行，并且已经获得了省委宣传部的同意。王则的理由是：当记者只能当十年，十年的记者生涯，足以为将来的工作奠定基础。那时，省委宣传部正要人，他改行过去便是副处调（副处级调研员）。前两年，在北京，一次宴席间，他竟然碰到了要他到北京工作的人民日报的那位老总，老总说:“看来你没来是对的，不然，哪能主政一个省的科技工作？”

居思源要用最短的时间，将江平的一切都记在大脑里。他甚至要超过在江平待过多年的那些干部。

不过，话又说回来，现在的干部，能记住多少呢？上台说话有秘书写稿，出门调研有部门开炮，理论学习总是高调，具体办事马虎潦草。虽说全党倡导学习型组织，但真正学习的能有几个？不是不想学习，而是忙哪！开不完的会，批不完的文件，招不完的商，吃不完的饭局，接待不完的来宾……特别是一些基层干部，整日陷在事务圈中。前年，居思源以厅长的身份到科技厅扶贫联系点，同当地的镇党委书记攀谈。那书记就感叹说，我们现在几乎没有时间学习，用的知识大多还是多年前的。要说有新知识，就是党校轮训时学一点。越到基层事务越复杂。最大的区别就是：上面是出政策，而下面是落实政策。

这就难了。难就难在两个字——“落实”上。

这十四天，居思源还主持了一个会议，政府常务会议。这个会议是在他来江平的第五天召开的，除了见面，没有其他议题。居思源开门见山，说就是想通过这个会，市长们增进些了解，特别是各自的工作上，有个直观的印象。四个副市长都分别汇报了分管工作，政府秘书长华石生，就政府办有关情况也作了说明。按一般规定，地级市至少可以配五到六个副市长的。江平以前也是六个。常务副市长高捷出了事，现在正异地看守，等待判决。另外一个副市长姓江，援藏去了。四个副市长中，向隽是中组部下派干部，也住在政府后面的小楼上，因此算是跟居思源见面最多的。向隽大概四十岁，齐耳短发，精神，知性，眉宇间又还透着些娇柔。以前，她也到科技厅去过。她下到江平前，在部里是副局长。下派干部的身份因此就变得微妙。在地方上，她是副市长，但她真正的身份却是部里的副局长。副局长对江平来说，就是北京的领导了。江平的很多项目，都得在北京解决。所以，向隽汇报时，就直接说自己大部分时间是住在北京的，来江平就是来学习、来服务的。居思源笑着说:“不是服务，而是给江平带来活力，带来资源，带来希望的。”

向隽清脆地一笑，其他几个副市长也笑了。

副市长李远，原来排名就在高捷之后。向隽来后，他只得退了一位。但高捷出事后，他事实上就是承担着常务副市长的职责。他汇报的内容最杂，包括财政、金融、建设等好几大块，他一个人，就足足说了一个半小时。居思源一直听着，偶尔在笔记本上记上几笔。他记的大都是数字，或者一些疑问。中间，居思源问了李远一次："江平今年一到九月财政收入环比增长的幅度是多少？"

李远愣了一下，他不知是没听懂居思源的意思，还是没明白"环比"这个词的意思，瞪着眼睛，脸色发红。居思源见状也就没再往下问，他想，如果换作是他，他会提前将这些数字统计出来的。新市长来了听取汇报是必然的，空话大话是说给别人听的，自家人在一块儿，说些数字就最有说服力。

副市长彭良凯在几个副市长中年龄最大，五十出头了，他同时还兼任着市公安局的局长。这个人军人出身，腰杆子挺得笔直，这一点，居思源很喜欢。居老爷子现在虽然九十岁了，可无论站着，还是坐着，都力求笔挺。可见军队确实是座大熔炉，能将人锻造成型，一辈子也难改变。

彭良凯的汇报简单实在，就和子弹一般，没有多余。本来，居思源想问问彭良凯江平市的打黑情况，但考虑到这里面涉及一些秘密，便没再问。

排在江平市副市长最末一位的是方天一，民主人士。这人生得又高又大，一副典型的北方人派头，黑，壮。说话粗声粗气，好像很难在他身上找出民主人士的那种温和与儒雅。他分管教育、卫生和文化，他看来十分喜欢一句话："这事，主要是某某市长在负责"，比如文远书记，比如李远市长等，仿佛他自己只是跟在别人后面的一个具体干事的。这也难怪，民主人士领导干部在班子里，就目前情况下多少还有些尴尬在。问事吧，轮不到你。从分管工作上看，大部分都是软性工作，或者是配合其他领导的工作。不问事吧，天天得开会，而且得主持会议，讲话，作报告。确实为难啊！做得好，很容易让人有越位之嫌；做得不好，又会给人疲沓的感觉。

方天一无疑也是，他将某某市长或文远书记挂在汇报之前，就是这种心态的反应。居思源理解这种处境，科技厅里也有民主人士副厅长，做事总是畏首畏尾，难以施展。虽然他作为厅长，无论从里到外都十分支持民主人士副职的工作，但就是不见成效。究其原因，根源不在个人，而在整个社会形成的顽固意识也。

政府常务会议开到一半，外面突然嘈杂起来。华石生出去了会儿，沉着脸回来，在李远的耳边说了几句。李远说:“让她走，这事不知说了多少回了！而且这事我们能问得起？”

居思源看见华石生点点头又出去了，回来后，他问道:“是有事？”

“啊，居市长，是高捷高……老婆来了。”

“……这到底怎么回事？要做好工作嘛！啊！”居思源口气有点重了。

李远道:“其实不关我们的事。那是省里专案组在查。高捷老婆叫花芳，地税局干部。高捷出事后，她就一直在到处奔走，说高捷是被人诬陷的。三天两头就到政府和市委，怎么解释、怎么劝都不行。”

“以后像这样的事，办公室要先行处置。在一楼要设立信访接待室，不能……”居思源又强调道，“当然，不管是什么情况，只要是上访，都得认真对待，以免事态扩大化。”

听完了各位副市长和华石生的汇报，居思源也没发表什么意见，就宣布散会了。散会过后，他特地将彭良凯叫到自己办公室，问:“彭市长，那高捷的事，到底……”

“啊，居市长，这事本来应该早点向你汇报。但因为这案子不在我们手上，而在省里专案组手上。我们也只是掌握了些皮毛。高捷是在去年吉发强进去后，被牵连进去的。现在查明的是他在基建工程和重大项目上收受贿赂七百多万元。”

“既然查明了，那他老婆为什么还天天上访？”

“花芳的意见是高捷从来没有收受过贿赂，她家里也没得到过一分钱。在江平，高捷一直被人认为是比较清廉的。她怀疑有人诬陷高捷，是想拉高捷下水，以保全自己。”彭良凯压低了声音，“她说的话涉及市委的负责同志，我和李远同志都曾找过她谈话，可没效果。”

“高捷的七百多万是个什么概念？”

“这七百万，据省里专案组讲，当时在高捷办公室就查出三十多万，同时，涉案的其他人交代，高捷在省城银行有多张存单，总金额近七百万。这些存单到案发时并不在高捷手中，而是在那些交代的涉案人手里。他们的口供是：高捷嘱咐他们，存单就放在那儿，将来再说。”

“这就……”居思源听了这么一点，就觉得有点蹊跷。但他没说，只是笑道：“这案子看来还真有些绕。江平的社会治安怎么样？打黑没涉及吧？”

“社会治安整体算好的。年初的打黑专项行动，我们也打掉了两个涉黑团伙，不过都是小的，刚刚开始。”彭良凯说话时眨了眨眼睛，那一眨一眨间，让居思源感到含着些名堂。其实，这几天，居思源除了看材料之外，还浏览了一些网站，特别是政府论坛，又从网上搜索了“江平市”的词条。这些网络上的东西自然是良莠混杂，却是真实的民间声音。网络上对吉发强、高捷案件也有议论，但显然是被过滤和屏蔽过。对于江平的社会经济，网民议论的热情高涨，当然也提到了江平的黑恶势力，其中有一个帖子就说，江平市公安局就是江平最大的黑恶势力。那帖子确实偏激，然而帖子里列举的一些事例又实在让人觉得江平市公安局是有问题的，而且问题不小。

政府常务会议之后，居思源请马鸣给他开列了三个名单：一是江平市目前仍健在的老领导；二是江平市本土成长起来的重要的有影响的人物，特别是企业家；三是江平市的意见领袖。

马鸣问：“这意见领袖？”

“这个你上网查查。”居思源没有解释。到江平前，厅里那边也曾有人劝他将他的秘书小黄一道带到江平，小黄跟了他四五年，情况熟悉。但他没带。小黄是对他熟悉，可小黄对江平不熟悉。何况连秘书也带着，容易一开始就引起江平官场的抵触情绪。居思源到江平，如果从官场升迁这个角度来说，是有一定的风险的。当然，按照经济学博弈理论，风险越大，往往收益就越大。江平在去年经历了一系列的官场事件后，市长进去了，常务副市长进去了，还有好几个正处级干部也进去了，这些人进去，好的方面是清除了腐败，事实上却是动摇了江平的政治基础。官场情绪的低落，包括人人自危、猜忌，都在江平弥漫。这个时候从省里空降到江平，有利的是在人们的期待之中过来，而且与江平本无瓜葛，容易干出拨乱反正的成绩；不利的是干部的抵触情绪太强烈。另外就是这样一个需要重新整理的官场摊子，要动起手来，或许就是一只刺猬，弄得好，毛顺了，将来工作就好办；弄得不好，毛一直奓着，直到鲜血淋漓。居思源是作好了这方面的准备的。但一查资料，一开政府常务会，一接触这些副市长，他就觉得自己准备得太不充分了。他必须从多渠道准确地把握江平，他做过这么多年科技厅长，他就得用科学的方法。什么叫官场科学？说穿了，就是知己知彼，百战不殆。

想到这，居思源又仿佛听到父亲所说的战场上轰隆隆的炮声了。

国庆长假前，居思源参加了徐渭达主持召开的市委常委会。他是副书记，而且是第一副书记，又是市长，新来的，徐渭达说："你就是这会议的主角，你来主持会议。"

"那不妥。还是书记主持吧！"

"没事。你是副书记嘛。你主持！就这么定了。"

居思源笑笑，他的笑往往只到一半时就停住了。早些年，他在大学时，他的笑容明媚而青春，很多女同学都迷在他的笑容里，包括赵茜。赵茜！居思源捂住胸口，这些年来，暖在他心口的就是这个名字，就是这个现在正在美国的江南女子……

市委常委会主要讨论几个副处级干部的任免，同时就第三季度经济工作和第四季度发展安排，听取政府副市长李远的专题汇报。总体上说，这次会议务虚的多，实的少。最实的常委会就是专题人事安排的研究会，往往是最见常委们的锋芒。

人事任免几乎是没有商量，就通过了。副处级，在这些常委心目之中，已经不是什么必须亲自操控的职位了，他们盯的是正处，是各正处级单位的一把手。李远的汇报，居思源在大脑里用了两个字来形容——冗长。确实是冗长，差不多说了一个半小时，这一次，李远是作了精心准备的。大概上次政府常务会议上居思源一声"环比"把他给问清醒了，这次汇报中充斥着大量数字，而且都是第三季度与第二季度的增幅比，第三季度与去年的环比；数字太多，几乎都难以让人推敲。常委们听着，便有些迷糊。数字里面出干部，但数字也能毁干部。据传，三年前，江南省某县的一位副县长，在中央领导调研时，回答的数字驴唇不对马嘴，结果被该领导当场批评，领导走后，该副县长就引咎辞职了。

徐渭达最后讲话，他是秀才出身，讲起来逻辑性强，他的主题就一个“加强团结，扎实奋斗，开创江平工作的新局面”。他重点提到居思源市长，说：“省委安排思源同志到江平，是反复权衡、慎重考虑、针对江平实际情况作出的英明的决定。江平现在是什么实际情况呢？相信大家比我还清楚。我总结了下，至少有三点值得注意。一是思路有些模糊，特别是领导干部的思路不清晰。二是工作有些拖沓，一些重点工程、重点项目处于半停顿状态。三是缺乏激情，难以放开手脚。这三点都是对党的事业和社会经济发展十分有害的。刚才李远同志也汇报了三季度全市的经济运行概况，很不理想，很不理想啊！与我市纵向比，没有前进；与外地横向比，落后太多。去年，我们是全省第一方阵，今年如果以现在这样的增速，势必要被甩出第一方阵。要是甩出第一方阵，我们都不好交代。特别是思源同志刚到江平，我们不能用这样的成果来迎接思源同志嘛！”

居思源最后当然也讲了些套话，套话他不喜欢讲，但并不代表他不会讲。毕竟这么多年在官场历练了，官场上还有什么他没看到？还有什么他没明白？从十四年前改行，一开始他是副处调，两年后改任实职，又过四年，成为人事处长。二〇〇六年，参加全省公开招考副厅级领导干部，他是以笔试、面试和总分三个第一的成绩，成为科技厅副厅长，三年后正式升任厅长。这其间，他还在处长任上到下面县挂职当了一年副书记。这些年内，他听了多少套话，讲了多少套话，他自己都不清楚了。很多时候，一个人说话是被环境所左右的，所谓语境也。官场有官场语境，这是一个封闭的独立成系统的语境，顽固、含蓄、潜在、玲珑，非浸淫官场一两日之人所能谙熟也。

居思源一边摆弄着钢笔，一边说道：“参加江平的市委常委会，这是第一次。在常委班子中，我是新兵。渭达书记让我主持会议，这是对我的信任和鞭策。最后，我想提两点要求。”

程文远正在笔记本上记着，当然不会是记居思源的讲话。常委会每个常委都有固定的笔记本，会议结束后，是要交到保密室的。因此，这笔记本上是不会出现乱七八糟的记录。程文远应该是在补刚才没有记下的那些部分。这会儿，他抬了抬头，正好与居思源的目光相碰。这两道目光，虽然都是不动声色，但却在空中缠绕着。几乎在同时，两个人都收回了目光，居思源说："一点要求是，请班子里的同志严格地监督和关心我。第二，请同志们对我的工作，特别是政府工作，多指导，多支持，多理解！"

这两点听起来就是一般的平常话，但却有着骨子。尤其是要班子里的同志对政府工作指导、支持和理解。这"理解"两个字就有些意味。市委和政府之间历来就是权力划分的两个核心点。其实这暗地里的表现，还是在于市委和政府的两个一把手。市委一把手强了，政府的权力很多都被常委们把持着。一个市的工作，哪能划得那么细，那么到位？何况党领导一切。但是，现在强调党政分开，党委这边是不能直接干预经济工作的。而这个时代就是个以经济发展压倒一切的时代，你在经济事务上插不上手，那就很难说手中握有实权。除非是分管人事，这是副书记的工作，常委们难以染指。如果市委书记硬，连带着常委们也会强大起来。比如文化教育，本来是政府的事，但宣传部长完全有理由去干预、去领导。部长领导得多了，分管副市长就只能往后退。反之亦然。吉发强到江平当市长，就想树立政府这一块的强硬形象。结果……自然，这不是他犯错误的根源，但至少也体现了他的错误的从政风格。

居思源让常委们多理解政府的工作，这言下之意就是不要太多地干预政府的工作。可能政府这边会有些事不打招呼，但也请理解；可能会有些事做得让常委们不高兴，那还请理解；甚至，可能会涉及常委们的一些利益，那仍然得理解。这"请理解"，杀伤力强啊！程文远拿着杯子喝了口茶，将茶叶在嘴里咀嚼着，一直到居思源说完话，才吐出来，然后道："渭达书记，思源同志到江平来，政府班子也基本完善了。我想提个建议。"

徐渭达吸了两下鼻子："好，说吧。"

"我提议政府那边尽快明确一个常务副市长。"

"常务？啊，是啊，是啊，一直空着。这个……"徐渭达朝居思源转过头，问："思源同志，你看？"

“这个，暂时不要配。”居思源口气坚决。

程文远迅速地合上了笔记本，又加了句话：“我是要解决同志们的问题提的，这个位子老是空着，说不定……江平不是飞机场哪！”

所谓飞机场，是指江平的干部老是空降。居思源当然听得懂，但他没发作。没有必要，也无意义。他环视了一下所有常委，然后问徐渭达：“渭达书记，散会了吧？”

“好，散会！”

常委会后，一连三天，居思源都没到市委，也没在政府露面。他一个人待在政府后面的小楼房间里，继续看资料，同时研究马鸣逐渐提供的相关的信息。他要的三方面信息，马鸣给了两张纸的名单。在健在的老领导干部一栏里，他注意到了三个人，一个是老市长杨家琪，马鸣在名字后面打括号注明：程文远书记老岳，现土地局局长杨俊之父。另一个是原市委书记后来的政协主席现已退下来了的涂朝平，马鸣也作了注释：儿子黄千里，建设局副局长，长江实业老总。还有一个是叶同成，女儿叶秋红现任文化局局长。居思源觉得自己注意到这三个人，理所当然。前两位是原来的市委市政府领导，这样的老同志，作为新任市长，不得不关注。虽然他们从官位上退了，但是影响没退。叶秋红的父亲是原人大副主任，让居思源注意的是叶秋红。女干部在中国官场呈现倒金字塔结构，越上层，越多；越到基层，越少。女干部想要在基层成长起来，往往要付出比男干部更多的艰辛。叶秋红能坐在江平市文化局局长的位子上，应该是个有特色的女干部。同时，居思源心里对江平的下一步工作也有了初步的打算，那里面就重点涉及文化这一大块。关注这些老领导，其实不仅仅是关注他们自身，更重要的是关注他们的身后。像程文远，像黄千里，像叶秋红……从大学毕业分配到报社，居思源在被人介绍时，总是会被捎上一句“居思居老的公子”。这句话一出，大部分人都开始肃然起敬。这一方面说明了父亲居思在江南省的影响，另一方面也显示了人们对居思源的感叹，其实是因为他的父亲居老爷子的缘故。后来到宣传部，一直干到厅长，人们还这么说。居思源也不解释了，解释多了，人家说你矫情。

程文远、黄千里，还有叶秋红，江平一定不只这么些官员后代，但这三个人有代表性，居思源在三个老同志的名字下面画了道粗杠子。

江平本土成长起来的有影响的人物中，马鸣列举了十几个，其中大都在外地。有院士，有部委级干部，这其中有两个，居思源以前接触过。他注意的是仍在本土的，这其中排在最前面的是大路集团老总路大海，这个人居思源在省里就听说过，搞路桥工程，在全国都有影响；第二个是黄千里，长江实业，但马鸣没说到底从事什么类型的实业；第三是华美集团老总李和平；第四个是太阳制造老总王海，马鸣特别注明：这是江平目前最后一家未改制的国企。“长江实业”这四个字，居思源这几天在网络上经常碰到，有些网民说长江实业就是江平黑恶势力的集结地。居思源用红笔在黄千里名字下打了个三角形，又在太阳制造后面打了个问号。

对于意见领袖，显然现在马鸣是搞懂了其中的含义。他提供了三个人的名字：参商、老藤椅、居高声自远。这显然是三个网名，都有些意思。参商，这让居思源忽然想起大学时的一个同学，叫钱参商，这名字来源于杜甫的一首诗，那是写给卫八处士的，其中就有：“人生不相见，动如参与商。今夕复何夕，共此灯烛光。”当年，大家都觉得钱参商这名字取得有诗意，而且很有一种时光匆促、人生须臾的感叹。老藤椅有时光的痕迹，居高声自远也是取自唐诗，应该是骆宾王的《蝉》，下一句好像是“非关藉秋风”。都好，都好啊，显示了江平的文化底蕴。但同时，居思源也感到这样的三个意见领袖，绝对不会是一般的意见领袖。他打开网络，查了查这三个人的相关帖子，他一直读了一个下午，许多帖子都可以称得上是“真知灼见”。他甚至想让马鸣将这三个人请来，好好地深入地谈一谈。但显然不合适。那是民间的，民间有民间的规则，你不能用官场的规则去强求他。

他也注意到了老藤椅所发的一个帖子——《新市长来了江平会走向哪条路？》

这个题目有点大，似乎有些标题党，但网络就是这样，意见领袖知道如何一开始就吸引人的眼球。网民的讨论也十分活跃，就下一步江平怎么走，无外乎三大点：首先要团结，其次要发展经济，再次要体现江平特色，还有就是要打造清正廉洁的政府。居思源看着，忍不住就用自己的网名“老报人”

回了个帖子，提出:“讨论十分有必要，相信对新市长的下一步政府工作会有指导和帮助。但是讨论还应该深入，要在如何发展经济，尤其是特色上提出切实的意见。对于打造清正廉洁的政府，这是老百姓的期望，也肯定会是新市长的期望。”

下午六点，居思源发了这个回帖，晚上十一点，他看到了老藤椅就此回复的帖子:“此帖十分有意义，疑似新市长手笔。如果是，向新市长敬礼！这是最好的开端。”

他没再回帖。

国庆长假前一天，居思源参加了由市委宣传部、文化局等部门举办的国庆文艺晚会。他到剧场的时候，七点五十分，离演出开始还有十分钟。这是他的习惯。提前十分钟到场，但绝不过于提前。当然也绝不迟到。他和徐渭达、程文远并排坐在剧场的第三排，前面是安排好的学生方阵。演出结束，他和徐渭达上台接见演员。徐渭达给他介绍说:“这是文化局局长叶秋红。”

“居市长好！”叶秋红很大方地伸出手，居思源握了一下，手温热，也细腻。

他点点头。

这女人看起来也就四十岁挂边，长发，明显烫过，灯光下有些微黄。脸色倒也白净，但有点疲倦。她站在居思源边上，同演员们集体合影。合影完了，徐渭达问居思源:“长假怎么安排了？”

“回去待两天。反正这边还才开始。”

“好，等马上工作全部接手了，想回去都难。即使回去了，也大概就是蜻蜓点水。回去陪陪小池，还有老爷子。”

“是啊，是啊！”

“不过，长假中间也许还得请你过来。可能北京有一批江平的老乡要回来，到时你得出面。市长嘛，不出面不好说。”

“渭达书记在，就行。”

“那不一样，哈哈，到时我让办公室通知你。”

程文远跟在后面，大家往外走。叶秋红跑上来，对居思源道:“居市长，难得今天这么多领导来指导，我给演职员们安排了夜宵。几位领导能不能出席一下，也算是给他们鼓励鼓励？”

“这……”徐渭达掉过头，对居思源说：“我还有事，这，思源市长参加吧！文远同志也参加一下。”

居思源没说话。

叶秋红挑了下眉毛，说：“尉迟部长晚上不在，她委托我感谢各位领导。居市长，既然书记说了，您就……您刚到江平，也算是一次调研吧！”

“哈哈，好，那我就参加吧！”居思源应着，心想，都说女干部是最不好拒绝的，确实是。她能从最细微的地方找出理由，而不是其他干部动辄就讲大道理。越是细微的理由，越让人难以推托。

晚宴上，气氛活跃。居思源没有讲话，而是请程文远说了几句。程文远显然不在状态，草草几句空话，就下台来等着大家敬酒。居思源主动到各桌敬了一杯，酒到酣处，他说：“算起来，我当初也是个文艺青年。其实，谁都有过文艺青年的梦，只不过你们实现了，我敬你们！”

一片掌声。

叶秋红也鼓掌，叶秋红说：“居市长就是文艺青年的杰出楷模！”

又是掌声。

程文远却没打招呼就离开了。

第3章　居思源补上基层工作这一课，以备将来胜任更重要的职务

下午三点，居思源正在跟居老爷子聊天，手机响了。

居思源的手机是双卡手机，从早晨到老爷子这边来之后，他就将其中的常用号码设置成了关机。另外的一个号码，他是不对外公开的，知道的人极少。他接过来，是王河。王河问他晚上有没有安排，如果没有，就几个哥们儿在一块儿坐坐。

“没有。”居思源说，“正等着你的电话呢。”

这话当然是说给王河听的，居思源也清楚，如果不是关了常用号码，他不是有没有饭吃的问题，而是吃谁的饭、怎么吃的问题。原来厅里的同事，下去之前就说好国庆长假聚聚的，还有其他的如省委组织部的几个熟人，包括副部长常亚，也早几天打电话问他什么时候回省城，如果回了，告诉一声，大家也跟居市长喝一杯。虽然以前，自己在科技厅厅长的位子上，也是饭局不断，但厅长毕竟比不得市长。从行政级别上看，是平级的，但从用人导向上看，却是不平行的。市长是地方大员，主管着一个几百万人口的城市经济社会发展事务，不像科技厅，仅仅是一个部门。这些年，从中央到地方，明显呈现出一种倾向：有过基层领导经历的干部，容易得到重用。而从中直或省直直接提上去的干部，凤毛麟角。这也是李南副书记找居思源谈话时所表达的意思。李南副书记说：“你还年轻，省委是十分重视年轻干部的培养的。放你下去，就是要给你补上基层工作这一课，有了基层工作的经验，加上部门工作的阅历，将来就可以胜任更重要的职务，承担更大的责任。”

有人说，对于中国官员来说，放假并不是休闲，而是过难。何谓过难？

说白了，就是折腾。

放假期间，地方上来客往往是最多的。上级的干部，趁着假期，带着老婆孩子甚至情人来看看风景，到了地方上，你能不接待？接待了，你能不喝酒？喝酒了，你能不喝醉？都不能，必须接待好、喝好，而且要喝醉，醉到能安排领导的事情为止。一些长年在外地，特别是北京的干部，长假回乡看望父母，地方上不能装着不知道。装着，下回到北京你就难过了，就堵死了一条路。因此，也得陪着，安排吃住，包括用车、打牌、娱乐……当然这些，到了市级领导这个级别，是不存在亲自出马了，但领导得出场，按照江南话说叫“托色”，就是撑个面子。一个长假的面子撑下来，再好的身体也会被拖累得不行。于是乎，不少领导就使用上双卡手机，这也是无奈之举。关系特别亲近的，自然知道另一个号码。既然另一个号码都不知道，那也可能就是无关紧要，仅仅是“托色”而已了。

居思源不喜欢这样折腾，他喜欢的假期是待在家里，或者陪老爷子说话，或者陪女儿去看公园里的花草，再或者与池静一起，逛商店。但他最喜欢的，还是待在书房里看书，间或练几张字帖。也是奇怪，当记者时，他的应酬是最多的；当处长后，应酬都是跟着领导后面；当了副厅长后，应酬渐渐少了；当厅长后，除非重大应酬，一般情况下他都不参加了。正所谓“高处不胜寒”，越往高处，越是寂寞。不过，他正好喜欢这寂寞。如果说他还有什么比待在家里更大的喜好，那就是打球。以前是篮球，再后是乒乓球，现在是高尔夫球。无论多忙，在省城时，他每周都要去市郊的高尔夫球场一次，每次四小时，他是 VIP（贵宾）会员。在高尔夫球场，他能切实地感受到尊贵生活和时尚休闲的快乐。江平是没有高尔夫球场的，而且即使有，他也不一定过去。在江平，他是独一无二的市长，而在省城，他只是众多厅长中的一员。

想到这，居思源给王河打电话，让他马上开车过来，先去打球。王河说也好，稍等就到。

高尔夫球场离城有二十公里，车子很快到了。一进门，正碰着球场老总杨莉。杨莉一身休闲装，正和几个客人说话，见居思源进来，马上转了过来，说：“有两周没见居厅长了，是当市长太忙了吧？”

“哈哈，杨总还真消息灵通。没时间哪！这不来了？”居思源道。

“那你们先去打球，过一会儿，我陪你们喝茶。”杨莉适时地退了出来，居思源和王河进去换了衣服。一到球场上，居思源就有一种活力，也有一种亲切。

打着球，王河问：“江平环境不错吧？”

“不错，很好！”

“很好也谈不上吧？刚刚出过那么多事，也是是非之地。我可听说那个程，叫程文远吧，对你过去很有想法。”

“有想法是正常的，没想法才不正常。管他呢，该你打了。”

打完之后，他们先去冲了个澡，然后杨莉过来喊居思源下去喝茶，说有上好的普洱茶，朋友从云南刚带过来的，请居市长喝点味儿。居思源对茶敏感，特别是好茶，更敏感，就和王河下去，到了茶室。好家伙，杨莉真是会过生活的女人，连泡茶的小姐也用上了。三个人坐着，静静地看着小姐洗茶、分茶、冲茶，一道道程序，优雅而流畅。当小姐将茶递给每个人时，居思源看了看，继而闻了闻，便道：“是正宗的普洱。”

“能得到居市长这样的行家肯定，我不枉这壶茶了。”杨莉说着，脸上两个酒窝生动地跳动着。杨莉也才三十多点，以前是北京的一家歌舞团的舞蹈演员，后来认识秦可立后，就没再跳舞了。秦可立在江南省城投资建了这个高尔夫球场，让她来当老总。秦可立算起来是名将之后，他的父亲是一位立过赫赫战功的将军。他早些年也从军，后来经商，生意做得很大。居思源也和秦可立见过面，且在一起喝过一次酒。那次，秦可立喝醉了，酒醉之中狠狠扇了杨莉一个耳光，让所有在座的人都惊讶不已。事后，居思源再见杨莉，就觉得怪怪的。而杨莉却仿佛没事人一般，照样笑着，照样生动着两个酒窝。秦可立是名将之后，却在许多人的场合作出如此举动，实在让居思源觉得不堪。

茶喝了两泡，杨莉道：“居市长到江平，一定更忙了。不知道下次何时居市长能再光临我们这啊？”

“有空自然会来的。老王，是吧？”

“当然是。”

“不行，居市长，我们投资在江平也建座球场吧？”杨莉扑闪着眼睛问。

居思源冷不丁被杨莉这一提议蒙住了，顿了会儿，才说：“也可以啊，不过现在不行，等下一步吧。江平在不断地发展，这些高层次健身娱乐，当然也应该逐渐丰富。到时，我们欢迎杨总去投资。我会成为你们江平球场的第一批会员的。”

“那好，我过后给可立说一下，早作安排。”杨莉端起杯子，与居思源的杯子碰了下，“有居市长在江平，我们能不去投资？”

“欢迎哪，欢迎！招商引资可是我这个做市长的头等大事。”居思源说着，手机响了，是孙兴东。

“孙部长，”居思源边说边拿着手机往门外走，到了门口，才道，“部长放假没休息？”

“当然休息了，我正跟渭达同志在一块儿。晚上你也过来吧！”孙兴东一副北方人脾气，说话也是侉气十足。

居思源这就有些为难了，他答应了王河、孙浩然他们。要是以前，可能还好办些，跟王河他们改个时间，但这次，是自己到江平后回省城大家在一块儿第一次聚会。如果这时候突然提出来要离开，去兴东部长那儿，王河保不住要跳起来骂他的。但是，兴东部长既然话说到这份儿上了，而且渭达书记也在，他能不去？他瞥了眼屋内，王河正在喝茶。他回孙部长道：“部长，我现在正在路上。这样吧，晚上我一定赶到，但是可能时间不能待太久，就得跟部长请假。老爷子这边有点事情。”

“不是……”孙兴东问。

“那不是。是他的一个老部下从北京过来了，晚上老爷子做东，我得陪着不是？”

“那当然。也好，你过来坐坐吧，也代我问老爷子好。老书记身体好啊，前不久，我碰到老书记，说话响亮得很。”

“谢谢部长。我稍后就到。”

居思源进了屋，对王河说：“杨总的普洱喝了，球也打了，咱们是不是得……”

“啊，对，浩然还在等着呢。”王河起身，又跟杨莉道了再见。临上车时，杨莉说:“居市长，你可得记着球场的事啊！”

“放心，记着。”

车子上了路，居思源道:“我先得到假日酒店那边去一下。有个摊子，先去应付下。”他没有说是省委常委组织部长的摊子。王河和孙浩然都是一路货色，对官员有一种本能的抗拒。你拿官来说事，弄不好就崩了。虽然，对居思源当官他们并不反感，但在他们的眼里，居思源知道，更多的时候是把居思源还定位在大学同学和昔日的同事这两个身份上。在王河和孙浩然他们看来，这个时代，官吏已经够多了，好的新鲜的官员太少。而他们站在民间的立场上，做着记者，做着教师，他们仍然能凭自己的良知来处理和认识理解这个世道。居思源为此也努力地在王河他们面前，保持着内心的那种道德律。他和他们一样，喝酒、聊天、抨击这个社会的种种不公，当然也批判官场的种种腐败。然而，居思源一直觉得，他们的心都是善良的，对这个社会、对他，都是寄予希望的。而且，因为跟他们在一起，他有种回归淳朴的快乐，也有难以在旁人面前表现的天真，甚至感到他们就是一面镜子，时时地照着他，让他尽量地正身形，持操守，走正路。

王河沉默了会儿，才问:“非得去？”

“就是，我也觉得……不过，我过去一会儿就过来。今天晚上咱们好好喝喝。”

“那……好吧，我送你。”

王河既是居思源大学的同学，毕业后又是同事，他是居思源进入社会后最先交往而且交往时间最长最为莫逆的朋友。王河脾气躁，眼睛里容不得沙子，为人却十分的天真。表面上看，他完全是一个有些匪气的人，长年穿套牛仔装。但内心里，居思源觉得王河是这个社会上少有的纯真的人了。当然，说王河纯真，也并不是说他对这个社会不了解。王河最大的优点就是对这个社会看得太透了，总能一针见血，找准七寸。而孙浩然则显得世故些，孙浩然看问题喜欢从最坏的地方看起，从坏想到好，这也算是一种特殊的看问题的方法。而且，居思源发现孙浩然这种古怪的方法确实有些道理。当年他从宣传部人事处长任上准备考副厅时，他也有些犹豫。问孙浩然，孙浩然说:“即使考不上，你会怎么样呢？不还是处长！”看，这解决问题的方法多简单，并且奏效。他去考了，一考成功。孙浩然后来说：“关键是你有能力，有能力而不考，是对公开招考的一种蔑视。”居思源听着笑了，居思源其实对自己的能力还是很自信的。不过他也知道，公开招考的名堂很多，普惠性的公正后，也还有阴暗的地方。比如面试，就很难说。前六名入围，都进入面试，面试的印象分就出来了。记得当时面试结束后，就有一位面试考官问他：“居老身体还好吧？”他一下子明白了，这话问得含蓄，却极富暗示性。他说：“还好，谢谢！”那一刻，他最大的感觉是有些委屈，凭能力的事为什么非得牵扯到老爷子？但转念一想，他也就释然了，这些年，在大大小小的场合，当介绍到他时，往往都得补上一句：居老的公子。这补的一句话一出，满座立即呈现出尊敬之色，有人说曾是居老的秘书；有人说听过居老的报告，脱稿讲两小时，生动透彻；还有人说某年某年，曾蒙居老关照，不胜感激；等等。居思源知道，虽然出身不是自己能选择的，但他一辈子会罩着父亲的光环，那是不争的事实了。

到了假日酒店，王河先回去了。居思源叮嘱他：“先安排好浩然他们。记着，等我过去再喝酒。”

上楼进了包厢，竟是空的。居思源问服务员：“人呢？”

“刚才来了，好像到房间去了。”

“啊！”居思源想一定是徐渭达在此开了房间，徐渭达在省城和江平都有家，但平时基本住在江平。他两个孩子都出国了，妻子退休住在江平。省城的房子一直空着，长年没人住，料想徐渭达到省城来也是不愿意回去打扫卫生的。

服务员上了茶，假日酒店的规格较多，特别是这高级包厢，能进来的人，自然都是上档次的人，因此，服务员也不敢怠慢。茶是好茶，虽然比不得刚才杨莉的普洱，但碧绿可爱，是绿茶中的上品。居思源平时基本喝龙井，这些年，如果说在官场上，他真的收受了一些礼品的话，那么茶叶就是其中之一。很多人知道他爱喝龙井，因此到了茶季，总是以这样那样的名义弄些龙井来送他。茶是大雅之物，自然不能算受贿，他也就却之不恭了。不过这两年，他感到龙井的质量在下降，原因大概是市场大了，茶叶开始速生。另外就是有些人拿过来的龙井，也不一定就是正宗的龙井。

居思源看着茶叶在杯子里一片片地站起来，就像水中芭蕾那么的舒展，他心头生出一丝欢欣。浮生难得半日闲，像这般等人的时光，大概就算是“闲”了吧。他端起杯子，让杯子离鼻子十厘米左右，闻了闻，香，是江南茶特有的兰花香。闻着，他想起张潮在《幽梦影》中说，“人不可以无癖”，就觉得精彩。无论是爱山爱水爱美人，或者是爱石爱狂爱癫，俱皆是痴。痴也是一种境界，只要这痴不影响别人，不侵犯这个世界的整体利益。“都云作者痴，谁解其中味？”都云爱茶痴，谁知茶禅意呢？

想着，就有些出神。

门外传来“哈哈”笑着的声音，居思源听出来是徐渭达。他站起来，徐渭达已经进了包厢，身后跟着的不是孙兴东部长，而是一个大方脸的中年男人。徐渭达说：“思源到了？哈哈，等了会儿吧？快坐。”

“也刚到。”居思源坐下，徐渭达介绍说：“这是李和平李总，华美实业的老总。”

“啊！”没等居思源开口，李和平已经伸出手，嘴里连说：“居市长，不好意思，我是李和平。快请坐，请坐。早就听说居市长到江平了，去政府几次，他们说居市长正在闭门研究。今天能请到居市长，和平三生有幸哪！”

居思源听着这话，觉得有些遥远。三生有幸，这话使人想起古人作揖之状。不过总是别扭，他转过身，问徐渭达：“兴东部长呢？”

“早已到了，在上面休息。待会儿下来。”

居思源正要问徐渭达何时到了省城，李和平插上话了。李和平说：“居市长不愧是出身于名门之家，其实居市长到江平之前，我就听省城的朋友们提到过。以前有一次，我还曾为华美的一个项目去找过居市长，啊，那时的居厅长。居市长大概没印象了吧？”

“啊！”居思源确实没印象了。找他搞项目的人太多，哪能都记得？便问：“什么项目？”

“年产十万吨高纺真空布项目，后来厅里给了二百万元科改资金。想想还得谢谢居市长呢！”李和平说着，掏出烟，递给居思源。居思源摆摆手，他又递了支给徐渭达。徐渭达正眯着眼，他的脸色在包厢的灯光下发着青光，如同一个过度疲劳者，被晾到了沙滩之上。

李和平使劲地吸了口烟，说:“居市长到江平，江平将来一定有大发展。我们这些做企业的，就希望像居市长这样的开拓型领导过来。像吉……唉，不说了。居市长从省里下来，江平将来企业做项目跑资金就容易了。居市长，我手头正有一个大项目，在省发改委那儿搁住了，什么时候我请居市长出个面？”

“这个……再说吧。”居思源将杯子放到茶几上，徐渭达显然也感觉到了居思源对李和平的反感，便岔开道:“李总，去看看安排好了没有？如果好了，我请兴东部长下来。”

李和平“哦”了声，出门去了。

徐渭达对居思源笑笑:“泥腿子成长起来的企业家，就是这样。不过这人实干，华美现在的税收已经是六千万元了。他会找项目，也会跑项目。难得啊！”

六千万元，对于一个市级企业来说，也的确是不少了。听得出，徐渭达对李和平是很欣赏的。当然啰，不欣赏，关系不铁，像这假期怎么可能带着一道出来呢？官员和企业家一道，是中国当下的一种最有特色的现象。不管什么活动，官员的后面总是企业家，企业家的后面总是官员。官员与企业家，完全体现了中国当下的以经济建设为中心的大政方针。居思源又盯了会儿李和平，李和平的大方脸，活脱脱一副当下中国暴富阶层的形象。可是，这种形象目前最受用，有中国特色，这或许也叫做有中国特色的致富阶层吧！

“长假后，我准备到这些企业去看一看。”居思源刚说完，外面传来了声音，“渭达啊，怎么先下来了？差点让我睡过头了。说是放假，其实是最累啊！”

居思源和徐渭达都站起来，几乎是同时道:“孙部长！”

“思源到了？哈，要知道思源到了，我就早一点下来。到江平半个月了，还适应吧？”孙兴东身材不高，但浓眉大眼，他早年曾在团中央工作，后来下到江南省，从副省长干到省委常委、组织部长。论他的年龄，比居思源还小一岁。据说，他的祖父是抗日英雄，父亲是爱国侨领，第一届全国政协委员。待到孙兴东出生时，父亲已埋首历史研究，成为硕学通儒。但终没有扛得过“文化大革命”，在风暴即将结束时，病死在干校农场。后来，孙兴东一家被现在的中央某领导记挂起来，孙兴东读完大学，即被分配到国务院办公厅，再后来到团中央，一直到去年，到江南省任省委常委、组织部长。上层正在传着，孙兴东很快将有可能提拔。原因是记挂着他们一家的那位中央领导，年事见高，应该在他退下来之前，为孙兴东再垫一块砖。孙兴东正因为出身于那样一个老百姓看起来显赫的门第，又加上中央领导的记挂，在江南官场，他的能力是相当了得的。组织部长十分微妙，如果能力强大，组织部能做一半人事调整的主；如果部长能力弱化了，那么组织部往往就成了书记调整人事的一个工具。孙兴东整体从政风格可以说是两个字：高调。平时，出席一些会议，孙兴东的穿着就与其他领导不一样，他不太喜欢穿西装，而是穿各种时尚的夹克。颜色也多以鲜艳为主，包括皮鞋，经常是白色或者黄色。走起路来，年轻快捷，似乎少了领导干部应有的沉稳。但是，办起事来，孙兴东的沉稳在江南是很让官场领教了的。说一不二，当面批评，毫不含糊，都是他的特点。据说年初，因为某厅厅长人选，孙兴东与省委副书记李南意见相左。后来一直搞到路怀凯书记那儿，又捅到了北京，还是孙兴东占了上风。孙兴东的理由就是：组织部是经过严格考察的，我们是因事用人，而不是因人设事。

居思源打心眼里对孙兴东有些佩服，并且有些惺惺相惜的感觉。但他跟孙兴东单独接触，还不曾有过。他知道孙兴东与江南其他高层的关系，像他这样的厅长级干部，你跟谁私下接触得多，就代表了某一种倾向。这一点，居思源必须注意，他不想让人感到，他是属于某个派系的，他是跟定哪个领导的。即使对省委副书记李南，这位父亲的老下级，对他的确是关怀有加，他也是若即若离，从来不过分走近。官场上，太疏了，领导会觉得你不尊重他；太近了，让领导有压力。领导有领导的空间，私下接触就是闯入了领导的个人空间，这没有相当的了解和信任，是不宜于开展也不能开展的。

“兴东部长也没回北京？”居思源问。

孙兴东用小手巾擦了把脸，脸色因此而发红，本来就大的鼻子显得更肥大，说：“没时间哪，地市换届年初就要开始，烦得很。渭达啊，江平这边，思源去了，你该轻松些了吧？哈哈。”

“轻松多了，我现在可是当甩手掌柜了。思源年轻，事情就得他多担待。”

徐渭达眼皮子上下纠结，好像随时都要拧起来一般。

“渭达书记在前面掌握方向，我做实事。政府嘛，就是干事的。”居思源立即道。

孙兴东又哈哈笑了两声，说:“一个地方，发不发展，怎么发展，发展得快不快，其实最重要的就是班子的团结，就是两个一把手的配合默契。渭达和思源你们俩，应该是最好的搭档。我当初定的时候，也这样想。渭达老成，有经验；思源年轻，有闯劲。你们在一块儿，江平发展能没有起色？思源，是不是啊？”

“当然是。只是我对江平的情况还不太熟悉，有些工作也还……还得靠兴东部长和渭达书记多支持。”居思源谦虚着。徐渭达道:“不过，江平的班子现在还没配齐，特别是政府班子，思源哪，这个你要着手考虑。兴东部长也会支持的，兴东部长对江平一直很关注。政府的班子没有活力，党委这匹马再怎么拉也不行哪！”

正说着，孙部长的手机唱了，说唱，是因为这是首《爱上你是我的缘》的歌曲铃声。领导干部手机用铃声的，居思源只见过孙兴东部长一个人。当然，这也不是孙部长的对外工作手机。孙兴东按了电话，却没说话，里面的人在说，听得见是个女人。说了一通，孙兴东道:“那就过来嘛，假日！”又抬起头看看门口，居思源立即站起来看了下包厢号，“888”。孙兴东道:“三个8。都是老朋友，没事，过来吧！”

“一个朋友！从北京来了。”孙兴东解释着，脸色有些不太自在。居思源和徐渭达都没朝孙兴东的脸上看，平时人家说话时，与人正视，是礼貌；而当孙兴东部长作这样的解释时，再与之对视，那就是浑蛋。没有人喜欢秘密被人窥破，保全别人秘密，是官场最大的美德。

三个人不知怎么的就说到了吉发强。徐渭达叹了口气说:“太可惜了，不值得啊！”

孙兴东打一个哈欠，似乎是下午太累了，说:“这案子已经提到中央了。可能会从重。这是大方向。中纪委主要领导作了批示。”

“唉！”居思源笑着说，“最近看一篇文章，说当官已经成了中国的高危职业。虽有些危言耸听，但也不可否认，确实有这种现象。很多人确实可惜，往往都是一念之差啊！”

李和平回来了，一见孙兴东部长，立马恭敬着，道:“孙部长到了。都安排好了，是不是现在就……”

“再等会儿吧。”徐渭达看了眼孙兴东。

孙兴东说:“不等了，她很快就会到。”

“那就在上边等。”徐渭达说，“思源晚上还另外有个局。”

“我没事。”居思源嘴上说着，心里却急。王河他们是会一直等着他的，他不到，他们不会喝酒。

菜和酒都上来了，酒是茅台。李和平特别介绍说:“这酒是我从贵州茅台酒厂提过来的，保证地道。”

“现在的茅台七成都是假的。不过这个放心，李总长年跑贵州。”徐渭达跟孙兴东说，“知道兴东部长好酒量，今天晚上就放松一下，行吧？”

“哈哈，好，好！”孙兴东把手机放在桌上。徐渭达让孙兴东坐在中间，左边留了个空位，给他的北京朋友。徐渭达居右，居思源坐左，李和平坐在下面，搞服务。酒满上后，徐渭达又朝门外看了看，孙兴东手一挥，说:“咱们先喝。她来了，罚她三杯。”

因为有李和平在，酒桌上谈话的方向明显发生了改变。刚才三个人谈的是班子，现在开始谈一些大的政策方针。说着，就说到房地产。孙兴东问江平的房价如何。徐渭达说:“每平方米六千元。”

“啊，和省城差不多了。”

“太高了。”居思源道，“以江平这样的三线城市，房价应该稳定在四千元才合适。老百姓的人均收入摆在那儿。按国际上通行的标准，购房总价应该与家庭六到八年的总收入基本一致。但现在哪行？”

“这不是一个地方的问题，是全国性的问题，是结构性矛盾。”孙兴东边说边看手机，然后起身，说，“我去迎下。你们继续喝！”

孙兴东出去后，李和平朝徐渭达暧昧地一笑，说:“孙部长这客人了得啊！”

徐渭达瞪了李和平一眼，居思源的手机正好响了，王河问他什么时候到，说一干哥们儿还有姐们儿都在干耗着，酒都凉了。居思源说半小时就到，快了，快了。

孙兴东再进屋时，身后跟着个年轻的女人。确实年轻，看上去也不过三十岁挂零，身材修长，长发如墨。孙兴东介绍说："这是苏朗朗小姐，名模。"

"名模？！"李和平大方脸好像更大了，声音也提高了几分，"那快请坐，请坐。难怪，真是国色天香哪！"

居思源皱着眉头，孙兴东又介绍了下："江平市的书记、市长。"停顿了下，又补充道，"李总。"

李和平先伸出了手，苏朗朗并没有握，而是向着居思源伸出了细白的小手。居思源伸手用三根手指沾了下她的手掌。这是礼节。在公众场合，与女士握手是有讲究的。女士不伸手，你不能先伸手；女士伸手了，你只能握到为止，不宜于像与男人握手一样，紧握，或者两手抱握。李和平显然是忽略了也许是根本就不曾懂得这礼节，而人家是名模，自然注重这方式。徐渭达边握苏朗朗的手边说："在电视上看过的，兴东部长今天让我们看见真人了。难得！"

酒席因为苏朗朗，不，因为一个漂亮女人的参加，格局立即发生了改变。酒喝得顺畅了，桌上的语言也渐渐开放。平时，坐在办公室里或者会场上一本正经的组织部长、书记、市长，这会儿都回到了男人本色，徐渭达甚至讲了一个黄段子，逗得苏朗朗差点笑翻。居思源注意到，孙兴东部长看苏朗朗的眼神是迷离的，这说明苏朗朗至少到目前与孙兴东部长的关系，还在若即若离阶段。一个男人和一个女人有没有关系，眼神是看得出来的。语言可以隐晦，行动可以遮蔽，但眼神却无法躲藏。苏朗朗的口气、眼神，还有动作，都在明白地告诉大家：孙兴东在追我，而我就是公主，正享受着被追的快乐。

苏朗朗能喝酒，而且仿佛就盯上了居思源，坚持要与居思源炸雷子。

居思源有些为难，他心里不想。本质上，他对于名模，或者一些搞艺术的，都有一种戴有色眼镜看的感觉。这一点，他应该是受了父亲的影响。父亲一生开明，对新事物都持欢迎的态度，但是对艺人，却一直心里有疙瘩，至于原因，他是直到最近才知道的。今年春节，与父亲长谈，父亲谈到了他革命前的一段历史，说到与当时上海的越剧名伶小月仙的爱情。父亲虽然说得平淡，却让居思源惊讶不已。小月仙背叛了父亲，投进了上海一黑帮老大的怀抱，这让热血沸腾的父亲痛苦失望，并促成了父亲投身革命，成了一名地下党员。后来这一辈子，父亲再也不看越剧，提到演员，总有愤然之色。居思源大学时，曾一度迷恋某剧团的舞蹈演员。父亲知道后，严厉禁止了他们的来往。一个人性格的形成，总是有根可挖的。居思源对苏朗朗很难从骨子里产生激情，也源于此。他是看在孙兴东的面子上，与苏朗朗放了个雷子，苏朗朗说："如今像居市长居哥这样的男人太少了，男人，都只想着怎么拥有女人，却不考虑怎样拥有女人。"

"苏小姐酒高了，休息下。来，兴东部长，我再敬你一杯。稍后，我还有个摊子，就……"居思源端起杯子，与孙兴东碰了下。孙兴东说："有事？好，好，你先走吧。渭达，来，我们一起干一个。"

三个人喝了，居思源便起身离开。苏朗朗拉住他的手："居哥，下次到北京，请你喝！请你喝！"

居思源说："我会陪兴东部长一道的，你们慢喝。"李和平也出来了，驾车送他。很快，就到了王河这边。

"赵茜也在。"刚进门，王河就先道。

居思源其实已经瞥见了赵茜的长头发，但还是心里一颤。赵茜却走上来，掠了下头发道："欢迎居市长，好久不见了。"

"好久不见了，都还好吧？"

"还好。"

孙浩然在边上道："赵茜现在是北京绿城地产的总经理助理，成功商人了。也别细话了，先坐。王河，开酒啊！"

王河答应了声，等居思源坐下，他发现赵茜被安排到了自己边上，而杯子里，酒也已经明晃晃的了。

第4章　省委副书记给新市长居思源出的难题

长假结束，秋天也悄悄地到了。

江南的秋天是寂静的，它从菊花开始，一点点地，一层层地，慢慢地铺染；它不像北方的秋天，铺天盖地，让人猝不及防。因此，江南的秋天更动人，更深入人心，也更能让人在秋的空旷与高远之中，产生辽阔与忧伤。

“生年不满百，长怀百岁忧。”这往往是诗人对秋、对人生的感叹，居思源也有。居思源一直觉得内心里，自己是个忧伤的人。虽然外表他一直呈现出一种明亮。当然，他并不把忧伤挂在脸上，也不因为内心的忧伤而影响世俗的生活。内心的忧伤是诗意的，而世俗的生活，是必须面对，且应该不断地奋争的。记得大学时，他在复旦的秋之长夜里，曾动情地写下《问秋》。其中有几句他现在还记得：

我若问秋，秋光如何能走上我光洁的额头？
那些时光中的往事，还有爱情
我怎样才能握住？才能使秋天
像心灵一般高远……

这首诗严格地说，是写给赵茜的。多少年后，当赵茜同居思源坐在同一张桌上时，他也想到了这首诗。但他不可能再读给赵茜听了。那已经是往事中的风烛，已经是晚霞中的芦苇，只能让它们沉没，而万万不能再泛起了。

上午，居思源让政府办主任华石生召集主要经济主管部门，到政府开了一个短会。内容就一项，请各单位提供今年前三季度经济发展相关数字，包括主要项目、存在问题，以及下一步打算。会议一开始，居思源就强调:“每个单位的发言不得超过十分钟。”同时他还加了一句:“汇报可以看得出一个干部的水平。如何在最短的时间内，汇报出高质量，这就是水平。”他笑着问各单位负责人:“你们都是搞经济的，什么叫经济？在十分钟之内，把应该汇报的全部汇报了，把不该说的全部省了，这就是经济！”

居思源说这话是笑着的，可参加会议的各部门头儿笑不出来了。这些部门头儿平时汇报，要么拿着现成的材料，要么不着边际胡扯乱拉，哪曾像现在这般在十分钟之内对农业经济或者工业经济作一个完整的汇报？大家都低着头，华石生说话了:“谁先来？大家都是部门的一把手，对情况熟悉，随便说就是了。”

没有人应答。

居思源看了下表，然后让马鸣拿过电话簿，翻开，喊道:“那就按电话簿的排序来吧。先是发改委。”

发改委主任任意青，是江平市政府组阁部门主要领导中年龄最大的一位，上一届本来是安排进市级班子的，结果选举时被选掉了，还只得待在发改委主任任上，死挨着等下一次换届，以期到人大或者政协。见居市长点了名，他挠挠头发，朝四周张望了下，才道:“我先说？好，我就先说吧。发改委的工作，用十分钟自然是说不完，我就拣些重点的，主要汇报三点。”

任意青接着就一二三地一一汇报下来，虽然没什么数字，但纲纲还是张着的，说明了他对发改委这一大块工作的熟悉。其实目标年年定，工作方式和方法也不见得就得年年有创新。抓住基本点，汇报就不会出大错。最多就是单薄一些，务虚一些而已。

果然，居思源听了，也没说什么话，接着就是农业委员会。农业委员会主任叫吴平均，四十来岁，头发梳成中分，大概是打了摩丝，黑得发亮。他倒是个典型的数字型干部，十分钟不到，说的全是数字，但居思源还是皱着眉。等吴平均说完，他问了句:“江平农业的现代化程度达到了什么水平？农业产业化覆盖的农户又占到农户总数的多少？”

“这……”吴平均仅仅在额头上抹了一把，就答道，“现代化水平应该是比较高，处于全省前列；农业产业化水平也不错，我们的桐山县是全省农业产业化的示范县。”

“就这些？”居思源问。

“就……”

“好了，下一位，建委。”

整个汇报会期间，居思源一直在摆弄着钢笔，他几乎没记录，但在最后的总结时，他重复了刚才许多部门汇报的诸多数字，这令在座各部门的一把手，包括华石生在内，都干瞪着眼睛。居思源不仅复述了数字，而且从这些数字中很快总结了江平经济发展的三个特点：工业不强，大企业大项目少；农业水平不高，产业化程度低；财政收入有限，特别是可用财力基础薄弱，土地财政现象严重。他要求各部门针对上述情况，开展调研，在半个月时间内，给政府提供一份有内容、高质量、有思想的调研报告。

说话中，桌上的手机振动了多下。居思源只是看看，也没接。会议快结束时，马鸣进来贴在他耳边说：“高捷的爱人来了，说非要见你。见还是……”

“见。让她在我办公室稍等会儿。”居思源说着，又转到会议上，说：“今天是各部门负责人参加的第一次会议，我对江平的情况还很不了解。但我希望这是一个点，一个改变会风的点，一个求真务实的点，一个扎实调研的点，一个开拓创新的点，一个富有思想的点。大家都是一把手，一把手是干什么的？是总结规律，出成果，出思想，拿意见的。我不希望再听到那种夸夸其谈的平面汇报，也不想看到各位在汇报时着急的样子。一把手就要胸有成竹，这是基本的水平和素质。我希望这是第一次，也是最后一次。散会！”

平时，一到会议散会，与会者总是说话不断，可今天，一点声音也没有。这些部门一把手，似乎都被霜打了一般，蔫了。吴平均捣捣任意青的肘子，轻声说：“这个市长不简单哪！”他套用京剧《沙家浜》中的唱词，这会儿拿来形容居思源，倒也恰当。任意青只是笑笑，又伸手在几乎秃了的头顶上摸了一把，道：“省里下来的干部，又是那样的家庭出身，作风就是如此。也不会撑得太长，他对基层还不了解。等了解了，他就说不出那话了。”

“哈哈！”吴平均轻笑了声。

居思源已经回到办公室了，花芳正等着，见居思源进来，立即道:“居市长，你得为我们家高捷做主啊！他是被人陷害的，陷害的啊！”

“坐下来，慢慢说。”居思源让马鸣给她泡了茶，花芳喝了一口，缓和了下气氛。居思源道:“我在省里就听说高捷的案子，但不清楚内情。这是纪检部门的事，政府也没办法干预。”

“那么说，居市长也同程文远一样了？都不问了。好，我就知道……”花芳哭了起来，哭声压抑而激动。

居思源看着这个女人，四十来岁，长得应该也不错，虽然现在看起来有些苍老，如果不是因为丈夫的事，她大概不会跑到市长办公室来哭泣。她边哭边道:“高捷是个实心眼，上了别人的当，还死扛着。就是那个程文远，好处都他得了，结果到头来，高捷进去了，他照当书记。居市长，我也不是胡闹的人，我也是税务干部。我实在是有冤哪！这是我写的材料，请市长抽空看看。我知道一般人搞不动程文远，我就不信。市里不行，还有省里；省里不行，我就到北京去。”

“花芳同志，要相信组织、相信纪检机关。情况可以反映，但要通过正常渠道。这个先放我这儿，我会了解相关情况的。你回去吧。记着千万不要越级上访，这不利于问题的解决。好吧？”居思源将材料放进公文包，花芳也起身，说:“既然居市长这么说了，我听市长的。那我就走了，不打扰市长了。”

花芳走后，马鸣进来问:“明天调研的事，要不要现在就通知两个县？”居思源想了想，说:“通知吧，第一次，也不能搞突然袭击。另外，让华石生秘书长一道，其他人就不要带了。”

江平是个地级市，除了市区的南区、北区、中区三个区以外，还管辖桐山和流水两个县。市带县的管理格局，是促进城市化的一种方式。但是，也容易形成小牛拉大车的倒置现象。江南省的南州市，就是一个百万人口的中等城市，带了六个人口都近百万的农业县，结果是城市发展不起来，县级经济也受到制约。江平不存在这些，一百万人口，带两个县，恰到好处，城乡互补与互动都好实现。这两个县，就目前居思源掌握的材料，桐山经济相对薄弱些，农业大县，而流水则是以民营企业为主的工业县，居思源在科技厅时，也曾带队到流水去过，流水的千家万户的企业，着实让他感到工业化显然是小工业化的热烈。到江平前，流水县的县委书记焦天焕曾到科技厅去拜访过他。焦天焕比他要年长一点，应该在四十七八岁，西装革履，精神气十足。一见面，即大声笑着道:“我是该喊居市长，还是继续喊居厅长哪?！哈哈！”

“组织没定的事，别……”居思源制止了他的笑声。

焦天焕拿出烟，从屁股后面弹出一支，正欲递给居思源，又缩了回去道:“啊，忘了，市长是文明公民，与烟不和的。我也不抽了，免得污染了市长这办公室环境。”

居思源不太喜欢焦天焕这讲话的语气，但一想到焦天焕还有一个身份，他也就释然了。在江南省的县委书记当中，焦天焕的政绩比他的诗人名头要小得多。诗人书记，这是很多报刊对焦天焕的称呼。据说，他已经出版了十几本诗集，在北京开过个人诗歌作品研讨会，京城的那些批评家大腕，还有著名作家等，称赞他是“新时期抒情诗创作的代表，作品浑厚，思想高瞻”。今年年初，好像省作协还为他举办了诗歌创作十周年讨论会，省报还以诗人书记的通栏标题，发表了他的创作观与作品。居思源以前也曾是个诗人，但他委实读不下去焦天焕的诗，也许是时代变了，诗歌正在改变，焦天焕的作品正好切合了时代与诗坛的需求。然而，居思源总有种想法：一个县委书记，爱诗、写诗，都是很正常的，恰恰说明了中国是个诗的国度。但不可迷、不可伪、不可虚，更不可附庸风雅。但愿焦天焕不是，一个好的县委书记难得，一个好的诗人也难得。鱼与熊掌，既不可兼得，则取其一端，则为明智之举也。

从江平市区到桐山，一百二十公里，而且有一半的山路。车子转来转去，却好像都在这山窝窝里打圈一般，盘山公路的弯度都是一样的，两旁的风景也几乎差不多。只是偶尔出现的一两户人家，会提醒你过了一个坡，又过了一个坡。坡与坡相连，山与山相接，就是很少见水。山上的树也算长起来了，但细一看，可成材的林木还是太少。这一点，前两年居思源带队参加全省林地改革调研时，就提出来过。林地绿化，不仅仅是绿化，还要有效益。可现在，漫山遍野的都是树，可都是杂木、灌木，很少见高大的乔木。经济林更少，山产收益几乎很难见到。

马鸣坐在前面副驾位上，一路看着，说:“还是老样子啊！”

居思源问:“小马家在这边吧？”

“就在刚才过去的那边山冲里。不过，全家早就搬出来了。那条冲里以前人多的时候，有几百户，现在只剩几十户了。条件太艰苦，不方便，而且没有经济来源。早些年，还可以砍树卖树，如今木材卖不上价，年轻人又都出去了。清明我回家一看，真可以说是荒凉。”

“这不仅仅是你这里啊！”居思源体长假与王河他们聚会时，孙浩然还说他准备做一次关于当下农村生活的采访。农村现在成了候鸟的集散地，除了春节，平时 3869 部队守着，妇女们打牌，老人们窝在家里看电视。你一进村，喊一声也没有人应答。田野里，很难看到人。机械化操作，减少了劳动强度，但也使农民离土地越来越远。特别是年轻人，最基本的农活都不会了，对土地的情感自然更谈不上。想起当年艾青先生的诗:“为什么我的眼里常含泪水？因为我对这土地爱得深沉！”自然，艾青先生所指的土地是广袤的中国大地，狭义地用之于农村的年轻人，则真的是一种无奈。

车子到了桐山县城，已经快十一点了。

桐山县委书记李朴的穿着就如同他的名字一样“朴素”，理个小平头，乍一看，很难想象这是中国的一个县委书记。接待就在县委招待所，居思源看了看，这招待所规格不高，倒也清净。李朴攥着手，说:“居市长第一次到桐山，按我们山里人的惯例，得在家里吃饭。县委的家就是这招待所，市长不会见外吧？”

“招待所好，亲切！”居思源跟着李朴进了会议室，会议室也简朴，正中的墙上挂着条横幅: 扎实奋进，振兴桐山。桐山县委在家的常委都到了，县长杜世民年龄偏大些，手中夹着烟，一脸的古铜色。居思源一一握手，李朴笑着道:“居市长到这山里，看这些干部也都一个个山猴子般吧？没办法，长年跟黄土打交道，这么些年都说走出大山，但真要走出，难哪！”

居思源坐下，喝了口服务员递上来的茶，说:“好茶啊！”

“野茶。每年桐山这茶的产量也就百十来斤。”李朴继续道，“桐山是产茶县，但产量一直不高，也没品牌。茶叶经济做不上去。这两年，我们想了些办法，也作了些宣传，茶叶的产量和质量都有提升，销路也基本上打开来了。现在是老百姓催着政府发展茶叶，今年茶园的面积可望达到两万亩。最近，常委们都分了点，到各地督察茶园建设。搞工业，桐山没基础，我们就搞农业，搞产业化，走桐山自己的路子。”

“这很对。我们要引导农民，但是不是强迫农民。更重要的是让农民自觉起来。农民自觉了，就不愁我们的农业现代化实现不了，也就不愁我们的农村奔小康实现不了。”居思源又喝了口茶，确实是好茶，甚至，他感到比龙井的感觉更好。但是他没说，只是道:“一个地方发展经济必须抓住自身的特色，这就像本和末的关系。丢了本，盲目地发展，到头来很可能就是四不像。桐山的路子是对的，这说明桐山县委的思路是清楚的，也是立足实际的。”

华石生插话道:“桐山在近五年的县级经济考评中一直处于不太靠前的名次，单纯发展农业，应该是个制约。”

李朴马上接上了话头:“其实我们也知道工业是发展之本，但是，桐山确实是没有很好的工业资源可以发展。这些年，我们为着发展工业，也做了大量招商引资的工作。结果呢？我们的开支远远大于我们的收益。很多商人来了，吃了，喝了，看了，然后走了。我们并不是不招商，但我们的招商是立足有我们的特色之上。比如今年，我们就招了一个大商，上海的外贸出口总公司来我们桐山开发一万亩山核桃。这个项目已经在实施，政府也在有限的财力中拿出了三千万元进行配套。目前虽然看不出效果，财政收入也没有因这个项目有所增加。但是三年后，山核桃进入产出期，每年可为桐山的老百姓增加收入三千万元至五千万元。政府仅农产品加工环节的税收也可以达到三百万元以上。这样的项目，既富百姓，又富财政，何乐而不为？”

华石生站了起来，然后又坐下。看得出来，他对李朴的汇报有些着急。现在，各地都在大搞特搞工业，你李朴作为一个县委书记，怎么老是抓着农业这个基础产业不放呢？他想了想，又朝杜世民示意了下，然后起身出来。杜世民跟了出来，在门外，华石生道:“老李怎么了？也搞点新鲜的嘛！思源市长是从科技厅下来的，搞的就是创新，怎么就……唉！”

“李朴书记这是亮家底子，实事求是。这样吧，等会儿，我再补充一点。”杜世民点了支烟，抽了一口，又灭了，问道，“要不要搞点纪念品？”

“这个……思源市长才来，你们看着办吧。”

“好，那好，我与李朴书记商量下。”杜世民往会议室走，走了几步，折回来道，“秘书长，上次我跟您说那事，不知道怎么样了？马上县两会要开，两会前不动，可就……”

“这个嘛，哈哈，说了，我跟渭达书记也说了。可能近期要动吧。”华石生放低了声音，“不过，单位不一定好。县长嘛，上来也是不太好安排。”

“单位其实都……关键是桐山这地方待得太久了，而且，你也看得出来，这里实在是……要说工作没做吧，做了大量的工作。可是就是不出成果啊！地方差，而考评体系又不管这些，只管考你的财政收入，考你的地区生产总值。桐山再干，哪能与流水比？人家流水躺着，也能比我们站着做得好。”

“不说了，老杜啊，下一步再看嘛，啊！”华石生说着，就拍拍杜世民肩膀。杜世民在桐山干了快二十年，从正科干到正县，确实也是不太容易。江平管辖两个县，两个县却有很大区别。流水县有大型煤矿，还因为地处国道与高速边上，交通区位好，吸引了一大批从江浙转移过来的产业，像水泥厂，机械设备制造业等。流水的财政收入是桐山的五倍，已经超过了十亿元。在这样的两个县工作，自然是有心理的不平衡与落差。当然，这落差也仅仅是领导们的，一般的干部生就是桐山的人，长定的眉毛生成的骨，他是无所谓的。流水的干部出来，与桐山的干部站在一块儿，一眼就能分出个子丑寅卯。流水的干部，就像流水一样舒展着，而桐山的干部，也都像山核桃一般，皱巴巴的。地理决定心理，心理决定生理也。

李朴还在讲山核桃，居思源似乎很有些兴趣，在笔记本上记着，不时还抬头与李朴对视一下。李朴停下来，看了下手机，没接。居思源问:“桐山除了山核桃和茶叶，还有哪些能开发的山产资源？”

“这个很多。比如山楂，一到秋天，漫山遍野都是。山民们采了，却很少拿出去卖。可惜了。还有山野的养殖业。现在我们有一个村，村长以前在外打工，现在回家当村长，同时租用山场养殖土鸡，效益相当好。江平市场上的土鸡相当数量都是出自这个村的。不过规模还是小，我们下一步准备给他些扶持，走公司加农户的路子，扩大养殖量，增大销售半径。”李朴说着，脸上竟露出有些憨厚的微笑。居思源心想，这真的是个山区的县委书记，说到山，就激动，就高兴。这样的干部，现在是少之又少了。

居思源又喝了口茶，野茶的清香持久、淳厚。马鸣过来，用手机示意了一下，居思源拿过手机，看了看号码，然后向李朴点点头，便起身。到了走廊上，他才按了接听键，道:“李书记，我正在底下县里。”

“啊，好啊，要经常到基层。到基层才能掌握一手的真实的情况。很好！”李南先是官话了一遍，然后道，“工作基本适应了吧？”

“才开始，谢谢李书记关心。”

“哈哈，你会很快会入行的。年轻人，上手就是快。还有个事，给你招呼下。”

“啊！”

“上海的联建公司，前两年在江平搞了个地产项目，可能涉及用地上有些问题，他们找到我。我说这事我不好干预嘛，是吧。你看看，在原则许可的范围内，把这事处理了。毕竟人家也是为江平的经济发展嘛，是吧？啊！”

“这……这样吧，我先了解下情况，然后再给您汇报。”

“那好，好！”

挂了电话，居思源在走廊上站了会儿，联建公司他是知道的，在省城也有楼盘。人家说，中国现在跟官场关系最紧密的公司，不是国企，而是房企。房企拿地，是给政府的土地财政增加收入；而房企在一个地方发展，政府在环境上的宽与严，会直接导致项目的成与败。房企也因此与官员之间形成了说不清道不明的关系。这几年，众多官员的腐败，都与房企有关。房企老总所能攀上的领导干部的级别，就像他们所竖立起来的房子一样，高度有时令人难以猜测。比如联建，这不就找到了李南书记头上？李南书记能亲自为他们打电话，其中的利害，自然是一目了然了。

李南副书记没说联建在用地上到底有什么问题，只是说在原则许可的范围内解决，这是最大的、最有原则性的官话。招呼打了，也没有明确的指示你怎么办，更重要的是告诉你必须在原则范围内，话语中的机关，甚至比古人穷其一生所研究的墓道机关还更精巧。居思源摇了摇头，回到会议室。李朴正在接一个电话，而且大声地嚷着，见居思源进来，李朴说了句:“回头我再找你！”收了线，然后道：“刚才我汇报了桐山农业的情况，桐山的工业也有，但目前规模不大，我们最大的企业年产值才二点五亿，是水泥厂。其他的企业，产值都在几千万或者几百万甚至更小。财政收入去年是二点二亿，其中国家财政返还资金占到了八千万。桐山发展的步子缓慢，当然，首先我作为班长要检讨，我们的思想不够开阔，工业经济一直滞后。我们实在是找不到好项目，也引不来好企业。桐山离最近的高速一百二十公里，离国道也有一百多公里。交通不便，是制约桐山发展的根本。因此，我们一直呼吁国家在交通发展中，考虑到桐山的特殊性。特别是市里，居市长来了，我们也请求市里将桐山的交通工程列在重要位置。我们别的政策不要，只要好的交通。有了好的交通，桐山的山货就能出去，就能卖大价钱，富民是第一，其次是富财政。民富，财政自然就会跟着富。”

“这个思路是正确的。”居思源肯定了句，道，“因地制宜，一直是我们发展的一条基本原则，这个不能随便动。”又问，“世民县长还有补充的吧？”

“这个……刚才李朴书记已经汇报得很全面了。我就补充一点，我们的工业经济近年来也在努力，有所起色。最近我们正在跟汇源集团谈合作，他们利用我们的山货资源，在桐山开办加工企业。这个项目如果能谈成，年产值可以达到十亿元以上。”

“现在进展怎么样？”

“各地竞争得比较激烈。招商就是竞争，我们正在努力。”

“这样大的项目，而且是依托桐山资源，方向很好，值得下工夫去争取。如果需要市里出面，我们一定支持。我自己也可以，你们随时说下，我亲自去谈。”居思源正说话，电话又振动了。他没看就直接摁了。然后又继续道：“其他同志……啊，”停了下，他望着华石生，“石生秘书长，说说！”

华石生其实早作好了说话的准备。市政府秘书长跟市政府秘书是两个完全不同的概念。虽然名称上仅仅多了一个“长”字，但秘书长是政府领导，秘书是服务领导。华石生也是老资格的秘书长了，他知道在什么山唱什么歌，他把笔记本翻到刚记录的那一页，又用钢笔压好，才开口：“刚才李朴同志和世民同志的汇报，我总体感觉都很全面，而且也客观。桐山有桐山的特点，与其他县区比，有劣势，但也有优势。这优势就是山，就是山产。因此，桐山走农业产业化经营的路子，我认为是极其正确的，也是十分有必要的。但是，县域经济的发展，单纯地靠农业是实现不了的，必须走工业化的路子。要有大项目支撑，要不惜一切代价，争取大的项目和大的企业到桐山。富民是一个方面，富县也是必须要走的路。县不富，发展就没有后劲。当然啰，我不是反对开发农业，搞农业产业化。这个，可以更多地发动农民，让他们自己去搞。政府还是得集中精力搞大产业，抓大项目，抓大收入。"

居思源看了看手机，也快十二点了。华石生瞥见居市长在看手机，立即说了句："时间也不早了，我就不说了。最后请思源市长作指示。"

居思源扬了扬眉毛："我没有什么指示。对桐山，对整个江平的情况，我都是刚刚开始了解。一知半解，是没有发言权的。因此，这次调研目的就是听。刚才李朴同志、世民同志都讲了，石生秘书长也谈了很好的意见，都很好，都很有意义。我这次调研，除了桐山，还有流水，接着下来是三区。最后要召开主要领导的座谈会。如果说有什么指示，就到座谈会上去说吧，不过，桐山也确实给我一个启示，那就是领导干部的政绩观问题。详细的不说了。李朴同志啊，中餐就简单一点，吃过中餐我想去看看山核桃基地。"

"好，就安排。"

中餐就在招待所食堂，都是些山区特色菜，清亮，看着就可人。李朴说："思源市长第一次到桐山，就用家常小菜，不见外吧？"

"这个最好。这才说明桐山没有把我居思源看成外人。桐山是革命老区，有优良的传统，根本就是依靠群众，走群众路线。现在你们搞农业产业化，也就是依靠群众嘛！来，我以茶代酒，敬一下桐山班子里的同志。"居思源站起来，举起茶杯，大家也都端着杯子，居思源说："等山核桃产业搞大了，发展起来了，我来喝酒，好好地敬大家。"

李朴带头鼓掌，华石生有些奇怪地看了眼。因为不喝酒，饭也就吃得快，不到半小时，中餐结束。华石生问居思源市长中午是不是休息一会儿，居思源说不了，直接到下面去。看完基地，直接到流水。

山核桃基地离县城近七十公里，都是盘山公路。车子走了一个半小时才到。刚转过山角，满坡的山核桃树便迎上来，李朴说:“从这山一直往里，是八千亩，另外在其他乡镇零星种植有两千亩。”

居思源走到一棵山核桃树旁边，树有半人多高了，李朴介绍道:“这是通过嫁接的苗木，三年就可以挂果。这七千亩地，共有三个山核桃种植合作社，两个是本地人牵头的，一个是外地收购户牵头的。树苗由牵头人出一点，老百姓自筹一点，政府也补偿了一点。三个一点，加上合作社提供技术和肥料，农民只管种植和管理，这种产业化比较适合贫困山区。”

放眼一望，确实都是大片大片的山核桃林，居思源又往前走了小半里地，两旁山上，一直从山脚到山顶，都是核桃树。他对李朴道:“这不错，这就是绿色银行哪！”

第5章　新形势下，如何对待民意

下午五点，居思源到了流水。

焦天焕带着班子成员，已经在流水国际大酒店等候多时了，流水县的城市发展，与桐山不在一个层面上。如果说桐山是小家碧玉，那流水就是现在人们所说的富二代，张开了大势子，显得粗声粗气。国际大酒店一进门，就看见正中的照壁上龙飞凤舞的一大块书法。居思源平时对书法也有些兴趣，自然就踱过去细看，却是一首近体诗。大意是赞扬流水这个地方物华天宝、人杰地灵。再看署名，“天焕诗并书”，他莞尔一笑，又是一幅官员墨宝！早些年，江西的副省长胡长青出事被判死刑后，他出事前给别人写的字，一夜间飘满了垃圾场。那胡长青虽是个大贪官，但书法也确实还上点水平。这焦天焕，居思源在心里笑了两声，这字也确实太一般了，至于诗，以居思源中文系毕业的欣赏水平来看，只能是入门级，没有诗意，大而无当。官员写作，近年来屡被垢病，原因不在于仅仅是因为他是官员，而在于他确实没有多少写作的能力，而又借助其官员身份，获得了写作上的极不相称甚至滑稽的名声。比如某官员，因此得了某某文学大奖，不仅没有成为该官员的光荣，却成了其被网友质疑的把柄。官员可以写作，但得写在心里，而不能刻在这流水县国际大酒店的迎宾照壁上。

正看着，焦天焕过来了，说：“随便写写，思源市长见笑了。”

“很好啊，很好！”居思源虽面有不悦之色，但嘴上还是夸奖着。

“不行啊，在市长面前，天焕这只是雕虫小技。市长是复旦的高才生，早些年又是名记者，哪能看得上我这烂字？当然也包括我这破诗了。”

居思源听着想，还真没想到焦天焕这么谦虚，一段话，就把自己的诗和字都贬了一通。但是，焦天焕说话的口气，显然是在以自谦实现自夸的目的。这也是高明的谦虚，如果碰上一个正需要夸他的人，也许就会说，焦书记的字，比我上次到北京看到的某某名家的字还好。至于诗，更好！儒官哪！

居思源没再说话，大家上了电梯，先送居思源和华石生他们住下来。居思源住的是套间，布置算得上豪华。焦天焕说这是流水最好的设施了，当然还不周全，请市长谅解。居思源坐在沙发上，说："流水果真是大县哪，这档次……啊，比省城也差不了多少。"然后，他从包里拿出手机，上面有未接电话，想必是刚才在车上休息时打来的。是池静的，他看了眼焦天焕，然后开始往回打。焦天焕说："市长先休息下，我下去就来。"

居思源点点头，看着焦天焕往外走。焦天焕身材高大，脸也大，白而泛红，仿佛被激怒后生气一直不能消解一般。虽然穿着西装，却吊在半腰上，一看就是因为个子太高身材没办法挺起来的缘故。他走路时身材几乎是偏着，好像随时都能被风吹倒。说话时，大嗓门，整个形象，往差点说，就是个暴发户的形象；往好点说，就是个不修边幅的人。这两点，居思源都不喜欢。当然，人不可貌相，仅仅看相貌是不够的。一个人的精气神很重要。比如李朴，虽然简单，但透着坚定和淡定，而焦天焕呢，就凭刚才短短时间的接触，他的身上透着的是霸气、大气和官气。

没有精神，人无异于禽兽。官员的精神气，往往反映着官场中人的工作与生存状态。平时，居思源也注意这一点。他在科技厅时，办公室的壁子上就挂着省内著名书家王拓书写的"精气神"条幅，字体凝重，笔力浑厚，每每一个人独处，或从案牍中抬起头来看这字时，就有股热流，周于全身。这才是真正的书法，也才是有灵魂、有热度的字。想到刚才进门照壁上那"龙飞凤舞"，他只好叹了口气。叶公是古时候的，现在也还不少啊！

池静的电话没接，一定是有什么事了，不然，她一般是不主动给他打电话的。池静是省医院的主任医师。当年，居思源谈恋爱时，很多人都觉得奇怪，他怎么谈了一个既不是官宦家庭出身又长得并不十分漂亮的乡下女孩？连老父亲居思也问他，他只说，有感觉。确实是有感觉。他认识池静时，刚刚从一场风花雪月的爱情中走出来，身心疲惫，却难与人言。赵茜离开了他，当然，在此之前，他和赵茜的爱情，本身就是水中月一般，一直停留在虚幻之中。还没落到实处，赵茜跟一位“海归”到北京去了。没有解释，没有争论，只有泪水，只有心疼。池静这时走进了他的生活，那是因为居老爷子住院，恰好池静是老爷子的主治医生。池静的朴素打动了他，而他的潇洒也应该是让她动心了。再后来，便是结婚，便是居淼，便是这十七年的家庭生活。池静一直是朴素的，朴素得如同她的职业。这些年来，对于居思源的工作，她支持但不干预；她有她自己的事业，在省医院，她逐渐成了中坚力量。到现在，居思源对他当初的选择，没有觉得任何后悔。也许家庭就得这样，在不同的起跑线上的两个人走到一块儿，更有互补性，更有包容心。

放下电话，居思源站在窗子前，窗外就是大街。宽阔，从这上面一看，这大街应该很长，绿化也很不错，有大城市的感觉。不远处，就是一座新开发的楼盘，居思源大略数算了下，那楼层应该在二十层左右。一个县城，楼房达到了二十层，相当于十年前省城高楼的高度，也确实了不起了。流水有八十多万人口，据材料上说，城区人口十五万，去年的财政收入是十点四亿元。在江平的两县三区中，流水的日子最好过。也许正是因此，流水的书记焦天焕也最洒脱。

手机来电了，是池静。

居思源问:“有事吗？”

“有个事商量下，院里明年初有个到美国做访问学者的名额，院里想让我去。你看怎么样？”

“可以啊，去吧。”

“我是担心淼淼，她马上就要高考了，我不在家，会不会影响她？”

“淼淼是个自觉的孩子，没事。”

“那我就同意了？”

“同意吧。”

“你什么时候回来？”

“周末吧，这几天在县里调研。”

“好，注意身体，少喝酒。”

去做访问学者，这是好事啊！居思源一直认为，一个人要干事业，就要尽最大的努力干好。就是当官，也得当个有能力的官。官员首先是要有能力，当然，也要立德。没有能力，就无法去立功，不能立功，何以立言？

焦天焕叩门进来了。

焦天焕手里拿着一摞文件，放到桌上说："思源市长在科技厅长任上时，来过流水一次，不过是匆匆而过。流水有变化吧，市长？"

"有变化。当然得有变化。"居思源笑道。

"我们正在谋求设市，这点，还请市政府多关心，特别是思源市长。"

"设市？"

"是啊，流水现在的发展，初步具备了设市的条件。设市有利于经济发展，特别是项目竞争。"

"啊！"

居思源没有就流水设市这事与焦天焕纠缠，而是问了问流水当地的生活水平、消费水平，还有其他一些琐碎的情况。焦天焕显然也不是太清楚，回答得也很模糊。晚饭就在国际大酒店，焦天焕一个劲地劝酒，居思源只象征性地喝了点干红。华石生倒是一杯接一杯地喝着，看得出来，华石生与焦天焕私下里关系不错，两个人喝着喝着，就称兄道弟了。流水县长黄松，正在出差往回赶的路上。其他在家的班子成员都到了。居思源在酒席中，接了两个电话，一个是徐渭达打来的，说："明天北京中石化的一个副总要到江平，谈在江平设立成品油转换中心的事，请思源市长到时参加一下。"居思源说："正在流水，明天下午回市里，明晚陪他们吧。"另一个电话是妻弟池强的，池强说他从广州回来了，想在江南这边做事，请姐夫帮忙。这池强跟他姐姐池静，虽是一娘所生，却截然不同。池强手脚大方，也没上过几年学，初中毕业后，就到省城来混。一开始，居思源还帮他介绍过一些装潢项目，可是三次下来，他就不敢介绍了。偷工减料，惹得人家很不满意。再后来，池强到了广州，跟别人后面搞工程。这几年，听池静说也赚了些。去年春节，在一块儿喝酒时，池强曾说过他要回江南，想请姐夫出个面子，成立个公司，专门承包工程。居思源没答应，而且劝他不要回来，江南现在搞工程的竞争也激烈，而且现在工程监理和招投标日益规范，重新开拓市场也很有难度。池强有些不高兴，池静背后还劝居思源:“能帮就帮下吧，又不是外人？”居思源说:“正因为不是外人，更得注意。”

这回，池强可是真的回来了，他应该是知道了居思源到江平市来当市长了。一市之长，管的地方大，有实权，使池强又看到了希望。

“姐夫，我也不想做太大的，也不带你为难。我到江平，只要你不对我特殊看待就好。”

池强这话说得光滑，什么叫特殊看待？市长的小舅子到了江平，市长不打招呼，对待也是特殊的。这是中国官场的习惯，看一个人，不仅仅是看这人自身，而是看他的背景，看他后面站着的人。池强后面站着市长，还有谁不买他的账？

“这个，暂时不说吧。我的意见是不要回来。江平也没有什么好的工程可做。另外，我的原则你也知道。你再考虑考虑吧。”

华石生酒显然喝高了，陪着居思源到房间，嘴上不停地说着:“诗人书记，这在当下中国都不多见。流水有福啊，哈哈，哈哈！”

焦天焕也不辩白，居思源喊来马鸣，告诉他让石生秘书长休息下，他想出去转转。马鸣问:“要找人陪吗？”他说:“不要，一个人走走正好。又招呼说别告诉焦天焕书记，免得他们大惊小怪。”马鸣说:“不如我陪市长一道吧？”居思源没答应，径自下楼了。

流水的夜晚，秋风中有些清凉。居思源边走边看，给他留下较深印象的，除了街上高楼较多外，就是店铺也多，而且更多的是，很多稍大一点的店铺上的牌匾都出自焦天焕的手笔，特别是一些宾馆和大楼，焦天焕的字在灯光的辉映下，纵情恣意。居思源看着，心里就越发地生气了。转了圈，他看到一处红棚子，也就是夜晚大排档。他选了个座位坐下来，他并不是想吃，而是同老板聊了起来，问老板收入如何、流水这地方做生意怎么样，还有就是流水的老百姓怎么看政府。

他是边说边引导，老板说得投入，也叹气，说:“流水这地方外人看着兴旺，其实生意难做。流水这几年出名了，并不是老百姓有钱了，而是出了个诗人书记。”他便笑着道:“你们也知道诗人书记？”

“当然知道。我读初中读书的儿子的学校还发了这位诗人书记的诗集呢。”

拉拉杂杂地谈了一个多小时，居思源又点了碗面条，吃了几口，然后离开红棚子往国际大酒店走。刚走几步，就看见好几辆车子呼地开过来，到了居思源边上，又齐刷刷地停了。正莫名间，有人下来喊了句:“居市长！”

居思源朝这人望了望，不认识，正待问，来人又道:“焦书记怕市长单独上街不安全，让我们来保护市长。”

“真是扯淡！”居思源骂了句，就一个人走了。

而几台车子一直慢悠悠地跟在居思源身后，居思源拿出手机，拨通了马鸣的电话，问道:“怎么回事？这么多车……”

马鸣说:“什么车，居市长？”

“你不知道？”居思源挂了电话。

不到三分钟，焦天焕打来了电话，似乎很生气道:“对不起市长，那些浑蛋，我是让他们……唉！真是，真是！我马上让他们撤。”

居思源收了线，自己也到了国际大酒店门口。焦天焕正在大厅里焦急地等着，一见居思源进来，立即迎上来道:“市长，我得道歉，是我大意了。县城晚上比不得省城，市长的安全第一，所以我就……那想到他们那么死，居然就……”

“不说了，我得上去休息了。明天再说吧。”居思源也没再答理，就回了房间，关了门。坐了会儿，他觉得刚才自己火气也是太大了，再怎么不妥，焦天焕也是为着自己的安全考虑。他打电话给马鸣，让他跟焦天焕说一声，就说这样的事以后不要再搞了。市长也是人，以后不管是市长，还是书记，都不要再搞什么保卫。这样影响不好，这是第一次，以后就不要再出现第二次了。

洗了澡，居思源打开电脑。只要有空，上网看新闻，或者到论坛了解民意，是他这么多年坚持的习惯。在江平论坛上，关于新市长施政方针的讨论仍然在继续，不过猜测的少了，提建议的多了。对待网民和意见领袖们的建议，要一分为二地看。好的，拿来主义；发牢骚的，甚至有私人攻击的，略过不看。他又转到流水县政府网的论坛，却发现这里人迹寥寥。发的帖子也都是四平八稳，很多都是政府工作的动态，或者就是歌功颂德。一个地方的民意表达渠道是否畅通，往往是这个地方是否真正发展的具体表现。发展了，就敢于讨论；阳光了，就不怕讨论。他关了电脑，又看了会儿电视，正算着居淼该晚自习回来了，准备打个电话，门铃响了。

居思源开了门，门口站着的是个男人，四十来岁。这人看着有些面熟，却想不起名字来。他便道:“你是？”

“黄松。流水县县长。”

“啊！回来了？”

“回来了。打扰市长了，我想向市长单独汇报点情况。”

“那好，进来坐吧。”

坐定后再细看，居思源想起来了，黄松应该到科技厅去过，是在一次座谈会上，请了一些县长去谈科技下乡的事。黄松的发言很有些观点，居思源总结时，还重点作了引用。居思源觉得领导干部就得有观点、有思想，特别是县一级领导，既具体执行着国家的各项方针政策，又得面对实际制定切合当地发展的思路，如果没有观点、没有思想，是很难当好一方诸侯的。

“我们见过。我还记得你那次的发言，很不错。”

“啊，谢谢市长鼓励。我是有话就说，玩虚的，我不会。”

“这好，虽然务虚也是需要的，但工作还是得务实。”居思源给黄松泡了杯茶，黄松喝了口，说:“我也刚回来，考虑明天班子同志都得参加，不太方便。今天晚上就来打扰市长了。我想重点反映一下天焕同志的有些情况。”

“……”

“焦天焕同志到流水六年了，当过县长，现在是书记。他的开拓思想是有的，流水这几年也确实有了些变化。但是……详细的我写了个材料，请市长过后看看。我说简单两点，一是个人主义思想膨胀，诗人书记的高帽子戴着，不断地用财政的钱，出诗集，开讨论会，赞助刊物，影响极坏。二是在流水的房地产开发中，与一些房地产商人走得近，作风腐败，有大量收受贿赂的情况。”

“说详细点。”

黄松道:“时间也不早了。我都写在材料上了，请市长慢慢看吧。”

“也好，我会认真看的。不过，这次是唯一一次。像这种情况，你应该向纪委汇报的。”居思源送黄松到门口，黄松说:“我也不是为自己，那材料上不仅仅有我一个人的名字，还有其他的一些领导同志和一些老同志。”

居思源点点头。

黄松丢下的材料厚厚一摞，居思源从头看了一遍，直看得热血沸腾，火气也上来了。材料里对焦天焕这几年运用财政为自己博取名声的开支，一笔笔地记录，居然多达千万元;同时，在房地产开发中，材料上列举的焦天焕涉及的经济数额就有三四千万。一个县委书记，顶着诗人的帽子，居然干了这么多违法违纪的事情，这岂不是太不像话了，太不像话了！居思源在房间里踱着步，他真想马上把焦天焕找来，好好地骂他一顿。虽然当今的官场，确实也有很多让人失望的地方，但作为一个官员，洁身自好是最起码的美德。何况你还自诩为诗人？这还有诗意吗？还有良知吗？

走着，想着，心里也骂过了，居思源慢慢地平静下来。说老实话，在官场这么多年，居思源并不是一个对潜规则无视的人，有时，他自己也潜规则过。但那是有基本的原则的，就是当行则行、当止则止。而且，问心无愧地说，即使在领导岗位上，有过一些与原则相背离的事情，但他从来没有中饱私囊。一个人，特别是一个官员，活在这个世上，其实是最简单的，吃、喝和玩乐都是有限的，真正能做到无限的就是自己的心灵。而一个贪婪者，他的心灵怎么可能得到安稳？佛家有语:此心安处即故乡。心不安，故乡何在？因此就没有了安全感，就会借另外的方式来装潢本已不安和苍白的灵魂。

焦天焕是吗？

或许是，或许不是。居思源将材料收好，虽然这材料后面落着一大批人的名字，但毕竟只是材料，是没有经过核实的举报材料。官场上的话，一半是真，一半是假，真真假假，假作真时真亦假。不可全信，不可偏信，从来是居思源坚持的判断方式。就单纯从这材料看，居思源就觉得，这些数字从何而来？这么精确，这么细致。这本身就让人生疑。难道焦天焕给了他们账目不成？或者，他们事先已进行了严密的侦探？黄松说，自己纯粹是为了流水的百姓，说为了举报焦天焕的腐败，他给很多领导递过举报信，结果都石沉大海。相反，焦天焕还因此加大了对他的压制，特别是党内，焦天焕几乎剥夺了他作为一个副书记的权利。他给居思源送材料，是抱着试试的心态的，一是因为早听说居市长在领导岗位上清廉公正；二是因为居市长才到江平，与江平这边特别是与焦天焕他们没有实质性的关系。这两点，居思源觉得黄松说得都对，都有理。但对待一个干部，尤其是领导干部，是不能仅仅凭一份材料凭一次举报就能定夺的，要的是事实，是程序，是法制。

早晨，居思源醒得早，起床后，在大酒店后面的花园里转了转。秋天的早晨，天空明净，空气中，还含着些晚开的花朵的香气与果实成熟的气息。靠近围墙边，一丛菊花正开着，花瓣上还沾着露水。而远处，透过花墙，他看见正是被征用后而未开工的农田。本来，在这个季节，那些田里应该长着金黄的即将收割的水稻，而现在，那里是一大片荒草……

正看着，有人喊:“思源市长，早嘛！”

“啊，天焕同志，早晨空气好啊！”居思源边低头看菊花边道。

“待到秋来九月八，我花开后百花杀。这诗就写菊花，好！思源市长，昨晚真是……”

“没事，是我的原因。我只是准备随便走走。没事。”

“我已经狠狠地批评了他们，待会儿让他们过来给你检讨。”

“那就没必要了，他们没有错。执行命令嘛！是吧？”

“啊，对，对！居老最近都很好吧？”

“还好。”

“前年，啊，大前年了，居老八十七，好像是，省级老干部考察团到过流水，我那时刚当书记。居老思路清晰啊，当时还与我讨论过诗歌写作。算起来，我的父亲还是居老从前的部下，抗美援朝时，我父亲在居老所在的师当兵。”

“老爷子他不懂诗，只懂得带兵打仗。”

“啊，那是。居老对诗很有见解。另外，他也不仅仅是带兵打仗，后来当省委书记，老百姓多拥护！”

“哈哈，哈哈！”

“我记得当时居老还对我说，做人就要像做诗，要干净。说得多好！我们这些后辈，都得干净哪！所以有时我就想，写诗可以清心，练字可以守静。‘些小吾曹州县吏，一枝一叶总关情’哪！”

“说得好，一枝一叶总关情。天焕同志如果能思行统一，流水会发展得更快的嘛！”

焦天焕愣了下，脸一红，旋即道:“我是努力地做着的。思源市长以后会逐渐了解的。这点，渭达书记很清楚。”

“啊！”

“不过，思源市长哪，现在……唉，怎么说呢？我和渭达书记汇报过，流水的情况很复杂，特别是个别领导同志，总是将权字当头，谋权谋利。我很痛心哪！这方面以后有机会，我再专门向思源市长汇报。”

居思源想，焦天焕这“谋权谋利”四个字用得真好，不愧是诗人啊！

上午，居思源看了两家企业，规模确实很大，都是机械制造企业，一家是浙商投资的，一家是流水民营企业；又看了流水经济开发区，从规划上看，开发区面积近十平方公里，现在已完成征地八平方公里，包括国际大酒店后面那一大片空地，早在三年前就已经征下。开发区现有企业总产值占到流水工业总产值的三分之二，税收占到百分之七十。焦天焕一路上兴致勃勃，不断地向居思源介绍，而黄松则一直跟在后面，偶尔插上两句，也都是居思源先问，他才答的。县委书记和县长之间的关系，在官场确实是很微妙的，但搞到这样，好像还并不多见。难道徐渭达书记没有察觉？这样的两个一把手怎么能搞好工作？至少不能更好地搞好工作。

回大酒店后，居思源听取了流水县委、县政府的工作汇报，都是些面上情况，说好的多，说不好的少。当然，也说到了一些制约因素，主要都是资金和政策。居思源从头到尾只问了一个问题:“开发区的那么多企业，最初的组成是什么样的情况？”分管工业的副县长解释说:“一半是从各乡镇民营企业中迁移过来的，另外百分之三十是近些年成长起来的，还有百分之二十，是纯粹外来投资的。”居思源在笔记本上画了个圈，圈中是开发区，布满企业，而圈外，是各乡镇，企业则大多迁移了。这或许就是开发区建设中一个很大的误区，从好的方面讲，集中了企业，形成了优势产业；不好的方面，增加了投资，削弱了乡镇经济。同时，更重要的是带来了土地的大面积重复使用，土地浪费现象惊人。

会议最后，焦天焕请居思源市长作指示，居思源没说，只说这是调研，具体意见等开座谈会再说。看得出来，居思源情绪上不是很好，这让焦天焕很是着急。他问华石生:“到底怎么了？思源市长第一次到流水，就这样……在桐山是不是也这样？”华石生说:“我也不知道。不过在桐山，思源市长情绪很高的，还专程去看了万亩山核桃基地。至于到了流水，怎么这样了，谁搞得清？领导的事，特别是刚来的领导的心思，就像女孩子的心思一样，谁也搞不懂的。”

“你搞不懂没事，我可就……”焦天焕忐忑着。

中餐，居思源提议不要喝酒，饭后也没休息，就直接回市里了。接下来的几天，他又先后跑了三个区，到农委、经委、文化、交通等十几个组阁局或职能局进行了调研。每到一个地方，他主要是听和看，基本都没发表什么意见。即使说几句，也是在桐山和流水说过的话。结果，大部分单位的一把手都悄悄地问华石生或者马鸣:“市长到底是什么态度？对我们工作不满？还是……”华石生苦笑了下，说:“我们也不知道。反正一路上都没表态。那就等着调研结束的座谈会吧。”

周末，居思源先是在江平参加了一个饭局，对口接待省政府办公厅的一个调研组。饭后，回省城。刚到家，就接到老领导王则的电话，问他在不在省城，如果在，明天中午他同安心同志一道，还有其他几位报社的同仁，大家一块儿聚聚。

居思源想都没想就答应了。

王则是原来省报的老总。当年，居思源从复旦中文系毕业，按照当时的分配方向，他应该到学校教书。而教书，他并不愿意，他最乐意的是当个记者。考大学时，为填志愿，父亲差点揍了他。父亲让他报考军事学院，而他执意要上复旦新闻系。父亲最后拗不过他，任由他去，却不想是到了复旦，却录取在中文系。分配时，父亲拒绝给他说话，他只好硬着头皮找也是父亲老部下的当时省报老总王则。王则一见他就问:“同居老头弄僵了吧？”

他只好答说:“是的。”

“想到报社？做记者。”

“是的。”

“回去写篇稿子来，什么内容我不管。只要是新闻稿就行。明天送给我。”

居思源连谢谢都没来得及说，掉头就走，回家想了大半夜，写了篇《春到省城》的通讯，两千多字，用了三个小标题，写了两个人物和一段风景。第二天拿给王则一看，王则笑了，问:“是散文吧？”

居思源一下子羞红了脸，好在王则马上道:“散文的笔法写通讯，写得不好，则是豆腐渣；写得好，则精彩纷呈。你这篇虽然有些虚构，但整体不错。以后要注意新闻的真实性。真实性是新闻的生命。这样吧，到省报来。不过，要是居老生气了，你得自己解释。”

“谢谢王总。”居思源没想到这就算通过了。

后来在报社十年，居思源没少得到王则的关心。当然，有时也会受到严厉的批评。他改行时，王则是最支持的，亲自为他到省委宣传部说话，一过去就弄了个级别。另外一位王则提到的老领导查安心，是原来的省委宣传部的副部长。这人是老革命，理论水平也高。居思源跟他后面，着实学到了不少。查安心临退下来时，提议居思源当了处长。这两位老领导能让居思源如此上心，关心他是一个方面，两位的人格魅力是更重要的方面。他们之间，既是忘年交，更是君子之交。居思源记得起来的，就是每年春节请两位老领导在一块儿聚一次，下半年如果有空再聚一次，其余时间，他们都是打打电话，或者到办公室坐坐，喝杯茶，聊一些时事。二老都不抽烟，少量饮酒，与居思源一样，喜欢茶。因此，居思源每有好茶，总记着让人送一点过去。他们之间的物质来往，这就是最大限度了。王则老还送过他一方镇纸，一边白色，一边黑色，上面无字，但是其意自明，乃是指人生就得如黑白一般，要分明，要清亮，要立得住。这镇纸，居思源是一直带着的，这次到江平也带过来了，就放在房间的书桌上。每每一看，心里总有诸多感慨。这纷纭复杂的人世和官场，要做到黑白分明多难啊，一个清亮的人，如同浊世之缸中的荷了。

周六中午，居思源找了个安静的不大不小的饭店，提前十一点就和池静带着淼淼一道过去了。他特地带了瓶茅台，这是上一次一个大学同学到江南来时带过来的，那同学在贵州，说这是正宗的茅台。正宗的茅台可是太少了，市场上三分之二的茅台都是边缘产品。三个人喝一瓶茅台，应该正好。

刚坐下，居思源又接到电话，是李远打来的，问居市长在不在江平。居思源说不在，在省城。李远说开发区那边有部分群众因为征地问题同开发区的干部们闹起来了，伤了个人。

“伤了人？”居思源一下紧张起来，问道，“现在呢？人怎么样？”

“我们正在组织要送医院，120也来了，但老百姓围着不让抬走。估计问题不大。不过现场的群众不少，我已经跟文远书记汇报了。他到现场去了下，刚回来。也向渭达书记汇报过了。”

“有多少人？公安去没去？”

“千把人。公安到了，但是进不去。他们围住了开发区的办公楼。”

“这……一、千万不要发生正面冲突，特别是公安不要强行介入。二、立即通知开发区，组织人员和你一道，与群众代表进行沟通。三、想法对受伤人员救治。四、在新闻媒体上发布通告，在进入开发区的主要路口设置人员，在现场向逐渐聚集的人员解释事件真相，并且进行疏散。五、密切注意网络等新兴媒体的舆论动向。同时，请转告渭达书记，我稍后就赶回市里。”

放下电话，池静问：“怎么？要回市里？出什么事了？”

“有点事。等王老和查老来了，我向他们解释后，就走。我马上打电话请王河过来，让他陪二老。”

“什么事这么急？吃了饭再走也不迟。”

“不行，这是大事。”

正说着，王则和查安心来了，还有一位，是老的省直工委书记李天明。上了茶，菜也上了，居思源道：“今天本来想好好地陪三位老领导喝一杯，可是……”

“有事？”王则道，“有事尽管说，当市长了，忙了，正常。不忙才不正常呢。安心，是吧？”

“是啊是啊，则老说得对。没事，说吧，思源。”

“是这样，刚才江平那边打电话过来，开发区一些群众因为征地与干部发生冲突，伤了人，现场已经有千余人，我怕事态扩大……现在，群体事件十分敏感，处理不好就会引起相当不好的后果。”

“这是大事，你是市长，当然得去。群众利益无小事，征地嘛，现在确实存在着方法问题、补偿问题，还有就是后续失地农民养老问题……都是大问题啊！这些不解决，农民怎么可能放心地把地交给你？我们三老在，有池静在，就行了。何况还有淼淼，有老有少，你就放心地回江平吧！”

“这……真的……我已经打电话给王河了，他马上就到。”

“没什么的。”王则声音依然像当年在报社一样洪亮，“你居思源要是放下江平的事，专门陪我们，那就是让我们这些老头子犯错误了。你不想我们犯错误吧？啊！”

查安心也在边上道:“思源，就快点走吧。群众事件发展难以预料，早处置一分钟，就早有利。”

居思源听着王则和查安心的话，鼻子一酸，他想这些老同志果然都是……要是换了自己的父亲，这时候也应该是这样说话的。在他们的心里，确实都是工作第一位的，群众第一位的。比较起来，现在的官场上，这样纯正的风气，还到底有多少呢？这样纯正的干部，又能有几个？

五分钟后，司机到了。司机昨晚住在宾馆里，过来也就二十分钟。临上车前，居思源倒了杯酒，敬了三老一杯。路上，他又给家里打了电话，问父亲怎么样。保姆说都还好，正在院子里看花呢。他叮嘱保姆注意点，特别是吃药，一定要按时。人老如童，居老爷子九十了，越来越像个孩子，有时耍起小性子，连居思源看着都觉得天真。

车子飞速地向江平驰去。

而江平那边，开发区聚集的群众正不断增加，喧闹的声音，把这秋天也搅和得一片骚动了。

第6章　了解官民关系的本质，才能更好地治理民众

一路上，居思源不断地用电话同李远联系着。据李远讲，老百姓不愿意同开发区和他谈判，他们提出的条件是：与市委书记和市长谈。

居思源问："那刚才文远同志……"

李远说："文远书记觉得老百姓太无理了。"

"渭达书记呢？"

"在市委。我们在那里设立了指挥部。"李远说，"二十分钟前，群众将开发区的两台小车砸了，而且不少群众正向开发区办公室冲击。"

"渭达书记怎么说？"

"他说不要急躁，让公安守住内线。但是，思源市长哪，我们怎么能不急？我现在站在三楼，你听听外面的声音，简直就是……"

"按照渭达书记的意见办。我很快就到。"居思源接着又打通了徐渭达电话，徐渭达说："不要着急。老百姓是想解决问题，他们的出发点不是闹事。我同文远同志商量了下，现在让他们先动一下，再来谈。我已经作了安排，必要的时候要动用公安。"

居思源一听，心里咯噔一下，渭达书记怎么作此下策？这不是应该有的应对群体事件的办法。如果真的闹大，往往会从群众上访事件演变为打砸抢事件，那样，往往就难以收拾。全国各地出现的那些大的群体事件，一开始都是小事。就是在不经意间，突然由小事变成了大事。一部分是群众的情绪难以释放，另外一部分是因为事件发展过程中，难免会出现一些社会闲杂人员介入并起哄。本来就是火药，再经闲杂人员一点火，就爆炸了。渭达书记是老基层

了，这样处理，难道不担心事件会往坏的方向演变？还是他胸有成竹，有意而为呢？

这样想着，居思源倒真的有些拿不准了。

快到江平时，司机问是直接去政府还是到市委。居思源说直接到开发区。司机说："这样是不是会……"居思源说："没关系的，我就是要同群众见见面。不见，怎么能解决问题？"

江平开发区在城南，居思源看到一路上总有往开发区方向的三三两两的行人，似乎都在议论。再往里走，在离开发区管委会半里地时，他让车停了下来。然后下车，一眼看去，管委会大楼前是黑压压的人群。他也没说话，上了车，打电话问李远："目前群众情绪怎么样？"

"很激烈。"李远上气不接下气，看得出十分紧张。

"好，我知道了。我已经回到市里，马上同渭达书记商量。你这边一定要注意，千万不要激化矛盾。"

"不是我想激化，时间长了，谁都说不准啊！"

"坚持住！"

居思源让车掉头到市委。指挥部里已经坐满了人，公安的、城管的、国土的，包括程文远，一大屋子人，烟雾弥漫。居思源问徐渭达："渭达书记，我们要搞清楚他们有什么要求？另外，媒体这一块怎么……"

徐渭达正喝着茶，从他脸上根本看不出什么焦急。也许是经事太多，他在大事面前的镇定，让居思源也慢慢地缓下来了。

"思源哪，坐一会儿。事情既然出来了，就不要急，也不要怕。主席当年还说：天要下雨，娘要嫁人。"徐渭达慢悠悠的，继续道，"这些老百姓的目标很明确，就是提高征地补偿和解决养老保险。而这两点，都是有原则的。征地补偿的口子一开，将来就不好办，财政的压力太大。养老保险也是如此，那么多老百姓，怎么保？每个人都要三万多，即使财政解决三分之一，也是上亿的资金。给他们解决了，全市其他地方呢？以前被征地农民呢？还有将来征地，是不是都按照这个方式来套？我刚才同文远同志商量了下，这些要求都不能答应。如果他们继续再闹，让公安对为首的进行拘留。至于媒体这一块，我的意见是不要报道。”

“这恐怕不妥。”居思源站了起来，“渭达书记，还有文远同志，我刚才到开发区看了一下，往开发区聚集的群众越来越多，这么多群众，如果真的闹起来了，不可收拾。我们要充分认识到事情的严重性，早处理，则解决，否则……我的意见是马上开会研究老百姓提出的条件，有限度地解决一些。我看有些问题本身就是应该解决的，比如养老保险，失地了，没有保险将来怎么办？这个问题，政府应该早就考虑到，而不是等着老百姓来群体上访才考虑。还有媒体这一块，本市的可以堵得住，省城的能堵得住吗？还有外地的，信息现在是开放的。说不定现在网上就已经有相关的消息了。你们搜搜看！”

徐渭达的脸色依然沉静着，而程文远有些坐不住了，对着居思源道：“依思源市长的意见，要答应他们？这是妥协。妥协带来的结果，往往就是不可收拾。”

“这不叫妥协，叫解决问题。”居思源对着徐渭达：“刚才李远报告说，那边已经有四五千人了。再等，可能就会上万人。上万人闹起来，后果可想而知。渭达书记，您看……”

“思源说的也有道理。但现在群众正在火头上，怎么去处理？连基本的谈判都难以进行。”徐渭达朝程文远看了眼，然后道，“这样吧，我的意见是请思源同志跟国土、社保等部门的同志到现场，先谈。原则上同意给他们办理养老保险，但政府承担的份额不能突破三分之一。其他条件一概不能同意。思源，你看怎样？”

“可以。我这就去。在我同他们谈的期间，不要采取任何行动，特别是公安。”居思源刚说完，李远的电话又到了，说群众冲到了一楼，砸坏了门窗，正在向二楼冲击。他请求居思源市长要不要让公安采取行动，再不然，也许会出人命的。居思源沉思了会儿，答复说：“暂时不要。五分钟后我到现场。你现在可以告诉他们，市长马上就到。市长要同他们的代表见面。”

“市长亲自过来？”李远声音有些颤抖，“这合适吗？这里很危险的。”

“老百姓能有多少危险？按我的意见办。”居思源边说边上车。他刚上车，这边负责搜索网络的小胡就叫了起来：“网上果真有了！徐书记、程书记，而且还有图片。”

徐渭达这一下吃惊不小，网络这么快？不仅有报道，还有图片了，真的像居思源所说？他和程文远凑到电脑前，确实是关于江平发生群体事件的帖子。其中有三张图片，第一张是人群聚集，第二张是砸坏的车辆，第三张是高兴的人群举起的许多手臂。在文字内，报道说这是江南省江平市开发区上万被征地农民与政府的一次谈判。政府没有答应农民的条件，并且出动了公安武警，现场形势正在向更坏的方向发展。

“胡扯！”徐渭达擂了一下桌子，对小胡道，“快删嘛！简直就是克服缺点嘛！”

“删不了的。要删必须通过网站。而且这个帖子已经被多家网站转载。帖子后面的跟帖也很多，还有媒体，正表示在往江平赶。”小胡边点击其他转载了的网站，边向徐渭达汇报。

程文远啧了下，不经意地笑了下，说：“也没什么嘛，网站，让它搞，看能搞出个什么名堂。网站就是这样，你越重视，它越往上爬。别理它，能翻天？”

“文远哪，这事可能比较复杂。”徐渭达给市委秘书长钱自兵招呼道，“立即将这情况报告给思源同志。同时，请宣传部尉迟芳部长过来，专门商量应对网络和媒体的事宜。”

正说着，徐渭达的手机响了，是省委副书记李南的电话。李南似乎很生气，问：“江平到底怎么了？连大网站都上了，怎么回事？处理得怎样了？伤者到底怎么样了？还有事态是不是还在扩大？”

一连串的问题，让徐渭达也倒吸了一口凉气，看来事情确实闹大了。也就半天的时间，而且伤者并没有出现大碍，怎么就？他想了一下才道：“这是我们的失误。李书记，目前已初步控制住，思源同志正在跟群众代表谈判。伤者也没有问题。请放心。有情况我们及时报告。至于网络上的，我们正在联系处理。”

“那好。一有情况，立即报告。”李南口气有些硬，这些年，群体事件越来越敏感，关键是，事件如果处理不当，最后往往会变成通天大事。

程文远问：“李南书记过问了？他怎么知道了？”

“这不是有网络嘛！嗯，哼，啊！”徐渭达开始拨居思源的手机，却没人接。好一会儿才通了，是马鸣接的。马鸣说：“居市长正被群众围着。但没事，他正在用喇叭说话。”

“现场气氛怎么样了？”

“比刚才缓和些了。”

徐渭达松了口气，宣传部长尉迟芳风风火火地跑进来，徐渭达一见就道：“先看看网上，再商量怎么处理。”

那边，江平开发区大楼前，聚集的人群已经有一万人以上了。上午受伤的群众，被赶来的120临时进行了包扎，受了点外伤，无大碍，但人却一直躺在地上，其他群众因此就不断宣扬：“警察打伤人了，警察打群众了！”在人群外围，看得出有些人正在窜来窜去。居思源刚才车子刚刚进场，就有人冲了上来：“这是市长的车，二号车，这是市长！我们要找市长，我们要市长还我们土地！我们要市长给我们生活！”

居思源让车停了，李远在楼内打来电话说：“居市长千万别下来，老百姓什么事都做得出来的，会有危险。”居思源说：“我人都到了，为什么不下来？”他又让马鸣通知楼内，拿喇叭出来，他要与群众直接对话。

马鸣打了电话，然后对居思源道：“居市长，还是稍稍等会儿吧，等楼内拿来喇叭，同时他们会安排几个便衣过来保护。不怕一万，就怕万一。”

居思源想想马鸣说的也有理，就在车内等了两分钟。外面的人都围到了车子边上，有的在车子上不断地用手叩击。这时，居思源看见人群被强行分开一条道路，七八个人冲了过来，迅速靠近了车子。马鸣说那是公安局的王局长，于是便开了车门，居思源走下来，接过喇叭，对群众喊道：“请乡亲们静一静，我是江平是新任市长居思源。我首先代表江平市委市政府向大家道歉，开发区征地让大家失去了土地，但政府没有做好大家的后续安置工作。这是政府工作的失误，我作为市长，向大家道歉！”

居思源个子高，声音响亮，而且他也似乎还没多在江平的电视上露面，老百姓先是惊奇，接着再细听他的讲话，觉得句句也都在理。先道歉，态度上就是可取的。态度可取，这第一步就将群众的抵触情绪消解了一部分。有群众高声道:“市长光道歉是没用的，我们要解决问题！我们要生活！”

“我来，就是解决问题的。大家到这儿来为什么？是为了解决因为征地而遗留下的问题，而我来，是为什么？不是为了我自己，也是为了配合大家来解决问题的。问题总得解决，大家聚在一块儿，议论和不满，都可以理解。甚至，作出些过激的行为，我也可以理解。毕竟是因为政府没有提前把该解决的问题解决好。大家到这儿来，也是无奈之举，我理解大家的心情！如果大家没有意见，请推举几个代表，我们坐下来好好谈。我可以在此代表江平市委市政府承诺：今天不把问题解决了，明天大家可以到市政府去。明天解决不了，后天还可以去，一直到问题解决得让大家满意为止。”

居思源的声音因为太用力，有点嘶哑了。底下有人在议论，说:“既然市长说了，就信一回吧，这是新市长，不是原来的市长了。”还有人道:“官都是一样的，不能信。他目的就是要我们撤退。我们一撤他就反悔。”人群的后面有人在大叫:“别信什么市长，我们冲进去！冲进去！”

居思源拿着喇叭朝叫唤出声音的地方看着，大声道:“有没有谁告诉我，刚才说要冲进去的，也是征地户？”

底下没有声音。

居思源马上道:“我就知道，在这个时刻叫着要冲进去的，都不是想解决问题的人，而是想趁机起哄闹事的人。我可以明确地在此说两点：对于解决问题，我们欢迎；但有谁借机闹事，甚至要冲进去打砸抢，公安机关随时可以采取行动。就是现在抓不到，过后你仍然跑不了。现场就有公安和武警，我让他们不要行动。因为我坚信大家可以坐下来心平气和地解决问题。刚才有些人急躁了，砸了车子，现在一概不予追究。但从现在起，我希望大家不要再冲动。冲动解决不了问题，只会使问题更复杂。”

“市长说得有理。我们都只是来上访的。闹事的不是我们，是那些连我们都不认识的人，刚才叫唤的也是。看，就是那帮人，在后面！”很多群众都把目光掉转过去，只见从人群后面，十几个各色头发的小青年，兔子一般地溜了。

居思源笑着，说:“我得谢谢大家。我居思源刚到江平，就遇上这事。我跟省里说，我能处理好这问题。原因是我相信群众，相信大家。既然如此，请大家在现场推举三个代表，跟我一道到里面去谈。当然也要想好你们的条件。另外就是，刚才有个群众受伤了，现在怎么样？120请立即为他医治。其他群众如果放心，就散开；如果不放心，就请继续在外面等候。”说着，又对王局长道：“马上安排人员，供应热水。同时，调一些方便面来，很多群众都还饿着肚子呢！”

也许是这话说到了聚集群众的心坎上，人群中一下子像炸开了锅。有人在喊：“老队长呢？请老队长去谈。”有人道：“还要请志宝，他懂得政策。”其他一些群众也在嚷着要请谁请谁。大家的中心一下子从冲击大楼转向了推举谈判代表，居思源看着，这才真正地定了定心。他想：毛主席他老人家说的话一点没错，不管到什么时候走群众路线都是对的。群众工作不做通，什么事都办不成。他庆幸自己刚才没采纳徐渭达书记的意见，而是坚决按自己的想法跑过来了。如果他不过来，再扛着，事态不知会发展到什么程度。

居思源跟着王局长他们进了开发区办公大楼，人群已经让开了一条道。群众推举出来的三个代表也跟着过来了。进了门，王局长要关门，居思源制止了。他让马鸣迅速打电话，请电视台过来，对整个谈判过程全程录像，同时向外界报道事件的真相。马鸣说：“电视台早已经到了，只是不敢露面。他们也在楼上拍了些片子，要不要传出去？”居思源说：“暂时不要，我等会儿上去将强调一下。”他又叮嘱马鸣马上与指挥部联系，做好外地媒体来采访的准备工作，准备通稿，统一口径。但一个原则是：必须实事求是，否则媒体就会穷追猛打。他自己干过记者，知道记者的职业心态，你给他事实，他就无话可说；你给他假相，他就怀疑，就要揭穿。

李远从楼梯上小跑着迎上来，气喘吁吁道：“居市长，真是……我没想到事情会闹到这地步。真没想到！”

“现在不是检讨的时候，是跟群众代表会商的时候。”居思源转头对三位群众代表说：“这是政府李市长，分管土地。他也参加会商。你们有什么条件，尽管说。”

到办公室后，三位代表有点惶恐。居思源请他们坐下，一一地问了，一个是老队长，一个叫叶志宝，是小学老师，还有一位是个企业主，家里开了个包装厂，一问名字，总是不说，问不过，才说叫高自远。网名叫居高声自远。

“居高声自远？啊，好啊，我认识你。”居思源拍拍高自远的肩膀，说，“你在政府论坛和其他论坛上一些帖子我都看了，相当不错。说明你对江平的建设充满热情和关心，很高兴见到你。看来，没你们的上访，还真难得见到。好啊，好！我正想好好地听听像你好这样的意见领袖的见解。”

居思源这一番话，把高自远脸说红了。他对着老队长说：“我没想到市长也看我的帖子，这样的市长值得信。”

老队长笑了下，说：“信不信，我得看等会儿他能答应我们多少。”

居思源道：“老队长有些怀疑，这正常。其实，我同江平这块土地有很深的关系。我父亲战争年代在这一带活动过。他经常说到江平的人民淳朴、勇敢、勤劳。我虽然才来一个月，了解不多，但确实如此。老队长，你们的意见应该早商量好了吧，说来听听。”

老队长说：“让志宝说吧。”

叶志宝掏出随身带的笔记本，翻开，里面的意见早写好了，共三条：

一、每亩地在原来的三万补偿费基础上，再增加一万元。

二、由财政出资，为所有被征地农民办理养老保险。

三、开发区企业新招收员工中，被征地农民必须占到一半以上。

李远听了，瞪大了眼睛，道：“这条件太……怎么可能！刚才文远书记还专门打电话，认为这……”

老队长胡子一甩，将烟斗抖了抖，说：“李市长认为不可能，那咱们就别谈了，费工夫。”

居思源并没有马上制止，而是笑着道：“老队长急什么？李市长是看着这三条，觉得难办。他可能没想到我们不是正在商量嘛！既然商量，就有余地，是吧？你们除了这三条，没有别的了？”

“没有了。”

“那好。我就来谈谈我个人的意见。”居思源让马鸣拿纸过来，同时请记者拍摄，“针对以上三条，第一条，增加征地补偿费，我的意见是不行。为什么不行？我讲两点，一、征地补偿是经人大会议讨论通过的，标准是全市统一的。如果要改，必须经过人大研究。而且目前的每亩三万元的征地费在全省各地，已经偏高。二、土地国有，征地征的其实是土地的使用权。按国家农业承包政策，我们按每亩土地每年的纯收入测算，从而制定了征地费。这纯收入是扣除人工、肥料、种子、农药等，你们算算一亩田一年能收入多少？三万元相当于多少年的纯收入？”

老队长眨巴着眼睛，望望叶志宝。叶志宝又望望高自远，高自远说:“每亩也就一到两百元钱吧。”

“就是。三万块钱的年利息，也不只这么多了吧？”居思源说，“因此，这一条，我不能答应，请大家理解。”

“那第二条和第三条呢？”

“先说第三条，这现在就可以答应你。”居思源指着开发区管委会的常务副主任刘兵说:“刘主任，这条由开发区管委会同所有入区企业签订协议。而且，我也请大家放心。现在不是找工作难，而是招工难。沿海招工难，江南这样内地同样招工难。不仅仅是一半，只要大家能胜任，全部参加企业都欢迎。当然，要有技术，这不管在哪，就是种田，也得有，是吧？”

老队长点点头。

其实，居思源心里清楚，群众们最关心的是第二条。第一条，他们是瞪着眼睛求一点是一点，第二条是实打实的，这涉及将来养老的问题。刚才，居思源已经将社保局的同志叫过来了，同时，徐渭达书记也给了个底线:政府解决三分之一。他问社保的齐局长:“按开发区失地农民目前的情况，一个人平均大概要缴多少？”

“如果一次性缴纳，大概三万五千元。如果分年，可能稍稍多一点。但到男满六十岁、女满五十五周岁，则无须缴纳，也就是说，暂不能进入社保。”

“三万五千元”，居思源望着老队长和叶志宝以及高自远，“三万五千元，政府全部承担，这不可能。而且刚才齐局长说了，到了一定年龄，暂时不得进入社保。你们先谈谈，你们能接受的最低条件。”

三个人互相望了望，叶志宝道:“各一半。”

“最好是政府三分之二，个人三分之一。不然，我们的征地费就仅仅管了养老。那我们岂不是一分钱没得到？”

“话不能这么说，老队长。这是两码事。征地费，是补偿。而养老金缴纳，是等到年龄后逐年返还的。这钱并没有动，而是在增值。”刘兵副主任解释完，居思源补充道：“政府三分之二，这也是不可能的。一半，有难度。这样吧，我提个数字，每个人补助一万五千元。怎么样？同时，我们争取对过了年龄的失地农民给予每个月适当的补助。一个月一百元，由财政承担。”

“这每年可得小两个亿。”李远在边上叹道。

“两个亿算什么？公款吃喝少一点就省下来了。”高自远讽刺了句。

居思源哈哈一笑，说：“不愧是意见领袖，时时地考虑着政府的事情。两个亿是不算多，但也不算少。而且这口子一开，将来就得每年都有支出。不过，正如刚才居高声自远所说的，公款少吃喝一点就够了，这当然不够。但政府财政是用来干什么的？就是为了解决群众的实际问题的。”

正说着，屋外吵闹了起来。李远跑过去一看，是几个记者正要进来。他让人拦着，自己进来给居思源汇报。居思源说：“让他们进来，他们来得正好，我正要请他们来报道呢。”说着起身，走到门外，喊道：“请他们进来！”

四个记者背着“大炮小炮”（摄影器材）走过来，居思源伸出手，介绍说：“我是江平市市长居思源，欢迎你们来江平采访。”

记者们愣了下，他们大概没想到这么容易就见上了市长。这一下子将他们刚才还兴奋不已的劲头给压了一半，他们互相看了眼，其中一个问：“我们能了解到事件的真相吗？还有群众受伤的真相。”

“能！我可以保证。同时，我还可以告诉你，十五年前，我曾经是江南省报的记者。因此，对你们的工作我没有理由不支持。你们要问什么，尽管问！这三位是群众代表，你也可以采访他们。对你们的要求，我只有一条：客观公正，尊重事实。”居思源边说边接过马鸣递过来的手机，是徐渭达的。他示意记者们可以先采访群众代表或者其他同志，他有电话要接，稍后就到。

到了隔壁办公室，居思源关上门，摁了接听键，徐渭达声音很急：“思源啊，那边情况怎么样啦？媒体已经来了，网络上也有。我们这边商量要想办法堵。不然，就被动。”

“这……渭达书记，我觉得媒体来是好事，我这儿也有好几个记者在。只有他们到了现场，才能搞清楚事情的真相。政府不怕记者曝光，怕就怕曝光后不改正。我现在让他们报道事实，同时报道我们的处理结果，这有利于事情的解决，并且能有效避免事态扩大。”

“这些记者，唯恐天下不乱哪！”徐渭达说这话，让居思源心里颤了下，徐渭达继续道，“还是堵吧，我已安排尉迟芳部长处理这事。你专门负责那边的现场处理。目前谈得怎样了？”

“他们提了三条意见，一是增加每亩一万元的补偿费，我拒绝了。二是要求安排一半以上的人到开发区企业上班，这事好办，开发区也同意了。第三是解决养老保险。我的意见是政府要解决一些，但是在承担比例上正在谈。我刚才初步定了每人一次性给予一万五千元养老金补助，由政府一次性交给社保。他们正在商量。”

“一万五千元？每人？”

“是的，我算了一下，按每年一万人计算，也就 1.5 亿元。同时，对超过年龄的不能上保险的老人，由政府每月发给一百元的生活补贴。一年也就三五千万。两项总计每年两个亿。”

“两个亿？这不行。”

“渭达书记，我们的财政再穷，也不少这两个亿。它不仅能解决当下问题，而且能解决长远的问题。”

“这个口子坚决不能开。一开，将来财政就没法收拢了。思源哪，你刚下到市里，对基层对这些老百姓你还不太了解，他们今天得了两个亿，明天就会再上访，要求三个亿、四个亿。全市各地正在大建设，这样的情况每天都会发生，都从财政开口补助，财政怎么承担得了？文远同志也在边上，我们都是这个意见。”

“这不是承担得了和承担不了的问题，而是怎么切实解决当前问题所面临的必要手段。请渭达书记再考虑一下，过十分钟，我给他们最后答复。”

居思源叹了口气，我是对基层不了解吗？对老百姓不了解吗？你们是了解了，可是了解了又怎么样？处理问题的方式和方法当然有多种，归根结底是要处理，是要解决问题，而不是敷衍塞责、一“堵”了之。有些地方的群体事件，本来就是小事情，就是因为拖拉搪塞，一拖再拖，最后引起群情激愤，酿成大事。作为一个刚到江平的新市长，按理，也是可以稍稍往后退一点的。这些问题，并不是出在自己的任上。但是，能退到哪儿？不论往哪儿退，将来最终出来解决的还得是自己。与其久拖不决，不如一次到位。而且，如果能就此探索出一条被征地家民安置的路子，对将来整个大建设、大发展也是一次贡献。

外面人声又大了，居思源开了门，原来是开发区安排了人正在发放方便面，还有矿泉水。很多人拿了两样，开始离开。场子上，现在一看，也就三五千人了，而且正在不断地散去。在楼下，老队长正在招呼：“大家领了东西就回家去，我们来好好谈，谈好了再告诉大家。大家有事忙事去，没事，回家哄老婆带孩子去。”人群中轰地大笑。居思源看着，觉得老百姓还是淳朴的，闹归闹，只要你承诺了解决他的问题，他就会高兴，就会乐观。何况他们的问题也并不是天大的不可解决的问题，涉及的都是生活生存。中国向来是个民敬官民畏官的国度，老百姓没事是不太愿意跟官打交道的，要么逼急了，要么无路可走了，他们才会来与官纠缠。在官与民的纠缠中，民总是向下的。向下是最简单也是最基本的，连最简单最基本的都没法满足，你让他们怎么笑，怎么散开？

手机又有来电了。

是王河。

王河问：“思源哪，刚看到江平发生群体事件了，情况怎么样？没大事吧？”

“没大事。基本解决了。”

“那就好。你才去，我正担心。不过，我在这边跟有关媒体都打了个招呼，让他们看着办，不要给你为难。”

“那最好，谢谢了。”

徐渭达的电话也到了。他的声调还是没变，慢慢地，但态度依然坚决：“我刚才跟文远同志还有自兵同志商量了下，觉得政府承担每人一万一千元的养老保险太多了，我们建议每人承担五千元。超过年龄的每人每月发给五十元生活费。”

“这肯定谈不成。我们要算算他们失地后的经济状况和他们失地给开发区或者将来其他地方增加的财政收入。他们没了地，财政增收了。财政就得从增收中拿出一部分来补助他们。国外的体制也是如此。城市化是世界浪潮，先进国家对此有过教训也有过探索。请渭达书记再斟酌一下，还是一万五千元比较合适。如果江平财政真的为此出现过不了日子的情况，我这个市长负全责。”居思源说话时有点激动，他掏出手纸擦着汗，徐渭达也在那头顿了下，然后道:“既然思源同志这么说了，我就不说了。你看着办吧！”

手机挂了。

居思源也没多想，进了办公室，记者正在采访高自远。他退了出来，有记者跟过来问:“居市长，我能问您一个问题吗？”

“当然能。”

“作为一个新上任的市长，你觉得江平出这样的群体上访事件，是必然还是偶然？”

这问题尖锐，而且敏感，居思源稍稍考虑了下，说:“对于江平这个小地方来说，因为前期对这问题没有引起足够的重视，处理不到位，损害了老百姓的利益，从而导致群体上访的发生，这是必然。但对于中国正在蓬勃发展的大环境和越来越清明的政治环境来说，民生问题正在上升为最为关切的政治问题，各级都在把解决老百姓关注的问题作为工作的出发点。从这个层面上看，这个事件只是个偶然。但无论必然还是偶然，都给我们政府一个提醒：要时时刻刻为人民所想，要把工作做在前头，要善于发现问题、解决问题。”

“市长这关于必然和偶然的分析，十分有意义。我听说居市长是刚刚从省科技厅任上下到江平来的，而且，恕我直言，您对基层的了解，多吗？”

“我履新刚刚一个月。居思源说道，“对基层，我不能百分百了解。情况总是变化的。但我做过十年记者，从科长一直到现在当市长，都是在基层，与基层不断地打交道。你说，我算不算了解？”

记者点点头，说:“我们刚才了解了一下居市长处理事件的有些决定，很为市长的果断与处理问题的能力折服。同时，我们对市长应对媒体的能力，也十分敬佩。如果市长们都能这样，我们这做记者的也就不再是那么难以对付的了。”

居思源没回答，只是笑了笑。

记者采访结束，居思源和老队长、叶志宝、高自远又坐到了一起。居思源问商量好了没有，老队长说就按照市长说的办。居思源站起来，伸出手，同三个人都握了，说：“这就好。就这么定了。群众的工作还请你们三位做好。需要开发区和政府来做的，随时告诉我们。”说着，又喊过马鸣，让马鸣把他的名片一人发一张，“这是我的联系方式，你们可以随时跟我联系。也可以跟李市长联系。具体的，请你们跟李远市长再细细商量，形成一个初步方案，然后请相关部门落实。”

“太谢谢市长了。”老队长攥着居思源的手，高自远在边上道：“我们等待着市长的落实。”

“放心！不落实，你在网上骂我嘛！”

从开发区回到政府，居思源草草吃了点中餐，回到办公室，他静下来想了想，将整个事件的处理过程细细地梳理了一遍。整个方案上他觉得没错，但他也感到徐渭达书记应该对他是有想法的。还有程文远。他打电话给市委秘书长钱自兵，问渭达书记在市委否。钱自兵说：“不在，刚才与你通电话说到养老金后就走了，文远书记也走了。”居思源说：“渭达书记是不是对……”钱自兵在电话里笑笑，说：“市长多虑了。渭达书记也是想处理好问题的。”

是多虑了吗？居思源站在窗前。水杉树上随风飘下了些许落叶，秋天了。心也如秋一样，一瞬间陷入了苍凉。

第7章　谁敢小视居思源市长强大的后盾

开发区征地事件总算得到了妥善解决。江平市政府最后给被征地农民开出的条件，主要有两条：由开发区企业解决一半以上的被征地农民培训和就业；政府组织相关部门给所有被征地农民办理养老保险，政府每人补助一万五千元，其余由个人承担。超过年龄不能办理养老保险的被征地农民，政府自男满六十周岁、女满五十五周岁开始，每月发放一百元生活补助。

文件出台后，老队长、叶志宝和高自远带领一班人到政府，专门送了一面锦旗，上书："老百姓的好政府！"一些新闻媒体专程前来采访，一起突发群体事件，最后竟然演化成了一段和谐政府与老百姓关系的佳话。意见领袖高自远更是在各大论坛发文，高度赞扬居思源市长在处理事件中的为民心理和反应能力，称道："让我们看到了一个执政为民的政府的新形象。"

但是，因为事件本身的影响和外电的介入，省委在肯定江平市委、市政府处理问题的成效的同时，也对江平市委、市政府作了通报批评。徐渭达和居思源因为负有领导责任，双双向省委、省政府作了检讨。

江平市也为此召开了总结和反思大会。徐渭达主持会议，相关部门和市级领导都参加了。徐渭达黑着脸，一言不发，从宣布会议开始，他就端坐着。既不同身边的居思源和程文远说话，也不望向台下。他的目光一直盯着面前的笔记本，仿佛笔记本上藏着天大的秘密似的，他要把它使劲地盯出来。副市长李远通报了整个事件的发展过程，宣传部长尉迟芳通报了新闻媒体应对情况，副书记程文远宣读了省委、省政府的批评通报。程文远宣读时，表情凝重，语调低缓，给人一种严肃而沉痛的感觉。居思源听着，心想，也不必如此紧张吧？事件出现是坏事，但处理结果是好事。应该总结的不仅仅是省委、省政府的通报，而是总结这次事件处理的经验和教训。

三天前，也就是事件发生后一个星期，市委召开了常委会，对这起群体事件进行了专题讨论。会上争论激烈。居思源听得出来，徐渭达和程文远对自己都很有些想法。徐渭达提出，对于群体事件，要正视，但不能迁就，更不能以随便开口承诺来化解矛盾，这样会给将来的工作带来不利。程文远更是直接提出了这次事件的处理，犹其实质是政府和被征地农民做了一次交易。并且，他隐晦道："事件处理要运用集体的智慧，任何个人主义对事件的处理都是不利的，而且会影响到市委市政府的整体公信力。"

这话说重不重，说轻不轻，矛头对着的就是居思源。虽然居思源心理上有所准备，但没料到会如此迅速、如此直白。常委会上，他只讲了两点：

一、他的一切决定都是向徐渭达书记汇报过的。二、对于事件的处理如果有不妥的地方，个人愿意承担责任。

"承担责任？思源哪，责任不是说承担就能承担的啊！"徐渭达语气古怪，光洁的脑袋，如同佛珠般转动着。

居思源说："在问题的处理过程中，我确实有些地方武断了，但那是特殊情况。我们开会讨论，不是讨论责任问题，而是要讨论我们将来怎么防范和及时处理类似事件的发生。我们不怕事件，怕就怕不从事件中汲取教训。"

"那就请思源市长谈谈教训吧。"程文远提议。

常委会因此甚至有了些火药味。但居思源觉得这很正常，关键是为了工作。因为工作，彼此间产生矛盾，是正常的。如果是为了个人、为了私事，则不正常。

总结和反思大会就是常委会精神的贯彻，主报告由市政府办起草，居思源讲了主要意见，报告出来前，他又让办公室分送徐渭达书记、程文远副书记和其他各位常委。没有任何反馈，报告如同一颗丢进深井的石子，被深井里的寂静吞没了。这让居思源有些为难，但转念一想，送了，不回应，则是没有意见的表现。没有意见，而又不提出反对意见，则是同意。既然同意了，就是集体意见。那就讲吧！

昨天晚上，居思源回了趟省城。

省委副书记李南专程找他，说有些事情想听听他的意见。一个省委副书记要听市长的意见，那这意见应该是很重要的。居思源猜测了一下，估计是人事，或者是涉及工程以及项目等。他又想起李南打招呼的上海联建公司，那事他给国土局长杨俊联系了一下，杨俊说很麻烦。他让杨俊再调查一下，有情况给他汇报。可直到今日，杨俊也没说。李南该不会是为这事吧？为这事，打个电话就行了，而且这样的事在电话里说比当面说要好得多。身为省委副书记，找一个市长过来，应该是有更正当的理由的。那么，到底是什么呢？

人事吗？

江平在原来的市长吉发强案发后，包括常务副市长在内的一批位子一直空缺着。徐渭达几次想动，省委都没有同意。现在看来，省委是要将人事调整的大权作为居思源到江平的一份礼物，从而使他在江平获得第一波人权和“人”。

李南副书记是从一个接待晚宴上赶到办公室的。省委副书记晚上在办公室工作，是再正常不过的事，不仅省委书记，就是市委书记、县委书记，这也十分正常。领导人的工作太忙，晚上到办公室，既可以谈些私密的工作，又可以读读报、上上网，了解了解政治大事。全党上下都在强调建设学习型政党，可是学习的时间呢？干部们忙于开会、接待、接访和招商，哪还有多少时间能静坐在办公室里学习？就是回家，领导干部也难得清闲。这一点，居思源深有同感。自己当处长后，时间就不够用了，白天跟着部领导后面，看起来闲，其实一分钟也不敢怠慢。晚上如果回家，往往就有人找上门来，通过你找部长，把你当做找部长的桥梁。你不接待吧，面子上过不去；接待吧，心里既没底，也不太愿意。到当了副厅长、厅长，时间真的是按分计算了。早晨一上班，秘书就告诉了你上午八点什么什么活动、八点四十到省委参加某调研会、八点五十某市副市长来访、十一点到某酒店参加某副省长主持的商务洽谈……

“思源到了，好，好，坐吧！”李南是居思源父亲的老部下，甚至可以说是居老爷子一手培养起来的。小时候，李南经常出入居老爷子家，居思源记得，那时候李南毕恭毕敬、谦虚温和。当然，现在对居思源，李南也一直是很温和的，而且在很多重要场合，李南还特别显示出对居思源的器重与关照。

居思源坐下来，说:“李书记这么忙，一定有……”

“是有事啊！”李南让秘书过来泡了茶，秘书退出后，便道，“两个事，一个是江平开发区突发事件这事。你觉得你处理得怎么样？对省委、省政府的通报有什么想法？”

居思源没想到李南会问这个问题，通报都通报了，还能有什么想法？但既然问了，他干脆倒豆子般:“江平开发区这次事件，说是突发，其实是必然。江平同各地一样，这几年正处在大建设、大发展的关口，对土地的需求不断增大。这样，就势必造成了失地农民这种近些年才出现的新现象。而由于财政的吃紧和对老百姓利益的不够重视，对失地农民的补偿和养老保险这一块基本没有到位。失地农民们能不上访？多次上访不能解决，于是就有了群体事件。群体事件是个警醒，告诉各级政府各级干部，要切实沉下心来解决失地农民的生存和生活问题。江平这次事件，一开始确实聚集了一万多名群众，但除了一个误伤外，没有形成冲突。具体解决上，政府每年拿出两个亿，来解决他们提出的问题，也是一条比较好的路子。同时，对新闻和舆论的引导，也应该说比较成功。各媒体一开始有些负面报道，后来成了正面宣传。现在，江平的老百姓对此议论最多的就是:政府真正把群众利益放在了第一位。”

“这些都不错。但有两点，思源哪，我得提醒你。”李南喝了口茶，然后将口里的茶叶又轻轻地吐回杯中，说:“第一，江平事件如此处理，可能给各地处理带来了一定的影响，最后的结果是财政必须出来承担，这对财政的压力过大。第二，你刚刚到江平，当然啰，这件事也是突发，但以后还是得多跟渭达同志商量，多向渭达同志请教，多听渭达同志的意见。他是老同志了嘛！对基层工作对处理群众问题，他很有经验。思源哪，渭达同志很信任你，他对我说思源同志年轻，可以有冲动，可以有探索，可以有失误，只要不是原则问题，他顶着。正因为这样，思源哪！”

居思源将茶杯捧在手上，看着茶叶正在一片片地往下沉。

李南继续道:“思源哪，渭达同志这样说，是对你的关心。你得注意这一点。遇事多和渭达同志通气，比如对开发区事件中养老金的问题，还是要多商量嘛。是吧！这样对你自己、对政府工作都有利。”

“这个，我会注意的。”

“那就好。另外一件事，是关于人事的。你到江平也快两个月了，江平的人事情况你也都清楚了吧？渭达同志和文远同志都多次提到过人事调整，我一直没答应，相信你能理解。但是，市一级两会也快召开了，得提前做好这方面的安排。找你来，就是想告诉你，这事要放在心上，在十二月底，请你拿出一个方案。我先看了，再同渭达同志商量，最后再过常委会。人的问题最重要，特别是一把手，没有人是不行的。省两会也要召开了，渭达同志可能省委有所考虑，将来你的担子就更重。没有人怎么行呢？回去多了解，掌握些一手情况，既要把能干事的同志用起来，又要充分考虑方方面面的综合因素，不能闹矛盾，更不能带病提拔干部。一把手的工作，除了总揽全局，就是要在用人上多做研究。”

“啊！”

“文远同志也是老同志了，文远同志的老岳家琪同志跟我们都很熟悉。这个同志人不错，就是性格有点急躁。你也得尊重他啊！当然啰，人事上也可以听听他的意见。方方面面都能照顾嘛，这样才能和谐。”

“我知道了，李书记。”

李南站起来，拍了拍居思源的肩膀，说：“当年到你家，你还是个大学生。如今多快啊，也成了市长了。真快啊，我也老了啊！”

“李书记老什么？正当年哪！”

“也学会奉承人了？池静现在怎么样啦？还有孩子，该考大学了吧？”

“她还在省医，孩子高二了。”

“啊，我这正好有点燕窝，是一个朋友带来的。你拿点回去，给居老，就说我有空会去看老领导的。”

“这……好吧。”居思源接了燕窝，笑道，“我替老爷子谢谢李书记了。”

居思源出门刚到走廊上，李南也跟了出来，说：“啊，还有联建公司那事，听说办了，是吧？那我得谢谢你啊！他们那老总，可能近期要过来，说要去当面感谢。到时，我再通知你吧！”

“啊！”居思源心想，大概是办了吧，反正后来杨俊也一直没回话，应该办了，才没回话，如果没办或者办不了，杨俊就一定会当面汇报的。他们知道，如果办了，领导自然会知晓；没办，你就得把没办的理由告诉领导。杨俊在江平官场上，算是居思源接触的第一批市直一把手干部，这人不仅仅是国土局局长，还是市级老领导杨家琪的儿子，也是当今江平市委副书记程文远的小舅子。不过，马鸣告诉过他、杨俊跟程文远是合不拢的。杨俊虽然身上也有些干部子弟的习气，但那是一种自负之气、自信之气；而程文远，虽然已经到了副书记的坎儿上，但很多江平官场的人都知道，程文远的内心是苦涩的，甚至是自卑的。这一刻，居思源感到，也许到江平来，他第一个就应该着手培养的干部，或许就是杨俊了。

"那好，那好，早点回家，小池还在等着呢。"

回到家，居思源立即给杨俊打电话，问联建公司的事办了没有？杨俊说，按市长的意见办了。

"市长的意见？市长什么意见啊？"居思源问道。

"联建涉及一块用地，面积五百多亩。设计上是工业用地，现在改成了商业用地。因为这，拖了快一年了。这次我们通过省局，做了些工作，给办了。请市长放心！手续都已经搞好了。"

"既然这样，那就……以后，像土地方面的事，要向我报告。"

"知道了，居市长。"杨俊大概也没弄明白居思源市长到底是什么意思，最后一句话说得有点没底气了。

居思源笑道："我是指以后。我刚到江平，这一块工作还请多……"

"市长这就……只要市长需要，我一定做好工作。"杨俊回答得很自如，既没有受宠若惊之感，又不失时机地表了忠心。

上午开会前，居思源特地到徐渭达办公室，就政府近期的工作，简单地谈了谈。主要是集中在年底的财政抓收入上，还有各项民生工程的兑现，以及筹备即将开始的两会。徐渭达听着，头像算盘子一样转动着，这让居思源看着有些不快活。但他没说，只是将政府工作思路一股脑儿说完了。这时，徐渭达才道："政府工作你做主，你是市长嘛！啊哈，哈！啊！"

居思源笑道："渭达书记统领全局，我就是做主，也得是在渭达书记领导下的做主。下周，政府准备召开一个座谈会，请三区两县和有关部门的领导参加。江平的发展需要讨论，渭达书记如果能安排得过来，到时请过去指示。”

“这就不了。你开吧！”徐渭达低着头，正在文件堆里找着什么。

居思源仍然道:“到时候让他们通知你吧！”

程文远宣读完省委、省政府的通报后，会场上一片安静。对于批评，官场上向来是以沉默作为注脚的。何况这是一次对江平市委、市政府的集体批评，没有具体的人出来承担责任，那宣读就只能是一次宣读。说穿了，对于底下的干部们来说，没有多少实质性的意义。虽然会场上安静着，但可以看得出来，很多人在张望。他们想知道下一个议题是什么，是不是会有人出来直接为开发区的事件承担责任。

这一点，在常委会上，也是个焦点。居思源极力主张要对开发区负责同志追究责任。但程文远没有同意，常委中一半以上都没表态。最后只有请徐渭达定夺。徐渭达既没看居思源，也没看程文远，只是道:“开发区的事件，并不是单个的独立的事件，是以前一些工作失误的集中爆发。按理是应该有人来承担责任的，但谁来呢？开发区的班子也刚刚上任，不能让人家刚上任就检讨，这不太合适吧？政府更不行了，那还有谁啊？要说追究责任，首先得追究我。是不是啊？我是江平的班长嘛！而且我一直在江平。这事，我看……”

“我还是认为应该追究责任。不追究责任，不足以起到批评警示作用。如果渭达书记和同志们认为不宜于追究个人责任，那就追究开发区班子集体责任，请开发区管委会到时在大会上作检讨。”居思源退了一步，但却是退中有进。

徐渭达翻了下眼睛，盯了居思源一眼，又看看程文远，接着将茶杯盖拿起来，又放下，如是者三，才道:“那好吧，就按思源同志的意见办。”

开发区管委会的检讨，由开发区管委会常务副主任方跃进上台来作。方跃进两个月前才从教育局调到开发区来，他没想到，作为开发区管委会常务副主任，在全市的干部大会上第一次亮相，就是作检讨。不过，他读得倒是铿锵有力，乍听起来，不像在作检讨，而像在演讲。检讨中，方跃进强调了一系列的客观原因，在提到工作时，只写了“对群众利益没有能及时地放在心上，解决问题力度不够”，但接着后面又捎了句:“造成如此局面的原因，当然跟财政的状况有关。今后将努力解决。”检讨不长，检讨的成分少，表态的成分多。

居思源听着，觉得总不在路子。有两次，他甚至想打断方跃进的检讨。但看看徐渭达，依然正襟危坐，便罢了。

方跃进作完检讨，下面一下子哄开了。议论、说笑，让整个会场气氛变得有些莫名。徐渭达咳嗽了一声，底下的声音小了些，但仍然有；他又重重地咳了声，底下的声音基本没有了。居思源想，徐渭达在江平还是有根基的，就这两声咳嗽，能让整个会场静下来，就不是一般领导能做到的。领导有没有威信，就得看这样重要的场合，能不能镇住人。换句话说，徐渭达在江平十几年，经历了多少风雨，特别是当了多年市长，又当了六年的市委书记，下面的干部中，一半以上都是在他手上提拔起来的。于公于私，他的威信都应该是江平最高和最有影响的。难怪李南副书记也提醒自己，要跟渭达同志搞好关系。徐渭达从居思源到江平，一直到现在，虽然因为开发区事件，有一点小小的不快，总体上他们两人的关系还是很密切也很协调的。这一点，居思源心里有数。徐渭达的目标已经不在江平了，在省里。他不会在自己确定了更高目标后，还死盯着江平市。他得在江平继续保留最好的影响，确保他的后方基地，能在他实现下一步目标时全力地帮衬他。由此，对于新任市长居思源或许就是候任的市委书记，他是能和谐就和谐，不能和谐也暂时地和谐着。居思源从省里下来，父亲又是老省委书记，现任的省级领导中，好几位是居老的下级，这样的人物，即使是江平市长，说话的分量也不容小觑。

徐渭达同居思源小声交流了两句，然后宣布道："下面请市委副书记、代市长居思源同志讲话！"

掌声。

掌声对于中国人来说，似乎是最容易施与别人的礼物。不管什么情况，鼓掌，再鼓掌。反正鼓掌也不损失什么，至于鼓掌的意义和目的，许多鼓掌的人也不甚了了。这是反思大会，却也鼓掌。传闻，早些年某领导出席一个追悼会时，致悼词前，底下人竟也习惯性地鼓起掌来。满殡仪馆掌声，差点将长眠的人惊醒。

居思源清了一下嗓子，最近天气干燥，嗓子发哑，虽然池静给他开了菊花晶，但效果也不明显。他又喝了口水，对着底下看了看，才道："刚才方跃进同志代表开发区作了检讨，我首先也要检讨，代表市政府，也代表我个人。方跃进同志的检讨，说到了一些开发区发生这次群体事件的原因，但客观的提得多，主观的提得少。我觉得，态度是诚恳的，但检讨本身是不够深入的。请开发区管委会会后再好好地反思，交出更深刻的检讨。也请市报和市电视台全文播发。”

这回，会场上真的是静了。谁都不会想到，居思源市长会一上来就作自我检讨，并且批评了方跃进。按官场上话，居思源这是不留情面，有点当面让人下不来台的感觉。何况，江平的干部都知道，方跃进是徐渭达书记的人，早年，曾是徐渭达的秘书。在开发区管委会常务副主任的竞争中，徐渭达坚持要用方跃进。这事甚至闹到了省里，程文远和其他一些常委都认为方跃进对经济工作不太熟悉，而且在教育这一块儿搞得也不太理想，去年还受到了省纪委的调查。让这样的人提拔重用到开发区管委会常务副主任的位子上，既担心工作搞不好，也担心对开发区下一步发展有影响，同时还有可能难以服众。然而徐渭达态度明朗：省纪委查了，没有问题嘛！没有问题为什么不能用？经济工作谁都不是一开始就懂的，方跃进也当过多年市委秘书，怎么会不懂？省委组织部考察时，方跃进的得票数并不多。最后还是徐渭达亲自到省里，才把事情定了。这会儿，居思源在这样大规模的会上，直接地批评方跃进，着实让底下人有些意外。难道居思源不明白方和徐的关系？或者居思源就是有意为之，就是要打狗给主人看。当然也还有可能，就是居思源纯粹从工作出发。江平官场现在都知道了，新来的市长居思源，后台强硬，父亲曾是老省委书记。有人说，居市长到江平，不过是增加一次基层工作的经历，也许一年两年，至多三年五年，居市长就会到省里的。将来，或许还会到中央。你可以碰他自己，但是有多少人可以碰居思源超强大的后盾呢？

居思源继续就开发区事件展开讲话，他着重分析了事件的起因，强调类似事件，是完全可以避免的，关键是我们的干部漠视老百姓的利益，没有能及时有效地解决实际问题。他同时讲了关于被征地农民补偿的一系列措施，并且承诺：今后将逐年增加对失地农民的补偿。“我们的财政取之于民，就得用之于民！”

所有人都听得出，居思源的语气是坚决的，态度是开放的，甚至有些强势。徐渭达一直闭着眼，脑袋端坐在脖子上，如同一粒佛珠，正静止着，沉入不着边际的迷茫之中。程文远倒是一直盯着台下，作为江平的三号实力人物，程文远用目光告诉会场上的干部们，官场真正的格局，并不一定就是以座位顺序来决定的。程文远在江平算不算干部子弟，这个很难界定。但是，他是老市长杨家琪的女婿，是不争的事实。而且，大家都知道，当年程文远跟杨家琪的女儿谈恋爱前，在乡下已有了未婚妻。杨家琪的女儿不仅不漂亮，且性格孤僻，按杨家琪的话说就是冷性子。程文远一表人才，能看上并且死追她，其中的目的自然是很明确的。他们结婚后，程文远很快就得到了重用。这以后，很多次人事变动之际，杨家琪都出面干预。即使在他从市长的位子上退下来之后，也曾为程文远的事专程到省里活动。杨家琪心里对程文远有愧，原因在于程文远娶了他女儿后，夫妻关系一直不好。女儿性格更加暴躁，程文远是人前当官到家当差。外界有传闻，说程文远多次要和杨家琪的女儿离婚，最后都是杨家琪出面给镇住了。杨家琪说，我能让你上来，也一定能让你下来。虽然这话都传着是杨家琪所说，但不可信。毕竟是当过市长的人，岂能说出如此不堪之话？

程文远正翻弄着手机，好像在看信息。居思源提高了声音，讲到开发区事件的教训，然后又正式提出在全市干部中开展“干部双向考评”。干部双向考评不是什么新鲜动作，江平已经搞了五六年了。居思源只强调了一句:“要考出真相，考出水平，使双向考评成为用人的主要依据。”

底下秩序难得的好，原因大概在于很多人还摸不准居思源的脾气。居思源来江平前，江平官场上也有各种猜度。但集中点在“干部子弟”这个词上，与这个词挂上了钩，没有多少人能指望居思源有多么的了不得。可是开发区事件一处理完，很多干部知道了，居思源不仅仅是个干部子弟，还是个有能力、有魄力的市长。私下里，有些干部开始估计，江平官场的格局正在打破，新一轮的争斗已经开始了。

这就如同居思源大脑中的战争，无声，却激烈地进行着。

大会结束后，徐渭达说要到省委去，有点事情向李南副书记汇报，问居思源是否同行。居思源说:“不了。我中午有个朋友来江平。”

“那好，我同文远同志一道过去。”

居思源说的中午过来的朋友，其实是他的发小，叫赵林。赵林从小就和居思源住在一块儿，他的父亲是当时的江南省委组织部长，也是老革命。据父亲讲，赵林父母的婚姻介绍人，还是居思源的妈妈。两家的关系也因此走得近。不过，后来，赵林的父亲调到外省工作，他们一家也就离开了江南省。赵林与居思源一直有联系，赵林这人长一副流氓相（这是居思源他们小时候在一块儿玩时就定下来的），脸上有横肉，长年留着小平头。在省委家属院里，赵林长期是家属们吵嘴的导火索。原因就在于他的不安分。到处倒腾，今天弄坏人家篱笆，明天将人家门前的路灯给打碎。不过，赵林也义气，居思源小时候看起来老实，骨子里有点子，很多坏事都是居思源领头干的，最后出来承担后果的往往是赵林。赵林说反正自己坯子坏了，多一件少一件无所谓。居思源大学毕业时，曾到赵林当时所在的河南省转了一圈，所到之处安排都是赵林提前作好的。那时，赵林带着三四个女孩子，陪着居思源游山玩水，末了，还想介绍其中的一个女孩子给居思源。居思源拒绝了，可以游山，可以玩水，但不可以玩女人。何况那时，居思源正陷在与赵林妹妹赵茜的恋爱之中。再后来，居思源最怕听到的姓就是“赵”，最怕提到的人名就是“赵茜”与“赵林”。昨天晚上，赵林居然打通了他的手机，说从西藏过来了，想来见见面。居思源这才想起上次与王河他们聚会时，好像听赵茜说过赵林现在正在西藏搞造林工程，规模很大，也很有影响。居思源问赵茜，赵林还是从前那个样子吗？赵茜说还是，改不了的。你们在一块儿玩了十几年，你难道不知道？

居思源刚回到政府办公室，批了两份文件，赵林电话就到了。居思源说那就直接到大富豪吧，我让人在那等你。我稍后就到。

赵林说好的，我正好看看江平的风景。

居思源让马鸣先过去了，马鸣问中午要不要找人陪同。居思源说不必了，等马鸣转身时，他想了想道:“还是找两三个人吧，找谁，你看着办。”

马鸣点点头，居思源才到江平，人事不熟，让他找人也是说得过去的。不过，他心里倒犯嘀咕了：找谁呢？找谁能够让市长满意，而且也能让市长的朋友满意？

这就很为难了。马鸣在坐车到大富豪的路上，一直想这个问题。最后，他圈定了三个人：国土局局长杨俊、文化局局长叶秋红、江平驻省城办主任孟庭叶。这三个人，一是年龄都与市长差不多，容易接上话。二是通过这几次公务活动，马鸣发现市长对杨俊和叶秋红印象不错。三是驻省城办主任孟庭叶，为人活络，能很快拉近与市长朋友的关系。他一一给三个人打电话，杨俊正在开发区，叶秋红在图书馆那边，孟庭叶正好回江平了。他们都爽快地答应了，说十二点前一定赶到。

做领导难，做领导的秘书更难，做主要领导的秘书难上加难。这是秘书界流传的一个段子，马鸣此时想起来，就颇有同感。马鸣到政府来做秘书也有几个年头了，以前还做过吉发强的秘书，但只做了两个月，就被炒了。原因是吉发强认为马鸣行事不够果断，拖拉。马鸣自己知道，这不是主要原因。主要原因是吉发强不满意他的迟钝。有两次，吉发强在黄金岛休息，他竟然给吉发强打了电话。吉发强出来后，脸色很不好看。这次，居思源到江平，华石生找他谈话，让他跟市长后面，他先是打了退堂鼓。但华石生说，秘书当中就你最年轻了，你不跟市长谁跟？

想想也是。在政府办，按资排辈比其他地方都更明显。司机们论资历，谁来得早谁就有发言权，甚至新来的司机，还得给老司机送烟送酒，不然，司机班就很可能让你不固定跟哪个领导，而是在办公室跑短途、打杂。秘书较劲的，从前是文字，现在不同了，政府办的秘书很少再具体搞文字，文字都是各部门负责，最后由研究室把关。秘书们的工作，从文字转向了安排领导生活。这一个多月来，马鸣觉得新市长还是很好处的，整体风格上，居思源偏向于强硬，但在细节上，特别是对他这个秘书，还是比较宽容且尊重的。有这一点，马鸣觉得跟居市长后面，也渐渐地定心和放开了。

十一点半，叶秋红先到了。

叶秋红今天将头发绾成了一个高髻，穿一套月青色套装，显得精神且素雅。马鸣说："叶局长今天是知性十足啊！"

"是吧？要知道知性往往是不够美的潜台词。"叶秋红笑道。

马鸣也一笑:“美且知性，好了吧！”

叶秋红问:“市长的朋友从哪里来，到底是什么朋友？”马鸣说:“也不太清楚，市长只说从西藏来，是发小。”叶秋红说:“那就有意思了。发小们在一块儿，往往会说到很多有趣的事，我们就等着听吧，也算是了解市长的私密情报。”

正说着，杨俊到了，接着，门外传来人声:“居思源，居思源！”

马鸣赶紧跑出来，迎面就撞上一高大威猛的汉子，皮肤古铜，头发长而乱，后面还跟着三四个人，有男有女。马鸣道:“您是？居市长朋友吧？居市长马上就到，我是他的秘书，先来恭候您。”

“啊啊！居思源从小就是带头的人，有领导相。这不，有秘书了。”汉子回头说着便哈哈地笑起来，跟着马鸣进了包厢。马鸣将叶秋红和杨俊都介绍了，汉子让人从包里拿了几张片子，一一发过，道:“居思源说过吧，我叫赵林，跟他从小摸屁股长大的。不过，他是市长了，我在西藏流浪。”

杨俊看着名片，说:“赵总谦虚了，能跟我们居市长一道长大的，能有一般之人？看这名头，就知道赵总是成功人士，成功人士啊！”

“会说话，跟居思源差不多。”赵林猛地拍了下杨俊的肩膀，震得杨俊往后退了两步。叶秋红道:“果然是从西藏高原来的，都有一股狂野之风。”

“说得好。我正想对这位天仙般的妹妹唱首歌呢，唱一首藏族民歌。”赵林朝身后几个人看看，又大笑起来，笑声激越，激越中却又带着不羁。

叶秋红瞬间红了脸，马上又回过来。这时，门外传来了居思源的声音:“赵林在狂吹了吧？老远就听见……”

“果真是市长了，发福了。”赵林迎上去，两个人也没握手，只是互相擂了一拳。

居思源拉赵林坐下，又请其他客人都坐下，说:“有十几年没见了吧？没变，就是黑了些。”

“都是西藏阳光给晒的。离天最近的地方，人能不黑？看看我们的格桑仙女，黑中透红，美吧？”赵林拉过后面站着的一位女子，听名字，再细看，还真是西藏人的长相。格桑向居思源行了个藏礼，道了声:“扎西德勒！”

居思源也道:“扎西德勒！”

酒菜上来后，孟庭叶也到了，他忙不迭地向居思源解释着。居思源笑道：“我是请你来陪客的，哪是请你来专门解释的？要解释，就先喝两杯。”

孟庭叶自然喝了。

赵林善酒，也健谈，把居思源小时候的许多事都从脑海里给抖搂了出来。居思源一直听着，有时也插上两句。人到了这个年龄，说起童年，是一种幸福了。即使里面有些不堪，但在回忆性的叙说中，也是温馨和亲切的。

叶秋红听着赵林说话，时不时地看一眼居思源。她感觉居思源的目光正慢慢地变软，如同一个孩子一般。

她笑了。

第8章　市委书记是等着到省里去的人，一味求稳

秋风越来越紧了。秋将尽，菊花残，北雁南飞，一年中最后的时光到了。

江平地处江南平原上，深秋是江平最有诗意与苍茫的季节。城市西边，高大的古塔，凝望着江水，不舍昼夜，亘古如斯。而窗外，水杉树的细叶子正在飘落，有些就顺着风飘到了室内的桌子上，暗黄，宁静，望着它，居思源想：这也曾经是一片生机勃勃的绿色，这也曾是一脉活跃颤动着的生命啊！

全市干部双向考评前，居思源特地将组织部长程蔚林找来，让他牵头，搞一个细化的工作方案。重点是能考出实绩，考出让老百姓满意的好干部来。他给了双向考评两点要求：治庸、治懒，选优、选能。

程蔚林比居思源早到江平三个月，是从省委组织部副厅级调研员位子上下来的。在省城时，他们就认识，但打交道不多。这回，两个人都到了江平，而且都在领导班子里，自然容易走近。程蔚林个头不高，戴副眼镜，且是高度近视，他凑近居思源道："这个就按思源同志的意见办。思源同志到江平来，提出严格双向考评，我觉得这思路是对的，而且很有必要。我来了也快半年了，江平的干部队伍，整体上当然是好的，但问题也确实很多。就是思源同志刚才提出的：庸、懒。这样怎么能出效益？怎么能为老百姓更好地服务？这事，我让陈焕陈部长专门负责抓，近期提交一个方案，从元月后即开始实施。"

"这很好。要抓实，抓细。"居思源说，"不仅仅要考评，必要的时候，既要对事，也要对人。"

"对人？唉！"程蔚林叹了一下。

居思源也没问。即使不问，他也知道程蔚林叹气的原因，目前江平的人

事都掌握在程文远的手里，除了主要处级干部由徐渭达定外，其余几乎都是程文远说了算。上次赵林来江平，喝酒时，杨俊就说道："江平发展不快，主要是干部问题，而干部问题的症结，在程文远。"居思源当时打断了他的话，但事后一想，也许杨俊说的是对的。关键是人，是干部，就像下棋，手段再高明，手中没有棋子，你怎么能有胜算？

"既要考评好干部，也要逐步理顺用人机制，特别是发挥民主集中制，提高用人中的公开和透明度。"居思源道，"蔚林哪，这方面你要好好考虑考虑。你是组织部长，用人上你要拿主导意见。"

"啊，好！好！"程蔚林应付着。

两个人又谈到省委组织部副部长王长，最近省纪委正在查他，据说问题不是出在副部长任上，而是出在他到省委组织部之前任南州市市长期间。

"数额不小，情况好像很复杂。"程蔚林推推眼镜，说，"平时也看不出来啊！"

"难道还写在额头上？"居思源笑道。

"也是，也是！"程蔚林接着说到江平下一步的两会，"到现在相关人选也还没摸底，不知道渭达书记到底如何想？"

"他应该有数的。"居思源说，"书记管人，放心吧！"

其实，上周居思源回省城，李南副书记就直接告诉他，徐渭达和程文远一道，专门到省委作汇报，要求将江平市市级班子中缺额人员配到位，说这样有利于江平的工作。同时，他们就江平市两会中可能要上的副市级领导干部，提了个初步名单。"我只是看了一下，让他们丢下。我觉得基本不能同意。还是上次说的，你考虑一下，我再向怀凯同志报告。"李南看来是铁定了要让居思源介入，听李南的话，居思源总有种感觉：事情绝不会那么简单，或许还有更深的目的。

不过，居思源也没往深处想。他这几天都在考虑怎么提一个合适的名单。江平的干部，可以说他还不算熟悉。在不熟悉干部时调整干部，是很危险的。虽然他已经将三区两县和大部分市直单位都跑到了，也仅仅是混了个脸熟。对干部的个性、干部的能力、干部的品德，他还是知之甚少。他一直觉得，他应该寻找出一种最有效的办法，既能让能干的干部脱颖而出，又能保证江平的干部队伍不至于由此引发大的矛盾和争议。他想到了程蔚林。程蔚林可以帮他解决一大半问题，组织部长对干部进行全面了解，是工作分内之事；组织部提出干部建议作用名单，也是合情合理之举。更重要的是，由组织部来做这事，徐渭达和程文远就不至于过分关注，也不会太多干涉。反正他们会觉得：组织部再怎么弄，最后定夺的还是他们。

“蔚林哪，有件事我一直想跟你说。最近李南书记找我，要我就江平的下一步人事安排拿个意见给省委。对人事嘛，我不熟悉也有顾虑。我看是不是请组织部先搞一下？你毕竟对干部熟悉些，先斟酌一下，拿个名单。我们再商量。”

“这……有必要，也是可行的。”程蔚林摘下眼镜，擦了擦，然后道，“这个我来安排。”

“那好。注意点方式方法。”居思源虽然心里对程蔚林也不是太放心，但在江平，就目前情况看，程蔚林是最能接近并且最能为他所用的人了。

送走程蔚林，居思源让马鸣把杨俊找来。

城市大建设是个大趋势，没有大建设，就没有大发展。但是，大建设带来的土地供应压力和干群矛盾，也是不容忽视的。现时期最大的干群矛盾，可能就体现在两个方面，一是老百姓对干部腐败的厌恶；二就是因为建设而带来的一系列问题。江平这几年的发展速度，在全省是中等偏上，而这两年，已经跌到了后三名。这当然跟吉发强的案子有关，国家要发展，也得有和平环境，城市也是。江平官场不稳，形势就不和平，人心不静，发展就搞不上来。徐渭达是等着到省里去的人，他不可能也不愿意在江平再搞什么新花样，也不会搞什么大的动作。任何大的动作、新的花样都存在风险，政绩越大，后面的议论越多，风险越大。徐渭达不会去蹚这浑水的。但是，居思源得蹚。而且必须蹚好，蹚出成效，同时又要保证不至于把自己蹚进泥潭里。

居思源是清晰的，在省直，他向来是以思路开阔著称。这就像他的穿着一样，基本是以明亮的调子为主，但他的底色却往往是深沉的。比如今天，他上身穿一件铁红色的夹克，下身是稍为沉稳些的青色中长裤。他不喜欢穿西装，除了十分正式的场合外，西装几乎都挂在衣柜里。在改行到省委宣传部之前，确切点说是当了处长之前，他身上穿的都是牛仔裤，各种式样的、各种颜色的都穿过，他喜欢牛仔裤的洒脱与粗狂。池静就说他是牛仔依赖症。他笑说她可以去申请一个新的病种名称了。当了处长后，出席公开场合的机会越来越多，牛仔裤再也不适合了。除了偶尔朋友聚会，他一年也难得与牛仔裤亲近一两回。对于穿着，居思源其实是比较讲究的。他的衣服都是自己买，即使当厅长时工作忙，他也能挤出时间去选择适合自己的衣服。这个习惯是从小养成的。母亲在这方面放得开，给钱让孩子们自己闯。居思源从小穿衣就是贴近潮流，而妹妹居霜，则长期是一袭黑色。这似乎也注定了妹妹的复杂脾气，就像到现在，她仍然抱定独身主义的观念一样。

打开抽屉，居思源拿出小镜子，看了看自己的脸，有点苍白。昨天晚上没睡好，饭局中陪省财政厅的副厅长王建喝了三杯干红，然后又去唱了会儿歌，回到房间，人一下子清醒了，怎么也睡不着。十一点，又接到赵林的电话，问他想搞的地皮现在有没有。如果有，他马上组织人过来。居思源说还没研究，大块地皮是要报省、报国务院的。赵林大概正在喝酒，话筒里传出女人的声音，他甚至有点生气道："一个市长，五百亩地算什么？我上个月去见某某市长，一开口人家就给了一千二百亩。"居思源笑话着，说："人家市长有能耐嘛！"赵林说："谁都没你有能耐。这点我还不清楚？"居思源道："你是清楚。等研究后再说吧！"

赵林要的就是地皮，那天酒席上，赵林说："我现在什么也不缺，缺的就是地！"

这话说得直白，也豪放，却更实在。中国就是一个大工地，在这个风风火火的大工地上，不缺票子，不缺人才，缺的就是土地。赵林带着格桑，还有另外两个人，其中一个据说是西藏电力的副总。虽然居思源看着怎么也不像，但西藏气候不同，何况人不可貌相。赵林说这人就是钱袋子，西藏的钱不是没有，是不知道怎么用。现在，他给他们提供了一条好路子，由他们投资，到内地来搞开发。钱能生钱，何乐而不为？居思源不得不佩服，赵林这人脑瓜子活，胆子大。能拿到地的，未必就有钱；有钱的，又未必拿到地。他想两样兼而有之，还顺带成了促进民族经济融合。

“居市长！”

“进来！”

杨俊拿着手机，一进来就道:“市长，正要给你汇报。上海联建那边来人了。中午是不是请市长出个面？”

“联建？”居思源稍微顿了下，说，“啊！你们接待吧。我另外有安排。”

“那……好！”杨俊说，“联建的那块地，省厅做了些工作，才落实下来。不过，市长，我还是有点……”

“啊！”

“这事不怕一万，就怕万一。省厅的工作做好了，就怕点查。要是点查，那可就……”

“对于土地这一块，我的态度是坚决按照国家政策执行。包括上海联建。手续要完善，既要促进地方建设，又要坚持国家相关规定。你这个国土局长，要有原则，要挑担子。”

“知道，知道！”杨俊道。

居思源停了下，说:“西藏那个事你怎么想？”

“这……可以办吧？”

“继续说。”

“他要的不多，五百亩。江平这几年土地确实紧张，但在国家红线政策出台前，我们当时就作了一些准备，从财政拿出了一部分资金，直接存贮了一些土地。如果这几年，我们都按国家给的指标，土地早不够用了。不够的地方，就用这个补上。而且这些地，已经在总盘子之外。知道这些地的，只有书记、市长和常务副市长，还有我。其余人都不清楚。”

“目前还有多少？”

“六千多亩。”

“当时收的时候，地价呢？”

“每亩五万元。”

居思源稍稍算了算，按现在市场地价，中间差大得惊人，便道:“那差价……”

“这个，全部给财政了。”

“唉！”居思源叹了声，现在全国的市县级财政，差不多都在走一条同样的道路：土地财政。大建设是发展的需要，也是各级财政的需要。没有建设，就没有土地的动用。没有土地，财政贡献就很难有所提升。从他所看到的江平近年来的财政收入相关资料中，也可以反映出：江平的土地收入占财政收入的百分之三十，特别是占新增财政收入的比例达到了百分之五十。他就一直纳闷：江平哪有这么多地可动用？现在清楚了，是存贮的土地。自己在科技厅当厅长时，知道土地与地方财政的利害，但根本不知道这其中还有如此的道道。说穿了，就是“上有政策，下有对策”。中国不是没有政策，关键是没有落实，或者说在落实中走样了。土地政策即是其一，不深入其中，哪能洞悉背后的奥秘？

“你把最近全市提出的用地报告整理一下，送一份给我。”

“那好，我尽快搞好。”

杨俊说着要转身，居思源道：“马上就要开两会了，有些事情要办得快些。这方面，我对你是寄予希望的。”

杨俊马上道：“我知道市长的培养，我会努力的。”

又是叩门声。

叶秋红穿一套藏青套装进来了，见到杨俊，打了个招呼，然后道：“居市长，不知您有空没有，我想汇报一下剧团的情况。”

“剧团？不是很好嘛！”

“那是面子，撑着的。里面早已快烂了。”

“是吧？”

杨俊见叶秋红连珠炮似的开始了，也就没再说，同居思源说了声，便告辞出去。叶秋红继续道：“我们市剧团是个老团，现在每年戏演不上三五场，人却有一百多。大部分都是老同志，年轻人也留不住。本来还有两三个名角，这两年也都走了。走的原因就是一没戏演，二没钱赚。我以前跟吉……也汇报过，要对剧团进行改革，也跟徐书记讲了，他说牵涉到的人太多。可是现在，这日子真的没法再往下过了，一百多号人，半死不活的，看着就让人生气。中央正号召要发展文化产业，剧团却一点动静没有。这怎么行？居市长哪，有空请您到剧团调研下，那些演员说起剧团来，是满腔激情啊！”

居思源抬头看了叶秋红一眼，心里突然想，叶秋红这样子，也颇有点演员的感觉。在江平这官场上，到目前为止，他也就看上了杨俊和叶秋红两个人，今天居然一下子巧了，全都来了。他不经意地笑了笑，问:“怎么改革法?有方案吗?”

“当然有。”叶秋红从包里拿出一摞文件，“这都是。前年就搞好了的。也经过了几轮的讨论，后来就搁置了。”

居思源接过方案，纸张有点陈旧了，果真是经过了快两年的时光。他翻着看了看，里面详细地分析了剧团的处境，提出了剧团改革首先是改人，改制，出产品，出效益。他没再往下看，而是问道:“人怎么办?”

“这个我反复考虑过了，也私下里征求了一部分同志的意见，包括剧团的很多演员。一百多人，准备分成三种。一是到了一定年龄的，包括退休的，全部由财政按事业单位人员规定负担。二是一部分年龄偏大的演员，愿意提前退休的，由财政一次性缴纳养老保险，提前离团，不愿意的，留在团里担任行政管理工作。三是对年轻演员实行绩效工资制，鼓励多出作品、多演出。与此同时，请市财政给予剧团改制后扶持资金，以便剧团排练新的剧目。并按计划，从外地招考若干青年演员，强化培养，力争三到五年内，恢复江平剧团在全省剧团中的靠前位置，能推出两到三个大戏。”

“很全面嘛！算没算这样财政要拿多少?”

“算了。大概八百万。”

“八百万?”

“这数字，一次性地看确实不少。但算起来，财政并没有吃亏。现在财政每年要拿出二百多万元定补。四年就是八百万元。如果不改，何止四年?”

“关键是人。”

“这个请居市长放心，只要政府能下决心，能解决八百万元。我保证将剧团改制搞到位，保证明年年底就能出大戏。”叶秋红提高了声音，似乎在立军令状。居思源看着，觉得这个同样是干部子弟的女干部，骨子里还多少有一些敢做敢当的气息。现在这样的干部少了，和稀泥，以庸对庸，以懒对懒，很少有人去想真正地做事，真正地解决问题。特别是有些部门干部，不是他们自己动，而是被领导推着动。从这一点上看，叶秋红能成为江平市的文化局长，也是有理由、有能力、有资格的。

居思源想了会儿，说:“这样吧，这事你先给天一市长汇报。请他提交市长办公会再讨论。我原则是同意改制的，但要稳妥。”

“那……好吧！另外，居市长，文化这边在北京有个项目，是江平文化一条街建设，总投资六个亿，部里那边已立项。我想请市长带我们到北京去跑一趟。这样的大项目，仅靠我们是跑不下来的。不知……”

“这个没事。你安排吧！”

“我哪敢安排市长？我先与北京那边联系一下，再给市长汇报。”

叶秋红说完，就开门出去。居思源看着她的背影，一瞬间心里一热。这背影太像了，太像了……当然，并不是。这只是江平市文化局的叶秋红局长，而那熟悉的背影，早已沉淀在时光之中了。

居思源端起茶杯，轻轻地抿了一口。彭良凯边接手机边进来，等接完电话，他随手关上门，道:“居市长，高捷的案子前期调查结束了。上面反馈过来，情况基本属实。我们要不要通报给花芳？”

“没有必要。”居思源道，“要遵守纪律。任何非正式渠道的信息，都不能随便通报。”

“这个我当然知道。可是那女人天天来政府闹也不是事啊，给她说明白了，她要是再闹，我就要采取行动了。”

“什么行动？胡闹！我上次跟你说的事，进展怎么样？”

“这个，这个，正在查。因为是网上的信息，很难查证。而且，居市长，网络太开放了，许多人都在上面信口开河，我们不能太当真。我可以说，江平目前不可能有网络上说的黑恶势力组织。小混混可能有三五个，但形成团体的绝对没有。”

“是吗？”

“这个，我可以以副市长的名义保证。不，以公安局长的名义。江平曾经有过一些黑恶势力组织的苗头，但很快被打击了。我们的社会治安情况，在江南省一直处在前列。特别是刑事发案率更是最低。”

“那这网上许多帖子都是凭空写出来的？一星期前，我听说市中路那边有两批人持械斗殴，而且伤了人，有这回事吗？公安出警没有？”

“一星期前？不会吧？我怎么没听说？”彭良凯思索了下，摇着头说，“没有，绝对没有。要是有，我这个公安局长还能不知道？不知道市长的消息是从哪里来的？”

彭良凯一边说，一边就拨通了公安局王副局长的电话，问是不是有这回事。说了几句，彭良凯对居思源道:“他们说没有。”

“是吧？没有就好。稳定是压倒一切的前提，良好的社会治安，是保证各项经济建设发展的必要条件。我不希望江平在这方面出问题。最近，我提议请公安系统对全市的治安状况作一次深入的调研，要准确，不回避矛盾。具体结果要在市长办公会上通报。”

“可以。我马上布置。”

彭良凯走后，居思源和华石生一道，到居然山庄。

居然山庄是江平一家有特色的饭店，坐落在离市区八公里的凤凰山谷里。从市区出行，大概三公里，即进入浅山区。公路两旁都是长得一人多高的银杏树，这便是这片山谷最初开发时留下的。华石生给居思源介绍说，十年前，这里还是普通的山谷。后来，原流水县副县长黎子初辞职到这里开发银杏。他使用的都是世界银行的林业发展贷款，造林近三千亩，一直沿着公路往里，直到居然山庄。居思源问:“现在银杏产业怎么样？”华石生说:“既然有热，就必定有冷。现在正是银杏产业冷的时候。不过，黎子初也并不指望银杏林赚钱。银杏林只是他的不动产，有这不动产，银行贷款就不用担心。反正期限是十五年，而且真的还不了，世行也不会找他个人要，而是直接从财政的账户上划拨。黎子初靠的是居然山庄。山庄从六年前开始经营，现在已经成了整个江平最有特色的地方，甚至连省城也有人专门在双休日来此度假。”

“到底有什么特色呢？”居思源问。

“特色很多。包括菜，包括风景，包括服务，当然也包括……”华石生没有再往下说，而是道，“不过，整个山庄的设计是很用了心思的。各种特色的服务区都互相隔开。不干扰，也清净。”

“这黎子初还真了不得嘛！”居思源说着，猛然想起在老藤椅的某个帖子里曾见过这个名字，似乎就是说这个人与江平的黑道有关。

但居思源没问。他知道问也是白问，华石生也许并不知道，就是知道了，岂能说出来？

车子行驶了二十分钟，就看见一大片银杏林后，露出了隐隐的房子，果然，居然山庄到了。车子停的地方是一大片空地，目光所及，却有一处山角，正好挡住山谷里的建筑，形成了隐约的风格。居思源第一眼就感到这黎子初很有审美眼光，知道这屏风之美。

华石生在前面，居思源跟在身后，刚转过山角，就有人迎面过来，同华石生打招呼："秘书长好！"

“黎总，给你介绍下，居市长！”

来人身材中等、面色红润，听了华石生介绍，马上走上前，伸出手，居思源也伸手握了一下，来人道："居市长，啊，居市长！我刚才是听说居市长要过来，不想这么快就到了。有失远迎，有失远迎哪！我叫黎子初，请市长多指示。”

“哈哈，大名早听说啦！山庄规模不小嘛！”

“还行，还行！不过还得大发展。这得靠居市长多关心啊！”黎子初从西装口袋里拿出个黄色烟盒，打开，弹了支烟，递给居思源。居思源摇摇手，黎子初道："市长好福人，不抽烟好啊！抽烟的人是这个世界上弱势群体了啊。”

华石生问："他们都到了吧？”

“李市长和劳局长都到了，省里客人也来了，在水云间。”

“啊！”华石生说，“那好。这样，居市长，要不要先参观参观这山庄？”

“看看吧！”居思源没有推辞，就跟着黎子初沿着整个山庄转了一圈，足足转了有四十分钟。这山庄被分成了好几个功能小区，有餐饮中心，有娱乐中心，有休闲中心，有会议中心。四个中心中间，都用水或者植物篱笆隔开，小区与小区之间，很难直接看到。每走一步，风景都在变化，有的是江南园林风格，有的却是典型的徽派建筑，还有的是欧美建筑风格，但无论哪种，都显得天然、别致。居思源看着，觉得黎子初这人果真不是一般人，单就这里的建筑，就体现了主人的口味。这样的人，难道真的能与黑恶势力挂上钩？他问黎子初:“怎么突然就想起来经营山庄？这山庄的设计也挺有意思，包括名字，是谁设计的呢？不简单嘛！”

“都是我自己。”黎子初点着烟，眯着眼睛，说，“我这人从小就喜欢山水，大学学的是中文，后来教了几年书，竟然改选当了副县长。一当就是十几年，还是不适应，便辞职搞这山庄了。古人说风景之美，贵在曲折，移步换景，浑然天成。我就是按照这个理念，来经营和设计整个山庄的。”

“哈哈，黎总还真是高人哪！有思想，有理念，并付诸实践，不容易啊！”居思源这话是打心眼里说的，这些年，他见过很多搞企业的，有的把企业经营得俗不可耐，整个身上，除铜臭之外，无半点雅气。不管黎子初骨子里是什么样的人，但至少这山庄还是能给人一种清新与素朴的。

回到餐饮中心，李远和建设局长劳力正站在那里等着居思源。劳力说：“居市长视察山庄，黎总哪，拍照片了吧？”

居思源朝劳力看了眼，黎子初道:“啊，还真忘了。下次再专程请居市长来视察。”

李远凑到居思源跟前，说:“马厅长已经到了。”

居思源进了大厅，一看厅内，都是古典装潢，红木家具，宁静澄澈。进了包厢，他一眼就看见马喜，马上道:“好个马喜，先也不打招呼，来搞突然袭击是吧？”

“那倒真是。我是受弟媳妇之命来暗访的，怎么能先打招呼？”马喜嘻嘻笑着，说，“你大市长忙，我哪敢打扰？我告诉劳局长，让他别惊动你，可他还是……唉！不过也好，也说明市长对建设工作的重视嘛！”

“你马喜马厅长来了，我能不来？那岂不要挨批？劳局长不说，我还得批评他呢。”居思源爽朗一笑。马喜又将随自己来的几位给居思源一一介绍。等介绍完，酒菜也上来了，马喜说:“中餐禁酒，不能喝吧？”

“禁是禁了，可也得分情况。今天思源市长在，马厅长就喝点吧！”李远道。

马喜看着居思源。居思源说:“那就喝点。我也喝一点，我知道你马喜是海量，小时候，你就经常在家里偷酒喝，喝得脸红得像猴子屁股。”

“哈哈，还记得？”马喜对劳力说：“你们思源市长和我从小在一个院子里长大。他那时鬼机灵，出点子做坏事，最后责任却都是我们担了。那时就看得出来，他是领导的料！大领导的料！”

“你就捧吧！别说了，来，喝酒！”居思源把话岔开了。

酒过三巡，话题扯到城市建设上。马喜说：“我到江平几次，总感觉到江平的建设没有特色。什么叫特色？比如这山庄，就有特色。江平的老街也有特色，但太陈旧了，要修；江中大道也得提高档次。当然，我这是个人想法。思源哪，你到了江平，江平得有起色啊！有起色看什么？城市就是最大的门面。”

“我们一直想动老街，但一是拆迁任务重，二是苦于资金难以筹集。我们曾预算了下，老街重新修整，大概要五个亿。”劳力插话道。

“资金是争来的，这几年国家的钱那么多，只要有项目，资金不是大问题。思源在江平，建设厅这一块能不支持？”马喜说着和居思源碰了下杯子，又道，“我前不久到外地考察城市建设，发现有些地方才两三年不去，整个城市都变了。他们就是敢于动大手笔，搞大动作。虽然有阻力，有困难，但一旦搞成了，老百姓还是拥护的。”

“有马厅长这话，江平也得搞。”李远敬酒道，“居市长上次在政府务虚会上就提到老街开发。现在旅游经济不断升温，城市形象也是软实力，不能不重视啊！”

居思源说：“这事还得专家论证。总体原则是肯定要动，但怎么动，我们得尊重历史、尊重科学。是吧，马厅长？”

“当然是！当然是！”马喜将杯子里的酒干了，低着头对居思源轻声道，“我听说，省里可能要下来个人到江平干政府常务……”

“……”

“具体是谁不清楚，可能是向铭清。”

“向……”

马喜点点头。

向铭清现在是财政厅的副厅长，跟居思源、马喜也是十分熟悉的，虽然不像马喜是住在一个大院里，但小时候也经常来往，在同一个小学和同一所初中上学。向铭清的父亲是财政厅的老厅长，母亲是省法制局的局长。向铭清后来读了财政学校，毕业后到底下一个县工作了两年，然后调到省厅，去年提了副厅长。这人最大的特点是见人就笑，而且不是到了你边上笑，是很远就笑。不仅仅在笑容，还在笑声。笑声爽朗，好像一天到晚都是高兴着似的，会握着你的手说话，你不抽开，他绝不会放手。居思源在科技厅时，他们在一起喝过酒。向铭清的酒量与马喜有一拼。只是马喜喝白的，他只喝干红，一个人一次喝个一两瓶没问题。居思源曾笑话他：干红是得品的，你那叫牛饮。他又是大笑，说：既饮，牛又何妨？喝酒图的就是痛快，品那是妇人做派。不过，居思源也知道，向铭清这人在财政的口碑并不是十分的好，甚至有点……

"听说他就是冲着你来的，说老朋友了，好搭档。"马喜和李远碰了下杯子，又与居思源道，"这人得防着点，思源。"

"哈哈，都是工作嘛！不说了，喝酒，喝酒！"居思源站起来，敬了其他几位，大家又回敬，一时间酒桌上都是酒来酒往。李远凑在马喜耳边，问："刚才同思源市长说什么秘密？"马喜说："这秘密大着呢，马上你就会知道了。"李远再问，马喜便掉转了头。劳力这时插上话来，说："我听说省里要派一个常务副市长过来，该不会就是马厅长吧？"马喜喝了杯子里的酒，道："看着像我吗？我来，你们思源市长也不欢迎。他既不欢迎，我来岂不没意思了。"

居思源只是笑笑。这些酒桌上的话，一半得当真，一半得视作假。笑笑，就是最好的态度。

不过，事后，居思源想起马喜的话，心里倒是有些感觉。江平市政府常务副市长的位子，空了一年了。上次，他到江平，李南副书记和孙兴东部长在谈话时，重点就提到这个职位，说暂时不配，让他到江平熟悉工作和干部后，由他来提名。但现在，如果真的如马喜所说，向铭清过来，那岂不是？

居思源觉得这事他得表明态度，他直接给孙兴东部长打了电话。孙兴东先是含糊了一番，然后说："省委是有这个考虑，但没定。具体的还得征求渭达同志和你的意见嘛！"

"我不反对派人下来，但对于人选，请省委慎重。常务副市长工作面广，涉及事务多，问题复杂，必须要有一个既有能力更有威信的人来出任。不然，这个职位就会……”

“就会怎么样？你是怕再出一个高捷是吧？思源同志啊，要相信省委，相信大家嘛！”

“我当然相信。不过，要征求我的意见，我就得表明态度。”

“那好，到征求意见时，你再说吧！”

居思源正要挂电话，孙兴东又补了句：“我会为你考虑的。”

“那就谢谢部长了。”居思源道。

“为你考虑？”为我考虑什么？为我考虑，就是将我熟悉的向铭清派过来？当一把手的，最不愿意看到的，就是班子里有朋友。有朋友，很多话就不好说。太知根知底了，就麻烦。居思源到江平来，可以说是一片新天地。这里，两边班子中，没有一个他的朋友级的人物，虽然不少人都认识，但也只是限于工作。这就好，一张白纸才能画出最新最美的图画。可是现在……

晚上，居思源没有再去居然山庄。他一个人在食堂吃了点面条，回到房间上网。中午的酒喝得有点让他胃不舒服，毕竟是四十多岁的人了，以前每每喝酒，多了，一吐而已。现在，吐不出来了，就堵在胃里。久而久之，胃便承受不了了。

一夜无梦。天刚亮，居思源就被电话声叫醒。劳力在电话里声音颤抖着说：“居市长，出事了。”

“出事了？什么事？”

“马喜马……马厅长在山庄走……走了。”

“走了？……啊！……”

第9章　没有必胜的把握，居思源是不会动手的

马喜副厅长是在居然山庄的房间里走的。后来的现场表明：他走时神情痛苦，四肢蜷缩成一团。死亡的具体时间尚不清楚。但山庄接到报案的时间是早晨六点零五分，具体报案人为宾馆服务员王某。王某声称，她是早晨看见客人房间的门掩着，便上前提醒时，偶然发现已经死了的马喜副厅长的。

居思源是六点四十分赶到山庄的。

一路上，天色澄静，可是，风景却在不到一天，有了显著的变化。两旁的银杏树，叶子似乎在一夜间落尽了。真是物是人非，昨天还把盏痛饮的人，今天却已阴阳相隔。居思源心情沉重。无论怎么说，马喜副厅长是死在江平这块土地上的，他得真正搞清楚，马喜是怎么走的。就是为着从小在一块儿的情谊，他也得向组织上和马喜的家人有个交代。

车到居然山庄，山庄里依然宁静。按照居思源的要求，山庄对马喜出事的消息暂时保密，所在房间的楼层服务员都已被控制。车刚停，黎子初和劳力就赶过来，黎子初说："真没想到。怎么会……这么多年，也没出过这事。真没想到！"

劳力脸色发黄，神情紧张，嘴似乎也是斜着的，对居思源道："马……马厅长昨晚还好好的，我离开他时是十二点。他还笑着，之前同我们吃夜宵，还喝了两瓶啤酒。"

居思源没做声。

黎子初说："警察已经到了，我让他们穿便衣，免得影响不好。"

"是吗？" 居思源朝黎子初望了眼，心想：能耐不小啊，连警察着装都能干预。这个男人不简单哪！

到了马喜住的贵宾楼，上了二层，房间门口已经站着几个便衣。黎子初和他们打了招呼，公安局的高局长跑了过来，向居思源敬了个礼，然后问:“市长要看现场？”

“不看了。”居思源转过身，问劳力:“其他人通知了吗？”

“通知了。李市长刚才来过，现在餐饮那边。徐书记我打了电话，他说稍后再联系。”

“马上通知两办和宣传部来人，到山庄召开会议。同时通知文远同志也参加。”居思源道。

劳力说:“我就安排人通知。”

半小时后，徐渭达、程文远相继赶到。徐渭达一到，就黑着脸，问:“到底怎么回事？是不是……”

程文远去现场看了，回来对徐渭达道:“情况复杂。”

居思源说:“公安的初步检验，基本可以排除他杀的可能。”

其他人都到齐后，会议开始。公安局的高局长介绍道:“我们是早晨六点十五分接到报案的，120同时到了。来时，人已经死亡。据初步检验，应该可以排除他杀。据现场判断，有两种可能：一是自杀，二是急性发病。”

“详细讲讲。”程文远道。

“自杀，目前没有找到任何药物、遗书和其他自杀工具等，而且既然选择自杀，应该不会如此痛苦。我们据此认为：急性病发，导致了死亡。”

“不是说昨晚十二点还很好吗？怎么会？”

“这个，只有等法医鉴定，同时等我们讯问过有关涉案人员后才能得出结论。”

“那就马上开展工作。”徐渭达扬扬手，说，“我强调三条纪律：一、暂时保密，报告一事由市委负责。二、由政府办负责联系省建设厅，由其通知家属。三、任何媒体暂不对此进行报道，也不接受任何采访。善后处理工作由思源同志负责，文远同志也参与。”

会后，徐渭达将居思源找来，两个人单独商谈了会儿。徐渭达问:“到昨天中午是不是由思源市长出面陪同了？”居思源说:“是的，但当时应该情况很好，没有任何异常。”

“那晚上呢？”徐渭达问。

“晚上我没参加。李远市长和劳力他们陪同，听说也喝得不太多，然后大家唱歌，再夜宵，喝了两瓶啤酒。十二点，马喜与劳力他们分开，回房休息。”

“休息以后呢？”

“不清楚。”

徐渭达思考了下，说:“思源哪，情况复杂。马上将黎子初找来。”

黎子初来了后，徐渭达问:“楼层有监控吧？”

“这……有。”

“现在能不能看？”

“好像坏了。”

“坏了？”

“我早晨问过，他们说坏了有一段时间了。”

“黎子初！”徐渭达猛然站起来，道，“你听着，立即给我将监控录像找来。同时，如实告诉我们真实情况。”

“徐书记，居市长，监控真的坏了。不过情况确实……有些……”

“说吧。”

“我了解了下，昨晚十二点后，劳……给马厅长安排了一个按摩项目。是到房间的。服务小姐十二点四十进房，凌晨两点半离开。然后就……”

“离开时人还没事吗？”

“据小姐讲，没事。”

“好了。”徐渭达挥挥手，“这事不要对其他任何人说。走吧！”

居思源愣着，他没想到马喜会接受按摩小姐的服务，而且是两小时。这两小时之中，马喜除了按摩还做了什么，现在已无法弄清。但有一点，居思源隐约可以肯定，马喜的死与此有关。马喜死时身体蜷缩，神情痛苦，这与心脏病突发的症状相似。男人在过于激烈的非正常性生活中，容易导致血压升高，心脏病突发，或者脑出血。马喜平时脸色红润，是不是血压偏高？白天又喝了如此多的酒，晚上又……

虽然这样想着，但居思源没说。一个副厅级干部在江平这样不明不白地死了，势必会在江南引起反响。刚才，徐渭达让黎子初不要对其他任何人说，是不是也出于同样的目的？

“思源哪，这事……唉！你看怎么办？”

“事已出了。请渭达书记定夺。”

“这样吧，请法医鉴定后，如果排除他杀和自杀，我看主要的可能还是突发疾病。这也是没办法的事嘛！人有病，天知否？谁能料到？关键是要做好舆论的引导工作，等结果出来，要立即报省。同时要密切注意舆论上的情况，加强正面引导。”

“好，可以！”

居思源嘴上答着，心里却一直在想：这居然山庄到底有多深？或许一百个人来了，一百个人都只看到了山庄的一角。银杏开发，休闲娱乐，餐饮，现在又有了特殊服务……还会有什么呢？是不是正如网上所说，还会有更多的不可告人的秘密呢？

早晨八点，市委向省委作了汇报。省委李南副书记指示：立即派省委副秘书长张正带领建设、公安等部门前往江平，务必妥善处理，注意影响。另外，尤其要做好家属工作。

但事实上，半小时后，居思源就接到了孙浩然的电话，问是不是马喜在江平出事了。居思源说：“是的，你的消息怎么这么快？”孙浩然说：“不是消息快，而是这消息打眼。思源哪，怎么刚到江平，就尽摊上这事？到底怎么死的？”居思源说：“情况不太清楚，应该是疾病突发。”“不会吧？我可听说那个山庄是江平最大的风月场呢。”“没有这事，”居思源说，“法医正在检验，先不要乱猜测。”

放了电话，居思源还是有些吃惊。居然山庄是江平最大的风月场，这话他还真是第一次听说。他马上将马鸣找来，单独问他居然山庄到底是怎么回事。马鸣先支吾了下，然后说：“市长，你真不知道？这事本来我不能说。居然山庄这老总黎子初，原来是流水县的副县长。后来到这建山庄后，先是栽树，后来搞服务业。规模越来越大，花样也就越来越多。外面盛传他涉黑、涉黄、涉赌，有人背底里叫他‘三涉’。”

“以前没处理过？”

“省公安厅都来打击过。可是，没有抓到任何现行。山庄地势复杂，一有风吹草动，里面人员就全部撤退了。而且，他有内线。打击了几次，都是无功而返。市里一些领导对黎子初也是很照顾，据说……个别领导在山庄有股份。这里死人不是一次了。四年前，市公安局的政委就在这里心脏病突发去世了。死的时候衣服都没穿。家属闹了几次，也不了了之。黎子初赔了点钱，当时死者的弟弟来闹事，还被他手下人打伤了，现在腿还瘸着。”

居思源望了眼窗外，一条隐隐的小路正向山上逶迤而去。

马鸣继续道：“吉……吉市长在时，曾经有一次动用了大批警力，突袭山庄。结果抓住了几个涉赌的。后来不知怎么又放了。有人传说，吉后来出事，就是黎子初告发的，还有高捷。高捷是一直主张打击山庄的市领导。”

“啊！”居思源大脑中渐渐有了一张脉络图，这图虽然还不甚清晰，但大概能看出究竟了。

马鸣说完，居思源说：“好吧，这事以后不要议论了。”

“我知道。”马鸣说，“在江平议论黎子初，是有风险的。我可不想蹚这风险。”

“总得有人蹚吧！”居思源道。

中午前，省委副秘书长张正带着人到了山庄。山庄已经清空了，从市区出来的路口边上，就立了块牌子：因内部整修，暂停营业。

江平公安会同省厅，很快作出了结论：马喜死于高度兴奋后的心脏病突发。死亡时间应该是在凌晨两点左右。

这个结论很正常，但也很让人感到莫名其妙。心脏病突发死亡是正常的，但高度兴奋又作何解释？马喜副厅长一个人住一个套间，怎么高度兴奋了？和谁高度兴奋了？难道一个人睡着睡着就高度兴奋了？

徐渭达问：“高度兴奋是什么意思？”

高局长道：“不好界定。我们还得调查。”

居思源看着徐渭达，其实早晨黎子初已经说了，在十二点四十到凌晨两点半之间，劳力曾安排按摩小姐到马喜的房间为之服务。如果马喜确切的死亡时间是在两点左右，那极大的可能是：马喜死亡时，服务小姐还在其房间之内。这个判断并不难作出，但徐渭达为什么缄口不提？徐渭达不仅不提，反而道："就我所知，居然山庄的经营一直是比较干净的，服务也很规范。为什么会出这事？我的感觉是对客人的健康保护意识还不够。同时，当晚与马喜同志在一块儿的其他同志，也有责任，没有能够尽到照顾和提前发现的义务。当然，现在还不是谈责任的时候，现在的首要任务是安抚家属，处理后事。思源，你看……"

"我同意渭达书记的意见，先处理，再谈责任。现在，我讲两点：一、立即将死者送到市殡仪馆。二、马喜同志的家属可能稍后就到，我们要密切配合省建设厅做好善后工作。这两件事，第一件由华石生秘书长负责。第二件我想请文远书记牵头，李远市长配合。"居思源讲完，徐渭达点点头，说："我完全同意。文远同志，就这样吧。"

"这个……好吧，既然渭达同志说了，我就牵头。"程文远道。

下午，马喜的家属到了，程文远和省厅的常厅长与家属谈话。结果，情况完全出乎大家所料，家属态度明朗，认可了马喜是心脏病突发而死亡的事实，同时，他们提出了要求：马喜是在出差期间去世的，应该按因公殉职办理。常厅长说这事可以考虑，应该没问题，但是要向省委汇报，最后才能确定。

居思源得到这个消息，心情可谓喜忧参半。值得高兴的是家属很快与江平市和省建设厅达成了协议，统一了马喜因心脏病突发而不幸去世的事实；让他担忧的，是事情处理得太顺利了，而且在顺利的背后，事情的可能的真正原因就此被抹去。不过，他也得接受这个事实，毕竟怎么说，马喜是在出差江平期间去世的，如果说马喜死在按摩小姐的怀中，这传出去既对江平不利，同时也对马喜个人不利。虽然马喜已经无所谓这些，但是生者却要背负死者留下的名声。这是很残酷的，就冲这一点，居思源觉得自己应该马虎一点。不过，在马虎的同时，他也打定了主意：要好好地探探居然山庄的秘密，看看这山庄里到底藏着些什么。甚至，他还想理清黎子初这个人的社会脉络，看看到底能牵扯出些什么。或许是大鱼，还可能是大老虎。最终可能是揭开了惊天的大盖子……

三天后，马喜事件基本上处理结束了。至于家属提出的要求，那是省建设厅的事。江平这边，也算是风平浪静，连网络上也没有声音。居思源特地搜了下，只在一家论坛上搜到一则简短的消息，说江南省建设厅副厅长马某在出差途中，因喝酒而突发心脏病死亡。帖子后面几乎没有议论。他又在百度中搜了参商、老藤椅、居高声自远三个人的帖子，也没涉及此事。看来，这回的保密工作是做到家了。一个省厅的副厅长在居然山庄莫名死亡，网络居然没有回应。可见，网络世界也有死角，也是能被改造和同化了的。

元旦前，居思源主持召开了县区和市直单位主要负责人会议，结合调研，讨论下一年度的工作。会上，居思源开宗明义，直接上口："我到各县、区和市直调研时就说过，我在各地不讲调研的意见，留着开会时一道讲。今天，这个会就分成了两段，一是我讲我对各地各部门的印象与意见。二是请大家就明年的工作提思路。会议的时间，确定为两小时，其中我讲意义半小时，大家发言一小时，最后我们还要请市委书记徐渭达同志作指示。他现在正从省城往回赶。下面，我宣布两条纪律：一、今天会议通知中明确要求一把手参加，其他人不得代会。现在，请一把手没有请假的单位的来代会的同志离开会场。"

会场上没人料到居思源会来这一手，会场上一下子静了。一些来代会的同志赶紧站起来，红着脸跑了出去。居思源道："我不是针对你们。请政府办记着，今天没来参会又没请假的一把手，全部要当面给我说明情况。"

刚才还在不断地互相打招呼的会场，这会儿静得有些特别。新任市长对各地各单位的印象与意见，对下面这些一把手来说，至关重要。下一步，江平市两会即将召开，人事调整也要开始。这些一把手都知道，徐渭达书记也是很快就要离开江平了，江平将来的天下是居思源的。居思源的印象与意见，就是组织的印象与意见。组织的印象与意见，就决定了这些一把手的将来。既是如此，谁还能不重视？

居思源朝底下看了一遍，打开笔记本，看得出来，他是自己做了功课的。他清了下嗓子道："我先说一下整体印象，四个字：不太满意。为什么叫不太满意？就是说有些地方是满意的，但很多是不满意的。满意的，下面就不说了。不满意的，是我下面说的重点。第一，我感到江平上上下下缺乏思想与活力。

经济建设是中心任务，发展是第一要务，但如何做到？靠的是干部。干部没有朝气，没有生气，就无法使潭水转动起来，变成活水。我到工经委，汇报的都是老一套，没有新意，班子成员也很少表达意见，气氛沉闷。南区区委给我汇报时，用了一小时，我记下的只有三句话。是你们做了没有好好说，还是实际就没做？我看主要是后者，没有思想，缺乏思考，怎么能汇报出有分量的东西？

“第二，一些地方的花架子摆得不错，务虚的多，求实的少。我到流水县去看，特地上街转了下，流水号称经济强县，焦天焕书记跟我说他们要撤县设市。我看就不必了，圈地，搞土地财政，将来没有后劲，这是很可怕的。我们的一把手，要有长远意识，不要想着让后人为你埋单。还有人社局，我问到现在社保面是多少时，答复是百分之九十五以上。这我就很吃惊了，开发区前不久才出了事，后来解决问题的方法之一就是为失地农民办了社保。这些农民的数量难道不在人社局的统计之列？这是水分数字，应付数字，我希望以后不要再出现。”

会场上静得出奇，可以说，这么多年来，江平没有出现过这样良好的会风。所有人都抬着头，似乎都在看着居思源，却又都像陷入了深思与羞愧。特别是一些被点到名的单位的一把手，更是感到了脸上发热。刚才开会前还正在跟人讨论书法的焦天焕，此刻颓坐在椅子上，手里拿着手机，额头上冒着汗。上次居思源到流水去调研后，焦天焕就有种感觉，感到有什么地方不大对头。是因为居思源夜里独自上街自己派人保护，还是因为居思源站在大酒店的照壁前看着他书法的神情有些古怪？或者都不是，只是因为黄松。黄松最近两年，一直在坚持着一件事，就是举报焦天焕。这焦天焕也清楚，甚至有些举报信还转到了他的手里。但是，在明的场合，他从来没有说出来过。就像黄松，举报也只是暗中的，明里，黄松还是县长，他是书记，两个人虽然尽量不在公开场合同时露面，但如果工作需要，也还是能讲大局的。也正因为如此，这两年，焦天焕不止一次地暗示黄松：何必跟我作对呢？作为县长，你应该抬我。把我抬上去了，谁最得利？还不是你县长嘛！黄松表面上好像十分懂，但举报的行为一直没断。居思源到流水时，黄松特地从省城赶回来。据可靠消息，当天晚上黄松见了居思源，谈了一个多小时。谈什么，不得而知。但可以肯定的是，其中必定有对焦天焕不利的地方。居思源在会上的批评，点到为止，却已经一针见血。土地财政是各地的通病，但单独列出来，就觉得刺眼。另外，居思源提到撤县设市，态度明朗，看来，近两年是无望了。焦天焕看着坐在边上的县长黄松，黄松正端坐着，“浑蛋！”焦天焕在心里骂了句。

居思源继续在讲:“第三，市直很多部门唯上是举，工作没有原则，缺乏效率。开发区的征地农民事件，本来是完全可以避免的。但开发区对此漠视，一再推诿，导致事件发生。还有些部分，就我所知，领导打了招呼，不管原则不原则，一概办理。领导大于法，这必将影响江平社会的整体环境，阻滞江平的发展。相反，我也看到了一些令我满意的闪光点。这里面，我重点提一下桐山县。桐山是个贫困县，财政总量小，外来资本少。桐山的干部就像桐山的土地一样朴实，他们选择并坚持了自己的发展经济之路。我这次去看到万亩山核桃林，一望无边，十分可喜。接下来，他们还要搞山核桃工程。我觉得这是实实在在地在发展，扎扎实实地在做事。不像我们有些地方，口号震天响，成果却没有。光开花，不结果，这是没有意义的。我们少的就是桐山干部们的实干。桐山的县委书记叫李朴，我觉得这个名字好，好就好在这个‘朴’字上。朴，就是朴素，就是实干，就是不计较名利，就是把老百姓的利益放在第一位。大家如果都能朴，都能像桐山的干部们那样做事，江平重新崛起，进入全省先进行列指日可待。”

正说着，徐渭达进来了，从会场后台的门边到座位上。徐渭达一直低着头，等坐好了，居思源停了下，徐渭达点点头。居思源说:“我的调研意见简单地就说到这，下面请各县区和单位发言。名单按电话号码簿的排名为序。每人不得超过五分钟。”

第一个上来的是流水县县委书记焦天焕。

焦天焕捋了捋头发，上台在发言席站好，转过头望了望主席台，然后道:“首先我代表流水县委县政府表示检讨。刚才居市长对流水的批评，切中肯綮。回去后我们要深入学习，深刻领会。流水地处江平市南部，现有人口……”

“停下，天焕同志，情况就不要介绍了，说建议。”居思源打断了焦天焕的话。焦天焕擦了把额头，底下有人在议论了:“居市长真是……”

接下来的发言最多的也只有三五分钟，有的只有两分钟，一二三四几大条，谁都不敢再说那些拖泥带水的话。要是再被居思源市长给打断，确实很没面子而且尴尬。整个发言下来，也只用了一小时十分钟。这样的效率，怕在中国都是难找的。居思源却习以为常。他在科技厅当副厅长时，就在厅里推广这种有话就说、无话不说的发言方法，到当厅长时，全厅上下开会，经常是短会。短会不仅省时间，更能见思想。因为开短会，就得先有所准备。临时抱佛脚容易露馅。短会也能见水平，看问题的方法和处理问题的能力，在两三分钟的发言中最能体现。

居思源没有对发言作评价，而是提议用热烈的掌声欢迎市委书记徐渭达同志作指示。

徐渭达晃了下光洁的脑袋，先是“嗯、哼”了两声，才道:“这个会本来是思源同志调研后的一个总结会，我本拟不参加。但思源同志坚持要求我过来。既然过来了，我也就说两句。我想重点谈谈统一认识问题。大家都知道，一个地方要发展，领导干部的认识是第一位。而统一领导干部的认识，则是重中之重。江平这两年出现了一些问题，引起了干部队伍的一些混乱，这也导致了江平经济发展的缓慢。比起其他市，我们的差距不是在缩小，而是在增大。在这种形势下，任何空谈都是没有意义的，有意义的是统一认识，分析差距，提出思路，奋起直追，再创辉煌。”

接着，徐渭达从三个方面阐述了如何统一认识。包括坚持以经济建设为中心，强化经济建设的能力；坚持以党委为核心，强化对经济建设的领导地位；坚持民主集中制，进一步解放思想。

这三点，可以听得出来，徐渭达并不是因为今天的会议才有所考虑的。他并没有用讲话稿，一口气说了一小时，足见其当年的秘书功夫。居思源听着，总觉得徐渭达这些话是有所指，但指什么，他也不好明说。从大的方面讲，徐渭达的讲话是放之四海而皆准的；从小的方面看，也是与江平现在的环境十分吻合。江平官场动荡，最近又接连出事，干部的认识统一至关重要。作为书记，强调认识无可厚非。但其中的隐隐约约，让居思源觉得徐渭达这话的潜台词是：响鼓不用重敲。党委总是领导着政府的。

居思源最后总结时，重复了徐渭达的三点，要求各地各部门深入学习。

然后，他用三分钟时间将刚才各地各部门的发言作了小结:“整体上都是很有思路的，说明了我们的干部是有思想的。只是有时候，思想被零碎地分割在更多的空话、套话之中。我稍稍提了下，主要是五点：加快基础建设，提高城市牵动力；文化兴市，增强城市软实力；招商引资，开拓发展新平台；强化服务，优化发展软环境；吸纳人才，促进可持续发展。这五点，都很好，都很切合实际，也将是下一步江平发展的着力点。会后，请市政府办会同有关部门，就这五点开展一次全市性的大讨论。明年，政府工作的重点，就以此为主。最后，在会议结束前，我向刚才我批评到的单位和县区的同志们说明一下，我是对事不对人。批评的是事，并不是你们个人。今后这样的批评，还会经常有。当然，我也希望有一天，我再也无法批评。那说明江平的发展取得了新成效。”

下午，徐渭达主持召开常委会。会前，徐渭达把居思源找到办公室，问：“上午批评焦天焕同志了？”

“是啊，流水那地方，要提醒哪！”

“天焕同志也是老同志了，又是诗人。面子上受不了，中午跟我讲。我说该批评的就得批评嘛，思源市长从省里下来，风格上有所不同，要接受，要反思。”

“渭达书记，这……我批评的不只流水一个县，还有好几个单位。我说过我是对事不对人的。干部队伍中的‘庸’、‘懒’现象很普遍，要成为我们下一步转变干部作风的重点。”

“是啊，是啊！但是，思源哪，对有些同志的批评，还是得……哈哈，不说了吧。最近李南同志跟我提到江平的班子建设问题，主要是人选。思源哪，你到江平也两个多月了，干部也基本熟悉了吧？有什么想法？”

“对人的问题，我觉得要慎重。对江平干部，我还不太熟悉。但也算有了初步了解。这个，还是请渭达书记定吧，必要时，我再谈谈意见。”

“那……也好。我先拟一下，我们再商量。”

常委会讨论了几个副处级干部的任免，风平浪静。重点是讨论对干部双向考评的有关细则。这个细则，组织部牵头搞出初稿后，居思源看了两遍，提了一些意见。组织部再修改，又征求了部分社会人士和干部意见，才形成现在的细则。常委们讨论的焦点是细则中的奖惩一章。因为这涉及人，涉及人的事，就是大事，不能不重视。常委们意见不一，纪委书记光辉道:“双向考评是好事，但要重在鼓励，而不是惩罚。这个细则，惩大于奖，恐怕不利于发挥干部的积极性。”

政法委书记姚立德平时话就不多，他去年刚从部队正师级转业过来，他问了句:“细则都很好，如果能执行，对江平的发展有好处。我同意！但是，我想问一下，这细则是组织部去执行，还是纪委去？或者其他部门？”

程蔚林解释道:“纪委、组织部、监察局、人社局等几家联合执行。”

“这就难了。我怕将来流于形式，带来更多弊端。”姚立德说完，向隽接着道:“总体上是可行的，而且也是必需的。关键是执行力的问题。我原则上同意！”

其他常委说完，程文远正要发言，手机振动了。他看了眼，神情一变，立即拿起手机，出了会议室。到了隔壁的办公室，他问:“张厅长，怎么了？”

“文远哪，居然山庄那边有麻烦了。”

“怎么了？”

“江生书记刚刚布置，要成立专案组，对江平的居然山庄进行秘密调查。”

“是因为马……”

“可能不仅仅为此。江生书记亲自抓，事情肯定不一般。估计跟高捷也有关。还有什么，我就不清楚了。”

“那……”

“听说这次调查跟江平的主要领导有关。”

“主要领导？徐？”

“不清楚。”

“那好，谢谢。我来安排。”

程文远挂了手机，一屁股坐在椅子上。这些年，居然山庄一直是他的心病。黎子初就像是一枚毒品，你知道他可怕，但是却无法拒绝他。他调出黎子初的号码，正想拨，又按了。他起身回到会议室，见大家正在说笑，便道:“大家都说啦？那好，我来说说。”

本来，程文远对干部双向考评，是没有多少意见的。搞双向考评，是好事。但是刚才一接，他心情不好了。心情不好就表现在说话上，他道："思源同志刚到江平来，提出搞干部双向考评，这个思路是正确的。但我想强调两点：干部双向考评在江平，不是新鲜事，我们早就搞了。可能搞得不好，所以有重新搞的必要。对于细则中具体的惩的部分，我看就没有必要细化了，说个笼统的原则，具体执行时再另作考虑。"

居思源朝程文远看了眼，也没说话，又看了看徐渭达。徐渭达说："意见都很好，思源同志，你看……"

徐渭达这是把皮球踢了过来，居思源正需要，他立即道："刚才大家都讲了好的意见，细则需要讨论，就是因为还不完善。请组织部会后再根据常委们的意见进行修改。原则上总体框架不动，对于奖惩部分，再细化，加强可操作性。任何制度出台，没有奖惩，制度就形同虚设。干部双向考评的文件要在元月一日前出来，从明年元月一日起执行。"

居思源这话说得没有回旋的余地。要是平时，程文远也许还要说上几句，但现在，他闭着眼，心里乱糟糟的。到底是谁给于江生说的呢？居然能让于江生专门组织一个调查组调查居然山庄？既然是主要领导，那只有两位，徐渭达和居思源。徐渭达应该不会吧？现在正是徐渭达能否进入省级班子的关键时期，他是不会希望江平再出什么事情的。而且，对于居然山庄，徐渭达也不是那么一干二净。那么，除非是……

程文远朝居思源盯了下，从居思源的眉眼里，很难看清他到底 是如何想。如果是居思源到省里找了于江生，或者找了更高级别的领导，那么，居思源是出于什么目的？居然山庄在江平是枝繁叶茂，他居思源初来乍到，能动得了？或许不仅动不了，最后的结果还有可能跟高捷一样，把自己送上了不归路……

当然，居思源与高捷是不同的。居思源来自省城，在上层有深厚的根基，又是典型的干部子弟，他既然要在居然山庄上做文章，那他就是一定反复揣摩好了的。没有必胜的把握，像他这样的人是不会动手的。这样想着，程文远心里一颤，他赶紧将目光从居思源身上收回来。会议正好结束了。

居思源正要回政府，程文远喊住了他："思源市长，有个事……"

“啊，文远书记。”居思源进了程文远办公室，程文远点了烟，道:“刚才省里有人打电话给我，谈到马喜马厅长去世的事，说有人想在这上做文章。你说，这……江平这两年事够多的了，怎么又？”

“是吗？做什么文章？有什么文章可做？”居思源笑道，“让他们做吧，我倒想看看那文章到底怎样。哈哈，是吧，文远同志。”

“那倒也是。我就是担心影响江平的团结氛围。”

“哈哈，不会的，不会的。”居思源笑着，说，“别管他，文远同志。”停了会，又道，“啊，想起来了。上次回省城，老爷子说到家琪老市长，是文远书记老岳吧，老爷子请你代他问好。”

“是啊，是啊！他们也是老熟人了。居老对我岳父一直很关心。”程文远说，“这样算起来，我们两家还是世交呢！”

第10章　居思源去拜访父亲的两位声名显赫的老战友

元旦刚过，江平就下了今年的第一场雪。大地洁白，银装素裹，分外妖娆。

居思源和副市长方天一、文化局局长叶秋红一道，专程到了北京。他们此行的目的是为江平文化一条街建设，这个项目报到文化部已经一年多了，专家评审关已过，最后就是审批。而这一关，恰恰给卡住了。原因是江平文化一条街的项目，没有典型性。叶秋红一路上就鼓噪:“什么叫典型性？项目也还有典型性？不就是找个借口，不同意吗？”

方天一笑着说:“典型性就是典型性，问不得的。这回，居市长亲自出面，应该能解决了。”

居思源道:“你就别给我戴高帽了。”

其实，在上次答应叶秋红到北京来跑这个项目后，居思源就将在北京的有些关系梳理了下。这些年，他一直在政界，关系自然是多，但也不是什么关系都能随时用上。比如文化部的关系，他还真的没有。不过，他能够从其他渠道获得通往文化部的路径。他的大学同学王琛就在中宣部当局长，他打电话与王琛联系，王琛说:没事，你尽管来，到时我请文化部那边来人。事情肯定会办妥的，放心。你来了，咱们尽管喝酒，还有北京的老同学。还有你的那个赵……居思源心里发紧，他不想王琛将那个名字念出来。但他知道，赵茜正在北京。王琛说:不想见？居思源没回答。王琛道:还是想见嘛！那好，到时见。

其他在京的关系，居思源没再联系。叶秋红来之前，已经让孟庭叶先在北京安排好了一切，包括食宿。孟庭叶名义是江平驻省城办主任，其实还兼着江平驻京办主任的职务。去年，国办文件要求各地取缔驻京办。虽然地级市不在取缔之列，但行动不可能再像以前那么大胆、那么顺手了。以前，各地驻京办主任是中央国家各部委的常客，现在，各部委一听说驻京办主任来了，赶紧后撤，生怕与驻京办主任扯上了什么关系。不过，工作还得做，原来主要是跑项目，现在主要是跑人缘了。

到京后，居思源很快与王琛联系上了。居思源说："我们是到文化部还是？"

王琛说："你们就在宾馆，我将他们约出来，然后请你们过来。"

"这不妥吧？"

"没事，我的老同学市长来了，怎么着也得……是吧？你等着。"

下午四点，王琛果然打来电话，说定在了全聚德，文化部的一个部长助理、一个司长和文化产业办公室主任三人出席。居思源说那好，叶秋红说：这回请居市长过来是请对了。居市长的人气，不管到哪里都是很足的。说着，叶秋红望着居思源。居思源将头别过去，问方天一："文化一条街开发目前可有其他投资商感兴趣？"

"有。"方天一说，"长江实业的黄千里多次表态要投资搞文化一条街项目，只是因为项目一直没有立项，另外资金量太大，所以就……"

"黄千里？"

"对，黄千里黄总。黄千里原来是建设局的副局长，家庭背景比较复杂。三十多岁就当了建设局的副局长。后来却下海了。副局长的位子也挂了好几年，前两年才免的。他的长江实业在江平的主要业务是房地产，但在外地，据说投资了一些餐饮娱乐业，有人传说他在山西还参与了煤矿开发。主要资金就来自于煤矿开发。不过，这人在江平倒是比较低调，看不出大老板的派头。"

"是吧？家庭背景比较复杂？怎么？"

"黄千里的母亲是未婚生子，后来一直母子相依为命。早年，曾有人说黄千里是江平老书记涂朝平的私生子。涂朝平没有承认。但近些年，涂朝平退下来后，就渐渐地公开化了。一公开，许多人才明白：黄千里为什么三十多一点就当了建设局的副局长。"

"啊！"

叶秋红在边上笑道："黄千里在江平不仅仅因为他辞职下海成了大老板出

名了，还因为他娶了我们剧团最漂亮的女演员周凤仙。周凤仙是我的同学，就是现在，也还……”

“也还怎样？有你叶局长有风采？”孟庭叶接了句，惹得叶秋红满脸通红，嗔道:“净胡说！人家那是风情！”

居思源说:“也好，应该鼓励本地企业进入文化产业开发。黄千里有兴趣，好事嘛！回去后，我要见见他。”

孟庭叶从驻京部队借了台奔驰车，自己又弄了辆奥迪。两台车到了全聚德，王琛也正好到了。居思源打量着王琛，说:“好啊，规模扩张了啊！想当年在班上，你可是最精干的，几乎像空气一样灵活。”

“现在想回到那时也不行了。不过，有些人可是青春不老，像赵茜。啊，不说了，不说了。”

“说又何妨？俱往矣！国庆我还在江南见过她。”

“是吗？不会重温旧梦了吧？”

“哈哈，会吗？”

“哈哈，我倒是希望你们会。”

上了楼，到了888包厢门口，王琛向后退了步。居思源推开了门，就在他推开门的一刹那，他的心猛然颤抖了一下。对着窗，正坐着一个女人，那背影……居思源愣在那里。王琛道:“进去啊，思源！”又朝里喊道:“赵茜，思源来了。”

赵茜站起来，她今天穿一袭丝绒旗袍，蓝色的，湖水一般，宁静淡雅。看见居思源，她浅浅地笑了下，居思源说:“你好！”

“你好！又见面了。听说赵林前不久到江平去了？”

“是啊，去了，找我要地。还带了几个藏族姑娘。赵林还是那样子，不过，好像沉稳多了。”

“他啊！别给他地，他搞不出名堂来。”

“这个还没定。”

王琛说:“思源哪，别只顾霸着赵茜说话，也给我们都互相介绍一下吧。”

居思源微微羞涩了下，站起来，给大家作了介绍。叶秋红发现：男人羞涩起来也是很有意思的，甚至比女人的羞涩更觉得可爱。而面前这个叫赵茜的女人，从王琛的语言和她及居思源市长的神情看，她和居思源之间应该有过一段历史。而且那段历史，至今还烙在他们两个人的心灵深处。彼此都在呵护着，都还没有放下，所以才闪烁其词，生怕触痛了。这种小心，这种细致，让叶秋红看着甚至有些嫉妒。要知道，女人的敏感往往是女人痛苦的根源。

王琛又说到在北京的其他同学，正说着，手机响了。王琛接了电话，说："他们到了。思源，我们一道下去迎一下。"

居思源和王琛下去了，叶秋红对赵茜说："你的旗袍真漂亮。穿在你的身上，更漂亮。"

"是吗？"赵茜一笑，很莞尔，道，"再漂亮，也只是旗袍。是吧？"

叶秋红一时找不出话来，好在居思源他们上来了。大家又介绍了一番，然后坐定。话题从江南省开始谈起，佐以酒水，越谈越多，也越谈越远。部长助理原来就是中宣部的局长，同王琛算得上是同事，酒量好，且有雅兴。居思源当然得陪。王琛说："思源哪，张部长助理对江南也是很有感情的。早年，部长助理曾魂牵梦萦要到江南去采莲哪！只是……"

张部长助理笑着，大凡男人，别人说到他内心中柔软的部分时，他的心情总是激动的，而表现出来的往往是一种笑和自我欣赏。那是对往昔岁月的留恋！笑着，张部长助理道："江南可采莲，莲叶何田田。……鱼戏莲叶南，鱼戏莲叶北……"

"好诗，好情，好雅趣！"居思源道，"部长助理还真是风流儒雅！江南好，期待着您去采莲哪！"

"一定去。下次同王琛一道。"张部长助理望了眼叶秋红，说："人说江南女儿似水，叶局长就是吧？哈哈，来，我敬你一杯。"

叶秋红端着杯子，这杯酒是得喝的，而且，刚才她也喝得不多，以她的酒量，才刚刚开始。她望着张部长助理，又望了望居思源。居思源说："这杯酒，叶局长要先喝，就算是邀请了。部长助理到江南，请叶局长全程作陪。"

"那好，我喝了。"张部长助理干了酒，说，"人人尽说江南好，游人只合江南老。春水碧如天，画船听雨眠。"

读到这，张部长助理没往下读了，而是拿眼瞅着叶秋红。居思源自然知道这词的下面是什么，他在心里默念着："垆边人似月，皓腕凝霜雪。未老莫还乡，还乡须断肠。"

这一读，居思源心里竟升腾起无限的感慨与忧伤。他朝赵茜望去，赵茜也正望着他。过了这么多年，两个人当初青涩的目光，现在也可以不再迅速地躲闪了。沧海浮云，今夕何夕？两颗曾因为爱而激烈跳动的心，此刻也已懂得了平静。居思源端着杯子，朝赵茜示意了下，两个人干了杯酒。王琛却忽地里跳出来，说："你们两个又像大学时候一样，搞小动作了，是吧？"

赵茜红了脸。居思源道："沧海已成水，还有什么小动作可言？赵茜，对吧？"

"就是，就是。"赵茜应着。

一直到最后共同干杯，大家都没说江平文化一条街项目的事。居思源知道，越是不说，事情就越有希望。怕就怕直接说破了，连回旋的余地都没有。饭后，王琛说："部长助理喜欢休闲，思源哪，是不是一道？"

居思源说："我就不了。让他们陪着吧。"

"那……叶局长可得……"

"行！"居思源将叶秋红喊到边上，说部长助理可能晚上要休闲下，点了名，你就去陪他们一下吧。天一市长和庭叶主任也一道。我就不去了。

叶秋红有些不愿意，说："这事我可从来……"

"这也是工作嘛！"居思源道。

叶秋红说："既是市长说了，我就……"

王琛将赵茜拉到居思源边上，有些神秘地笑着："思源哪，赵茜晚上就请你照顾下了。"

"这……"居思源还在喊，王琛已经陪着部长助理和叶秋红上车了。车子驶进北京城的夜色，向着那灯火阑珊处进发。

车子都走了，只剩下居思源和赵茜两个人。居思源说："我们喝茶去吧！"

赵茜犹豫了下，道："不了。我晚上还有事，我先走了。"话音落地，她的步子已迈出去了，走到车前，开了门，发动了车子，然后摇下车窗，对着居思源道："江南总是梦，梦里最美。珍重！"

居思源点着头。

车子开走了，夜风吹着，城市里的声音此起彼伏。居思源想：也许是的。梦里总是美的，何必非得从梦里走出来呢？

第二天早晨，方天一告诉居思源，说："昨天晚上一直休闲到凌晨两点，那个部长助理真的好兴致。先是同叶秋红他们喝茶，然后唱歌。十二点，我和叶局长回来，他们又由庭叶主任陪着，去宵夜。听说还……"

"还什么？"

"没事的。"

"说到项目的事了吗？"

"一直没说。"

居思源道："不说是好事。有希望。"

方天一蒙了，居思源解释道："他不说，说明他心里有数，才能沉得住气。这事别急，这一两天他会传信过来的。"

上午，居思源让孟庭叶开车，自己去看父亲的两位老战友。这两位老前辈，一位住在现在总政的将军楼里，另一位住在后海的高干中心。孟庭叶一听地名，就知道这两位的身份了。但是他没问。领导不想说的，他不会问。当驻京办主任，要的就是这份灵活。领导不说的，坚决不问；领导想要的，坚决执行。这些年，他在北京也跑了不少高干家庭，但到后海高干中心还是第一次。因这在这边胡同里住着的，级别都是国字级的，就凭他一个小小的驻京办主任，是难得有机会沟通的。江平籍在北京最大的官员级别是部长，可惜去年已经去世了。现在级别最高的是某部的副部长，原来在底下省里当过省委副书记。据传，此人很快将升任正部级。孟庭叶前天来北京前，也曾向居思源市长建议，是不是到这些在京的江平老乡处转转。居思源说这次就不了，等春节后，市政府要专门组织班子，到北京来好好地与在京老乡们联谊一下。这些老乡就是资源，就是江平将来发展的重要的推手。

居思源给两位老前辈都带了点土特产，这是行前由叶秋红专门准备的。本来他想让政府办准备，但叶秋红说政府接待处准备的总是那几样老旧的东西，到北京拿不上台面。她自己亲自到桐山，买了些山核桃，又搞了点小河鱼，加上葛根粉，钱不多，却实在。而且，她还在每样东西的包装里放了该特产的功用、吃法，说山核桃健脑、小河鱼健胃、葛根粉健心血管。居思源想，女人就是心细，不过读着也是贴心。

车子每到一处，居思源都是一个人进去，两个地方各花了一个小时左右，这说明居思源与这些老前辈有话说，说得投机。孟庭叶一个人待在车子里，心想这些高官后代，其实上一辈织就的网真的够牢实的了。只要他们好好地用，何愁不能出人头地？就是江平，处级干部当中，一半以上都可以称得上是官员后代。区别就是上一辈的“官”，有大有小而已。就连孟庭叶自己，如果实实在在地算起来，也是官员后代。不过，他这上辈的官可就太小了，是村支书，属中国最低政府最小的官了。叶秋红是江平现在唯一的女局长，也是官员后代。她的父亲叶同成，在江平可算是显赫人物。“文革”期间，叶同成被造反派批斗，押在台上，他就是不肯跪下。后来平反了，在江平官场，他有“三不”：不受礼，不喝酒，不抽烟。这“三不”老头，就是现在见着，也是腰板挺直，让你感到一股英气。叶秋红或多或少受了她老父亲的影响，脾气倔，有个性。不过，在现今这男人当权的官场，一个女人没有倔脾气，没有个性，几乎是无法立足的。特别是当到了正处这样的级别，那是要有相当的官场智慧的。叶秋红就有，叶秋红的倔与个性中，就时不时地露出柔和的一面。在江平官场，很多人说叶秋红是最容易接近，却最不容易深入的。古人说莲是“可远观而不可亵玩焉”，以此来比喻叶秋红，也正合适。

孟庭叶从叶秋红又想到程文远。上周，他才得到消息，省里正有一个调查组要秘密进驻江平，调查居然山庄。这山庄，江平人都知道它跟程文远是有关联的。有人说黎子初只是一个名义上的山庄老总，真正的幕后主使就是程文远。当然，这只是传言，没有确证。不过，孟庭叶在这方面倒有些切实的感受。他曾多次陪同外地回江平人员进入山庄，夜色之中，灯光之下，他多次碰到过程文远书记。孟庭叶跟黎子初的关系也还不错。有时黎子初酒醉之中，也胡言乱语。这其中就隐隐地透出外人难以察觉的玄机。

去年，吉发强出了事，接着，一直在举报吉发强的高捷竟然也进去了。如果说吉发强出事，多少有些必然性，但高捷出事，到今天也还让很多江平官场的人感到有点不可思议。被举报者进去了，接着举报者也进去了，岂不滑稽？这里面，应该还有更强大的力量在左右一切。那这力量是谁呢？孟庭叶一般情况下是不善于猜测的，他也不愿意猜，猜出来了，又能怎样？高捷的老婆花芳已经上访一年多了，除了各级领导的“认真调查”外，还有什么回音？

居思源从两处跑完，回到宾馆时，正是吃中餐的时间。叶秋红很兴奋地告诉他：“张部长助理打电话来了！”

“来了，是吧？我知道他会打的。”

“我们的项目基本上同意了。说就列入这一批名单。”

“资金能有多少？”

“项目扶持两千万。”

“这好，有这钱我们就可以启动了。叶局长哪，现在可以考虑怎么以多种途径来吸引资金进入文化一条街开发了。只要对江平经济发展有利，对江平的将来有利，都可以。对这事，要开放些，要大胆些，要有前瞻性。”

“有市长这么支持，我还能不开放？我也正在考虑，要吸引外资。上次黄千里说到投资，我觉得现在时机成熟了，如果市长同意，我可以跟他谈谈。”

“这个可以。请天一市长牵头，跟黄千里谈。另外，文化一条街的建设要与城市的拆迁结合，要与城市的文明创建结合，要与城市的特色结合。这个你们的规划还要详细，最后的规划，我想要送人大通过。这样才具有法律意义，也具有长远性。”

叶秋红显得有点激动，说：“我回去后就组织专家再论证，再完善。以前我们报项目时，就是在老街的基础上，修旧如旧，增加些文化元素。现在看来，那档次太低了，还得有大手笔。不过，这样就可能涉及拆迁等。”

居思源捋捋头发，笑道：“拆就拆嘛，不大拆就没有大建。你们尽管搞规划，争取在年前能出来。”

下午，居思源到科技部，拜访几位部长和司局长。居思源也算是老科技了，在科技厅待了五年多，从副厅干到正厅，说老实话，他对科技还真的有些感情。见了这些老领导，居思源说：“江平是个穷地方，老领导们还得多多关心、多多支持啊！”

"你居思源来了，能不支持？不过，现在项目论证专家环节卡得紧，要下工夫。最近，部里正在搞科技产业化支撑项目，江平如果有适合的，可以报过来。"鲁副部长说完，齐司长又对居思源道："我们是很欢迎厅长们都下去吾市长当书记的。科技厅长当市长，说明了科技在进步，党选用干部的条件在进步。干部科技化，是实现科技现代化的前提。江平那地方，我早年去过。很好嘛！报个项目来，下次我陪部长过去考察。"

"这最好！我回去后就安排人与部领导对接。江平时刻期待你们这些老领导啊！"居思源说的是真心话，一个人到一个地方去当市长，他是要有一定的后备资源的。不然，你到这个地方，就是一只底气硬不起来的皮球。居思源的资源，严格说是比较丰富的。如果他愿意，至少有三类资源可供他调配。一类资源是父亲的资源，这是他无法不面对的，但他从心眼里不希望去动用他。老一辈们心里想的，还是遥远年代的纯真与朴素，他不想因为他是居思的儿子就去破坏它。二类资源是他当记者的资源。这笔资源也是不少的，虽然里面并没有多少达官显宦，可是对于信息这方面，这些人有独到的优势。同时，他们还可以在舆论上成为居思源最大的同盟军。三类资源就是他在科技这么多年的资源，包括他在宣传部十年的经历。这些资源，不用的时候，它就躺在记忆深处；一旦使用，它们发挥的能力绝对不是一般人所能达成的。

从科技部出来，居思源又去了京东。

到京东来，是居思源临时决定的。因为他从科技部出来，想起了一个在京东的人。这个人确切点说是个企业家，中国民营企业前五十位的大企业家，主营食品加工与销售。居思源与他认识，是在北京的中国科技产品博览会上，那是居思源离开科技厅到江平前，以科技厅长身份参加的最后一项在北京的活动。两个人对农业科技的认识竟然奇妙的一致，这人说，将来如果有机会，我希望我们能合作。居思源说，机会肯定有的，我马上到市里去了，到时你过去投资吧。这人很爽快，说：那一定。只要你说声。只要你能让我们"双赢"。这事到江平后，忙着忙着，就忘了。刚才在科技部猛然想起，居思源便打电话，请方天一和叶秋红也到京东。

路上，居思源找出这位老总的电话号码，一拨过去，正在通话中。停了会儿，再拨，通了。对方问:“您好，谁啊？”

“我，江南省的居思源！”

“居……啊，居厅长，想起来了。到京了？”

“正在往你公司走呢！”

“那好啊，我马上赶回去。您等着！”

孟庭叶听到陈总的称呼，便问道:“是京东集团吗？”

居思源说:“不愧是驻京办主任，灵活。就是京东。”

“京东我可是打过交道的。我们跟他们谈了三年，徐书记也亲自过来谈了，结果陈总一句话就否定了。陈总说，那个项目，看起来只有京东获利，不现实，也不符合市场经济规律。不做！”孟庭叶边开车边道，“这个陈总我见过，人很瘦，目光像鹰一般。”

“哈哈！”居思源笑着想，这是个鹰派人物，搞企业的就得有这股劲。笑了下，他问孟庭叶:“渭达书记也来过？”

“是啊，亲自来过两次。”

居思源没再问，车也快到京东集团了。居思源接到了孙兴东的电话。孙兴东说:“听说在北京，是吧？”

“部长关心得到位，确实在北京。”

“什么时候回江南啊？”

“明天晚上的飞机。”

“那好，明天到部里来一下。江平的常务副市长一直空着，这次想配一个。听听你的意见！”

“省里有人选了吧？”

“当然有。向铭清。”

居思源一怔，果真是向铭清。上次马喜就说过，看来这个向铭清是真的要来了。

“还不错吧，财政厅的副厅长过去，对江平、对你的工作都是有利的嘛！思源哪，明天过来再谈。”

“好的，兴东部长！”

孟庭叶是个明白人，刚才听居思源说话的口气，就知道这通话的不是一般的人，后来听到“兴东部长”，就更知道说的不是一般的事，因此，他也不问。车子一直开到京东集团的门口，孟庭叶下车通报了下，门卫室里就有人出来道:“陈总已经安排过了，我们过来迎接居市长。”

孟庭叶咂咂嘴，居思源的面子到底是大，连陈总都亲自安排了。现在是经济第一，企业家就是宝。因为是宝，所以企业家的地位也在不断上升。升着升着，有些企业家就到云端里去了，基本不拿眼看地下。特别是像京东这样的大企业，全国不知有多少地方都瞅着，想招他们去投资、去办厂。上次，徐渭达书记来京东时，预约了两天才见着陈总，而且只见了半小时。这回，居思源来了，临时突击，不仅能见着，而且还亲自安排。这居市长哪！孟庭叶想:难怪省里都在说，居思源到江平当市长，也只是过渡，很快就要当书记的。下一步，很快就会回到省里的。而且，最近几天，省里还在传着，财政厅的副厅长向铭清要到江平当常委、常务副市长，下一步要接居思源的位子当市长。向铭清这人孟庭叶是熟悉的，在江南省财政，他有一个绰号——“地主”。这是说他逢事必定要抽上一份，就如同地主收租。这人事实上在江南也是有名的官员后代，听说与居思源市长还是同学。同是官员后代，名声却大不一样。可见，单纯讲出身论是靠不住的。

令孟庭叶更没想到的是，陈总居然从办公楼下来亲自迎接居思源。两个人握着手，居思源说:“陈总这不是抬举我啊，是抬举江平。我代表江平人民谢谢陈总了！”

“哈哈，市长幽默！”陈总说着，大家上了楼，进了会议室。陈总道:“我本来在市里开着会，居市长说要过来，就赶回来了。我有一小时的时间，市长，你看够吗？”

“够了。我只要十分钟。”

居思源话一出，方天一和叶秋红也都望着他。人家给你一小时，你却只要十分钟，还真有个性。叶秋红朝居思源笑笑，笑容明媚。居思源道:“陈总忙，不忙不是中国的企业家。我只讲两点，一是来拜访陈总。到了北京，不来无礼。二是想请陈总在方便的时候到江平去考察。江平需要陈总这样的企业家去解放思想，去指导实践。当然，如果陈总愿意到江平投资，那更好。江平将提供最好的条件，实现最佳的服务。不过，最终的结果是：通过京东集团的投资，京东在江南能有个稳定的加工销售基地；江平能通过京东集团，拓展农业产业化经营的路子，从而实现京东集团与江平的‘双赢’。这次来，也没带什么项目。我的主要意见是在农业开发上，京东与江平的合作是有前景的，也是有利可图的。”

“居市长快人快语，好！这些年，我也接待过不少市长、书记，带着一大班人，拖着一堆资料，然后说的话能用车皮拉。但说不到点子上，不干脆，不利落。我们是搞企业的，来不得绕弯弯，要的就是两个效益：经济效益与社会效益。刚才居市长都说到了，就凭这，我下一步一定到江平。至于投资不投资，也不是我说了算。我们有专门的专家团队，到时由他们定。但总体上我可向居市长透个底，京东要在江南布点。我们的原料和销售市场都得开拓。我希望这个机会会是江平的。居市长，差不多吧？”

“不是差不多，而是就应该。这样吧，陈总，既然话说得如此透明了，作为江平这边，我们会做好一切服务，迎接陈总一行到江平考察。”

“那好，我尽快安排。”

陈总说完，居思源将杯子里的茶喝尽了，道：“说完了，我们也不耽误陈总的时间了。我们走。下次江平见。”

“哈哈，居市长果真是爽快人，好！好！”陈总握着居思源的手，说，“这样的市长，怎么可能不带出个好的城市？我有信心！”

出了京东，方天一说：“居市长，我没想到这么利落。可见办事不在时间长短，而在怎么找到办成事的切入点。”

居思源道：“这些大企业见得多了，你得跟他来真的。交底子，他们才信任。但是，底子也不能全交，全交了，他们没信心。”

“就是！”叶秋红也道，“以前我们每到一处招商，都把江平的环境吹得天花乱坠，却很少注重江平人的整体心态。我觉得，居市长这招商思维要向全市领导干部传达。”

“哈哈！”居思源笑了声。

大概因为京东项目的事，一行人的情绪高涨。可居思源却难打起精神。上午孙兴东部长的话还在耳边，现在有没有什么办法阻止这件事情的发生呢？居思源反复地想着，他觉得于公于私他都不便直接跟孙兴东部长说不要向铭清到江平。自己也才刚刚到江平任市长，就对省委的安排说三道四，这显然是政治不成熟的表现。而且，孙兴东部长既然已经定了向铭清过去，那也是权衡考虑才定的。甚至，这事一定已经跟李南、跟怀凯他们通了气。孙兴东找他去商量，也只是走一走形式。并且，居思源还感到：孙兴东应该是知道他对向铭清的印象并不好，所以才以征求他意见的方式，先做一下他的工作。毕竟将来要在一个班子里工作，并且是市长与常务副市长的关系。常务副市长在很多时候应该是市长最得力的助手，但如果关系不好，那就成了市长工作的最大障碍。常务副市长都是同级党委的常委，和市长一样，跨着两套班子。两边都有发言权。常务副市长又大多分管着财政等要害部门，这些部门左右着市政府的很多具体事务。因此，对于市长来说，配一个什么样的常务副市长，那就是今后的工作中，找一个最好的合作伙伴和找一个敌人的差别。当然，不能说向铭清就是敌人，但向铭清的很多作为，确实是很难让居思源接受的。以前不在一块儿共事，反正也只是听说而已。现在要真的到一块儿来了，居思源能不考虑？

想来想去，居思源在上飞机前给徐渭达打了个电话，说孙兴东部长找他，想让向铭清到江平担任常务副市长。他想问问渭达书记的意见。

徐渭达好像已经知道了，口气上一点也不意外，说：“这事是有点……本来，我是想在江平现有的班子中配一个的。但省委有这个意见，怎么办呢？向这人也还行吧，从财政厅过来，对江平的工作应该有帮助。”

“可是……”

“思源哪，干部配备很多时候是讲不了原则的。你也知道啊！不过，既是配备政府的常务副市长，还是你拿主导意见吧。有什么想法，给兴东部长说。既是征求意见，就得反映反映嘛！”

“那好。”

下了飞机，居思源直接回家。方天一、叶秋红他们也有车过来接，回江平。到了家，池静正在看英语。居思源问：“怎么突然又捡起这个了？要考试？”

池静说:“不是的。可能要出国。”

“啊，好啊！”居思源看着池静，她眼角的皱纹已经很明显了。一个医生，又得在家带着上高中的女儿，确实是……他抚着池静的肩膀，说:“出去转转不错。时间定了吗？”

“没有。”

居思源问居淼最近学习怎样，池静叹了口气，说:“学习也还好。只是我发现，孩子可能早恋了。”

“早恋？”

“我给她收拾桌子时，发现了她写的一首小诗，是爱情诗。我拿给你看看。”说着，池静便到房间拿来写着小诗的纸片。确实是首小诗：

如何让你遇见我
在我最美丽的时刻

为这
我已在佛前求了五百年
求佛让我们结一段尘缘
佛于是把我化做一棵树
长在你必经的路旁

阳光下
慎重地开满了花
朵朵都是我前世的盼望

当你走近
请你细听
那颤抖的叶
是我等待的热情、

而当你终于无视地走过
在你身后落了一地的
朋友啊
那不是花瓣
那是我凋零的心

居思源看完，笑了下，说:“是诗，是好诗。”

“还笑呢？早恋可是……”池静嗔道。

“这诗我读过，是台湾诗人席慕蓉写的。孩子们都喜欢，没事的，放心。淼淼会有分寸的。”

“我就怕……”

居思源在池静的脸上亲了一下，池静躲着，说:“别……”

第11章　居思源的作为遭到了人们的纷纷议论和误解

春节前，居思源的父亲突然病倒了。

病根是因为高血压，早晨起来，到小院子里看花。花上有昨夜落下的雪，老人怕花冻着，就伸手去扫。结果，身子一倾，人便倒了。倒了便不省人事，保姆发现，赶紧拨打120。到了医院，医生一检查，说幸亏发现得早，目前的情况是小血管破裂，只要不往下发展，不危及大血管，估计人还能醒来。

省直机关事务局立即给居思源打了电话，告诉他居老生病的事。其时，居思源正在江平，上午安排了慰问老干部。居思源问:“严重吗？”

省直机关事务局的同志说:“比较严重。但应该没有太大危险。”

居思源说:“那等我上午的慰问完再回省城。中午到。”

对方说:“居市长，最好还是提前些。有些事还等着你来安排。”

居思源想了想，说:“我让池静安排。她比我有经验。我尽量提前赶回去。”

江平的雪越下越大，这是近年来少有的大雪，而且持续的时间长，从元月初到月底，几乎没有开晴。政府工作越到了年底，事情就越多。元旦前，居思源听取了财政部门的全年财政状况汇报，江平这一年的财政收入，虽然没有大的增加，但还是维持了往年的水平，并略增长了两个百分点。可用财力依然紧张，年终各单位的报告，像雪片一样在居思源的桌子上飞舞。财政局局长魏如意，提了个大概的年终经费追加方案，里面包括市委、人大、政府、政协四大班子和其他一些市直单位，以及县区。居思源也知道，这年终关门追加经费，对各单位来说，也是一个指望。但是，他没有同意魏如意的方案，并且确定了从现在起，财政在关门时不再增加各单位预算外经费。原因是已经实行了阳光工资，人头费早有着落。办公经费等，预算中也已安排。很多单位就是指望着财政关门时的追加，因此在经费使用上大手大脚。在否决了追加方案的同时，居思源要求财政局和民政局以及社保局，共同拿出一个对困难人群的补助方案。与其用财政经费来补各单位的口子，不如让这些资金真正地发挥作用，给那些困难人群一些温暖，让他们能真切感受到政府的关爱。

魏如意有些为难。特别是四大班子，年年都有追加，今年突然不给了，自己这个财政局长岂不要被骂死？

居思源说，这事你放心，我来解释。

元旦过后，居思源跟方天一、叶秋红跑了趟北京，回来后，魏如意找到他，说除市委办、人大办、政协办的领导都把他找了去，问今年的财政是不是整个空了？不然怎么年终一分钱也没追回？人大办的主任说得好，我们就是指着年终追加的，所以才留了口子。现在好了，不追加了，这窟窿谁来补？说老实话，这些钱也不是胡乱用了的，都是为着工作。而且，说到底，主要的经费还是为着那些领导用的。年终经费没有，领导们无所谓，底下人可就……魏如意说，你们跟我发火没用，这个决定是居市长作出的，而且不仅仅是今年一年，将来都按照这个要求来办。于是乎，三大班子的办公室主任联合起来，找到各自所在班子的领导，说到经费缺口，这些主任可是痛苦之至。三大班子的领导，便通过不同的方式给居思源打电话，询问年终经费追加的事，到底怎么样了。居思源一点儿也没含糊，专门抽出一上午时间，到徐渭达书记和人大、政协跑了一趟。他一再强调，不再搞财政关门经费追加，目的是控制浪费，减少机关公务开支。对于缺口部分，在来年的经费预算时，会酌情考虑。请三大班子的领导们给予谅解。

徐渭达眯着眼，说："思源哪，我当然理解，而且支持。这个财政关门追加经费的事，我也有想法。应该停止！不过，也得考虑考虑人大、政协那些老同志的情绪啊！看看能不能变通一下，给他们适当地补一点。这样也有利于你以后的工作嘛！是吧？"

"渭达书记这……哈，也好。我会想办法的。"

居思源回到政府后，将魏如意找过去，给四大班子分别增加了五十万元的会议经费。第二天，他便在江平论坛上读到老藤椅的帖子:《市长果断停止年终追加，一年财政减少千万开支》。帖子内容详尽，甚至写到了居思源到四大班子进行沟通的情况，当然也少不了对居思源的赞扬，说一个市长，竟有如此魄力，一次为财政减少每年的近千万开支，实在是大手笔。不过，在帖子的末尾，老藤椅捎了一笔：但据可靠消息，虽然取消了对四大班子等市直单位的年终追加，但财政已分别给四大班子增加了一定数额的特别会议经费。

果真犀利！居思源看完帖子，心想这些意见领袖着实不凡。这个老藤椅，还有上次在开发区事件中扮演重要角色的居高声自远，他们不仅有参与公共事务的热情，而且有信息来源的渠道，还有分析问题的能力，甚至对许多问题的解决，都有独到的见解。在这个帖子里，参商也发表了意见，两句话：必须肯定市长的激情与果断，同时要给市长以最大的鼓励与时间。

听，说得多好！居思源甚至感觉得到这些意见领袖就坐在自己的对面，跟他促膝而谈。他需要这些，需要这些民间的声音来校正自己。没有什么比这些声音更真诚也更无私了。古人说：以铜为镜，可以正衣冠；以人为镜，可以明得失；以史为镜，可以知兴衰。现在，要加上一句了：以意见领袖们为镜，可以得真知。

当然，意见领袖们的意见，也只是在网上。私下里，居思源让马鸣调查了一下，对取消年终追加，各单位、各部门的意见不仅有，而且相当的大。有人说，居思源这是做给江平的老百姓看的，反正他是干部子弟，不愁吃喝玩乐，他哪儿在乎每个单位年终的那一点补助？还有人说得更难听，说居思源这是在做给徐渭达看，他就是要打破原有的许多架构，建立属于自己的政治体系。而他这建立的代价，就是各个单位、部门和县区年终追加经费的取消。居思源听马鸣说了，也只是淡淡一笑，这些部门、单位在年终追加上已经形成了思维定式，突然取消，当然适应不了。而且，这事实上就触及了他们的根本利益，骂和有牢骚，已经就是好的了。

就在昨天，政协主席李亚突然造访居思源市长，这多少让居思源有些惊讶。一般情况下，到了地市一级，各大班子之间，分得很清。没有特殊情况，是很少互相串通的。像政协主席，基本上是不会亲自到市长办公室的。从面子上看，论级别是平级；从心态上看，自己也是从副书记或者市长的位子上过来的，多少还存着一些自尊。平时有事，也都是副主席出面。因此，当李亚一出现在居思源办公室，居思源知道李亚是冲着他来的。果然，李亚连坐都没坐，直接问:“居市长，是不是下一步连我们政协的办公室经费也得压缩了？”

“李主席，坐！”居思源脸上带着笑，态度却是严肃的，道，“这是大趋势，下一步肯定得压缩。压缩是符合中央政策的，也是为了更好地发展经济。但是，压缩是有一个度的，这个度，就是能保证正常运转。我当市长，难道能让李主席你们政协不能过日子？要真是那样，我就辞职了。”

“就我所知，财政的状况还是不错的。一减再减，人心难稳哪！”

“谢谢李主席提醒。暂时不能接受，过一段时间就好了。少个几十万，日子照样过。政府这边也减了的，渭达书记同意，市委办的经费也减了。”

“不要拿徐渭达来说事。他想往上爬，我们可就不同了。思源市长哪，我们这些老头子，可是……”

“李主席何必这样说？市委工作、政府工作，哪一样不需要政协的关心和支持？还请李主席多多谅解。至于经费缺口，我会想办法的。”

“那好！我等着。”李亚有些生气地出了门，居思源想，老干部的工作确实是非同一般。说好做，就真的好做；说不好做，甚至比做群众的工作更难做。

虽然难做，但是还得做。居思源一上午和组织部部长程蔚林、政府秘书长华石生一道，慰问了五位老干部。这其中就有他一直想见的三位：涂朝平、杨家琪和叶同成。

涂朝平比居思源想象的要更苍老些，躺在医院的病床上，骨瘦如柴，连说话也几乎是没有了力气。在医院服侍涂朝平的，是他们家请的护工。华石生介绍说，涂朝平一共有四个孩子，全都不在江平。如果说在江平他还有什么亲人的话，那就是黄千里了。黄千里对涂朝平倒是孝顺，听说居思源市长到了，急匆匆地赶了过来。

“市长到了，真的不好意思。谢谢市长啊，还有部长！”黄千里留着平头，年龄在四十岁上下，左额头上有一道疤痕。

华石生说:“春节就要到了，思源市长和蔚林部长过来看望涂老。你在江平？”

“也是昨天晚上才回到江平的。那边矿上出了点事，才摆平。老爷子这边又没人照看，唉！只好请护工了。这次发病，躺了大半年了，怕醒不过来了。”

“也是。快八十了吧？”

“八十一。”

居思源想，比起老爷子，涂朝平还小十岁。这会儿，老爷子也正躺在医院里昏迷着。而他，居思唯一的儿子，却正在江平的医院里看望老干部。他出了病房，悄悄打了个电话给池静，问老爷子怎么样了。池静说还好，幸亏送得及时，出血已经止住了。现在就是看后续的治疗。估计至少得半个月才能全部清醒。但是，有没有后遗症，还很难说。他叮嘱池静，保姆一个人忙不过来，就请个护工。他中午赶回去，直接到医院。

杨家琪正在家里一个人下着围棋，显然，对于居思源的到来，他是有所准备的。茶点都早摆好了，杨家琪说：“本来早准备去拜访市长，可是年龄大了，跑不动了，便拖了下来。现在市长亲自来看望我这老朽之人，真是太……”

“杨老怎么如此说？你们都是为江平革命和建设作过重大贡献的老同志，过去，你们是江平经济建设的领导者，现在和将来，你们仍然是江平发展的宝贵财富。你们的意见和建议，你们的指导和关心，都是我们十分需要的，也是江平进一步发展不可或缺的。”居思源将这程序性的话又说了一遍。

杨家琪一边将被围住的一枚黑棋拿了，一边笑着道：“居市长真是太客气了。老而无用，正是我现在的状况。我有时跟文远说，人要做事就得趁年轻，像我们这样老了，想做事也是心有余而力不足了。对于江平的发展，我们哪还能说上话啊？”

“杨老，我们来就是想听听您对江平发展的意见的。居市长和程部长说，一定得好好听听，杨老是有思想的人啊！”华石生道。

杨家琪抬起头来，同时将白棋放到棋盘中间，说：“有时候，要弃子不用。为什么弃呢？无外乎两种，一是无用，一是不能战。”

“哈哈，杨老果真是思想深刻，由棋入世，我们深受启发啊。”程蔚林继续说，“其实人生如棋，我们的工作也如棋，着着紧要。杨老你们这些老同志的关心，就更重要了。”

“关心？谈不上。上次，我跟渭达书记说，江平的干部要动，首先要提拔，要重用一批，这样才能活。可是……唉！说说而已。老了。像我们当年，那像现在这样，政府搞政府的，市委搞市委的，都是一个‘权’字作怪啊！最近我听他们说，干部搞双向考评，这个不是考了很多年嘛，在我手上就搞了。不要想新花样，花样多了，人心不稳。搞建设是第一要务啊！”

居思源看着棋盘的棋子，一一闪动着，心想：这确实是个不愿意静下来的老人，即使退了，也还一个人在黑白棋子间寻找战斗。记得父亲当年要从省委书记的位置上退下来之前，就对居思源他们说过，我现在是静静地回忆年龄了，从今后，我不再过问任何政治上的事。父亲也确实做到了，后来再也没干预过省委省政府的任何工作。有时候，即使对某项工作有自己的看法，但也只是在居思源和秘书面前说说，绝不向省委领导提起。省委领导来看望时，他只有两句话：你们工作得很好，我放心地过晚年生活了。居思源有时候也敬佩父亲，一个人，从省委书记这样显赫的位置上一下子退下来，从此不再过问政坛上的事情，那需要多大的决心与自制力啊！有时，是一种惯性，权力的惯性；有时，会有很多从前的部下和同事来说起。凡此种种，都很难让人真正地退下来，静下来。而一旦真地退了，静了，你获得的尊重比任何时候都多。父亲三十年没问政事，但在江南，一茬一茬的领导都记着他，都敬重他。放下或许才是真佛，像坦山大师那样，背过就是背过，背完即放下。正因为放不下，所以才愤怒，才牢骚，才有一个人的对弈。

老干部其实也是一笔财富，可是这财富得用得有为。居思源看着杨家琪，心想当下的老干部，主要是四种：有的真正地退下来，什么也不问，像自己的老父亲；有的是身退了，心不想退，不想退，就有牢骚；有的是退下来比不退时还忙，到处插手，搞项目、成立研究会等，忙得不亦乐乎；最后还有的就是一退百了，连人都见不着了，有如古代的隐士。相比起来，居思源更喜欢第一种。可以观，可以静，但不可以入；可以讽，可以劝，但不可以骂。

杨家琪问居思源：“居老还好吧？我们早年在一块儿待过。”

“还好！”居思源说着，心里痛了一下。

杨家琪道：“居市长，居老可是个光明磊落的人。我经常跟文远说，在班子里要民主、要软，在班子外要果断、要狠。他不行！所以就……”

“啊，杨老，文远同志是个相当好的领导，这跟杨老的教诲是分不开的。对江平的发展，不知杨老可有什么建议？”华石生打断了话头。

“建议？没有。”杨家琪显然不满意话头被打断，硬邦邦地甩了句。

华石生望了望居思源，居思源道：“杨老一直关注市委、市政府的工作，特别是对政府工作，将来还得更关心啦。”

“没得关心。我听说居市长是很有思想、很有观点的人，我们这些老朽没用处哪！哈哈，来来，我们下一棋如何？”

“那不了，还得……”华石生为难道。

杨家琪嚯地将手上的棋子扔向棋盘，站起来道：“都忙。忙吧！既然不下棋了，那就……市长来了，我还得说说。市长也是副书记，市长得搞好跟市委的关系嘛！居市长从省里下来，大概不太明白市里的规矩。石生同志也有责任嘛，怎么不说说？我们这些老同志自从市长到江平来就巴望着见一面，到了过年才例行地跑一回。也是啊，都退了，一退百了。你们走吧。”

杨家琪说完就要转身了。居思源站起来，伸出手，说：“杨老也要休息了。杨老提了很多好的建议，市委、市政府要认真考虑。这样吧，我们就不再打扰了。”

杨家琪有点意外，脸上露出尴尬，道：“居市长、程部长，这……”

“好！欢迎老市长经常到政府去指导。”居思源握着杨家琪的手，边往门边走。杨家琪说：“回去向居老问好！”

出了杨家的门，居思源心想这杨家琪也怪了，说来说去都是程文远，也从不提杨俊。马鸣曾说过杨俊和他父亲有些不和，与程文远也只是面子上的关系，看来是有道理的。不然，这样一个“身退心还没退”的老市长，怎么会不提到自己同样在官场行走的儿子呢？

叶秋红的父亲叶同成，住在市郊。华石生介绍说：“这老头脾气倔，以前市委分过房子，他没要。自己拿钱在市郊盖了这几间平房。老伴‘文革’期间被批斗不过自杀了，现在老头儿一个人住，生活起居基本靠叶秋红打理。”居思源说：“不简单。经过那场革命的人，大都是有骨子的。”

车子到了叶同成的市郊平房，门却关着。华石生打叶秋红的电话，问：“通知好了，怎么叶老没在家？”叶秋红说：“你们别等了，谢谢市长、部长和秘书长。这老头子知道你们要过去，刚才给我打电话，说他到朋友那里去了。他说，既然身不在官场了，慰问也不必要了。每年都是这样，没有办法。”

华石生说：“也是。这几年都没见着人。不过，居市长和程部长都……”

“那……不行，我过去吧？”叶秋红问。

华石生对居思源道：“叶局长说叶老出门了。她要不要过来？”

“不必了。”居思源说，“下次，我再来拜访叶老。”

中午，居思源到大富豪，接待全省宣传工作考核组一行。他敬了杯酒，说另外还有一摊子，便提前离开回省城。

居老爷子还昏迷着，不过医生说应该不会再出血。而且老爷子身体基础不错，恢复起来应该不需要太长时间。池静已经找了护工，也给居霜打了电话。居霜问了情况，说如果再严重，她就赶回来。居思源说：“谢谢你，池静。我在江平也照顾不了，你得多费心。年底市里事多，真是……”

池静捋着头发，说：“谁指望你了？你放心吧，有护工呢。另外，不是还有池强吗？他现在也正没事。上午他还在这里待了两小时呢。”

池强？居思源虽然觉得让池强来陪老父亲不太适合，但是，现在这情况也只好如此了。上次，他没答应池强到江平介绍工程的事，惹得池强很不快活。这几次居思源回家，池强都躲着不见。可这老父亲一生病，他就来了。毕竟是亲戚吧，唉！

居思源坐在父亲的病床前，看着父亲。毕竟是九十岁的人了，脸上嵌着一块块经历风霜的老人斑。但是脸色倒是安详，这颗心灵在人世间走过了九十年，再大的坎坷也经历过，这次，也应该能挺过去的。他伸手在父亲的脸上摸了下，想起小时候父亲经常用胡子刮他的脸时的情景，鼻子一酸，差点流出泪来。他赶紧起身，到卫生间站了会儿。出来时，手机响了，是京东集团的陈总。

陈总说他正在南方，正经过江南省城，想顺道到江平看看，问居市长有没有时间。

“当然有。欢迎哪！”居思源道。

"那好，我下午就到。"

"几点？"

"两点五十。"

"还有半小时，这样吧，到时我到机场接你。"

"那好。到时见！"

居思源看看表，只有半小时了，车子从医院到机场也得半小时，他向池静摊了下手，说："唉！"

"你去吧。"池静说，"反正你在也做不了事，去吧，有情况我告诉你。"

居思源在到机场的路上，给李远打了电话，简单地告诉他作好准备，特别是要选好点，就在开发区那边，同时对相关政策这一块，要做到有文字、有图片、有影像。刚说完，车子正到机场停车，居思源接到华石生的电话，华石生声音颤颤地说："居市长，流水出事了。"

"出事了？什么事？"

"黄……黄松县长被人打了。"

"打了？怎么回事？严重吗？"

"正在抢救。相当严重。"

"在哪儿抢救？流水还是市里？"

"流水。"

"这样，马上请市立医院组织专家赶到流水。我在这边马上联系省医的专家过去。记住，一定要想尽办法，全力以赴救治。渭达书记那边汇报了吗？"

"汇报了。徐书记正在北京。"

"北京？"

"早晨刚过去的。程文远程书记很快就会到达流水。"

"好，就这样，我与文远同志联系。"居思源说着马上打程文远手机，程文远接了，居思源问情况怎么样，程文远说："正在抢救。估计有问题……"

居思源心一下子沉重起来，从他到江平来当市长后，他与流水县长黄松接触的次数并不多。第一次私下接触是到流水调研那次，然后的接触都是在开会或者其他公开场合。黄松举报焦天焕的材料，他也细细地看了，思考再三，还是交给了市纪委书记光辉。光辉说：这事省纪委和市纪委都曾隐蔽调查过，但没有实证。居思源要求他们再进一步查证，一个县长举报县委书记，这本身就不正常。要查，而且要一查到底。如果举报属实，就得查办；如果举报不实，也得对黄松进行处理。光辉说我慢慢安排，这事急不得的。居思源也不好将光辉的态度转告给黄松，每次见黄松时，都感觉到黄松的目光里有些期待，又有些失望。那时，他总是想：总会有个结果的。可现在……

是谁呢？是谁敢打一个县长呢？

居思源没来得及问，京东集团的陈总已经下飞机了。他和马鸣一道到出口通道，不一会儿，就看见陈总一行人从里面走出来。一见面，居思源便道："真没想到，陈总这么雷厉风行！"

"搞企业的，就是这样。拖不得的。"陈总介绍说，"这两位，一位是我们负责销售的副总，一位是负责基地的原料部长。我带他们来，就是想让他们来定这事。这也叫科学决策吧？哈哈，市长！"

"当然叫，是最科学的决策。"居思源说，"既如此，我们就到江平吧。"

到了江平，居思源陪着陈总到开发区转了一圈，然后拉陈总出来，将流水出事的消息说了，说："本来，这不应该告诉陈总这些的。但情况有些复杂，我得去处理一下。这边，请李远市长陪着，有关情况他比我熟悉。我晚上一定赶回来，敬陈总一杯。"

"我欣赏的就是居市长的坦诚。出了这样的事，市长理所应当赶去。何况你在，也还得李市长介绍。你就忙去吧！再客套，我可就得走了。"

"谢谢陈总！"居思源说的是心里话，像这样体量人的企业家真的不多了。

黄松终于没有抢救过来，虽然省立医院和市立医院都来了专家，但因为伤着了肺动脉，失血过多，死在了手术台上。居思源接到这消息时，正在赶往流水的路上。听到消息后，他折回了市里。他没有到政府，而是回到自己的房间，一个人关上门，静静地坐着。窗外，北风呼啸，树叶耐不住风的绞杀，有些开始凋落了。本不该在这个时刻落叶的，那落叶里充满了无奈与抗争。看着，听着，他流泪了。泪水咸咸的，直流到嘴唇上。他擦了泪，打电话给彭良凯:“到底怎么回事？凶手抓到了吗？”

“目前还不清楚。凶手也没抓到。据说黄松同志下午在办公室正处理文件，突然闯进两个年轻人，直接进了县长办公室。不到五分钟，人们便听见黄松县长的求救声。但这两个人已经不见了。”

“政府大楼不是有录像吗？”

“是有，但正好停电。”

“没有目击者？”

“门房只说是两个年轻人，但没看清相貌。我已报告省厅，省厅的专家和市局专家将会同研究。”

居思源又打电话给程文远，程文远说，可能是报复杀人。具体情况得等公安来了才能弄清楚。居思源说，那就辛苦文远同志了，黄松同志的善后工作一定要做好，特别是家属的安抚工作。还有舆论的引导工作，也千万不可忽视。

天色已经黑了，居思源看看表，六点半。他让马鸣过来，直接到大富豪。路上，焦天焕给他报告说:“黄松同志不幸去世，实在令人痛心。我已安排县里做好一切工作，我明天即赶回流水。”

“明天？现在呢？”居思源有些生气了。

“正在北京，搞我的诗歌作品研讨会。没想到就……”

“什么研讨会？你是县委书记，知道吗？”居思源啪地挂了手机，然后给程文远又打电话，说:“焦天焕不在流水，跟谁请假了？出了这么大的事，他还有心思搞什么研讨会？请文远同志告诉他，明天早晨不回来，就地免职！”

“这……我马上打电话给他。他也没料到要出事嘛！”

“这不是料没料到的问题，而是一个县委书记最起码的敏感性问题。”居思源说完，心里突然冒出华石生说的徐渭达书记也在北京。会不会徐渭达书记正和焦天焕在一起？如果是，这事就有些麻烦了。他调出徐渭达的电话，想拨，又算了。还是不问的好，问了，也许更不利于问题的处理。

晚上的酒，因为黄松的意外出事，气氛多少受到了些影响。居思源虽然一直强打着精神，但看得出来，他心里有些压抑。好在陈总表现出了相当的宽容与理解。席间，陈总透露了他对江平有感情的原因，一来主要是因为居思源，二来是因为他的母亲战争年代曾在江平做过地下工作。居思源说:“这可是真正的缘分，江平的党史上应该有记载。”陈总说:“似乎没有，这个我在网上搜过。我母亲搞的是地下工作，本身就是隐蔽的。”居思源说:“党的事业就是靠更多的无名英雄建立起来的。真正留下名字的，能有多少？这一部分更值得纪念和尊敬啊！为此，我再敬陈总一杯。为英雄的母亲和优秀的儿子！干杯！”

陈总有些激动，说:“难得市长这么关心。其实，我也听说市长的老父亲曾是省级领导，也是老革命。我们情感上就更进了一步。我时常想，比起我们的父亲母亲，我们现在干的事就太容易了。但是，也有不容易的地方，就是现在的人难处了，人太复杂，社会太复杂，很多时候，稍有不慎，就迷失了方向。”

“是啊！容易迷失。”居思源想到黄松的突然死亡，又想到马喜，他沉默了会儿。陈总说:“江平的项目，下午我们都看了。李市长也详细介绍了。我们认为可行。就在开发区，我们只要三百亩地，搞南方生产销售中心。回去后，我们就作详规，你们这边也搞好征地，争取年初就正式动起来。我不喜欢拖，痛快点，才好干事。”

“那就痛快点。”居思源说，“请陈总放心，年前还有十来天，我们做好这边的基础性工作。年后你们过来，我们就正式着手建设。不知陈总想在江平投多少啊？”

陈总道:“我就知道市长关心这个。不过，这个不能确切地说。一期工程至少是五个亿吧，以后再视发展情况定。”

居思源道:“那就谢谢陈总了。目标是‘双赢’。我们只提供服务，不干预企业的任何行为。请陈总放心。”

晚餐后，陈总因为要赶第二天早晨的飞机，就回省城了。居思源让马鸣送他到政府，在办公室坐了会儿，心里堵得慌，便出门，沿着政府后面的人工湖岸散步。夜已经有些深了，除了湖岸上隔百十米亮着的路灯外，四周寂静得如同浸满水的空谷。风有些冷，他不禁打了个寒战。从省科技厅到江平来，才短短的三个多月，可是，许多的事确实是始料不及了接踵而至。包括开发区事件，马喜的非正常死亡，现在流水县长又被人在办公室里给打死了。还有徐渭达的态度，高捷那经常来哭闹的老婆……其实还有一些潜在深层，暂时没有爆发出来。这真的像当初自己下来前，孙浩然跟他说的那句话：江平刚刚经历过许多事，事情绝对没有完。你去了，事情一定会多。关键是要静得下来，理得清楚。

静得下来，理得清楚！有道理，可是，多难啊！

现在整个社会都在浮躁，官场更是。静只是一种理想了，谁还能在闹市之中求得一己的宁静？因为不静，所以浑浊；因为不静，所以平庸；因为不静，所以奢华；因为不静，所以急功近利；因为不静，所以投机钻营；因为不静，所以心思漂浮；因为不静，所以难以沉实……

而人生，恰恰需要的就是静。就像父亲，退下来后不再过问任何政事，那也是一种静。心灵的静。静不在表面，而在内心。居思源问自己：静了吗？

答曰：没有。

湖水在灯光下，一层一层地向湖深处涌去。它们是不是也在奔赴一种亘古长存的宁静？

居思源看着，想着。慢慢地踱回房间，手机上有未接电话，程文远和叶秋红的。他先回了程文远。程文远说："很多外地记者都赶到流水了，这事，是不是请居市长出个面？另外，相关的善后事宜，要不要等徐渭达书记回来研究？"居思源说："媒体的事，请流水宣传作做好接待，发布通稿。黄松的死因，就说按公安部门意见，暂不宜公开，请记者们谅解。我等会儿通过省里关系，给有关媒体也打个招呼。至于善后事宜，你在流水，全权处理吧。有些事可以等渭达书记回来，有些事，要当机立断。特别是对黄松的家人，一定要保护好，同时要避免家属情绪激动，出现不应该发生的事情。"程文远说："这事我建议还是由政府来牵头处理，相对妥当些。请思源市长考虑。"居思源想了想，说："这事我会考虑的。不过，现在还是得请文远书记多操心些。"

接着，居思源拨通了叶秋红电话。叶秋红报告说："刚才文化部的张部长助理亲自打来电话，说我们的文化一条街项目正式批了，国家扶持无偿文化发展资金两千万元，同时安排了一个亿的文化扶贫贷款。"

居思源说："这是好事啊，替我谢谢张部长助理。"

叶秋红说:“其实真正应该谢的是居市长。不过，今天居市长应该很忙吧?流水那边……唉!”

“是有点忙。京东集团的陈总也来了。”居思源说，“忙并不可怕，怕就怕理不清楚。就像流水的事，太……唉! 没想到。江平还如此的复杂。复杂啊!”

叶秋红在电话那头停了会儿，然后道:“居市长来江平，正是江平的多事之时。还请市长多保重啊! 流水的事，外面议论很多呢。”

“是吧?”居思源问了句，又看看表，八点，便问，“晚上方便吗? 我倒想听听外面对这事的议论。”

“这……行。我请市长喝茶。”

第12章　官场上男女关系最是分辨不清

徐渭达从北京回来，直接到了流水。居思源也过去了，流水那边情况还算稳定。外面来的记者，一来是因为宣传部发了通稿；二来是居思源给省城那边打了招呼，便都拿了通稿打道回府了。流水县城虽然有各种各样的议论，但那是在老百姓之间的。焦天焕主持召开了流水干部大会，宣布了三条纪律，其中一条就是不准随便议论，特别是不得散布任何对黄松县长非正常死亡的猜测和传言。网上的议论也因为及时处理，基本没有出现。对于黄松县长的突然死亡，流水将它处理成了一个哑谜。

谁来猜呢?

谁又能猜得了?

虽然只隔了两三天没见，程文远却像一下子老了许多。两鬓斑白，神情憔悴。居思源问:“文远同志，没休息好吧？辛苦了。”

“是啊，是啊，睡不着。”程文远说着，伸了个懒腰。

徐渭达道:“流水出现这样的事，在全国都少有。省委十分重视，要求一定要彻底侦查，务必尽快查出凶手，了解事情真相。”

“公安正要查，不过难度大。初步分析，可能是外地流窜杀手。而且他们是得到了准确的作案时间，在极短的时间内得手，然后迅速离开了流水。”彭良凯继续说，“所有路口的摄像头都查过了，没有可疑车辆和行人。估计他们是将车停在城外，步行入城，并且选择了没有摄像头的路口。如此一来，我们能掌握的线索到目前为止，一点也没有。”

“要从黄松的人际关系入手，进行摸排。”居思源插话道，“世界上不会有无缘无故的事情。关键是要找突破口。要和省市刑侦专家们多交流，争取尽早破案。”

彭良凯说是。焦天焕在边上却叹了口气，说:“流水出了这样的事，十分影响干部们的工作情绪。而且黄松同志这个人哪，我多次劝过他，要为人低调，要以工作、以大局为重，不要搞个人主义，搞情绪化，搞小圈子，这样容易出问题。他却……现在好了，命都没了。痛心哪！”

“天焕同志话不能这么说嘛！”徐渭达见居思源盯着焦天焕，先开口道，“案件性质还没定，就不要谈得太多。现在的关键是两点，一是侦破，二是善后。善后工作由流水县处理，文远同志指导；侦破工作请良凯同志牵头，搞好协作。天焕同志这一块，要稳定干部群众情绪，不要太过影响经济建设和社会发展。”

“这个可以。我已经布置了。”

居思源又盯了焦天焕一眼。上次，调研总结会后，焦天焕曾多次到居思源办公室，说是汇报工作，其实是想解释一下流水的有关情况。居思源没给他时间。元旦前，居思源回省城，到老爷子那儿，听保姆说，流水县的一个姓焦的书记过来了，还给老爷子带了燕窝和冬虫夏草。老爷子没收，那人坚持要丢下，结果被老爷子骂走了。老爷子说，你要送就送给居思源，到我这儿来，如果不拿回去，我就交纪委。居思源知道这是老爷子的一贯脾气，只是焦天焕还不知道，所以碰了个钉子。从他到省委宣传部，多年来不断有人想着法子找他办事。从他这走不通后，就想到了老爷子。送礼，甚至还有人送过女人……老爷子被气得差点吐血。老爷子有次就问他：现在的干部都这样了？受礼，还收女人？居思源一时语塞，只好说，这也只是极小的一部分，每个时代都有腐败。老爷子用拐杖点着居思源的头，说，如果你也是这样，你就是我们居家的耻辱！居思源说，放心，爸，你居思的儿子会是这样的人吗？

官场流传着一句话：清官难过三关——人情关、金钱关、美女关。居思源从政这么多来，一直在这三关前守着自己的底线。他也不是不食人间烟火，但是，他要食得心安。去年，他曾带领厅里处级以上干部到监狱听取三位高官狱中忏悔。说到底，他们就是在这三关前栽了。有的甚至坚持了一辈子，结果在临退下来时，一失足成千古恨。有的本来前途无量，就是因为经不住美色，为人谋利，为己谋色，最终谋进了监狱。报告会结束时，监狱长请他讲话，他只是分析了成语“前车之鉴”，告知大家，每个人的人生紧要的步子都只是一两步。往往就是某一步滑脚了，从此就跌入了深渊。人生难免有错，但不能错在原则上。守住原则，就是守住了底线，就是守住了人生的平安与心灵的稳妥。

居思源想，像焦天焕这样的自诩为诗人的人，应该在这方面更有悟性。诗人都是透明，也是纯洁的。惟其透明，才能天真；惟其纯洁，才能可爱。焦天焕是吗？

当然不是。焦天焕如果是，就没有黄松那厚厚的举报信了。

从流水回来，省委组织部长孙兴东和副部长王长，专程到江平来听取江平市委、市政府对江平两会换届的人事安排。会议前，孙兴东单独同徐渭达、居思源进行了谈话。居思源提交了他拟就的一份名单。在这份名单中，他重点地点到了两个人，一个是文化局局长叶秋红，另一个是桐山县委书记李朴，推荐这两个人作为下一届政府副市长人选。其余人选，他没提。理由是他对干部情况还不太熟悉。常务副市长的位子，已经定了向铭清。虽然向铭清一直没到位，但那已是板上钉钉的事。上次从北京回来，居思源就去见了孙兴东部长。谈到向铭清，居思源说这人不太适合基层工作，有些武断，也缺乏团队精神。但孙部长说人都是有缺点的，把他放到江平，就是给他个锻炼的机会。这样一说，居思源也只好同意了。其实内心里，他担心的并不是向铭清的武断和缺乏团队精神，而是向的“手长”。干部看领导，班子是标杆，班子里的领导“手长”，怎么能控制得住下面人不伸手？正人必先正己，自己不正，如何正得了别人？不过，省委既然定了，唉！前两天，居思源听马鸣告诉他，外面传着向铭清迟迟不到位，是因为他想挨过这个春节。一个财政厅副厅长的春节可是钵满盆肥的，而要到了江平，刚来，人生地不熟，别人也摸不着脾气，只能是个清淡的年节了。居思源批评了马鸣，说：这样的话怎么可信？向厅长对自己要求极高，他选择年后来，就是要避开春节送礼，就是要清正廉洁，千万不能以小心之心度君子之腹啊！

徐渭达也肯定向孙兴东部长推荐了人选。其实这次真正涉及的就政府的两个副市长人选。其余的位子都是满的了。按理说，政府配备副市长，市长应该更有发言权的。但现实是党委管人事，还得是常委会说了算。常委会上，徐渭达明确表态，要推荐焦天焕和建委主任劳力。同时，推荐发改委主任任意青到人大任副主任。对于推荐劳力和任意青，居思源没有发表意见，但对焦天焕，居思源坚持反对，最后还是以投票的方式，确定了推荐人选。焦天焕继续保留，增加了叶秋红和李朴。居思源认为，这是徐渭达为了确保焦天焕所作的交换。程文远在会上态度暧昧。会后，他将居思源喊到自己办公室，说:“思源市长虽然到江平时间不长，但看干部还是很准的。叶秋红和李朴都是不错的干部，正直，能干，有原则，这样的干部确实要用。但是……”他笑笑，说，“渭达同志也有自己的考虑，焦天焕也是老县委书记了，劳力嘛，你是知道，情况复杂。”居思源说:“谢谢文远同志支持，不过，个人得服从组织啊！”正说着，来人了。这人居思源有些面熟，喊了声“居市长”，他一下就听出来了，是居然山庄的黎子初，只是上次见的红润的脸色，现在显得异常的苍白，人整个像矬下去了一样，没有精神。

程文远有些尴尬，居思源说:“你们谈。我到渭达书记那边去。”

“那好！”程文远送居思源到走廊上，冷不丁冒出句话，“思源市长，听说上面在查居然山庄，你清楚吧？”

“啊，这个……是吗？没听说。应该没这事吧？”居思源含糊着。

“我也只是问问。黎总很担心哪！上次刚刚出了马喜的事，现在又来查，生意就……”

“哈哈，其实也没什么可担心的。只要是生意做得正，查就查吧！越查越清明嘛！是吧，文远同志。”

“也是，也是。”程文远边说边退回到了办公室。

孙兴东部长在江平待了两天，听取了几大班子的汇报，又分别同部分市级领导谈话。到第二天下午，他从宾馆打电话给正在政府的居思源，说晚上有个老朋友过来了，点名要见居市长。居思源问:“谁呀？”孙兴东说:“到时你就知道了。”居思源说:“部长也搞地下工作了？”孙兴东只是笑，居思源看得出来，孙部长的笑里有几分说不出来的男人的小幸福。

晚上，居思源单独给孙兴东安排了大富豪的一个包厢，自己和组织部长程蔚林、政府秘书长华石生，另外加上叶秋红一道过来陪同。王长副部长和另外的人也安排在大富豪，但是不在一个楼层。等到居思源到了包厢时，除了孙部长外，其他人都到了。居思源打电话给孙兴东，孙兴东很快就下来了，后面跟着个高挑的年轻女子。这女子一见居思源，就笑着道:“市长，又见面了。您更帅了！”

啊，是苏朗朗！对，苏朗朗。

“你好！苏小姐更迷人了。”居思源也用了句客套。

“我以为市长不记得小女子了呢？”苏朗朗将外套脱下，孙兴东部长顺手接了。叶秋红赶紧过来，接过挂在衣架上。

居思源似乎是朝着叶秋红道:“这苏小姐可是京城名模，时尚界的代表。今天能来江平，应该请媒体来好好宣传宣传。”

“思源不愧是搞新闻出身的，敏感性就是强。”孙兴东也在边上笑，眼睛却一直盯着苏朗朗，就像盯着件瓷器，生怕它碎了似的。从这目光上看，孙兴东和苏朗朗的关系应该是正在兴头上，而且，他还并没有能将苏朗朗驯到死心塌地。真要到了那一步，以孙兴东现在的身份，他是不会那么隆重地介绍苏朗朗的，而且，他更多地会用不介意甚至是炫耀的姿态来对待苏朗朗。女人，更多的时候是男人成功的一级阶梯。男人需要，是因为他有征服的欲望。一旦成功了，那么这级阶梯就只能处在下面，他目光所盯着的就应该是更上一级的阶梯了。

大家坐定，孙兴东看了叶秋红一眼，居思源马上介绍道:“这就是江平文化局局长叶秋红。他的父亲曾是江平的老书记。”

“啊！”孙兴东和叶秋红握了手，坐下道，“很年轻嘛！思源觉得能干的同志一定就是不错的啊，好好干，好同志嘛，前途好！”

“谢谢孙部长！”叶秋红当然知道居思源喊她过来陪部长的本意，就是想让部长认识认识她。虽然市委的提名人选里也有她，但毕竟排在后面。最后的人选，还得靠省委定。而且，她也知道，这次能进入提名，完全是因这居思源市长的坚持。她想起那天晚上和居思源喝茶，居思源说:“心里无私的人才能坦荡用人。”那么，这恰恰也说明居思源对她是无私的，正因为无私，他才坚持要提名她。要知道，官场上男女关系是和升迁一样，最让人议论、最分辨不出青红皂白的。这些年，叶秋红虽然身在官场上，但是她是对事不对人，与事情接近，而不与人接近。特别是与一些领导干部；她总是敬而远之。但是，对居思源，她却说不出来的有一种亲切感。正是这种亲切感，一下子拉近了他们的距离。自从生活发生变故这四五年来，居思源是唯一单独和她喝茶的男人，且是官场男人。她觉得居思源跟其他男人最大的不同就是：他是阳光的。她不知道自己为什么会如此想，也许这正是她内心最大的愿望吧！

坐下，苏朗朗先是喝干红，喝着喝着，便改白酒了。

程蔚林是江平班子里少有的海量，这会儿与苏朗朗较起劲来。两个人一人一杯，连干了六个。居思源看着孙兴东部长，只见孙部长一直眯眼笑着，他是应该知道苏朗朗的酒量的。叶秋红这时候敬了居思源一杯酒，说："谢谢居市长啊！"居思源说："你得谢孙部长！"叶秋红说："我不是谢居市长的推荐，而是谢谢居市长出面，我们的文化一条街项目才正式获得扶持了。这样，过年后，我们就可以动手了。最迟明年元旦，文化一条街就能展现雏形。"居思源道："工作都不用谢谢。文化工作也是政府工作的一个重要方面嘛！"

苏朗朗果然好酒量，喝着连程蔚林都有些醉意了。居思源对孙兴东部长道："蔚林也是尽力了，酒，差不多了吧？"

"好，好！酒要尽兴。尽兴就好！朗朗，是吧？"孙兴东喊着苏朗朗，苏朗朗娇媚地应了声，坐下来，说："本来我是准备到江平好好醉一场的。古人说'醉死江南君莫笑'，居市长，是吧？"

"哈哈，就是。苏小姐文采也是斐然哪！既然如此，我来安排，苏小姐在江平这边好好地走走，尽情地来一回美人醉江南。哈，兴东部长，可以吧？"

"可以，可以啊！朗朗，思源可是风流才子啊！"孙兴东说完，突然话锋一转，说："思源哪，朗朗从北京过来，其实还有件事想……朗朗，你说吧，都不外嘛！啊！"

"那我可就说了。"苏朗朗脸色酡红，也有了三分醉意，道，"我最近正在计划搞个人全国巡回展。不知江平这边……居市长，你看？"

"啊！"居思源心里一沉，但脸上依旧挂着笑，说，"这是好事啊，值得庆贺！"

孙兴东也插话道："个人全国巡展，条件很高，朗朗不容易啊！本来我不想问这事，但看她这么艰难，便……思源哪，江平也是文化名城，文化就是生产力嘛！要搞文化，到最后拼的就是文化，就是软实力。"

程蔚林看了眼居思源，居思源道："这事，我们文化局长正好在。叶局长，你就看着办吧。好吧？"

"那……具体的事，朗朗和叶局长谈。"孙兴东端起杯子，说，"我也来敬江平的同志一杯，来，都干了。"

酒席结束后，苏朗朗和叶秋红约定了明天再具体谈。出了大富豪，叶秋红马上对居思源道："居市长，我有意见！"

"我知道你有意见，把皮球踢给你了，是吧？"

"就是，她不会仅仅就是演出的，肯定还有……"

"当然还有。"

"那我们明天怎么谈？"

"我的意见是：演出商业化、市场化，我们尽量给予服务。如果提到其他要求，比如赞助等，我再来安排。"

"那好，我就按市长的意见谈。"

居思源正要上车，叶秋红又喊住他，问："听说居老病了？"

"这……谁说的？"

"市长不知道？江平大概都知道了。许多人都去了省城。我是下午有人特地告诉我的，说这是个好机会，让我也过去。"

"没事的，老毛病。你不要过去，你要过去，我撤你职！"居思源丢下句话，上车走了。

一路上，居思源都在想是谁将老爷子生病的事散布到江平这边来的。他问马鸣，马鸣说自己一个字也没说过。当秘书这么多年了，守口如瓶，是最大的真理。问司机，司机更是没吭过一声。那会有谁呢？省里那边，其实也是知道的范围很小，而且，知道居老爷子生病的那些人中，与江平官场有关系的似乎没有。那么，难道这消息是凭空飞到了江平？真是奇了怪了！他赶紧打电话给池静，一问，池静道："我也正纳闷，江平怎么来了这么多人？从昨天开始，来了好几十拨人。拦都拦不住！都是各个局的，还有流水县的那个什么焦……焦书记，他们都带了红包，我叮嘱护工不收，他们就直接放在病床上。好在池强一直在，替我张罗着。我让他把单位都记了，你再处理。幸亏老爷子昏迷着，不然不被骂死才怪呢！”

“是谁将消息透露出去了？”居思源说，“简直是胡闹嘛！”

池静说:“我哪知道？老爷子今天查了一下，一切都在好转。大脑内积血正在慢慢吸收。”

“从明天起，你盯着，所有去看望的人一律不准进去。另外，让池强也……”说到这，居思源猛然一激灵，池强？难道是池强？他没说出来，只是道，“你自己过去，或者让护工坚决不开门。”

“好吧，我尽量！”

放下电话，居思源有些不是滋味。他从来不曾想过，老爷子生病，居然成了江平官场最大的一次机会。从自己到江平这三个月来，他没有接受过任何的送礼或者变相地送卡、送金等，一来，大概是因为江平官场的人还不知道他的脾气，或者是早已听说了他在科技厅时的戒律；二来，也因为他基本没给他们机会，除了上次下去调研，有些地方搞了点土特产外，他给马鸣打了招呼，不允许其他任何形式的送礼行为出现。这次，老爷子生病，他根本就没往这方面想。在他心里，老爷子生病与江平没有任何关系。可是现在，不仅有了关系，而且有了密切的关系。唉！真是……

居思源回到房间，稍稍洗了一下就上网看新闻。在新闻头条，他就看到了某市市委副书记因为受贿被立案查处。他仔细看，这人虽然在外省，但曾和他一起在中央党校青干班学习过。这些年来，每每读到这样的新闻，看到许多有些熟悉的名字，被与“双规”联系在一块儿，居思源的心里或多或少有些心痛与不安。他叹了口气，回到论坛。他想看到有关流水黄松县长的帖子，但一条没有。他想应该是网管给封了。网络开放，而网管是不开放的。这他理解。开放得有度。然而，他现在又特别想看到网民们对这事的议论。有时候，议论就是端倪，就是线索，就是方向。他在百度稍稍搜索了下，几乎所有的新闻都是一样的《江南流水县县长办公室中不幸身亡，具体原因目前正在调查之中》。内容很短，一看就知道是经过审查又审查的通稿。他拿起电话，问彭良凯:“案情进展如何？”彭良凯说:“毫无进展。一点线索也没有。警方目前正在进行痕迹比对，看能否有所发现。看来，这起案件是蓄谋已久的故意杀人案，而且，犯罪嫌疑人明显具有较高的反侦查能力。”居思源说:“越是如此越要加大侦破力度。这案件的影响太大了，我们不尽快侦破，难以交代，而且，也对不住黄松。”

彭良凯说:“请市长放心，我们都在全力以赴。”

年前，江平下了一场大雪。雪下得铺天盖地，仿佛整个宇宙间，都被雪充盈着。居思源站在办公室的窗前，看着雪，回味着这三个多月来在江平当市长的日子，竟然感到少有的杂乱与无序。他觉得自己做了很多事，却又一件都拎不起来；如果说没做事，他又日日在忙碌着。他真切地感受到了市长与厅长的区别。市长是大杂烩，而厅长则是主攻手。一个要掌握全面，一个只需要顾其一端。一个更多的精力是在处理问题，一个更多的时间是在发现问题。因此，就显示了不同的为官层面。市长更多的时候是被动的，而厅长则更加主动些。市长很难在大多数场合贯彻自己的思想，而厅长则可能直接将自己的思想带入厅里的处室的工作之中。比之于厅长，市长更接近机器，一颗握着一市之权力的螺丝，或者一根杠杆。

上午，居思源到信访局接访。

到江平这么长时间，他是第一次接访。本来按照规定，他得每半个月接访一次。但他打招呼让信访局没有安排。他刚到江平，就过去接访，自己都搞不清楚东西南北，怎么回答老百姓？但从一月份开始，他让华石生通知信访局钱局长，安排他在年前搞一次信访接待。一个市长老是不出来接待信访，这是对人民的不负责。他得出来。华石生说:“年前接访难度大，有很多都是老问题。而且有些老上访，就瞅着年前想得点照顾。而且一旦听说是市长亲自接访，他们一定都来了，还是改到年后吧？”居思源说:“就定在年前，不要改了。老上访也是人，是人，就得接触。不接触怎么能解决问题？”

二号车刚进信访局大门，就被围住了。华石生说:“人太多，市长，是不是？”

“进去！”居思源让司机停了车，下车往里走。围着的人喊着“市长”，也跟在后面。信访局的钱局长对着人群喊:“大家不要围着市长，都到接待室，按次序向市长汇报。”

居思源边走边道:“不能叫汇报，而叫反映情况。”

领导接访是近年来中央推行的一项重要的信访工作制度，各级领导都安排了信访接待日，而且通过媒体向老百姓公布。居思源在科技厅时，也搞过厅长信访接待日，但上访的人毕竟较少。刚到领导接待室坐下，钱局长就汇报说:“市长，今天人特别多。而且，有些都是老上访了。要不要先筛一下？”

“不要。直接来吧！”

“那好。”

钱局长出去一会儿，第一个上访者就进来了。这是个老人，七十多岁，穿得不算太差，一进门，就扑通一声给居思源跪了下来。居思源赶紧上前扶住，说:“老人家，千万别这样。有事请说！”

老人掏出一张皱巴巴的纸，说:“我上访十几年了，每次都这么跪，也跪了几百回了。”

居思源接过纸，上面写着：请政府解决一个老民师的晚年生活困难。再细看，原来老人初中毕业就到大队小学当民师，二十世纪八十年代初，从民师岗位上到村里当文书。当了三年，因为财务问题，被人告发，说他贪污，被撤职。后来一直在家。九十年代，国家逐步解决民师问题，他没摊上。村干落实保险，他又已被撤职。按他上访信上说，两头都没沾到。当初从民师位置上到村当文书，是乡里动员的。后来撤职，是被人诬告。他老伴早已去世，唯一的儿子也在十几年前因车祸致残。现在，父子二人生活艰苦。请政府调查了解，解决一个老民师的晚年生活困难。

居思源从纸上抬起头来，问:“有相关证明材料吗？”

“有！”老人抖着手从黄挎包里拿出一摞材料，有些都发黄了，递过来，道，“这是十几年前我第一次上访前就搞的证明。没有人看，看了也没作用。唉！”

“老人家，这个问题很复杂。但是，我既已接访，就一定抓到底。”居思源说着，就让马鸣打电话请教育局刘局长过来。然后让老人坐在一边，请下一位进来。

这次进来的不是一位，而是三位。他们说是毛纺厂的职工代表，要向市长反映毛纺厂改制过程中，国有资产流失、职工社保问题迟迟未能落实的情况。居思源问:“企业改制不是早就改过了吗？”

其中一位道:“是改过了，都五年了。可是问题没解决。当初毛纺厂国有资产这一块，我们算了有七千万，就占地都有一百多亩。改制后卖给了原来的厂长，只卖了两千万。我们的社保当时说每人缴三万，一次性到位，可到现在，每人只缴了一万。有些职工已到发养老金年龄，社保局说我们没缴到位，不给发。”

“那后来购买了厂子的那位厂长呢？”

“他把地卖了，跑了，找不着了。原来厂子的地上，现在建起了小区。”

“有这事？怎么卖的？”

“每亩五十万。一下子赚了几千万，走人了。我们以前找过徐书记，也找过吉市长，只有那个高市长答应解决，可是他被抓了。现在我们是找不着人、找不着政府啊！”

“这不是政府吗？以前的，就不说了。这事，你们将有关材料留下来，我请其他同志负责解决。一周后给你们答复。”

“真的？我们真不大敢相信领导了。不过，居市长才来，我们听说在省里也是个清官好官，我们是抱着希望的。既然市长这么说了，我们就相信一回。如果到时没有答复，我们正在联系，准备到省上访，再不行，就到北京去。”

“话先别这么说嘛，哈，等着吧！等一周后再说。”

这三人走后，教育局刘局长来了。居思源说：“这老人的事，你大概也知道吧？”

“知道。但很复杂，问题比较特殊。”刘局长说，“我们也想解决，但是没有相应的政策。”

“这个，请教育局好好研究一下，拿出个解决问题的方案。关键是了解一下当初到大队任职是组织安排还是个人要求。另外就是了解一下其他地方同样问题的解决途径。同时，你们也对老人的家庭情况作一了解。不管怎么样，特殊困难户，要区别对待。在三天之内将调查情况报给我。”居思源转过头又对老人道：“你就配合教育局作些调查。我们一定会认真解决的。”

老人又要跪，居思源马上制止了，说：“等事情解决了，你请我喝酒。”

老人说：“一定，一定，到时请市长喝酒，喝酒！”说着，声音有些哽咽了。

居思源拍拍老人的后背，瘦骨嶙峋。他心里一紧，赶紧回头。一瞬间，他想起还躺在病床上的老父亲了……

第三个进来的是一个因为结扎而留下后遗症的四十多岁男人，面黄肌瘦。华石生介绍，这人是个老上访户，已经上访十几年了，政府每年都给补助，但是，他就是不断上访。而且，在家里据说这人也基本上不参加劳动，结扎前就是好逸恶劳之人，不然，农村里也很难让一个大劳力去结扎的。居思源听完后，问男人:“听说你每年都来上访，你最终的目的是什么呢？我是市长，你但说无妨。”

“请政府每个月给我一千元钱的生活补助，我是因为结扎而伤残的。政府就得养活我。我现在老婆也走了，日常生活都没着落，政府再不解决，我就到政府上吊了。”男人说得咬牙切齿，仿佛有天大的仇恨似的。

华石生打断了男人的话，说:“不要再胡说。市长让你说，你总也得说出个理来。”

“我说的就是理。你姓华，是吧？我认得你。我找过你，你没理我。现在市长在，你装好人了。我就是要政府养着，我是为国家计划生育政策作出牺牲的。”

“瞎说！”华石生还要说，被居思源制止了。居思源让华石生请计生委派人过来，并且将相关的补助材料也带来。很快，计生委的人就到了，一查，市、县、乡三级政府每年都给了补贴，而且都在六百元钱以上。按照国家相关政策，这已是补助上限。居思源看了，又将这男人好好地看了一遍，然后正色道:“我看你年龄也不大，和我差不多吧？按理说，现在就业也不难，为什么不去就业呢？自己一个人过日子，过成这样，只能说明你自己没有正确地对待自己的问题。结扎后遗症情况复杂，政府已经尽最大可能地每年给你补助，二百元钱一年，也不算少了。你现在提出每个月解决一千元钱，这是不行的。如果你还有什么意见，可以通过法院，提起行政诉讼。”

男人瞪着眼睛望着居思源，很久才道:“我不打官司，我到政府上吊。”

“我必须正告你，政府是讲理的。但请你也讲理。政府应该解决的问题，一定想办法解决。不能解决和不应当解决的问题，政府绝对不会解决的。”居思源说完，示意华石生和钱局长请男人出去。男人大声嚷着，说:“这什么市长？完全是瞧不起我们老百姓！老子要到北京告状去，把市长告倒！告倒！”

居思源摇摇头。对待上访，坚持原则是第一。这些年，信访工作成了各级政府的一道紧箍咒。关键是，信访工作成了一票否决考核目标。越级上访，进京上访，都成了各级政府最头疼、最难对付的事情。为防止此类事情发生，各地想尽了办法，成立信访重点对象帮扶小组，明里是帮扶，暗里就是监视；尤其是碰到重要节日和重大活动时，更得小心翼翼，二十四小时不间断地跟踪。甚至，北京竟然出现了专门替各地强制收留进京上访户的黑团体。他们采用各种办法，限制进京上访人员行动，强行将其带离北京。信访成了各级政府手中的一把双刃剑，既要解决老百姓上访中出现的问题，又要确保不越级上访特别是进京上访。领导接访其实也是应付这种局面的一项举措。正因为如此，老百姓对上访的认识有时就很片面，他们以为既然信访成了一票否决的考核目标，你领导就怕上访，就得低下头来解决问题。至于问题是不是应当解决，有些人是不管的。任何时候、任何社会，流氓总是存在的。信访工作的难度之大，已经让有些领导闻访心惊了。

马鸣问："居市长，是不是要休息会儿？"

"不了，本来一个月就一上午接访，再休息还有多长时间？让他们进来吧。"居思源喝了口茶，最近，他将原来的玻璃杯改成了真空杯。因为对茶，他是无论如何都难以放下原来的讲究的，但玻璃杯看着茶叶，太明显了。

又进来了一批……

一直到十二点，华石生提醒说："中午市长还有一个接待任务，是不是……"

"好。"居思源问钱局长："没有了吧？"

"这……"钱局长支吾着，"还有开发区一批人，都是被征地户。"

"被征地户？"居思源马上道，"让他们进来。"

进来的不是别人，而是早跟居思源打过交道的老队长和高自远。居思源站起来说："老队长，是你们哪？没想到。"

老队长道："是没想到啊！听说市长接访，我们想了好久，来，还是不来。来吧，给市长添麻烦；不来吧，我们的事又没解决。真是不好意思，不好意思啊！"

"怎么？什么事情没解决？"

"保险的事，到现在开发区也没替我们办下来。说是钱不够，要分批办。"高自远说，"我们说这是居市长同意了的，他们说那是政府的事，我们开发区只能一步步地来。”

“谁说的？”

“方主任。”

居思源没再问，而是直接拿起电话，拨了方跃进的手机。方跃进道：“居市长，您……”

“方主任哪，开发区今年的财政收支不是还不错吗？啊！”居思源问。

“是啊，还好，这都是居市长领导的成果啊！”

“哈哈，成果？是吧。可是我现在日子不好过啊，我听说你们对征地农民的社保金要分批交付，有这事吧？”

“这……”

“这什么？有就有，没有就没有。有，马上给我一次性交了。不要拖拉。你再拖，就是拖我的后腿，拖政府的后腿。”

“那哪儿敢？马上办。”

“那好，办好了给我回话。”

居思源放下电话，对老队长和高自远说：“真对不起了，拖到现在。也怪我，没有督促。我刚才说了，你们就等着办吧！”

“那就太谢谢市长了。”

“不用谢。应该是我谢谢你们，谢谢你们对我工作的支持。”居思源送两位到门口，高自远说：“居市长，我想就这事在论坛发个帖子。不知……”

“可以嘛，可以讨论。讨论一下为什么事情非得市长过问才能解决。好，发吧！”

“那我随后就发。”

老队长和高自远走后，钱局长说：“居市长今天的接访，是效率最高的一次接访。我们也希望领导来接访，都能解决问题。解决一个，来的就少了一个。那多好！只是大多数时候都是……接访了过后不落实，结果形成了再次访。难就难在这儿啊！”

“这个局面要扭转，领导接访要包访，谁接访谁负责到底。要定期公布，领导也要监督嘛！”居思源说，“这个事我和渭达书记商量后，再形成文件。”

第13章　在官场上备受尊敬的老父亲给居思源的忠告

腊月二十三，小年，居思源是在晚饭后才回家的。晚上，他和政府的副市长方天一一道，到民政局下属的福利院，同那里的老人和孤儿们一起过年。老人和孩子们都高兴，这么多年了，市长来跟他们一道过年，还是开天辟地头一回。八十多岁的老艺人，高兴地唱起了江平调，其中唱道："江平好，最好是政府。市长陪我过小年，火锅美酒暖人心，满堂乐淘淘。"孤儿们还向居思源献上他们自己做的手工花朵，在每朵花上，孩子们都写了心愿。有的写着："愿能得到更多的温暖！"有的写着："我喜欢这个家！"还有的写着："希望市长叔叔年年都来陪我们过年！"

离开福利院，居思源眼睛湿润了。

回到家，居思源简单地洗了一把，就赶到医院。居老爷子稍稍清醒了些，能点头示意，但还不能说话。池强正在医院，居思源见了，便拉过他，到外面走廊上，问："是不是你告诉江平那些人，说老爷子病了？"

"没有，没有啊！"池强虽然嘴上硬着，但脸却红了。

居思源说："你这是害我嘛！到底是不是？"

"真的不是！"

"真的？"

"真的！姐夫，我哪儿敢骗你？他们来了，连我也感到意外，账我都记着呢。我就拿过来。"池强说着就进屋，拿出个小本子，翻了翻，说，"一共是十八万二千元钱，另外有各种补品，我已经拿到医院边的商店换了，款子是三万一千元。总计是二十一万三千元。"

“啊！”居思源心下一惊，二十一万多？真是了不得。难怪有些干部经常生病。看来，这也成了干部“增收”最正当的理由和最“合法”的手段了。

池强问：“钱都在我那儿。我交给我姐，她不收。姐夫，反正都送来了，收就收呗！这些都是江平的各个单位的一点小意思，又不是找你帮忙。收了无妨。不收，人家送来了怎么办？退吧，也退不了；不退，这……”

“钱都放这儿。我来处理。都记下了吧？”

“都记着。”池强将本子递过来，居思源翻了几页，江平差不多一半以上的单位都在，而且记的都是一把手的名字。他扫了眼，焦天焕名字后面是八千。魏如意名字后是五千，劳力名字后是六千。还有些企业，他看到李和平的名字后是一万元，王海的名字后也是一万元。他又找了下，没找着叶秋红和李朴的名字，他松了口气。这就像在一片浑浊之中，他还是看到了一丝清新。最后，他居然看到了华石生的名字，后面是四千。好啊，这华石生，跑到省立医院，竟然连自己都不知道。看来，这些人都是煞费苦心的。想想，居思源也能理解了。这些人面对的，并不仅仅是居思源一个，而是面对着强大的社会习气。有时候，深渊与坦途仅一步之差，现在，居思源感到自己就站在这两者的边缘上。收下，他就跌进了深渊；不收，正如刚才池强所说，怎么处理呢？

退回，是不现实的。那么多人，让他们来拿，还是自己让人送去？都不行，再怎么说，毕竟还有一张纸隔着。一退回，纸就捅破了，也不利于将来在江平的工作。

居思源想起上次有报道说某官员收钱后，自己一分没用，全部捐给了希望工程。他觉得这方法不错，但实施起来有风险。至少你是收了，收了后再捐，与单纯的不收是两个概念。说穿了，是对受贿的处理方法不同而已，但并没有改变受贿的初始定性。

那么，就只有一条路了——交给纪委。

居思源立即打电话给光辉，说：“老爷子生病了，不知怎么江平方面得到消息，很多单位都来看望。看望是好事，要感谢。但是他们带来了钱物，这就不好。数字已经统计好了，如果方便，请纪委的同志明天到省城来一下，我当面交清。”

“那……”光辉问，“对那些人……”

“这个就不要再作任何处理了。我会在适当的场合作个说明。”居思源说，“本来我要带到江平去的，但是不太合乎手续，你们过来吧！”

光辉说：“那好，明天我让人过去。不过，既然我知道老爷子生病了，我得去看看。放心，不会向市长行贿的。”

“哈哈，纪委书记行贿，那还了得？”居思源挂了电话，池强在边上问：“真的交给纪委了？”

“当然。”

“唉，可惜了。”

“可惜什么？”居思源没解释。池强掏了支烟点起来，抽了两口又灭了，说：“姐夫，我最近没事可干了。江平那边能找点事吧？我手下还有好几十号人等着我呢。”

“你能干什么事？而且，池强哪，我在江平当市长，要是我给你出面，将来我怎么在江平工作？”

“我不是请你出面。以后，要是我在江平找到事了，你不能阻拦。”

“这……”居思源顿了顿，说，“这也不行！”

“那……姐夫，你这也太……正经了吧？那你要是省长，我就不能在江南省揽活了。你要是当了总理，我还得到国外去呢！”

“池强，话不能这么说。我刚到江平，情况复杂。你一掺和，容易出事。懂吧？”

“哼，懂？我懂！走了。”池强气呼呼地一转身，奔电梯去了。

居思源叹着回到病房。老爷子正睁着眼，他上前拉住老爷子的手，问：“好些了吧，爸？”

老爷子点点头。

居思源说：“我最近忙，也不能天天陪你。过几天过年了，回家过不？”

老爷子又点点头。

居思源说：“到时我来接您回家。”

老爷子第三次点了点头。

居思源想一个耿直一生的人，现在老了、病了，也就如同婴儿一般。不过，这是个一生纯洁的婴儿，人，其实活得纯洁才最安妥。他想老爷子此刻一定是安妥的，他在回视过往的足迹时，能够无愧地说：那都是用心走了的，都是纯洁与真诚的。

其实，很多时候，居思源面对着父亲，心里总是有一丝羞愧。当然，他也觉得这个时代与老爷子所处的时代已经不同了，自己身在其中，是根本不可能完全与所有的不干不净的东西脱离的。记得有一次与老爷子谈话。老爷子问到几位老同志的孩子的情况，居思源一一说了，其中谁谁在那个厅当副厅长，谁谁在某大学当教授，谁谁在部队当到师长了，还有谁谁因为经济问题被抓了，正在监狱里。老爷子听着，很久才道：不管在干啥，关键是要行得正，坐得稳。正心，正心哪！有些孩子，因为老头子老娘为革命立了功，当了官，自己就不知道自己的身份了。普天之下，生而平等，谁要是老记着自己头上的光环，谁就最可能走弯路，最容易出事……

老爷子拉过居思源，说，我为什么给你取名思源？就是要你饮水思源，不忘记过去。这样，你才能好好地走路，好好地工作，好好地做人。

从医院出来，居思源一个人散步回家。正走着，碰到了省纪委的鲁书记。鲁书记也算是居思源的大学同学，都是复旦毕业的，只是鲁比居要早两届。居思源说："鲁书记也好兴致，晚上看风景？"

"哪是？刚刚从单位回来。思源哪，知道吧，刚才，王长被'双规'了。"

"王长？王部长？"居思源说，"前几天还在江平，跟兴东部长一道调研呢。"

"这事纪委早就定了，等着省委批准。省委常委会下午才开，晚饭时执行的。唉，王这个人哪，也是太……"

"……"居思源也不好问王长到底是为什么被双规了？这年头，除了经济问题，干部也很难犯别的错误了。他摇摇头，说："太可惜了。"

"是啊，可惜啊！不过，他也太……南州那边查下来，三千多万。怀凯书记都发了火，说要严惩。"

"这么多？"居思源心想，平时王长也穿得朴素，为人也算低调，怎么就？钱能干什么呢？去年曾报道的某地领导被"双规"时，从家中搜出的钱有一亿多，全部装在箱子里，平时自己和家人根本不敢使用。或许，钱只是一种变态的安慰吧！

“思源哪，江平现在基本顺了吧？渭达同志……”

“啊，都很好了。”

鲁书记靠近了一下，说：“最近二室那边正在查流水的事，可能情况比较严重。”

“啊！”这一点居思源是有心理准备的。上周回省城，他专门向省纪委石书记作了汇报。对于省纪委立案调查焦天焕，他表示绝对支持。黄松被杀，虽然处理得十分隐蔽，但在高层引发了很大震动。省委书记路怀凯、副书记李南、纪委书记石义都作了指示，要求严查凶手，并且一查到底。同时，考虑到黄松生前曾多次实名举报焦天焕，将查处焦天焕案与此案并案调查。只是一个是由纪委负责，一个由公安专案组负责。

鲁书记道：“焦天焕这人其实挺有才的，也能干。这几年流水搞得也不错嘛！只是写什么诗，官员嘛，这就很危险。”

“其实不仅仅是诗……”居思源说，“如果仅仅是诗，那就好了。唉！”

“也是。”

第二天，居思源很早就到医院，一直到江平市纪委的人过来，将钱和记账的本子一并交了，才放了心。光辉也来了，他给老爷子带了点营养品和一束花。居思源说：“这得谢谢了，这最好。老爷子退下来这么多年，最喜欢养花。自己养了不算，还喜欢送给其他一些老同志。他看见这花，应该最高兴的。”

年前，照例有一次党政联席会，主要研究年前年后的相关工作。春节放假，很多事情就得耽搁，只有年前研究好了，才能保证春节上班后就能正常运转。特别是年后的几个会议，包括经济工作会议、政府工作会议、市委工作会议，还有其他的会议，都得年前定调子，形成材料。年后，就按部就班地开展。联席会议定在腊月二十七。腊月二十六这天，居思源专程到桐山。他带着民政等部门，深入山区，慰问了十几户贫困户。同时，他又到万亩山核桃基地，加工厂建得差不多了。回江平的路上，徐渭达给居思源打电话，问他在哪。居思源说正回市里。徐渭达说：“那你先到我这来一趟吧。”

徐渭达最近严重感冒，在家休息了几天，人看起来也瘦了不少。居思源进门就问:“感冒好些了吧？”

“啊，嗯！”徐渭达翻了翻眼皮，待居思源坐下后，才道，“省纪委正在调查焦天焕，知道吧？”

“啊！是吧？”

“省纪委这是怎么搞的？老是盯着江平。焦天焕还是不错的同志嘛！不能因为县长出事了，就来查书记。这样查下去，我们的干部怎么能安心工作？”

“他们不就是查吗？如果没事，查查还能澄清事实。”

“不就是查？思源哪，复杂啊！你才到江平，你啊，千万可别插手这些事，手伸进去可难抽回来啊！”徐渭达望着居思源，又道，“我还听说有人到省里要求查居然山庄。好啊，都查吧，看看能把江平查成个什么样子？这样不好！不好嘛！”

“哈哈，省里查，应该是省里定的。谁能要求？渭达书记啊，只要没事，还怕查？”

“话是这么说。可是，你也知道现在哪个干部没有背景？你查这个干部，就不仅仅是查他本人了，而是在查他的背景哪！查一发而动全身啰！”

“啊，这倒也是。”

“唉！我准备跟怀凯同志汇报一次，不能这样老是查了，再查，江平怎么办哪？思源哪，你才来，将来你还得在江平待着。你也得考虑考虑。这事，我看你也得和省委领导同志说说。都说说嘛，安定是第一要素，不安定，特别是干部不安定，怎么发展？”徐渭达站起来，转着光洁的脑袋，说，“流水这几年的发展还是很快的。焦天焕是有点附庸风雅，但那是爱好嘛！谁没有爱好？何况，也太……查一个县委书记，我这个市委书记居然一点都不知道！还有居然山庄，就查就查。凭什么嘛？凭马喜死了？啊！真是……”

居思源看着徐渭达越说越生气，便道:“渭达书记，也别生气了。这事是得向省委汇报一下。我也说说。组织程序还是得走的嘛！但总体上，我认为查比不查好。查，才能正本清源，才能还原真相。不是坏事嘛！正好，我有个事得说一下。最近，我们家老爷子病了，江平的不少干部不知道怎么了解到了，都去了医院，送了些东西。我已经请纪委的人到省城，将东西全部带回来了，并且带回了名单。我跟光辉同志说，事情就到此为止。不过我得检讨，没有处理好这事，让消息传到了江平。我有责任！”

“哈哈，哈！这事……思源哪，你也太认真了吧？大家都是心意嘛。我不知道，我要是知道了也得去看看居老啊！不过，既已交了，就按你说的到此为止。以后啊，人之常情，还得考虑的。我听说，铭清同志年后就过来了，过来也好，减轻你的工作压力。也好啊！”

“应该是年后。他前几天还给我打电话，说厅里那边还有些事没有办完，年后就到江平。我也是欢迎他到江平来的，他对财政工作、经济工作熟悉，江平需要这样的同志。啊哈，组织安排嘛，好，很好！”

两人正说着，徐渭达桌上的电话响起来，他接了，一边“嗯嗯”地应着，一边看着居思源。居思源听见徐渭达似乎在说：“这事我知道了。不要急嘛！还有，这事我再跟思源同志说说，他可能对你们的情况还不太了解。”

放下电话，徐渭达道：“方跃进，他说你让他把那些失地农民的社保一次性缴清了，他没办法，想让我给你说说，先缴一部分，其余今年底之前交清。”

“这个不行！”居思源没容徐渭达再说就直接道，“这个我在开发区那么多农民的面前承诺了的，绝对要执行。方跃进没钱可以，我让财政查查他的账。如果账户上有，就得缴，真的没有，政府这边暂时替他付了。”

“这……思源哪，对老百姓嘛，也不能那么太认真。开发区有开发区的难处，得……”徐渭达笑着道，“能缓就缓一步吧，反正迟早也得给。”

“这个年前必须到位的。我明天就准备到开发区去亲自过问此事。渭达书记，再出现一个开发区事件，我们可就……”

“那……也是。就按你的意见办吧。”徐渭达有些不快，又添了句，“就当我没说！”

“渭达书记，这……政府的工作还得完全靠书记关心支持。我敢这样做主，就是因为渭达书记能理解能支持嘛，是吧，哈哈。”居思源将话一下子封了，徐渭达也不好再说，摇摇头坐下喝茶。程文远进来了，嘴上道：“渭达书记，太不像话了！居……”

程文远猛一抬头，居思源就站在眼前，他马上将后面的话吞了下去，改口道:“居市长也在？正好，有件事，想给两位一把手报告下。”

徐渭达点点头。

“是这样，我家孩子不是在加拿大嘛，去年生孩子，老婆也过去了。最近，老婆身体不太好，他们想我过去看看。我想也是，一来过年了嘛，正好有假；二来小外孙还没见过。因此，想出去一趟。”程文远说，“可是，我跟组织部那边说，说要省委组织部和省纪委批准。搞得太紧张了吧？好像我去了不回来似的。这事，唉！”

“省里为什么不批？”徐渭达问。

程文远说:“哪知道？说是中央的要求。”

“大概是的，我也听说了。那就等下一步再过去嘛。”居思源说，“上周，我的一个熟人，副厅级，也是没有批准。他们主要是被一些裸官搞得太紧张了，因此才出此办法。不过，时间应该不会太长的。”

“裸官？”程文远哈哈笑道，“我也算‘裸官’了？”

“哈哈，哈哈！”三个人都笑起来，但是笑声各不相同。徐渭达的笑是精于世故，居思源的笑是旁敲侧击，而程文远的笑则是被人击中要害的尴尬与疼痛。

居思源走后，程文远对徐渭达道:“不就是从省里过来的吗？也太……你听那说话，像个市长说的？什么‘裸官’？这不明明是……唉！渭达书记啊，我看江平一天比一天不太平了。下次请渭达书记给省委说说，我到别的地方去吧，或者到省直哪个厅局去干个闲差事，也比在江平好啊！有些人才来三天，就想查人了。这不是‘文革’作风嘛？‘文革’作风！”

“文远哪，话不要这么说。自己心态要正。谁到江平，也不是谁自己说了算，是组织安排。每个人都有每个人的工作方法和工作作风，要理解，要宽容，要支持嘛！”徐渭达从烟盒里拿出支烟递给程文远，继续道，“你也是老领导了，这点还想不通？至于查，我刚才也同思源同志谈了。思源同志是个组织原则很强的人，应该不会的嘛！要想开，下一步江平的工作，很可能就是思源和你搭档。现在就得磨合啊！”

“我也不想这些了。只是……最近居然山庄可谓是‘门前冷落鞍马稀’了。黎子初天天守着大门，连一辆车也看不见。还有焦……”

“好了，文远哪，想开些，好吧？”徐渭达问，“华美实业李和平李总上次说的那事，怎么解决了？”程文远想了想，知道是市重点工程北门大桥的承建一事，就道:“已经搞好了。我给招投标中心说了，他们操作得很稳妥。年后就可以开工了。”

“这就对啊，工程嘛，我的意见还是要尽量照顾市内企业。当然，要允许市外企业来竞争。”徐渭达一边说一边想着抽屉里的那个信封。昨天，李和平来过，丢下这个信封和一句谢谢就走了，他知道事情已经办成了。他问程文远，主要是想稍稍推脱些自己在其中的干系，另外也让程文远觉得他徐渭达是信任你的，这么重要和私密的事，都请你办了。不过，自始至终，徐渭达一直是以关心本市企业的名目请程文远出面的。程文远是市招投标工作领导小组的副组长，组长是居思源，仅仅只是个挂名，真正问事的原来是市政府常务副市长高捷，高捷出事后，就改由李远负责。李远一直都是程文远的部下，程文远的话他能不听？何况现在的招投标中心主任，就是程文远的秘书。招投标中心成立时，就是程文远亲自点将，将秘书安排去当主任的。秘书能不记着老领导的关怀之恩？

从徐渭达的办公室出来，在走廊上程文远碰到了黄千里。

黄千里说:“程书记这么匆忙，有喜事吧？”

“哪有什么喜事？哪像你黄总？”程文远笑着问，“找渭达同志？”

“是啊！”黄千里发了支烟，凑近说，“文化一条街项目听说上面批了，我来找领导想搭个股。”

“这是好事啊，还要找？求都来不及呢。”程文远道。

“那也难说。”黄千里说，“那个叶局长一直对我有成见，我怕居市长也不会同意。”

“怎么不会？会的。”程文远道，“你跟渭达同志直接说吧，应该没问题的。不过，文化一条街项目正式批了？不是一直拖着吗？”

“是批了。听说是居市长亲自出面，找了文化部的部长助理。不然哪儿有这么快？而且一批就是两千万元，外加一个亿的授信贷款。”

“是吗？”这让程文远也有些吃惊了。

黄千里又凑近了些，小声说：“我那边店里最近添了些新的服务项目，程书记有空过去指导指导？”

“好，好！”程文远说着，就往自己办公室走。黄千里笑着说：“哪天我来接你。”

到了徐渭达办公室，黄千里一说文化一条街项目批了，徐渭达吃惊之外又有些气愤。这么大的项目批了，居然市委这边都不知道。居思源没说，那方天一也应该报告。方天一不报告，叶秋红也总得过来亲自汇报吧？

“真是……请黄秘书进来。”徐渭达朝门外喊了下，黄启义进来后，徐渭达让他马上打电话将方天一和叶秋红找来。趁这空儿，黄千里将自己想入股文化一条街的想法说了，徐渭达问：“跟思源市长说了吗？”

“没有。我当然得先向书记汇报。书记点头了，一切还不好办？何况居市长我也不熟。”黄千里看着徐渭达的脸色，边揣摩边道。

徐渭达转了下脑袋，说：“你黄千里会说话！好，这事完全行。你准备准备，将来，文化一条街开发就以你为主。政府是不能搞开发的嘛！企业介入，是一条基础设施建设的必经之路。这个要坚持！”

“只是居市长那边……”

“放心吧，到时研究时我来说。”徐渭达接着问，“涂老都好吧？”

“哈，别的都好，就是脾气不好。老是想着别人干得不对。上次居市长去慰问，他竟然把居市长给批评了一顿。没办法，人老了，思维也僵了。不过，好在他把对手都放在了棋上，整天杀杀的。没办法，没办法啊！”

“老同志嘛，要有点想法。不然，就呆了。多回去陪陪。不容易啊！其他孩子都在国外吧？怎么就一个人……你们家凤仙还真行。不过，不唱戏太可惜了。唉！”徐渭达挠着头发，他的头发已经不多了，平时从两边向中间绕着。乍一看，还是满头都有；近细看，却是地方支援中央，头顶一片艳阳天了。

黄千里摇摇头，说：“女人嘛，在家最好。唱戏，哈哈，没意思。”

徐渭达笑道：“你啊，老封建，大男子主义！”

黄千里没有吱声，起身给徐渭达的杯子里续了水，轻声道:“听说居然山庄正在查?”

徐渭达瞟了他一眼。

黄千里又道:“黎子初怎么弄的?怎么一开始就翻在了居……手上。唉，其实现在哪个地方不是这样?我到那边，请人招待不是菜了，是……”他狡黠地朝徐渭达笑笑，说，“徐书记啊，都是这个……”他又做了个圆圈的比画，说，“很多都是进口货，成色都是新出炉的。”

“别瞎说。”

“没瞎说。这是中国特色啊！不说了，不说了！徐书记晚上没安排吧，我请你出去坐坐。”

“这……算了吧。晚上有活动。”

黄千里从包里拿出一个小盒子，又朝关着的门口望了望，然后放到桌上，说:“这是西边的虫草，真的，朋友送了我一点。我想，怎么着也得给徐书记一点。收着，食用方法里面有说明。”

“虫草?好啊，好！不过，这……”

“徐书记可别寒碜我黄千里了。好，书记忙。我先走了。”黄千里看着徐渭达将小盒子放进抽屉里，才开门出去。徐渭达起身，将门反扣了，又拿出小盒子，打开，里面是个精致的小木匣子。打开匣子，便是一根根虫草了。他凑近看，确实像虫;眯着眼看，又确实是草。真是造化啊！大自然中竟然出了这等奇妙之物。徐渭达并不是没有见过虫草，他甚至也吃过几回。但这么多虫草一下子放在眼前，是第一次。他拿起小匣子，读着说明书，上面写道:调节免疫系统，提高细胞能量，增进机体活力，改善生活质量。后面还特别有一句说明:人间仙草，天上龙虫。

“好！”徐渭达读着这两句广告词，禁不住叫了声。

黄启义拿着材料进来，请示道:“徐书记，全市干部双向考评的材料，组织部拿了一份过来，说这里涉及的问题比较多，居思源市长已经看了，您是不是也看看?”

“放下吧！”徐渭达慢慢地将小盒子放进抽屉，拿过材料，扫了眼，都是干

部名单，每个名单后面还附着量化的得分。这一下子让他有了兴趣，再细看，大部分干部都在七八十分上下，看了几行，猛然跳出一个四十分的，是建委主任劳力。他皱了下眉，心想：这不是胡闹嘛，劳力还是市委向省里提名的进班子人选。怎么能？再往下看，流水县委书记焦天焕只有三十分，财政局长魏如意也只有四十五分，南区区长冯平五十分，国土局局长杨俊五十分。他看完后又回过头来再看，慢慢地他就发现，所有相对来说职能比较多、影响比较大的部门和平时动静大的县区，一把手的得分就很低。相反，像桐山，条件艰苦，情况相对单纯，李朴和杜世民的得分都比较高。这与以往搞的效能建设情况类似。说穿了，也印证了一句话：事情越多，问题越多；事情越少，影响越好。

徐渭达拿起电话，通了后便道："蔚林哪，我看到双向考评的结果了。你们准备怎么办哪？"

"这个……渭达书记，我们也还没定。这个结果是综合反向考评与老百姓问卷调查得出的分数，考评指标上次常委会也通过了，主要是对事不对人。虽然分数打在人的名下，但主要还是针对单位。这个情况思源市长看了后，说要严格依照考评规定执行奖惩。特别是对后几名的干部，要动真格的。我们也拿不准，所以请示渭达书记，要么，就等明天的党政联席会议过了过吧？"程蔚林说得有些模糊，他既要告诉徐渭达，居思源市长已经表过态了，又要向徐渭达表示，组织部是服从一把手书记的，最后怎么定还是书记说了算。对于市委和政府的两个一把手，同样是从外地调过来的程蔚林做法十分简单也十分可靠：一个也不得罪，基本保持中立。当然，在某些时候，他明白自己是有些倾向于居思源的。主要还是因为江平这边干部本土观念太强。就是到现在，在很多人事安排上，他这个组织部长还大多是个执行者，而很少能是个思想者。虽然这跟大范围的组织部长权力弱化有关，但在江平，人事上除了徐渭达，除了程义远，他最多只能对个别副处级干部提些参考意见。程文远有句话说得透彻：人事问题复杂，少沾点好。何况蔚林部长又是从外地调来的，情况不熟，慢慢来吧！等熟悉了，再来定全盘。

"哈哈！"

徐渭达在电话里顿了会儿，道："上联席会议也没必要吧？暂时没必要。

这事我看这样，年前就不要动了，等年后再说。”

“那好，我对思源市长也说一下。”

徐渭达狠狠地将电话挂了。什么事都是居思源，江平还有我徐渭达吗？如果不是，你看……

江平年底最后一次党政联席会是在大富豪召开的。选择这个地方，是与市委秘书长钱自兵有关的。钱自兵说市委、市政府长年在大富豪接待客人，大富豪的老总胖子也一直是每年都请相关领导聚一聚。想一个个请，太难了，领导们都忙，赶上这联席会，就是最好的机会。所以请领导们来大富豪开会，会议结束就在大富豪就餐，喝点酒，唱唱歌，放松放松，反正也快过年了，领导们不放松，老百姓们怎么放松？钱自兵将这话说给徐渭达听，徐渭达笑着说：“那胖子说话还有一套嘛，既然他出地、出钱、出酒，咱们就去。联席会就定那儿了。由市委直接通知。”

钱自兵说：“我也觉得该去。与民同乐嘛！哈哈！”

会议刚开始，居思源就出去了。他到旁边的休息室里接听一个电话，这是孙兴东部长的。孙部长问上次苏朗朗巡回演出的事江平这边定好了没有，苏朗朗也不好直接找江平，就问到他那儿了。居思源说：“苏小姐和叶局长不是谈了吗？就按谈的意见办，怎么样？”孙兴东说：“当然行，不过，最好能找些企业来协办一下，也造造势嘛！这个，我跟渭达同志也说了下，他说关键是你。”

“造势？”居思源道，“我知道了，我跟叶局长商量一下，稍后回话。”

孙兴东说：“不要给我回话了，就让那个叶局长直接给朗朗说吧！”

回到会议室，各个部门正在汇报相关考评情况。居思源听了会儿，觉得大多是浮着的，很少有落在实处的。不过也没办法，大环境使然。从上到下，考评都几乎是考好不考差，流于形式。如果按照考评的结果，全国山河一片红。可是，事实呢？坐在会议室里的领导们都清楚，哪些是水分，哪些是干货，明摆着。只是都不说，轮到分管副市长和常委们表态，都是先肯定，再提一两条放之四海而皆准的意见。说白了，提了等于没提。甚至，有些部门回去后就将汇报稿改了回来。也是啊！一整天的联席会议，议题就有三十多项，按八小时计算，每个议题能有的时间也就十五六分钟。其中汇报就占了十分钟左右，分管领导补充三分钟，两分钟市长表态书记定调子，最后只有一分钟可用来让其他同志发言了。所以，有些人称呼年终的联席会叫过堂。确实就是过堂，过一过而已，过了，就有了名分，就有了出处，就能够堂而皇之地说，这是联席会议通过的，就代表着江平市的最高意志。

对于大多数项目，居思源都没评论，只是说分管市长说了就行。只是到了最后组织人事部门汇报岗位责任制考评时，他才问道："干部双向考评怎么没汇报？"

"这……"组织部副部长陈焕望着居思源，又望了望程蔚林，说，"这个等年后再汇报。"

"不是所有材料都搞了嘛！为什么得等年后？"居思源继续道。

陈焕急红了脸，咕哝着："是搞好了，可是……"

"可是什么？搞双向考评，要的就是效率。你这还有效率没有？"居思源有些火，声音也大了。

程蔚林等居思源讲完，插话道："是我让陈部长暂不汇报的。原因是我们发现考评的技术操作上还有些不成熟，包括统分标准，特别是奖惩量化上，还有待于进一步细化。所以，想等年后再完善，结合这次考评，再一并汇报。"

居思源"哼"了声，显然，他对程蔚林的解释是不满的，但这是联席会，常委组织部长的发言也是值得重视的。他拿着手机，出来了。

彭良凯正在打电话，见居思源出来，赶紧压低了声音。居思源也没理会，拨了叶秋红电话，问："你和苏朗朗通话了吧？怎么定了？她到底是什么意思？"

"刚刚通了电话，正要向你汇报。她提出来要找三到五家企业协办一下。目标是在江平的巡演，能保证有一百万的收入。"

"这……总巡演成本是多少？"

"一百五十万。"

"这样吧，财政这边我来协调，拿五十万，但是她必须在宣传上有回报。你再和相关企业联系联系，给她争取一下。这事麻烦，我也很有想法。但是……毕竟也是宣传江平嘛！有问题，你跟我说，我来协调。这事渭达同志也清楚。"

考虑到下午还要开会，中午就安排了工作餐。稍稍休息，联席会议继续进行。下午主要讨论将要出台的市委的前三个文件，分别涉及农业、工业和旅游业。市委秘书长钱自兵先就三个文件的起草作了说明，特别强调因为时间紧，今年的三个文件，请示了徐渭达书记和程文远副书记，并征求了相关部门意见，由市委办牵头，组成了三个起草小组，完成了三个文件的初稿，提交联席会议讨论。这三个文件，其实也是承接往年一、二、三号文件来的，主要精神有延续性。至于具体政策上，参考了外地的一些做法。

接着，由秘书逐个宣读三个文件的初稿。

四十分钟后，初稿读完了。徐渭达说："请大家发表意见吧。年年都要搞一、二、三号文件，年年都是很伤脑筋的事。要出新，要出彩，办公室的同志付出了大量心血。今年的主题我提前看了，很有针对性，也具有延续性。至于内容，特别是一些政策的提出，大家多多发表意见。文件就是要磨，磨到一定工夫，才能成为好文件，才能真正地有指导性和可操作性。"

程文远接着道："我基本赞成三个文件的主体结构，对于一些提法，我想还要斟酌。"他接着数了七八个需要斟酌的地方，包括一些数字，还有涉及的奖励等。

其他常委也都陆续发言了，大同小异，只有向隽说三个文件对江平当前的经济发展态势把握得不是太准。江平经济发展的方向正在转轨，作为市委文件，应该对此有些反映并且能提前提出思路。

向隽的发言在联席会上分量是不重的，她是挂职常委。所以她虽然有意见，也只提了原则性的，没有展开。徐渭达道："向隽同志的意见很不错。要有前瞻性，这就要我们站在全市全局的高度来看问题。请写作班子再认真思考，把问题分析得透一些，立足点站得高些，使文件更有江平特色，更能指导实际工作。"

居思源一直听着，也没插嘴。对于三个文件，会前钱自兵已经让人送了份给他。他看了看，就打电话给钱自兵，说：这三个文件很不成熟，不宜在联席会议上讨论。但钱自兵说，这是徐渭达书记的意见，已经定了。居思源便没再说什么，他想讨论下也好，正好借此机会，说一下自己对江平下一步发展的一些想法。这会儿，大家都说了，居思源便转动了下杯子，徐渭达正望着他，他点点头，说:“刚才大家对三个文件都发表了很好的意见，我觉得都可行，也很有意义。在之前，我已经看到了三个文件的初稿，结合刚才大家谈的，我想讲三点。一、对于这三个文件的总体印象，我觉得首先是拿得不准。农业、工业和旅游业是江平连续三年来三个文件的主体，发展农业、工业和旅游业，没有错。不仅没有错，还要加大力度。但是，江平现在的发展，还需要更新的思路，更高的目标。因此，我觉得这三个文件，第一和第二个完全可以合并成一个发展经济的文件，另外再加一个二号文件:大力发展文化产业，打造文化强市。文化是软实力，全国都在提高对文化的重视度。江平是历史文化名城，文化资源丰富，文化文章大有作为。最近我到北京，跟文化部的同志谈到文化一条街项目，他们说这是将来国家资金扶持的方向。二、我觉得市委如果要硬拿三个文件的话，除了第一个发展经济，第二个推进文化产业，第三个我觉得应该在干部队伍建设和作风整顿上出台一个文件，结合干部双向考评、岗位责任制考评和其他考评，制定出一套行之有效的考评体系。真正地起到治庸、治懒、奖勤罚懒;提倡开拓，反对守成意识;提倡开放，反对小农意识;提倡思考，反对僵化意识;提倡建功，反对平庸意识;提倡实干，反对浮华意识;提倡朴素，反对自私意识。

“因此，我以为:这三个文件应该重新起草。与其出台这样不成熟的文件，不如不出台。”居思源最后又补了句，“干部作风问题是重中之重，是江平能否发展的根本。不仅仅是文件起草者，我们在座的都应该好好反思，干部抓不好，我们一切再好的思路都是空谈。”

满场无声。除了喝茶的声音和钢笔在纸上摩擦的声音，还有发短信的按键声外，其他声音都消停了。

良久，徐渭达才道:“既然思源同志这么说了，三个文件就等年后再开专题会进行研究吧。下一个议题!”

第14章　送礼是门学问

最近两天，市政府的办公大楼里，市直各单位的头头脑脑们出现的频率比以往任何时候都高。这些头头都无一例外地夹着个公文包，匆匆地来，匆匆地去。在走廊上碰见了，彼此打个招呼，心照不宣。市长们的办公室都是关着的，偶尔一开，必定是有人出来了，马上就有人再进去。而且，领导们的素质毕竟不同于一般百姓，秩序井然。谁都不会插队，谁出来了，必定要朝外面的笑笑，那笑里有轻松，有的尴尬。外面人就知道了，谁的事办成了，谁的事没办好。

年年都有年节。年节，自然成了市委、市政府机关的风景。

在这道风景里，来来往往的，都是些上得了台面的人物。现如今时代发生了变化，年节文化也与时俱进。以前，每到年节，各单位、各部门都忙着买东西，夜晚里，开着车子往领导家送。领导家往往有人，结果就是黑暗中藏着车子，瞟着领导家的大门。待一拨人走了，便猛可里进去，送了东西再速速出来。出来时，在门口就经常与第二拨人撞了个满怀。这样的方式显然比较落后，既浪费时间，也不隐蔽，而且送东西带来的最直接的后果就是给领导添麻烦。领导怎么处理？往哪儿处理？送礼就是门学问，总有人在这方面认真钻研。最突出的成果就是不往领导家里跑了，改成办公室。方便、直接，也不给领导添后续麻烦。公文包揣上若干个信封，每个信封里又装上若干红票子。进了领导办公室，先当然是以工作为主，稍事汇报。接着就拿出信封，伸手递到领导桌上放着的文件下。然后以迅雷不及掩耳之势，在领导要退还信封之前退出其办公室。如此多么得当，又极其私密。不过，近年来在江平官场上也颇出了几个有关于此的笑话。说某局局长到原市长吉发强办公室，汇报后照例掏出信封，放在桌上便走人。可是出门上车查看，才知道信封拿错了。给市长的原来是给政府秘书长的，信封厚薄不同，实质相差巨大。这一惊让此局长后悔不迭。第二年初人事调整时，此局长即被调往一冷门单位任党组书记了。人问其故，答曰：信封害我也。另一事听来有些荒唐。某局长找市委某书记想调整岗位，匆忙中将送给市长的信封送给了书记，而要拿的是该信封中另附有一封给市长的信，其中表达的对市长的忠心，足可感天动地。书记不仅退回信封，且在干部大会上几乎是点名批评。此公岗位不仅没能调整，在原单位也由行政一把手变成了党组一把手。虽然都是一把手，但谁都知道，到了党组一把手的位置上，就是半退了。行政首长负责制是个前提，你党组还能干预多少？

不知道是江平官场对新任市长居思源还不太熟悉，还是早已听说他在省厅向来不太喜欢受礼，来来往往在政府大楼里穿梭的局长、县长、区长们，却很少有人去推居思源的办公室门。只是到了下午，杨俊才瞅准了居思源从外面回来的机会，进去了。

居思源正在凝神看文件，杨俊进来，他并没有抬头。杨俊喊道："居市长！"

"啊！"

"两个事给市长汇报下。"杨俊停了停，见居思源依然低着头在看文件，便道，"一个事是上次联建集团那块的事……"

居思源抬了头，问道："又怎么了？"

"有人向国家局写了举报信，我听内部消息，年后国家局可能要到江平查。"

"是吗？你说说，那块地到底怎么回事？是不是仅仅把工业用地改成了商业用地？"

"是这样的。那块地本身拍卖时是作为工业用地的，规定了地的用途，而且有规定，每亩地的工业产出率不得少于三百万元。这都不是问题。问题是这些地当初从老百姓手里征来的时候，明确了是搞工业开发的，而且相应安置一部分失地农民。后来改成商用后，联建在上面开发了联建小区，那些被征地的老百姓不干了，就不断有人举报。大部分举报材料都转到我这了。还有到了北京的，这次就被盯上了。"

"你准备怎么办？"

“这个……所以向市长汇报。我想这事要解决，而且要尽快解决。但怎么解决呢？政府可能要拿个意见。关键是那些被征地农民，他们不闹事了，这事就了了。至于国家局那边，我们马上写个报告，通过省局递上去，尽量让他们不来。来了，或者再想办法，应该能……”

居思源手里拿着铅笔，不断地转动着，然后道：“这事，我看这样，你跟开发区和跃进同志商量下，就说我的意见，请他安排这些失地农民到开发区就业。同时，将报告尽快交到省局，注意不要造成负面影响。”

“那好，要不要请市长给方跃进方主任说一声？”

“这个你跟石生秘书长一道过去。我就不再说了。”

杨俊道：“那就按市长的意见办。明天我就到省局。另外还有件事……”

居思源将看过的文件摞了摞，杨俊接着道：“市长的那个同学，赵林赵总，前几天特地过来了。他说不要打扰市长。他说想拿几百亩地，办个藏药厂。”

“藏药厂？这赵林还挺会折腾的嘛！要多少地？”

“三百亩。”

“啊！你们的意见呢？”

“这个项目虽然他们说了，但并没有实质性的内容。我跟赵总说要作为招商项目先期签约，然后才好拿地。”

“这个项目暂缓一下。以后再说吧。下次要是再找到你们，让他来找我。”

“那行。”杨俊说着就起身，身子向门边移了几步，从包里拿出个信封，迅速地放到办公桌上，转身便走。居思源喊道：“回来！”

居思源喊的声音不大，却透着股不可抗拒的力量。杨俊转了身，愣在那儿，脸上的笑容僵着。

“拿回去。”居思源将信封放到桌子角上，然后低头看文件去了。

杨俊一下子陷入了难以名状的尴尬之中。但是，他迅速反应过来，伸手拿了信封，什么话也没说，转身开门出去了。

居思源端起茶杯，边喝茶边走到窗前，看见杨俊正在上车，他摇了摇头。然后打电话让马鸣请华石生秘书长过来，同时请市委秘书长钱自兵也过来一趟。

不一会儿，两边的秘书长都到了，居思源说:“喊你们来就一件事，马上给各部门、各单位以及县区主要负责人发一个文件，要在明天上午前送达。内容就一项，最近我看两边大楼都挺热闹。其中的原因你们也清楚。这很不正常，而且是明目张胆了。文件上要明确告诉他们：从明天起，谁要再到两边办公大楼送礼，一律党纪政纪处分。决不姑息！”

华石生挠着头发，钱自兵笑着，说:“也是。市长发现问题很尖锐。这个情况确实有。发个文件强调一下很有必要。我看这文件要尽快，另外在发文之前，先通过短信系统，给全市领导干部提个醒。”

“好，你们去办吧！”

钱自兵和华石生出了居思源的办公室，便转到华石生办公室，点了烟，华石生道:“思源市长这……”

“好啊，好！”钱自兵一边点着头，一边在心里想这事到底要不要请示下徐渭达书记。如果请示，徐渭达同意的可能性很小，但反对的可能也是不会有的。毕竟这事涉及当下官场最敏感的两个字：送礼。换言之，这事涉及腐败，谁都不会支持也更不可能公开来支持。居思源让发文件，如果徐渭达不同意，那就意味着徐渭达纵容了年节跑两边大楼的这种行为。一个市委书记纵容这种行为，那如何向老百姓交代？要是网上传出去了，岂不不妙？不过，钱自兵也明确地知道，这事会让很多的领导不快活，也会让很多的局长、县长、区长不快活。本来很简单地跑跑办公室就能解决的事，现在不行了，得重新回到跑领导家里的时代。送礼效率大大降低，而且也有被曝光的风险。“送礼这玩意儿很古怪，”钱自兵跟华石生道，“都是风气。怎么办？唉，发文吧！”

一般在官场上，是很少对领导干部廉洁方面的问题进行讨论的。这是官场语言的禁区。说到廉洁，要么在材料上，要么在会议上，要么在演讲中，要么在报告里。同时，这些涉及廉洁的内容和字眼，都是泛泛的，很少能同具体的人和事想联系。而具有讽刺意味的是，一旦这两个字与具体的人联系起来，这人要么就是故去了，要么就是进去了。反正很少有在职的干部，实实在在地与之有联系的。因此，在谈到这方面内容时，大都是一带而过。不讨论，不议论，万言万当，不若一默。

钱自兵抽完了烟，准备告辞，华石生拉住他，问道："居然山庄那边的事怎样了？"

"我哪知道？"

"啊啊，当然，当然。这事我也只是听说，好像文远书记也……"

钱自兵警觉地朝门外看了眼，又轻声道："石生哪，这事可不能随便说。上周，文远同志在办公室还发火，说外面有人在谣传他是居然山庄的背后的人，说这纯粹就是无稽之谈嘛！文远同志很注意这个。江平这边总是难得安静哪！"

"查居然山庄其实也是大环境，中央都要搞扫黄打非了。像这样大规模的，怎么能不扫？只是这事，最好不要无限制地延伸下去，搞得人人自危，那就……"

华石生说完叹了口气："渭达书记也是要走了，估计他大概不会在这事上多说话了。"

"那自然。"钱自兵笑道，"最近渭达同志跑省里跑得多，江平的事大都由思源市长定。很多事，他也是睁一只眼睛闭一只眼睛的。他是想求得平安，好痛快走人。也是啊，在江平待了这么多年，市长都送走了好几届，再不走……老是待在一个地方，难免会出问题的。根系太深了嘛！"

"不知省里对江平人事这一块，定了没有？"

"不清楚。这事除了渭达书记和思源市长，谁知道？"钱自兵掏出手机，接了个电话，说自己不在办公室，正在政府这边有事。放下电话，他问华石生："上次思源市长老父亲病了，去了吗？"

华石生支吾着，说："老爷子九十岁了，不简单。"

"知道吗？听说思源市长将所有去看望人送的东西全部交给了市纪委。市纪委专门派人到省城拿了。这事目前只有纪委那边和渭达书记知道。可能年后，思源市长要就此事在会上说。"

"是吗？我没听说。不过，这也太……"

两个人不再说话，彼此摇摇头。钱自兵回市委了；华石生给杨俊电话，约好了一道去开发区。正要上车，一大群人进了市政府。华石生瞅一眼就明白了，就是毛纺厂的那些上访职工又来了。上次居思源市长接访，说好一周内给这些职工一个答复的。现在正好一周，他们想必是为这事而来。他赶紧上前拦住，问:“你们……”

“我们来找居市长。上次说好一周解决问题，现在怎么一点声音没了？这市长不是欺骗咱们老百姓吗？”为首的人大声道。

“市长说了，但也得有时间。这事李市长正在协调嘛！”

“协调？都协调好几年了，有什么用？今天我们非得要弄个明白，江平市政府到底能不能解决我们的问题，如果不能解决，我们就到省里去。省里不行，我们就去北京。我们不相信这事永远都不能解决！”人群中的声音越来越多，也越来越大了。

华石生也提高了声音:“大家要相信政府，相信居市长。这事很快就会解决的，大家请相信。”

“我们不会相信的，我们怎么相信？”

突然，人群一下子静了下来。居思源正站在政府大楼的台阶上，问:“怎么回事？”

华石生脸上显得有些无奈，摊着手，说:“毛纺厂的。”

“啊，是养老金的事。这事不是交给李远同志处理了吗？李市长呢？”居思源问华石生。

“李市长正在会议室开会。”

“请他马上过来。”

人群中有人在议论着，大多数人拿眼望着居思源。对于这些老百姓来说，能当面见到一个正厅级的市长，次数屈指可数。居思源下了级台阶，马鸣赶紧站到了他的身边。马鸣是担心老百姓一旦冲动起来，保不住要向市长动粗。以前，吉发强当市长时，有一次就被上访群众给堵在车子里，足足有三小时，连公安来了也没办法。居思源问站在前面的一位六十多岁的老人:“住哪儿啊？”

“住？南街。老街，破得不成样子，听说政府要修文化一条街，一直也没动静。我们不知到死，能不能住上新房子。”老人话说得有些悲怆。

居思源道:“能，一定能。我问您，要是南街真搞拆迁，修文化一条街，你们怎么想？”

“那当然好。我们没别的想法，也不要政府的补偿，只要有新房子，也不太偏，就可以了。当然，要是能在老街上再有个门面，做点生意，那就更好。”

“像这样想的能有多少？”

“大部分人都这么想。那老街说是历史，可是现在是住人的。人不能老住在历史里的。住久了，就发霉、发烂了。市长，您说是不？”

“当然是。不过我可以告诉大家，快了。江平文化一条街项目已经正式被上面批准了。明年年初，政府将着手开始这一项目。到时还请大家多支持啊！”居思源说完，李远也到了。居思源问：“毛纺厂的事解决了？”

“啊，这……”李远笑了下，说，“正在解决。关键是有关证据的问题。我们已经查到了原来企业的法人现在的地址，年后将组织人去解决。”

“年后？”居思源问道。

“只有年后了。”李远说，“年内没时间了，居市长。”又转头对人群道：“大家不要再来政府了，这事解决也得有个过程。你们来，就能快一点解决？不能嘛，还是要按程序。政府办事，跟你们自己办事一样，也不容易。大家以后别再来闹了。”

“我们闹？谁闹了？”人群中马上有了声音。

李远还想辩白，居思源道：“李市长，不要说了。这事，李市长正在牵头办理。既然李市长说了，就给李市长一点时间，好吧？”

“看在居市长的面子上，我们走。”人群渐渐散去，居思源将李远叫到办公室，问到底怎么回事。两条，如果找到了原来改制后的负责人，必须要求将养老金一次性补齐。这个可以请法院参与。如果找不着，要鼓励职工们起诉，通过法律途径来解决。政府这边也要做好工作，必要的时候，协调相关部门，先给到龄老职工发放养老金，再寻求彻底解决问题的办法。

“任何事不能拖拉，你唬得了老百姓一天，难道能唬得了一年？”居思源显然有些上火，语气也不那么好听了。

李远涨红着脸，说：“这事确实有些复杂，我会按市长的意见去协调的。”

出了居思源办公室，李远没有直接到会议室，而是去了华石生办公室，劈头就问:“这事怎么就搞到思源市长那儿了?”

“这……李市长，是这么回事。我正在下面跟这些人交涉，思源市长就一个人下来了。大概是听到了他们吵闹的声音吧!”

“胡闹，就是胡闹嘛!”李远丢下句话，快步走了。

华石生回到椅子上，心想这李远现在也该心里窝着气。自从高捷出事后，李远在政府这一块，事实上就充当着常务副市长的角色。另外从江平现在的副厅级干部中，李远也是极有希望进入常委班子成为常务副市长的。程文远在政府暂时主持工作期间，大大小小的事，李远说了算。居思源来了后，李远虽然也排在政府第一个副市长的位置上，但因为没有明确常务的身份，便有些失落了。特别是居思源这个市长的态度，明显看得出来，他并不把李远放在常务的位子上来对待。最近省里又明确了向铭清到江平来当常委、常务副市长，这对于李远来说，不啻于当头一棒，整个人蒙了三四天，才慢慢缓过神来。缓过神来的李远知道，自己在江平的前途几乎是结束了。按部就班地再当一任副市长，然后转到人大或者政协当个副职，便是他将来的官场生涯。他不甘心，但是，又能怎样?李远最近也几次跑省甚至到了北京，想通过关系做一些工作，但是，收效甚微。本来，徐渭达对李远也还是不错的，不知怎么，自从居思源来了后，徐渭达突然像泄了气的皮球，不再有以往的那种神气了。有人说徐渭达这是在玩手腕。徐渭达现在要的不是在江平呼风唤雨，而是要到省城，到副省级的位置上去。他既要平稳地落地，又要落得实在，落得光彩。明哲保身，是当官第一原则。徐渭达是深谙此道的。也正因为如此，对于李远，徐渭达不可能再多下工夫了。同样，对于居思源，徐渭达是看着他的将来，而不是仅仅看着现在的。

手机响了，杨俊打来电话，问:“秘书长怎么还没到?”华石生说:“哎呀，忘了。刚才正要出门，毛纺厂的那些人来上访。处理到现在，我马上就过去。”

居思源处理完手头的文件，正在喊马鸣一道去桐山。早晨，李朴打电话过来，说桐山昨天晚上下了场大雪，山上许多山核桃的苗子都被冻死了，很多农民看着被冻了的苗子都哭了。李朴说:“本来这些苗子中有些明后年就可以挂果了，老百姓把它们当做儿女一样地待着，可是现在……”

“别急。”居思源告诉李朴，“现在的当务之急是想办法进行补救。要请专家。资金问题不行，我请财政给你们协调。”

稍后，居思源给省农大的汪校长打电话，请他支援搞山核桃研究的教授，到桐山跑一趟。又告诉财政局魏如意局长，立即给桐山财政联系，先行拨付一些支农资金，用于桐山山核桃基地度寒。

马鸣刚过来，居思源正要走，叶秋红来了。

叶秋红手里也拎着个包，还拿着一大卷图纸。

居思源一看脸就有些沉了。难道也是……他没说，叶秋红道：“市长这是要出去？”

“是啊，到桐山。”马鸣答了句。

“啊！那我要先占用市长三分钟时间了。”叶秋红说着，马鸣已经出去了，顺手将门掩了。居思源道：“说吧。”

“这是文化一条街的设计图。”叶秋红将图纸展开来，介绍说，“这是请同济大学设计院设计的。总投资七点二亿，一期工程投资三点四亿。计划年后就开工。资金上先动用项目资金，另外请财政这一块给些配套。同时，我们开始对外招商。有两件事要市长定。一是年初开工的拆迁问题，可能要早着手安排。二是黄千里那边的投资，他有意向，不知政府怎么考虑？”

居思源略微考虑了一下，道：“拆迁这一块由政府来负责，开年后立即着手。至于投资，我同意你的方案，黄千里的投资可以要。钱都是一样的嘛！这个你先跟他谈。”

“那好，有市长这调子，我就放心了。”叶秋红说完，从包里拿出一只小盒子，递给居思源，说，“这不是给市长的，而是给市长女儿的。我上周到海南，看见一只水晶的小挂坠，挺适合小女孩的。带回去，看她喜欢不？”

“哈哈，你也……好，行，替淼淼谢谢你了。”

居思源和叶秋红一道出了办公室，迎面碰上建设局局长劳力。劳力大嗓门，道：“市长和叶局长一道啊？”

居思源没说话，劳力又道：“市长，有个事想汇报下，就一会儿。”

“说吧。”居思源边走边道。

"这……到您办公室说吧！"

"就这！"

劳力有些为难，叶秋红笑着道："居市长，那我先走了。"

居思源停下了步子，稍稍迟疑了下，又回到办公室。劳力跟进来道："居市长，春节了，这……"

"不用了。劳局长，拿回去吧。如果不想让我跑一趟纪委的话，就……还有事吗？"

劳力一时愣住了，大张着眼，说："没……没事了。"

"那好，我得走了。"

居思源直接出了办公室，上了电梯。劳力一个人站在市长办公室门边上，脑门上流着汗。这么多年来，他跑过多少办公室，见过多少领导，可这是第一次被如此直接地拒绝了，而且拒绝得没有一点余地。虽然他早就知道居思源在省里时，就很有些特立独行，但没想到特立独行到如此地步。那么，上一次居老爷子生病，江平那么多干部都去看了，居思源又作何解释？难道真的如外面所传的那样，居思源让纪委的人去省城将所有的钱物都带回来了吗？劳力觉得这至少有些让人不大可以理解。这样一个物欲横流的世界，难道还真的有……劳力下楼上了车，一路上都在想着：居思源也许是极力地想达到一种效果，或者说要在江平形成一种影响，那就是一个相对正直的，或者说是清廉的领导形象。可是，那内在里呢？居思源这样一个出身于高干家庭的官二代，他从一出生，事实上就携带了不可避免的印记。也许，居思源的努力和与众不同，就是一种对出生印记的反抗。但是，这有必要吗？那么美丽的资本，有多少人能够企及呢？

或者都只是表面，那么，真实的居思源又是……

劳力闭上眼睛，晃了晃脑袋。然后让司机将车开到市委，直接到程文远副书记办公室。一见面，就道："程书记，你看看，这个居……市长也太……知道吧，听说他正在查居然山庄……"

程文远朝劳力白了眼，然后道："瞎说什么？谁在查居然山庄了？更别提居……他会吗？也不用脑袋想想。"

"那是，那是！"劳力点着头，又轻声道，"我是怕他醉翁之意不在酒，在……昨天晚上我跟黎子初在一块儿喝酒，他急得都没了方寸。他听内线人说，确实有个调查组在江平，但神龙见首不见尾，找不着。连彭也……"

程文远用手势制止了劳力的话，问:"跟你说的那几个工程的事都弄好了吧？搞清爽一点。"

"都搞好了。放心，程书记！"

程文远抬着头:"我就是不放心你。两会也快开了，最近要安静些。不要到处跑，更不要多说话。知道吧，以后也少到我这边来。至于居然山庄，别再跟黎子初掺和。有些事，少知道比多知道好。明白吗？"

"谢谢书记批评。"劳力说着，就从包里拿了信封，没说话，就放在桌子上，然后迅速出了门。

程文远也没说话，等劳力出去后，就将信封拿起来顺手掂了掂，然后放到抽屉里。接着，就拿起电话，拨给黎子初。电话响了好几分钟，仍然没人接。程文远很有些生气地将手机重重地放到桌上，嘴上道:"这熊货，又赖在女人怀里了。"

自从一个多月前，省城那边有人告诉他省里成立了一个调查组，到江平来查居然山庄时，程文远心里就一直鼓捣着。这两年，尤其是吉发强出事后，程文远多次找到黎子初，让他把有些事停下来，特别是对江平的那些下三烂的小混混，不要再管了，也不要再掺和了。可是黎子初说这么多年的基业，这么多年跟随着他，怎么可能一下子说甩就甩了呢？何况江平这块地盘上，并不是就他黎子初一个人，还有黄千里，还有老黑，甚至还有这三年刚刚起来的二苗子。这些人你一旦停下来，他们就上来了，他们要的是地盘，是生意，是市场。黎子初一般情况下是不与这些人明里来往和争斗的。他也很少直接出面干预事情，出面的都是另外一些人，像现在独立出来的老黑，原来就是黎子初的手下。前年，另外一个得力的干将歪头，被人捅死了，现在的生意就都靠明子负责。明子以前在北方的道上待过，胆大，心却细，干起事来让黎子初放心。居然山庄每年的收入，说到底也不是个大数，黎子初主要的收入还是得靠明子手下那一班兄弟去弄。程文远让黎子初散了这些人，自然不是一天两天的事，那不仅仅是散人，而是断了黎子初的财路。马喜在居然山庄死在小姐的怀里，其实对于黎子初来说，只是个小事，不想却被有些人放大了，搞成了大事，而且引来了省城的秘密调查组。共产党办事，向来是不查则已，一旦盯上了，就麻烦，就不容易消灾。黎子初命令明子他们最近少活动，特别是在车站、码头这些公共场所不要再露面了。损失就损失点吧，总比被端了好。

但程文远还是放不下心。黎子初当初从县里辞职到江平来，是程文远支持的。后来的很多事，都能扯得上程文远。虽然平时，程文远并不太明着与黎子初来往，但在江平，官场人都知道程文远就是居然山庄最尊贵的客人，甚至就是居然山庄真正的主人。

这是要杀头的事啊！

程文远想着又叹了口气，然后拿起电话，给在省公安厅工作的老朋友打电话，问最近有没有新情况。这老朋友似乎正在开会，支吾着，好久才说："没什么，听说调查组撤回来了。不过也只是听说。"

"那人回厅里了吗？"

"没有。据传调查组的人都不是从厅里抽的，而是由厅直接从各市局抽的。因此，名单谁也不知道。"

"那或许还在江平呢？或者是因为过年了，暂时退出去了？"

"都有可能。"

"唉！知道这事是谁给于厅说的吗？"

"似乎是居……但也难说。我这有人，下次再说吧，哈哈！"

电话挂了。程文远一屁股坐下来，椅子发出吱呀的声响。这椅子也有些年头了，一到了冬天，就叫唤。而且，它还像明白人的心情似的。你心情不好时，坐上去，它就吱呀地叫；你心情畅快坐上去时，它就脆脆地叫。有几次，程文远听着心烦，想让办公室给换了，但转念一想，又没换。这椅子也是一种提醒，告诫他要善于将心情隐藏起来，尤其是在这风雨之秋，在这多事之年。

黎子初电话来了。

程文远让他到大富豪去，十五分钟后他要过去，有事面谈。

大富豪 808，是专门给领导干部和社会名人留着的，一般情况下不对外。

程文远车快到时，黎子初告诉他是808。他马上让黎子初退了，随便找一个房间就行，不要太显眼，然后他让司机先回去，随时等他电话。

黎子初将房间改到了902。程文远到的时候，他正在房间打电话，似乎是在骂谁，见程文远来了，赶忙放了电话，关上门，问:“有急事！程书记。”

程文远黑着脸。

黎子初心里更没底了，又问了句:“出事了？”

“这倒没有。”程文远话音一落，黎子初松了口气。程文远道:“山庄最近有什么动静？你的人没出去乱动吧？”

“山庄基本是按照书记的要求，处于半停业状态，所有杂人都让她们离开了。目前，山庄内是一片干净，连洗头的都没有了。至于明子他们，我让他们也暂时停了活儿，有两个我还请他们出去暂时避避。”

“我担心的不是这个，是那几个工程。我让劳力将有些事处理了，你这边那个高速的项目，那两个死的人的家属都安顿好了？”

“都安顿好了。一家已经全家外出打工了。另一家虽然没走，但想也不敢有什么……”

“子初啊，你不能老是想着用黑道上的办法来解决问题。你是县干出身，得讲得策略。他们是自己愿意出去的？或者说，现在心里就服了？如果没服，倘若上面调查组一到，他们能不站出来说话？这些你想过没有？吓他、打他，解决了一时，解决不了根本。这事趁着春节，好好地处理一下。你自己要亲自出马。告诉他们高速项目是国家的，出了那样的事，你也不想看到，都是那些具体办事的人搞出来的，方法不对，思想更不对。你要道歉，要拿出具体的行动，让他们心服口服，至少是口服。”

“这……好吧，我试试看。”

“不是试试，就得认真去办。还有那个跳楼的女孩子事情也全了了吧？”

“那事好办，她家只有一个娘，上面有个哥哥，是个傻子。我让人从外面找了个也有些傻的女人，给那哥哥做了媳妇。事情就完了，一家人还很高兴。”

“关键是外面人怎么想。没有流出去吧？”

“应该不会。出事后就封锁了。连山庄里知道的人也只有几个。何况那女孩家还在老山里，八竿子也打不着的地方，谁知道？”黎子初说着，脸上稍稍有点得意。

程文远依然黑着脸，说：“不要侥幸。现在有些人是唯恐天下不乱，就想找碴儿。特别是那些经常在网上的人，像什么参商。他最近发了好几个帖子，就提到了这事。你啊，不能老是盯着山庄，盯着那些钱，要眼光看远些，看宽些。也上网查查嘛，不行，可以通过其他方式，找参商这个人见见面。当然，千万不能有过激行为。网络的力量大啊，子初，千万不能胡来。”

黎子初笑着道：“这名字古怪，人，程书记认识？”

“不认识，谁也没见过。在网上，这叫水军，也叫意见领袖。了不得的。”程文远看看表，十一点多了，就说，“让他们送点饭菜来，我中午就不走了。你有事先忙去吧。”

黎子初说：“好，我就去。”

十分钟后，服务员送来了饭菜，外加一瓶洋酒。程文远想这黎子初想得倒挺细的，只是他中午不能喝的，下午全市统战工作座谈会，他得讲话。他将洋酒拿起来看了会儿，然后放下。像这样一个人在大富豪房间里吃饭，对于他不是第一次了，可能有上百次了。与其说他喜欢这难得的一个人气氛，倒不如说他十分地不喜欢回到那个死气沉沉的家里。

十二点半，程文远刚刚洗了个澡，就听见门铃响了。开了门，一个模样清秀的女孩子说：“黎总让我过来的。老板好！”

程文远没说话就回了头，身后，女孩子进了屋，随即，轻轻地反锁上了门……

第15章　失去保护伞，干部子弟也得收敛

刚刚过完年，江平市的两会及换届选举工作便启动了。与此同时，文化一条街项目也正式立项，并开始了前期的拆迁动员。整个拆迁工作由市政府秘书长华石生负责，文化局局长叶秋红和建设局局长劳力协助。居思源专程参加了拆迁动员大会，并且亲自到徐渭达办公室报告，请徐渭达参会并发表了讲话。徐渭达说："思源啊，你这一招生猛哪！把我这个市委书记也给架进来了。"

居思源笑着说："怎么叫架进来？渭达书记，文化一条街项目是在你手上提出来的，现在能在你手上正式动工，难道不是渭达书记的愿望？我知道渭达书记的心里是乐意的。市委发话，政府来具体操办。这样，渭达书记放心了吧？"

"放心当然放心，"徐渭达说，"不过，现在拆迁是各地发展不得不面临的大问题。不拆，很难发展。拆，矛盾也多。这事要做细啊！思源哪，你在江平才刚刚开始，可千万别……"

居思源说："请渭达书记放心，我就是不为我居思源着想，也得为你渭达书记着想嘛！"

在文化一条街项目区的所有家庭都参加了动员大会，会上，华石生宣布了市委、市政府关于开发文化一条街项目的决定，同时对具体拆迁方案作了解释和说明。应该说，老百姓最关心的其实不是拆与不拆的问题，而是拆了后他们怎么办、怎样补偿的问题。这一点，在春节上班的第二天，居思源就召集相关部门做了研究，按最高限额每平方米四千元进行补偿或者以一补一进行实物补偿。同时，规定了早交钥匙的奖励制度，每早交一月，每平方米奖励一百元。迟交则不给奖励。为这政策，居思源特别提议召开了一次联席会议，大多数同志认为，补偿太高了，或者说一次性补偿到位太实在了，没有回旋的余

地。李远就认为，补偿额度可以再下降十个点，而且可以先提一个原则性补偿意见，听听老百姓们的反映，才出台具体措施。程文远更是认为，对这些拆迁户，有两种方法，一是不拆他们的，本来文化一条街项目就没有多大意义。与其如此大的投资拆建文化一条街，不如在开发区划一块地修一条街；另外的方法就是以最低的成本来完成拆迁。老百姓的胃口最大，满足不了，你一开始给这么高的补偿，事实上是等于把政府推到了风口浪尖上。将来你下不来，老百姓还得看你笑话。程文远最后阴沉着声音道："不要指望这些老百姓觉悟多么高，中国嘛，民主是得有进程的。同样，对待拆迁，就不能太照顾民意。太照顾了，政府怎么办？当然，总体上我对文化一条街建设持反对态度，我保留个人意见。

市委副书记保留意见，很快引起了部分其他联席会议人员的附和。好在会前，居思源已经同徐渭达统一了意见，因此，居思源态度强硬，明确表示："会议不是讨论这个项目该不该做，而是讨论怎么做。任何意见都可以说，任何意见都可以保留，但任何人必须服从最后的决定。"

程文远呼地起身，直接往门外走去。因为动作幅度过大，桌上的杯子被他的衣角扫到了地上，发出沉闷的破碎声。

最后的意见自然是通过。不仅仅是重建文化一条街，还有先期研究的补偿方案。会后，李远找到徐渭达，说："如果都这么补偿下去，以后政府还有财力搞建设？那就成了补偿政府了。"徐渭达笑笑，说："李远同志啊，你的想法是对的。但是，具体项目要具体对待嘛！啊，思源同志既然都定了，就积极协助他搞好工作。啊，好吧！"

动员大会也请了程文远，但程文远借口另外有事，没有参加。开会前，居思源到会场外走了一圈，在人群中瞥见一个有些熟悉的面孔，但一闪就不见了。他使劲地想了很长时间，也没想起来这是谁。那面孔有些苍老，也有些执著，但是，依然显得凌厉和有个性。那是谁呢？一直到开会时，居思源坐在台上，还不断地朝底下人群中张望。可是他再也没看见那张面孔了。他可以确信：那张面孔并不是他到江平后熟识的，而极可能是从前就熟悉的甚至印在他脑海里的一张面孔。那么，他到底是谁呢？

会场里先是一片吵闹，接着是少有安静。特别是华石生宣布相关补偿政策时，底下静得连针掉到地上也能听见。老百姓关心的是什么呢？当然，他们也关心国家大事，也关心朝代更迭，也关心党风党纪，也关心国家重点工程，也关心大地震、大水灾，也关心教育、民生、道路与利息及股市，但他们更关心的还是落在实处的与自己密切相关的政策。他们恨不得将耳朵支起来听着，有的人甚至向前倾着身子，似乎要一直地听到主席台上来……

政策读完了，底下先是继续的沉默，接着，声音像突然苏醒了一般，全部站了起来。这些声音从不同的人的嘴里发出来，有的轻缓，有的急促，有的有力，有的清淡……这些声音全部汇集到了主席台上，居思源和徐渭达交换了下眼神。徐渭达的眼神里有忧郁，而居思源的眼神里则是坚定与一种显得有些攻击性的锋利。

李远问:“居市长，不讨论了吧？”

居思源点点头。

李远就宣布:“请市委副书记、市长居思源讲话。”底下的声音又一下静下来了，静得像一张网，完完全全地罩到了居思源的头上。

居思源没有清嗓子，也没有习惯性地喝口茶，而是直接道:“今天的动员会请大家来，事实是只有两件事:一是宣布市委、市政府作出的开发文化一条街的决定；二是向大家交代市委、市政府出台的补偿政策。我看大家刚才听得都很认真，因此，我觉得我再讲话也没什么必要了，提高认识，端正态度，不是对大家讲的，那是对我们的干部要求的。对大家，我只想讲三句话。第一句是，江平是大家的，建设文化一条街，就是建设美好家园。因此，大家辛苦了。第二句是，政府出台的补偿政策是一次性到位的，不会再提高，更不会再降低。任何人都一样。第三句是，政府建设文化一条街的态度是坚决的，刚才华石生秘书长宣读的文化一条街建设指挥部指挥长是李远副市长，我现在更正一下，李远同志任常务副指挥长，我亲任指挥长。欢迎大家以合适的方式、积极的态度、建设性的思考，向政府提出建议。只要有利于文化一条街建设，有利于让大家更好地投身到拆迁工作中来，政府都会认真对待，慎重研究。”

李远听着居思源一下子将他从指挥长降成了常务副指挥长，心里不是失落，而是高兴。现在这年头，干部怕拆迁已经成了公论。很多人说干部现在是风险较高的职位，其中涉及拆迁就是其一。全国一年算下来，成百上千的干部倒在了拆迁第一线，有的是倒在经济利益的驱动，有的是倒在腐败上，有的是倒在作风粗暴，而更多的是倒在了因拆迁引发的突发性事件上。拆迁户自焚、自杀、暴力抗拆，就算是干部，也很难想出两全之法……既能保证政策落实，又能让群众满意。太难了，太难之中很多干部就倒下了。中国的老百姓，你说不懂法，其实很懂。法，对于他们来说，似乎是需要的时候就懂，不需要的时候就不懂。而干部你必须将群众利益放在首位。因此就导致了对各种条件的不断放宽，老百姓因此看到了与政府抗衡的后果，其中的一小部分人便乐此不疲。这跟那个因为结扎问题而年年上访的老上访户的心态如出一辙。但这些话是不能公开讲的。某种程度上，干部正在向两极分化：一部分成了弱势群体，一部分成了腐败群体。

居思源讲完话，轻轻对李远道："具体工作下午就开始，办公室就设在老街那边的居委会。要抽调人员，其中要有司法局的干部，另外要有妇联的干部，女同志做工作有独特的优势。"

李远点着头说："好，按照市长意见，下午就开始。"

徐渭达的讲话是完全按照事先定的稿子读的。这样也好，市长讲实的，而书记来务虚，显出了市委和书记讲话的不同风格。会后，徐渭达还是将居思源找到办公室，告诉他："老街拆迁还是得小心再小心。你现在还是代市长，两会马上要开了，江平要的是团结和谐的气氛。这样不但有利于工作，也有利于你个人啊！"

"谢谢渭达书记的关心。"居思源说，"我来江平之前，就想到了，要在干部工作上有所突破，特别是治懒和治庸。组织部门提交的干部双向考评的结果刚刚出来，我马上将向渭达书记提交一个处理的建议。这个还得请渭达书记支持我。对于老街拆迁，我看关键是工作要做细，要做实，要做得让老百姓不仅同意而且能融入进来，这样也会为我们将来做类似工作提供借鉴。"

"你的想法很好。思源哪，省两会也马上就要开始了，你看……"

居思源知道徐渭达后半句话的意思，就道："渭达书记放心，应该是没问题的。渭达书记是众望所归啊！”

“哈哈，思源你也这么说？也这么说，哈哈！”

居思源也笑笑，然后哈哈几声，两个人的笑声，在徐渭达的办公室里显得格外有意思，如同两支交响的长笛，声音各怀目的，却又明晰地纠缠着。

笑着，徐渭达突然停了下来，问居思源：“流水的事情，你知道吧？”

“流水？”

“是啊，焦天焕的事，省厅很有些怀疑。可是没有证据，也没有线索。调查组可能要撤回去了。”

“撤？那……就撤吧，既然找不出线索，老是待在流水，也容易引起不好的影响。下一步，流水的县长也得赶紧配起来，不然，马上两会开着，不能缺了县长哪！”

徐渭达叹道：“黄松是个不错的同志，可惜……思源哪，你看流水的县长，让谁去合适？还是就地提起来？”

“这个，还是请渭达书记定吧？最好就地提，这样也有利于工作。”

“流水的副书记叶正笃不错，也当了四五年副书记了，年龄也合适。思源你如果没意见，就提交常委会过一下，啊！”

“好的，请书记定。”

居思源对流水的干部也不是一点不了解，从省厅下到江平来后，他到流水也去过四五次了。除了县委书记焦天焕、县长黄松，他见得最多的就是叶天笃。叶天笃年龄不算大，在县委副书记这个级别里，算是年轻的。不到四十岁，按县一级正常步骤，是非常快的了。叶天笃原来是市委办公室的副主任，后来直接到流水当副书记。从上面派干部到下面，这几年已经越来越频繁。省里派到市里，市里派到县里，县里又派到乡镇。乡镇干部可能是干部这个链条上最难以提拔的一层了。原因其实最简单，就是一条，上面的干部没有位子，只好下到底下挤占位子。名之曰：到底下锻炼，或充实提高基层。居思源这么想着，觉得自己其实也是。下到市里来，岂不也占了江平市干部提拔的位子？当然，这都不是个人的问题，这是组织的安排。既然是组织的安排，作为干部就得服从。叶天笃当初下到流水时，应该不仅仅是为解决级别，那时他已经是副处了。他应该想解决的是当县长。只是因为焦天焕和黄松的矛盾，导致了焦天焕在流水不得出来，黄松也就只能待在县长位上。现在，黄松出了事，叶天笃当县长，顺理成章。居思源心里不知怎的，竟然冒出个想法：黄松之死，不会跟叶天笃有关吧？

不会的，不会的！他立即否定了这个想法。从徐渭达办公室出来后，居思源在车上接到池强的电话。池强问姐夫什么时候回去，想跟姐夫说个事。居思源问什么事？池强说要当面说，电话里说不清。居思源说："那好，我后天到省里开两天会，到时见吧。"

池强要见面说的事，一定不是什么好事。这池强哪，唉，居思源想：池强要是有一半他姐的明理，那就好了。只可惜……

回到办公室，居思源掩了门，立即上网，他想看看网民们对文化一条街建设的意见。果然，帖子已经有十几层楼高了。他大概地看了看，大部分的意见都是赞成的，特别是对拆迁补偿这一块，有人说到是这么多年政府第一次真正将拆迁户放在尊重的地位上来考虑的。老百姓并不是不理解政府，而是政府不尊重老百姓，这次开诚布公，而且补偿合理，老百姓不仅会支持，还会积极地投入文化一条街的建设中来。他找了下，参商也发了帖子，只有四个字：拭目以待。

果真是意见领袖。这四个字一出，后面的很多帖子方向就改变了，有怀疑的，有嘲讽的，有期待的，有旁观的……不少人还举了例子，比如开发区拆迁，一开始也是说好了补偿的，结果等老百姓协议一签，房子拆了，很快就减了补偿。虽然不是明着减了，但从养老保险等方面东减一点西减一点，吃亏的还是老百姓。有网民还写打油诗：

自古政府大于民，
往往吃亏是小民。
政府失信是常事，
伤心总是咱人民。

深刻！居思源突然有一种冲动，他迅速地回了个帖子，写道：政府失信，因此才有老百姓对政府的失望。文化一条街拆迁正是政府亮出的充分尊重老百姓的姿态。请拭目以待！

中午，居思源和李远一道到大富豪陪水利部检查组，检查组一共十人，已经在江平市待了三天，跑了两个县，今天下午就将返程。作为市长，理所应当出面接待一次。检查组组长姓何，一坐下，聊着聊着，竟然发现和居思源的妹妹居霜认识。其实也不是太认识，是他的太太和居霜打过交道，知道居霜是个省委书记的女儿，所以就记住了。一说到这层关系上，何组长便端起杯子，敬居思源酒了，边敬边说："居市长是名门之后，果然风范卓荦。我们部里，我的一位老领导，曾经是居老的战友，后来是部党组书记。最近很多人都在议论官二代，我觉得这提法就有问题，应该叫红色二代，或者说革命二代。哈哈，居市长，你看……"

居思源端着酒杯子，闻了闻，却没立即喝下去，接着何组长的话道："其实都无所谓。二代只是个概念。不过，我觉得应该正视。这问题复杂，复杂啊！哈哈，何组长，来，我们喝了。"

何组长喝酒上脸，连脖子都红了。他边梗着脖子边道："从后天受到的教育和环境来看，红色二代比一般人要优越，要好。因此……"

"呵呵，何组长，这问题就……来，喝！这次看江平的水利建设，我们希望何组长多批评、多关心哪！"

"啊，批评谈不上，关心嘛，啊，整个看下来，成绩很大，但是，居市长哪，也还是有些不足的地方哪！资金的使用上不够规范，甚至有挪用。当然，这个我既然给居市长说了，回去就不再汇报了。江平能很快纠正的嘛，是吧？居市长，哈哈。"

"资金挪用？"居思源转送问李远："有这事？哪个县？"

"确实有一点，桐山，挪了二百多万，给山核桃基地建了滴灌系统。"李远说着，拿眼看了看何组长。何组长倒是红着脖子在笑，居思源说："是给山核桃基地了？这是好事嘛，不能算挪用的。现在我们的资金，当然是整体得跟着项目转。但是，有时候也得灵活一点。何组长，是吧？山核桃基地是桐山的重点项目，用国家资金建滴灌系统，是个相当好的做法。将最少的资金发挥了最大的效益。我看以后，何组长哪，对我们的桐山山核桃基地也还得多关注关注。是吧，何组长？”

李远没料到居思源会这么解释一通，何组长的脸色似乎更红并且往黑的方向发展了。何组长说：“水利资金是专款，就得专款专用。至于山核桃基地，那是江平的桐山县的产业，应该由当地财政来建设。”

居思源沉着脸，李远赶紧道：“何组长和居市长说的都在理。只是一个坚持了国家资金专款专用的原则，一个坚持了优先发展当地主导产业的原则，可以并行不悖嘛！来，来，我敬何组长和检查组的各位领导一杯。来！”

何组长端坐着，扭着头和边上的人说话，也不理会李远的提议。居思源先是身子往上伸了伸，接着又坐下了。坐了会儿才道：“何组长，来，大家喝了吧！李市长哪，何组长的批评要一字不落地转给桐山县委县政府，让他们立即整改，并且及时将整改意见报到部里，报给何组长。”

李远马上道：“好的，好的！一定将何组长和居市长的意见贯彻落实下去。”

居思源又看了眼何组长，说：“来，我们再干了这杯。下午请李远市长全程送检查组到机场。时间不允许啊，不然的话，应该好好请检查组到山区去看看。我们那里也还有很多风景的嘛！而且都是纯自然的，就是天然的氧吧啊！”

“市长客气，我敬市长！”何组长脸上挂着笑，要站未站的样子，居思源立即制止了，说：“喝了吧，以后江平的水利工作还得请何组长多多关照啊！”

酒席散后，居思源直接回宿舍。路上，对马鸣道：“别看一个处长，下来了，就是代表着部长。项目在他们手上。我以前在厅里也是。现在到了市里，才知道底下的艰难哪！”

马鸣说：“居市长以前在厅里，就是很亲民的。不像这何……如果不是碰上了居市长您这么豁达，也许……”

“能有什么也许？哈哈！”

车快到宿舍时，居思源接到了赵茜从北京打来的电话，说最近在一个公开场合碰到苏朗朗，“苏朗朗，你认识吧？”

"认识。在省城一道吃过饭。"

"啊啊，她是孙……好像跟江南的孙部长关系不错。上次我们见时他们正一道。"

"是吧？"

"她说将在江平搞巡回演出……"

"……有这事。我让文化局他们在办。"

"不简单哪！我听她的口气，对你居大市长印象很好呢！说你极品。"

"你也瞎说。什么时候回江南哪，找他们一块儿坐坐？"

"为什么非得找他们？下次我请你喝茶。"

"这……也好。"

"你保重啊！一个人在江平，千万少喝酒。不然，会有人心疼的……"

居思源握着手机，停了没说话。赵茜说："那就再见了，记着，下次喝茶。"

"再见！"

车子已经停了，居思源进了房间，拉上窗帘，躺在床上，赵茜的笑声就清晰地浮上来，如同一丛半开的茉莉，清香，而又遥远。

一周后，江平市继去年迎来代市长居思源之后，又迎来了市委常委、常务副市长向铭清。

向铭清正式到江平之前，给居思源特地打了电话，说自己很快就过去向思源市长报到。居思源说："咱们还客套什么，江平这边工作一大堆，等着铭清市长过来。"向铭清说："也是，本来早就应该过去的，但是春节前后太忙，这边厅里也走不开，因此就拖到现在。现在好了，该处理的事情都处理得差不多了，再不到江平，我怕思源市长要批评我啊！以后还请思源市长多关心多支持呢。"居思源说："是互相关心互相支持。来了就好，江平现在的发展势头不错，你从财政过来，有优势，相信铭清市长来了后，江平会更有发展。"

虽然这都是些官场上的客套话，但对于居思源来说，他的内心确实如此想。向铭清在财政厅干得怎样，居思源是清楚的。两个人从小在一块儿长大，"三岁看小，七岁看老"，应该算是知根知底的。向铭清当年四处闯荡，害得他那文艺女兵出身的妈妈逢人就赔礼。倘若向铭清当年闯荡惹祸的事惹的是一般人家，或许也没大事。但他恰恰喜欢惹那些比自己老爸官职更高的人家的孩子，结果可想而知，连他老爸也在生气发怒之外，跟着为儿子向人道歉。但印象中，向铭清似乎没有跟居思源闹过，倒是有一次，不知怎么地跟居霜较上了劲。他大概不知道居霜这丫头比男孩还男孩，最后是向铭清落了个罚请看电影的下场。居思源一般情况下不太和向铭清他们来往，偶尔有些走动，也是因为借书或者两家大人的走动而顺带参与的。向铭清后来到了财政厅，而且干到了副厅长，这让居思源，还有王河，以及孙浩然他们都觉得奇怪。但是，你不能不说，在当官这方面，向铭清有天赋，而且是大天赋。居思源还在省委宣传部时，向铭清就已是副厅级调研员。外面都传着向铭清很快要下到市里面，当市长；可是没有，他当了副厅长。有人说是向铭清舍不得财政厅这个好位置，也有人说是最后关头省委的主要领导发了话：向铭清这人有些不太稳当。居思源觉得如果主要领导真说了这话，那是对组织负责也是对向铭清负责的。副厅长这几年任上，居思源听到过多传闻，说省纪委甚至中纪委在查向铭清。当然最后都没有了声息。这次向铭清下到江平来，虽然是平级调动，但最大的原因可能还是他自己想脱了财政厅的干系。他在财政待得太久了，不说所有的事，只要一两件，查实了，那就是大事。向老爷子又离开了人世，他头顶上的黄伞没了，他当然得收敛收敛。

居思源的这些想法，在江平他只对叶秋红一个人说过。那次喝茶，叶秋红就说到即将到江平的向铭清，说同这人打过交道，不太好接触。居思源叹了声："说要是仅仅是不太好接触也就罢了，怕就怕……唉！"

叶秋红马上问："怎么了？"

居思源便简单地说了。居思源说完，续了句道："我不是怕他个人有什么闪失，是怕他来把江平这整个的官场给搅浑了。"

春节，正月初一。居思源正在老爷子这边忙活。向铭清却过来了。

小时候，向铭清没少到居思源家这边大院来走动，但这已经有十几年没来过了。向铭清带着夫人，夫人姓蒋，父亲早年曾是省纪委的副书记。一进门，向铭清就直奔居老爷子的书房，开口道："居老，还记得我小清吧？"

居老爷子正在拨弄他的仙人掌，抬起头，看了会儿，才道："小清？是老向家的？”

“就是，老爷子好记性。唉！要是我们家老头子还在，一定也得过来给老爷子拜年的。”向铭清说着，拉过夫人，说，“老爷子，这是小蒋，有印象吧？她父亲是蒋安之。”

“蒋安之？”老爷子又想了下，毕竟是九十岁的人了，想了会儿道，“这人倒是有点熟悉，在纪委吧？”

“就是！”小蒋喊了声，“居老！您老身体真的不错。我们家老爷子比您还小，可现在一直待在医院里，都三年了。”

“三年了？怎么了？”

“腰伤，整个身子不能动了。难受啊！哪像居老您！”

“哈哈，我是心宽体健。除了这些花花草草的，我什么也不问，也不到处逛，更不随便说话。人一静默，身心自然就放松了。与天地和啊！哈哈！”居老爷子哈哈的声音竟然异常的响亮。

居思源在边上道：“也别老是自夸了，前不久不还住了医院？”

“你这……”居老爷子像个孩子般涨红了脸，大家哄堂一笑。向铭清拿出个随身带过来的盒子，打开，说：“这是我一个朋友从美国带回来的。高端仪器，对心血管有用。每天检查一次，保准无事。”

居思源道：“这高科技啊！往往……”

小蒋插话说：“居市长，你可不能说这话。你可曾是科技厅长呢。”

“科技厅长更要有怀疑精神，这才是真正的科学精神。是吧？”居思源说，“既然铭清和小蒋过来了，中午这样，我喊王河他们一块儿，咱们喝一回。这没在一块儿喝酒也好几年了吧？记得上次跟铭清在一块儿喝酒，还是我刚刚到科技厅的时候，那时，铭清是财政厅领导，去科技厅检查工作。”

“思源这么说，是批评我了！”向铭清马上道，“我们说什么领导不领导，天下难得一个字‘缘’。酒也是缘嘛！好，我陪思源市长好好喝两杯。”说着，他向小将道：“今天这酒你不会不让喝吧？夫人！”

“喝吧，我什么时候能管得了你？”小蒋和向铭清其实并不是一开始就走在一块儿的。两个人先都结过婚，后来不知怎的，又都离了婚。离了后，很快就到一块儿了。要是不知内情的人，还以为他们一开始就在一块儿。小蒋在省国投上班，据说主要时间是炒股。向铭清几次被纪委查时，那些来历不明的资金最后都归结到了小蒋的炒股上。小蒋炒股到底赚了多少，谁都搞不清。只是外界有人传言，向铭清在北京有套豪宅，他女儿前几年已经到美国去了，甚至传着在美国也已买房……

向铭清向居思源笑笑，接着转过头问池静:“思源平时在家也像我一般优秀吧？”

“都是贫嘴。”池静笑着和小蒋到一边说话去了。

向铭清和居思源到客厅喝茶，向铭清问:“到江平基本适应了吧？”

“还行。其实哪里都一样。只是下面的工作，头绪要乱一些。不像厅里，单纯。”居思源说着，就给王河打电话，让他通知孙浩然。王河说孙浩然出差了，不过他那儿有个女同学，大家应该都认识的。正好碰上，也一道，不介意吧？

“介意什么？你王大记者的人，我能介意？只是不要胡来就行。”居思源嘴上说着，心里清楚，王河是个原则性极强的人，他不会胡来的，而且他也看不得别人胡来。

放下电话，向铭清点了支烟道:“渭达同志这次应该……能解决了吧？不然你也……”

“这个，组织上有安排吧。渭达同志在江平是很有威望的，我倒是希望他能在江平多待几年，我的工作也好开展。不过这对他个人也不公平。江平虽然人不多，但情况复杂。特别是最近几年。我原来不清楚，去了后才知道，任何地方都不是那么简单的啊！上次马喜的事，还有最近流水县长的死亡，都很让人……”居思源皱着眉头，继续道，“我倒是真的希望江平能安静。中央这些年坚持要发展首先要和谐，一个地方也是如此啊！不安静，不平和，就不可能有大发展。”

“思源说的甚是。”向铭清将烟灰弹到烟灰缸里，然后抬起头，道，“江平的干部整体不错，有不少我都跟他们打过交道，像劳力，建设局的，是吧？还有流水的县委书记焦天焕，也很能干。关键是要用好这些人。这个，思源哪，我到了后，我们好好商量商量。”

“好，好！”居思源转过脸，他不想让向铭清看到他皱得更紧的眉头。春节放假前，彭良凯告诉他，流水县黄松县长的案子有了转机，可能是流窜作案。居思源问：何以见得？彭良凯说这是省厅透露的消息，但这些流窜作案人员显然在流水盯了黄松不是一天两天了，黄松县长办公室的抽屉有打开的迹象，而且里面还残留着两张写着黄松名字的存折，每张都是十万元。据此判断，有可能黄松在办公室里还放有大量现金，那么，被流窜人员盯上就有可能。居思源说，那怎么能证明是流窜人员所为？不能是本地人吗？彭良凯说，根据现场录像，这几个行凶人员至今没有找到在流水县其他地方落脚的信息，而且经过比对，也没有在公安机关的资料库里找到相同和相似的痕迹。居思源说，我还是不能相信。后来，他打电话问省厅，结果那边告诉他目前案件可以说是毫无头绪，他们怀疑一些重要物证在省厅到来之前已经被毁了。因此，考虑到案情，先透出了外地流窜作案这个饵，以期获得下一步案件侦破的新线索。

如此看来，流水县的情况就比居思源预料的还要复杂。而现在，向铭清一开口就提到了流水，提到了焦天焕，他不能不有些担心。其实，就在春节前居思源刚刚回到省城那天晚上，焦天焕也找到了他的家里。一个县委书记来拜访，他不能不接待。但是，焦天焕并不是急着来汇报工作的，也不是来聊天的，他只是匆匆地说了几句话，就丢下一个大信封和一只不算太小的木箱子，鱼一般地滑走了。居思源想喊，但是这是家属楼，喊着有害无利。他只好打焦天焕电话，请他立即回来将东西拿走。焦天焕说：“既然丢了，就放那儿。如果居市长觉得碍事，就扔了吧。”

居思源气得脸色发白，池静劝他：“何必呢？送来就送来了吧，大不了，再交给纪委。这事你不是经常做吗？连他们看老爷子的东西都交了，还何必生气？”

“你不知道。”居思源说，“这焦天焕跟别人不同。”

“有什么不同？我看也差不多啊。放到我那显微镜下，不都是细胞？”池静说着笑了。

居思源也被池静这冷幽默给逗笑了，然后道：“细胞都一样。可有些人的细胞被感染了，知道吧？”

“这倒是。”池静说，“你们当官的，最好也都学学显微镜技术，这样才好发现那些干部的本质。”

居思源叹了口气，说:“干部不是你所看到的细胞，他们比细胞复杂得多。”又打开大盒子，原来里面是一件瓷器——青花，一眼看去就不是平常之物。池静说:“平时都在电视上看到青花，说是无价之宝，现在可见着真的了。也不错，总算见了。”居思源说:“这东西也只能是见见而已，就这一个家伙，就足以让我在里面待上一生。”

正月初四，居思源就让马鸣过来，将信封和青花大盒子一道运回了江平。信封交给了纪委，青花暂时放在博物馆里。博物馆的毛馆长一见眼睛都直了，说:“这么多年才见着这么一件，这可是国宝啊！”

毛馆长说得心动，居思源听着心惊。

因此，当向铭清提到焦天焕时，他心里就本能地有些抗拒。池静和小蒋在院子里聊天，向铭清突然问:“前不久我可是见到赵家那妹子了，你也见了吧？”

居思源脸一热，赶紧道:“是吧，你见了？啊哈，她现在还好吧？”

“还好，听说成了上市公司的 CEO 了。不过，她说起你可还是面带桃花的，真的，思源。”

“别再说了，让她们听见不知道是怎么回事呢。”

中午到饭店，王河果真带了个女孩子过来。说是女孩子，其实也不算小了，说是北京来的记者，现在长驻在江南省城。这女孩子说着话，就能觉出对王河那不是一般的崇拜，那种崇拜里分明有一些爱着的意思了。酒后，居思源将王河拉到边上，说:“千万别陷进去了。日子过得好好的，再折腾有意思吗？”

王河委屈道:“我折腾什么？我真的没折腾。要是折腾我还带她来见你们？我就是看着她像个小妹妹一般。”

“这就更危险了。”居思源若有所思道。

第16章　官场就是一大片森林，没有哪一棵树是真正独立的

向铭清到达江平的第二天，就同市政府秘书长华石生差一点争吵起来了。原因很简单，就因为配车的问题。江平市委和政府的车子编号是连贯的，而人大、政协另外确定了一组个性化编号。这样，市委一号车就是徐渭达的，二号车是居思源的，三号车是程文远的。依常委顺序，排到政府这边除了二号车外，最靠前的车牌号是八号车。而现在，八号车自从高捷出事后，就一直是李远副市长的配车。华石生大概也是疏忽了，竟然没有注意到这个细节，将十二号车配给了向铭清常务副市长。向铭清当天早晨让司机到省城接他，开头还对车号没什么感觉。结果到了市政府，车一停，李远的八号车也正在边上，向铭清就恼火了，他马上让司机吴兵将华石生找下来了，一脸不屑地问："思源市长的车是几号车啊，秘书长？"

华石生是聪明人，向铭清这一问，他立马就猜出了几分，马上道："二号车。向市长，您……"

"啊，那就对了嘛，车子也得有个顺序嘛！啊！"向铭清说着掉头就往门口走。

华石生追了上来，说："向市长，这车子一直都乱排着的。除了一把手市长，其余都是按先后来序排的。"

"不能改革？什么合理，就得改成什么样。"向铭清的话有些冷。

华石生脾气有点大了，但他依然笑着道："这个请向市长给居市长说说，否则我一个秘书长是没法动的。"

"秘书长就是服务的，怎么没法动？好了，别问了，我跟思源市长说。"向

铭清甩甩袖子，上楼去了。

华石生站在楼梯口，心里骂道：我见过多少市长了，还没见过你这么……连这事也计较，我看也……

一小时后，居思源正好从一个会上下来，华石生立即将这事报告了，居思源说："铭清市长已经说了。我说了他几句。这事就别再提了。"

"居市长，我还真是第一次见这样的常务。这以后……唉！"华石生说，"连个车牌号都讲究，这让我们办公室怎么办？也太不……"

"石生哪，事情不是过去了嘛！文化一条街那边拆迁进展如何了？"

"目前为止有三分之一的居民签了协议，还有三分之二没动。我们分析，一半是在观望，另外一半是对政府的补偿没有信心，或者想拖延时间争取更多的补偿。"华石生说，"不过事情有些奇怪，动员会后据我们了解，百分之七八十的居民都是有签协议的倾向的。但一过了春节，情况就发生了变化。叶局长怀疑，这里面是不是有人在蓄意造谣。"

"有证据吗？"

"没有。"

"那就得相信没人造谣。这说明我们的工作还没做到位。针对这种情况，石生秘书长，你得跟指挥部的同志说，要坚持做思想工作，要将政府的补偿政策和拆迁政策以及将来的建设文化一条街的政策宣传透宣传到每一户每一个人，不要有任何盲点。同时，要注意方式方法，我看政府论坛上就有一些关于文化一条街建设的帖子，要组织人回复。你不回复，事情就搞不清楚，就容易产生谣言。谣言止于公开。只有公开了，才能让老百姓得到的是政府的政策，而不是恣意的猜想。"

"居市长说得有理。我也同叶局长这么商量着。叶局长最近带着人到一些文化老街去考察，明后天就要回来了。回来后指挥部再给居市长一次全面的汇报。"

"这个先给李远市长汇报，请他先定。"

华石生点点头，似乎要出门，又折了回来，说："居市长，马上就两会了。你看，我在政府秘书长的位子上也待了五六年了，虽然这次推选的人选上没有我。我想请居市长和渭达书记也关心关心我，我绝对服从组织安排！”

“你个人想法呢？”

“我这个年龄，再下到县区，没意思了。到市直也不合适。您看……”

“好，我明白了。我会跟渭达书记商量的。”居思源没有再问，人事的事，问透彻了，反而不好。华石生这么一说，他就已知道华石生的意思是要解决一个副厅。这次两会，政府的名额相对紧张，但人大和政协的位子还是比较松的。华石生作为政府秘书长，其实在前两次的书记会上，已经被提名，只是没有公开。下周，省里要过来要民主推荐，到那时候，所有的候选人情况就基本上透明了。

其实透明了好，透明了就没了地下活动。官场最怕的就是地下，居思源也怕。地下活动让你摸不着头脑，有时看起来波澜不惊，内里已是汹涌澎湃了。

下午，居思源专程回了一趟省城，向省委组织部孙兴东部长汇报有关江平的人事安排工作。这也是徐渭达书记的意思。居思源说："这事应该是书记去报告，我一个副书记不太合适。"徐渭达说："什么叫合适，什么叫不合适，你去了就合适。"居思源笑着说："渭达书记这话有点绕，但在理。"

孙兴东部长正在小会议室内与南州市的两个一把手谈话。南州市这次调整幅度大，两个一把手都动了，而且都安排得相当不好。书记到省委统战部任副部长，市长到省委党校任副校长。虽然都到省直来了，其实是明升暗降。没有明显的错误，而组织上这样安排，两个一把手自然有想法。有想法了，组织部长就得找谈话。

居思源就在石副部长的办公室坐着喝茶，石副部长是最近刚刚从省委办公厅过来的。在此之前，这办公室这张椅子的主人是王长。想到这，居思源禁不住心凉。才刚刚三四个月，那个到江平宣布居思源任副书记、代理市长的省委组织部王长副部长，就已经走到了大墙之内。一墙之隔，物是人非啊！

石副部长同居思源谈到马上开始的省两会。对于省里干部来说，关注的是省两会。而对于市级干部来说，关注的则是市两会了。再往下亦然。两会是中国的特殊现象，庞大而隆重。这种庞大与隆重之下，在某些地方却掩盖着说不出的暗箱与奢华。如果不逢换届，则纯粹成了吃喝大会、举手大会、程式化大会；如果恰恰逢上换届，两会的意义马上就提升了。两会之前的活动也频繁了，表面的活动有推荐候选人、考察班子、谈话和测评；暗地里的动作就数不胜数了，打招呼、拉票、请吃、请玩，不亦乐乎！就为着一个目的：提名我，选举我。

石副部长道："关键是很多干部心都浮了。当然，这是指那些正在边缘的。像我们，哪儿需要……"

居思源问到李南副书记，石副部长朝他望了一眼，说："可能要暂时兼着政协。"

石副部长这话说得有意思，政协是正部级，李南是副书记副部级，现在同时任政协主席，却叫兼着。这一个"兼"字，就恰当地把在政权前台与后台的不同给刻画出来了。

"也很好。据说是李南书记不想离开江南。"居思源说，"江南好啊！好！"

石副部长又问到流水县县长死亡一事，问案件是不是有些眉目了，一个县长在办公室里被杀了，全国少见。"这背后一定有问题。流窜作案不可能到如此地步。那还得了？"

"我想也是，尊重公安的意见。他们还正在努力。"居思源道。

"努力？唉！"石副部长叹了口气，转过来问向铭清到江平后怎样，听得出来，他对向铭清的感觉也不是太好。石副部长这人，以前是省委副书记的秘书，身上还有股文人气息，对向铭清这样的干部，有些不同的感觉是正常的。

居思源道："已经过去了。很好的。"

"我可听说，他刚到就发生了车牌号事件……"

居思源一惊，这事竟然也传到省城来了！真是好事不出门，坏事传千里。这事是谁传的呢？为什么要传？是华石生，还是李远？或者干脆就是向铭清……但，唉！居思源笑着说："哪有什么事件，一点小误会。没解释清楚而已。"

石副部长也笑笑。又续了茶，孙部长那边谈话还在继续。同级别的谈话，很难谈长；最能谈长时间的，是级别相差不大且又安排不好的干部。南州市的两个一把手，都是正厅，安排得又相对不好，两个人怎么可能心平气和地听孙兴东部长讲话？一定有争论，甚至有牢骚。这个时候，他们有争论、有牢骚，孙部长还真得听着。毕竟是安排他们到统战部和党校这样的庙里去，你找不出合理的解释，你就得放下架子，耐心地听他们的牢骚。

组织部长是中国最大的政治家啊！也是中国最耐心的政治家。

快到下班时，南州的两个一把手才谈完。居思源问孙部长的秘书："是不是时间晚了，不行，明天我再过来。"里面孙部长道："思源同志吧，进来吧！"

居思源进去，孙兴东正在用毛巾擦汗。虽然正是初春天气，但他面色红润，似乎刚刚经历了一场战事。

"倒是给我上课来了！"孙兴东部长口气里明显有些不快，他坐下来，问居思源，"铭清同志过去后，还可以吧？"

"很好。"居思源知道孙兴东对向铭清是不错的。这次向铭清到江平，就是孙兴东提名的。虽然暂时没有提拔，但看江平的态势，其实也会很快的。

"思源哪，你来得正好。我有个事正要跟你谈。听说你跟那个……叶，叶什么……没这事吧？"

"没有。这简直是……"居思源差一点跳了起来。

"没有就好。要洁身自好啊！"

"请部长放心。"

"还有个事，就是铭清同志。我当初提名他到江平，是考虑到你。你得好好地约束他。这个同志有些放任，你是班长，得管好。"

"这个当然。不过……"

"不要说不过了。好吧，你有事就说吧！"

居思源将江平两会的筹备情况作了简短的汇报，又提到省委马上要对江平班子的考察，在此之前，他想提议江平市委召开一次干部大会，重申换届纪律。"江平的形势很复杂，我怕一旦乱起来，到时被动。重申纪律，就是要树立风气清明的换届局面。"

"这个可以！你们搞嘛！思源哪，市里跟省厅有区别，工作方法和工作面也不一样。有些事还得多和渭达同志商量。渭达同志是老基层了，经验足，把握全局的能力强。这对你以后也有帮助。"

"我会的。这次来，也是渭达书记的意思。他因为身体有些不太舒服，所以没过来。等他身体恢复了，会专程来向兴东部长汇报的。”

“啊！”

“另外，孙部长，我们江平最近有部分处干缺额。我想请组织部门公开招考几个。您看……”

“这个可以！是大趋势嘛，可以搞。具体的情况你让组织部跟这边的干二室联系一下再定。考，一定要公平，要透明，要公开。不然，适得其反。”

“我们会注意的。”居思源正要起身，孙部长的秘书先进来了，说李南书记那边定好了的，是不是不请部长……孙兴东点点头，居思源说：“我也得走了。晚上得过去看老爷子。”

“一道吧！中组部来了个部务委员。”孙兴东道。

居思源也不好推辞，而且这样的机会对他也是难得的，就乐得跟孙兴东一道了。路上，他问到苏朗朗巡回演出的事。居思源说，这事叶秋红局长一直在办，这叶局长虽是女同志，办事还干练。听说找了几家企业，资金方面应该是没问题了。到时苏小姐来演出，请孙部长一定到江平来视察。

孙兴东只是笑笑，然后道：“这事你就让那个叶……小叶办好了。到时我尽量过去。”

到了饭店，黄部长已经在了。虽然是部务委员，但大家都直接称呼部长，他也乐得接受。孙兴东向黄部长介绍了居思源，说：“这是我们江平的市长，马上就是书记了。也是全省最年轻的书记。他的老父亲，啊，以前是江南的老书记。一把手书记！”

黄部长禁不住多看了居思源几眼，握着手道：“看得出来，居市长是名门出身。严谨而文雅，有良好的气质。”又朝孙兴东说：“兴东啦，这样的干部现在是最需要的。要好好培养嘛！啊！”

居思源听得出黄部长的北方口音，像山东大葱般浓烈，便笑着说：“黄部长是山东人吧？我老家也是山东。只是这么多年后，北方人的干劲已经全没了。”

“是吗？我是山东高密人。”

“红高粱遍地的地方，好，有风情。”孙兴东插话问，“思源是山东临沂的吧，我记得是。”

“是临沂。”

“地道战的地方，都不一般哪！”孙兴东请黄部长就座，继续道，“我到江南后就有种感觉，这地方让男人都变得温柔了。水土不一样嘛！你看思源，哪还有一点北方人的粗犷？”

“这也正是南北差异的表现。前不久有本书上对南北官场进行了对比，说北方官员跟南方官员就是不同。北方官员的风格就是大气、大胆、大声；而南方这边，则是细腻、细致、细微。”黄部长伸手端过茶杯，喝了一大口，“这是就是性格，想改也难。我看，兴东部长到江南这么长时间，也还有北方人的豪爽与大气。”

“诚中部长总结得是。”孙兴东说，“不过，我还真发现，思源同志是南北方人的性格兼而有之。不容易啊！”

居思源谦虚道：“孙部长是批评我了！不过我倒是想，一个官员要是真的能南北融合，确实也是不错的事。至少在处理问题思考问题上，能够做到兼容并包。既有北方的大气，又有南方的细腻；既有北方的深沉，又有南方的空灵；既有北方的豪爽，又有南方的婉约！”

“说得好！”黄部长击掌道，“果真是大家风范！见识就是不一般。”

正说着，外面有人喊：“李书记到了。”

孙兴东和居思源都站起来，黄诚中半欠着身子，李南人未进来，声音先到了：“哈哈，诚中哪，啊！”进门见了居思源，点了点头，然后同黄诚中握了手，说：“那边刚有个事，不然早过来了。老朋友了嘛，这又有半年多没见了啊！”

“半年多了，李南书记忙，省里面的事多嘛！哈！”黄诚中应和着。

酒席开始后，居思源礼节性地喝了几杯。在这个桌上，他这个市长是没有多少说话的份儿的。酒过了一半，大家说到马上开始的换届选举。李南侧着头问居思源：“听说江平有些复杂，是吧？”

居思源一愣，马上道：“好像……还不错吧？”

“不错吗？啊！思源哪，你到江平也好几个月了，要进入状态。”李南夹了口菜，边嚼边道，“江平的人民来信最多。我跟渭达同志也说了，省委下去考察前，要彻底解决这些问题。”

“好，我回去后就和渭达书记商量，尽快落实李书记的指示。”居思源心里想：江平的来信在全省最多，那来信的都是哪些人呢？这次江平市长提名的候选人有五个，应该说不同情况不同类型的都考虑到了。而且常委会上，也没有人再另外提出新的人选。那么，这些来信是反映相关候选人的，还是另外有所提名？或者是已经提名的候选人互相之间……

都有可能，也都没有可能。话说回来，官场上哪有绝对呢？

不过，居思源的心里倒是有些打鼓了。既然事情都到了李南副书记这里，说明了事情的严重性。李南副书记已经和徐渭达说了，但徐渭达并没有在他来之前的谈话中提及。徐渭达只是让他到省委组织部汇报换届有关准备情况，对李南副书记刚才提到的来信只字未提。难道徐渭达是在有意回避？或者说他认为这事根本就不应该让居思源知道？也许是他认为没必要让居思源知道。可是这样一来，居思源就被动了，以至于李南副书记问到时，他只能仓促应付。李南副书记要他尽快进入状态，其实是对他的批评。看来，作为一个市委副书记、代市长，到江平要想进入状态，就不仅仅是进入经济发展和社会管理的状态，而更重要的是进入人事调整和整体谋划的状态。

天大大不过人事，人事就是核心。居思源端起杯子，敬了黄部长、李南副书记和孙部长以及其他人各一杯。一圈下来，他头有些晕了。平时，都是人家这么转着圈子敬他。现在，他来敬别人，算是感同身受了。

其实对于喝酒，居思源有自己的理论。他能喝，但不好喝。古人说：善饮而不溺也。以前在科技厅时，他就对下面有个不成文的要求：酒要喝，不喝有违礼节，但不要喝醉。酒要敬，但不要站着，站着有违尊严；酒要有气氛，但不要庸俗，庸俗有违人心。

对这三点，科技厅从上到下几乎是都认同的。因此，每每喝酒，气氛还是很平和而且酒也能恰到好处。但后来他私下了解，那也只是他在场的时候，他不在，酒照样喝醉，照样站着敬酒，照样插科打诨。没办法，这就是中国的酒文化。酒文化到了官场，加入了官场文化的元素，就更加中国化了。小一级，必得站着敬酒。上级一口，下级一杯。甚至，上级表示，下级也得炸雷。

酒场文化就是最严格的等级文化，就是最显明的官场规制，也就是最明白的官场现形图。

居思源有时想，到老了，如果有时间、有精力，他将专门写一本《酒图》，把酒场上的形形色色、光怪陆离、悲欢离合、踌躇和失意、明争与暗斗、一一呈现出来，那也许是一本新的浮世绘了。

敬完了酒，酒席也到了尾声。李南说晚上还有个小范围的会议，就不陪黄部长了，请兴东部长和思源市长陪着，又特别叮嘱居思源："省城有些情况兴东部长也不熟悉，就你来安排吧，一定要安排好！"

居思源说："放心，李书记。"

李南一走，孙兴东便望着居思源。居思源出了包厢，给江平驻省城办的孟庭叶打电话，请他立即安排一个地方。要清净，要安全，要到位。孟庭叶想了想，说："那就到高尔夫会所吧！"

"杨……那里？太远了吧？"

"晚上车好走。我马上就过去先安排。多少人？"

"七八个吧。"

挂了电话，居思源进来对孙兴东小声道："到高尔夫会所。"

"啊，好，好，放松放松，不错。"孙兴东站起来，对黄诚中说，"那就请诚中部长还有其他同志一道，咱们去享受一下月光高尔夫，怎么样？"

"哈哈，到了江南，就听兴东部长的安排吧！"黄诚中与孙兴东说笑着出了门，居思源在后面想，孙兴东还真不简单，创造出个月光高尔夫的概念，一下子就变得时尚又有诗意了。了不得，真的了不得！可见现在的领导干部的素质都提高了，从前那个"只红不专"的年代是彻底结束了。

高尔夫会所这边，孟庭叶已经给安排好了。杨莉也特地过来，见了孙兴东和居思源他们，杨莉说："真是贵客。今天晚上我请客！"

孙兴东道："杨总是见思源市长来了吧，也好！我们乐得逍遥。"

居思源也没有解释，大家进了会所，先到茶室，杨莉让人上了顶级的龙井。室内茶香，室外月光，茶香与月光缭绕着，竟有几分朦胧。孙兴东正和黄部长悄悄地说着话，居思源就端着杯子，出了门，月光就猛地洒了一身。他抬头看天上，没有一丝云，星星虽有，却极稀落，正所谓“月明星稀”也。

正看着，杨莉出来了，笑道：“居市长好雅兴。月光如水，春暖花开啊！”

居思源回过头，看了杨莉一眼。灯光与月光之下，杨莉风姿绰约。他赶紧收回目光，笑着说：“杨总也成诗人了？怪不得古人说：明月千里诗万斛啊！”

“居市长是笑话我了。会所里还有位客人，居市长有兴趣知道吗？”杨莉说得有些神秘，居思源顿了会儿，还是没有做声。

“看来居市长还是有兴趣的。那好，我这就去引她来见你。”杨莉正要转身，又说，“还是我另开个茶室，你们坐着谈吧。这边，刚才孟主任已经安排好了。我们这个月光高尔夫是很有意思的。不过，我知道居市长是不喜欢的。”

“啊！”居思源想，原来月光高尔夫就是这会所的一个服务项目，他想问到底是怎样的，但听刚才杨莉说话，便没再问。杨莉便抽身进去，一会儿就出来了，请居思源跟着她到了旁边的另一个小茶室。这茶室只有十平方米左右，装潢古典，屋角还点着一盘檀香。墙壁上挂着一幅字和一幅画。字写得淡雅，有文人气息，而画更显得淡雅，一看就是新安画派的路子。杨莉说：“居市长先看字画，她随后就到。”

居思源便细看落款，字居然是董其昌的，画是黄宾虹的。他赶紧细看，这一看便看出了端倪。这原来是荣宝斋的水印仿品。不过，其神其形，都是到了位的。好在居思源早年有一个阶段对字画感兴趣，也学了一些皮毛，这一会儿，竟然让他看出了三分。

檀香的气息，使人心静；而茶香，又让人清净。

居思源正坐着，外面有轻轻的响动。接着，门被推开了，居思源听见一个女人的声音：“到底是谁啊，这莉子，还……”

两个人都呆住了。

“赵茜！”居思源站起来，这一刻他有些局促。倒是赵茜笑着说：“我就知道莉子在玩花样，但真没想到是你。你也来会所？”

“是陪人过来的。”居思源请赵茜坐下来，又要提壶给她斟茶。赵茜伸手拦住了他，说：“我来吧，我还没给你泡过茶呢！”

仅仅一句话，气氛就很怀旧了。

居思源问：“怎么回来了？”

“刚刚回来的，是莉子请我回来的。我们准备给她投资。她说要到你们江平去建个球场会所。有这事吧？”

“说过，但没落实。难道你们……”

“我也准备投资一些。不会拒绝我吧？”

“哈哈，好！只要是投资，我们都欢迎！”居思源朝赵茜望过去，赵茜也正望着他。一瞬间，两个人都沉默了。

茶又续了一回，居思源说：“赵林也想在江平投资。我跟你说过的，我没同意。”

“他到我那里狠狠地骂了你一回，说当市长了就不认识发小了。”赵茜忽然问，“不会是真的不认了吧？”

“哈哈，哪里。”

赵茜道：“我前几天还到省委大院你家那边去过，还是往日的样子，只是人大部分都走了。我看见居老爷子在侍弄花，也没好打招呼。你们家那位池医生，都还好吧？还有淼淼，也都……”

“都还好。”

檀香依旧，话却断了。两个人好像都感觉到没有话题了。对坐着喝茶，居思源却在想孙兴东他们到底在享受怎样的月光高尔夫。继而他又想，为什么当年见了赵茜，心里总是有一头小鹿在撞？而现在却……是时光荡涤了一切，还是惧怕自己的内心从而下意识地拒绝？

或许都是，或许都不是。

反正那些时光已经过去，不再回头也不能回头！回头只会是一种破坏，而回忆则是永恒的忧伤与快乐！

赵茜大概也感觉到了居思源的冷静，便换了话题道：“春节期间，向铭清到北京找过我。”

“啊！”

“他到江平当常务副市长了吧？好像是因为其他的事，他找我给他介绍了中纪委的一个主任。但具体情况我不知道。后来他让我到江平来找他，说你和他都在江平，到江平来就是回到了家。”

“……是啊！他找中纪委？啊，没事。是得到江平啊！杨总的投资不是有机会了吗？好啊！”居思源接着问，“仅仅是高尔夫会所？”

“当然还有地产开发。”

“这就对了。现在都在走项目开发的路子，我说你们怎么就会盯着江平这样一个经济并不是十分发达的地级市，原来是打土地的主意。赵茜哪，土地现在控制得紧，不容易。因此这项目我得慎重。”

“相关的手续如果江平不好处理，我们可以在北京打理。关键是市里，特别是市长你要同意。”

“哈哈！”说到工作，居思源一下子就放松了。他起身给赵茜续了水，正要坐下，杨莉在门外道：“茜子，出来一下！”

赵茜出去后，居思源等了会儿也出了门。月光有些淡了，再没有刚才那样明亮。他拿出手机，有短信息，是叶秋红的。叶秋红说：文化部张部长助理明天到江平。月光如水，市长珍重。

这真是条高科技的信息，包含的信息量之大，让居思源也觉得有些意思。首先，她告诉了居思源明天文化部张部长助理要到江平，至于居市长到时出面不出面接待，请居市长定夺。其次，她明白地写出了自己的心情，那就是以物拟人，月光如水，心思是否也是如水？再次，她又表现出对居思源市长的同志间的关爱。道一声珍重，虽然简短，却令人感动。叶秋红心思的缜密，就如同这月光里的夜色一般，朦胧而动人。

居思源回了条短信：明天我参加。你也保重！

他本来也想写上一句关于月光的话，但想想还是算了。很多时候，很多话我们只能在心里想着，一旦写出来就是多余，就是无趣，甚至就是苦难。

沿着月色中的球场，居思源整整走了一圈。等他回来时，孙兴东他们也正好结束了，大家上车，杨莉和赵茜专程到门口来送。居思源和赵茜握手时，赵茜说：“什么时候再为你泡茶呢？”

居思源没说话，只是在握着的赵茜的手指上稍稍加了点劲，然后便放了，转身上车。杨莉在后面说：“居市长，我过两天陪赵总过去，你可得……”

“好的，好的！”车子发动了。居思源看见赵茜站在月光里，仿佛又一下子回到了从前。越是离得远，那种内心里的相思才越真实。一旦近了，便如同水中的影子被搅碎了，那种疼痛的美与忧伤便消失了。

在送黄部长到酒店房间时，黄部长悄悄地拉居思源到一边，说：“你还年轻。我听兴东说马上就要干书记了，好好干。到北京找我！”

居思源说：“谢谢部长！请多多关心。”

两个人交换了手机号码，黄部长边记号码边道：“这个我一般不太用。只有几个人知道。思源市长哪，我看好你。兴东部长对你也很赏识啊，他可是很快要成三号了。”

三号是指除书记、省长外的第二副书记，党内三把子。黄部长这么说，既意味着孙兴东要上，又意味着李南副书记要动。李南副书记动到哪儿呢？春节期间，居思源听王河说李南有些问题，中央正在查。不过，他没听到更多更确切的消息。何况像这类事，是绝对不能打听的，打听就等于在传播。不过看晚上李南副书记的心情，似乎不太像正被查的状况。或者说警报已经解除，他开始放松了。到了省部级这样的高官，中央要查，是得下决心的。这样的官员，就像大树，根太深了，节太多了，叶子太密了，稍稍一动，就会牵一发而动全身。不仅仅动了全身，还会不断地危及更多的树、更多的根、更多的节和更多的叶子。官场就是一大片森林，没有哪一棵树是真正独立的。独立意味着被隔离，就意味着死亡。死亡了，你还如何实现覆盖大地的愿望？

回到家，池静早已睡了。居淼开门，一见爸爸，便嗔道：“爸爸回家也不先打电话！喝酒了吧？”

“临时定的。”居思源摸了摸女儿的脸蛋，问，“怎么还没睡？早点睡吧。”

居淼点点头，说：“就睡了。老爸晚安！”然后轻盈地回房去了。

时光真快，居思源想起居淼小时候的样子，一晃都十几年了。他又想起池静说的居淼也许早恋了的事，这事上次池静说的时候，他笑着说没事，但心里一直搁着。春节期间想问，又怕让孩子上心。这回得问问了。他便走到女儿房门前，叩了门。居淼问：“爸爸，有事吗？还是老妈不让你进房啊？”

“傻丫头！知道调皮了。没有什么好心情想同爸爸分享吗？”

“这……爸爸什么意思啊？”

居思源笑笑。居淼道：“爸爸一定是听妈妈说什么了！是不是说我早恋了？”

“哈，好厉害。是的。”

“那我告诉爸爸，没有。我只是有点喜欢那个男孩子。他也有点喜欢我。但我们真的没有实质性的交往，我懂得该如何处理。爸爸，首先要自立，才能使情感有所附庸。”

“我的淼淼如此可爱而美丽。爸爸放心。好，休息吧！”

居淼突然上前来亲了居思源一下，说：“好老爸！”

文化部的张部长助理一行，是第二天下午到达江平的。方天一和叶秋红专程到机场接了他们，然后下榻江平大富豪。王琛也同机到达，只是他先在省城有事，稍晚些再到江平。王琛刚下飞机就给居思源电话，说他这次是专程来看望市长同学的，同时，也想看看正在江南的赵茜。他问居思源：“知道赵茜在哪吗？最近她的电话老是关机。”居思源说：“知道，在杨莉杨总那儿，她也正好要和杨总一道到江平。你们干脆一起吧，叫上王河他们，我一锅炖了。”王琛说：“你炖我们舍得，可要是炖赵大小姐怕就……”居思源赶紧打断了他的话头，说：“来了，咱们再煮酒论英雄。”

张部长助理看了老街，说这是华东最好的老街，比他看到的江南一些老街还有特色。投资再一改造，有望成为中国最美丽的老街。居思源加了句：也应该是最有文化的老街。张部长助理说：“居市长果真是开阔，这句话说到了现在老街开发的痛处。许多地方的老街开发，拆迁搞了那么多，费了大事，也花了大量的资金，结果呢？老街原来的特色没有了，老街成了商业街。关键是没了文化，没了口味。江平的文化一条街开发时一定要注意这一点，不要求大、求洋，就是要求特色、求文化。文化一条街嘛，没有文化，还有什么存在的意义？”

居思源说：“张部长助理说得好，我们在具体工作中一定要贯彻执行。”

晚上，居思源陪张部长助理一行，喝黄千里带过来的正宗茅台。一桌子人，整整喝了十二瓶，喝完后，张部长助理舌头有点硬了，拉着叶秋红的手，说：“一条街开发好了，我……我就……到这来……居……居市长，给我套房子，我来……来静中养生。叶……叶局……长，我们一……一道，好吧！”

叶秋红的手在挣扎着，眼睛却望着居思源。居思源上前道：“张部长助理，坐下说。文化一条街开发好后，江平市授予张部长助理荣誉市民称号，赠送一套临街房屋……”他握住张部长助理的手，叶秋红坐到了一边。居思源继续道：“江平人民是不会忘记每一个给过江平支持和关心的领导的，来，我们共同敬张部长助理一杯。”

酒喝下去了。张部长助理又向叶秋红身边蹭来。居思源赶紧道：“张部长助理，时间也不早了。我们就结束吧，等会儿请天一市长和黄总送张部长助理到房间。”

方天一立即会意，起身就拉着黄千里站到了张部长助理面前。张部长助理眼睛还是瞅着叶秋红，身子却跟着方天一他们出了门。居思源说：“部长助理，明天再陪你。”又叮嘱方天一：“一定要安排好。部长助理酒喝得不少，要注意些。”

黄千里笑道：“请市长放心。我负责。”

张部长助理和方天一他们上了电梯，居思源和叶秋红站在走廊上，互相打了招呼，叶秋红突然回过头望着居思源，那眼睛里明显有泪水。居思源说：“好了，走吧！”

“能请我喝茶吗？”叶秋红蓦地问。

第17章　官场的消息看起来最保密，其实透露得也最快

江平市公选处级领导干部结果刚刚出来，网上便是一片哗然。有人将入围人员的背景进行了表格式对照，二十一个入围人员中竟然有十二个是处级以上干部子弟，另外的五个当中还有两个是现任处干的亲戚。

这张名为“江平市公考处干入围人员背景一览表”的表格，很快在全国各大网站发出。一时间，江平成了一个让全国人关注的城市。省委宣传部专程派人到江平，全国各地不少记者也拥到江平。江平这样一个沿江百十万人口的城市，一夜间成了“网络名市”。

居思源接到徐渭达电话时，正在台湾考察。这是国台办安排的一次对接活动，江平市有两家台资企业，而且另外还有好几个台资项目正在洽谈之中。因此，居思源没有推辞就带队赴台了。他没想到，刚到台湾两天，就接到徐渭达的电话。徐渭达叹着气说:“思源哪，麻烦了。”

“麻烦？”居思源问，“渭达书记，怎么了？”

“处干公考，被人发到了网上。你查查看，议论很大。怀凯书记刚才还打电话给我，问我到底是怎么回事，要江平彻底清查此事，给全国人民一个交代。”

“具体内容呢？”

“说这些入围的干部都有背景。这个嘛，我刚刚问了蔚林同志，大部分是有背景的。但是，并不是刻意的。事情有些棘手啊，你又不在江平。唉！不过你也别急，我让文远同志牵头此事。”

“那好，我马上上网查查。”

居思源火速赶到酒店，上网一查，百度的搜索有上万条了。他打开论坛，

帖子一开始就是一张大表，表后没有附任何文字。但是，只要有心的人就知道，这表就已经说明了一切，也胜过了一切。他再看论坛发帖人的署名，是参商。

参商，参商！居思源默念着，忽然想起王琛和赵茜他们来时，提到老同学，说钱参商回到了江南。而且有人记得，钱参商的老家似乎就在江平。他本来想第二天就让人查一查的，可事情多，给耽误了。现在看来，这个参商极有可能就是他的大学同学钱参商。不过他又有怀疑。按他们当年复旦大学毕业的资历，钱参商如果在江平，无论如何也应该混出个模样了。怎么在江平的这么长时间，都没听人说过？或者根本就不是，只是这个人恰巧用了“参商”这个网名而已。不过，转念想，要是真的是钱参商的话，倒在性格上有些符合。钱参商在大学时就是个好抱打不平的人，也有些偏急，用北方人的话说就是“驴脾气”，倔得很。因了这种性格，他显得有些落落寡合。这也为后来分配后，大家很少跟他联系打下了伏笔。

居思源又查看了其他论坛，几乎都是转载了这个帖子，不过，后面增加了议论。从一张表格进行分析，从不同的人物背景一直分析到现在整个的政治生态环境。网帖的最大特点就是容易上纲上线，这个也不例外。他发现江平市的三个著名的意见领袖——参商、老藤椅、居高声自远都在论坛里露了脸，且都有精彩而精辟的发言。尤其是参商在后面的一个跟帖中，一下子点出了问题的症结所在：公考的门槛就是为这些有背景的人设置的。比如要求年龄在三十五岁以下，担任正科级三年以上或者副科级五年以上，这对于一般家庭的子弟有可能吗？可能性很小，甚至是零。但对于一个干部家庭子弟就太有可能了，他们获得了平台。而现在公考恰恰就以此为先决条件，这个条件就已经决定了公考的性质。

“好！”居思源拍了下桌子，难怪能成为意见领袖，在问题的分析上，确实有锐利的一面。这次公开招考处干，最初还是他和徐渭达商量后，由他向省委组织部报告获准同意招考的。本意是通过招考将一批年轻的德才兼备的同志选拔上来，培养锻炼。当初他让组织部拿意见时，他没想到这深的一层。他一直在省直工作，一个年轻人，三十岁左右解决副科，三十岁解决正科，都是十分正常的事情。而现在想来，在市县级，情况就不一样了。市级三十五岁能解决正科，已属不易；而县区级，四十岁能进入副科也不算太慢。拿三十五岁为门槛，来提任正科两年副科五年，确实是范围太小、门槛太高了。太高的直接结果就是将一些干部子弟抬了上来，而让更多的青年干部只能眼巴巴望着而无法参加公考。

这其实是变相的不公平，只不过就如同“潜规则”一样，很难让一般人认识罢了。

居思源立即打电话给徐渭达，说了自己的观点，同时请徐渭达考虑是不是要立即暂停这次公考活动，待他回去后再研究处理。

徐渭达似乎有些不快，在电话里道:“这就不必了吧，我也看了看，原则上是没问题的。你说得不错。可是条件既然出来了，那就是普遍性条件，人人适用。我看，这事就……”

“这个我不同意，渭达书记，现在不仅仅是江平的问题了，全国都知道了。这对江平的形象很不利，必须妥善处理好。条件有普遍性，但条件本身就有缺陷。我们要改正，这才能对所有人有个交代。”

“我觉得还是不再动为好。网上说就说吧，我已经跟省委宣传部说了。他们也正在作些技术上的处理。网民能说几天？何况当初公开招考公告中已经明确地列出了条件，他们为什么不发言？现在要是暂停，一是有损于市委、市政府的形象，二也损害了那些已经入围的考生权利。”

居思源顿了下，说:“渭达书记，我还是建议暂停为好。”

徐渭达说:“我再跟文远他们商量商量。”

居思源放下电话，本来想给程蔚林打电话，让他暂时将公考的事停了。但想想还是没打，刚才已经跟徐渭达说了，再跟组织部长说，徐渭达作何想?

一周后，居思源回到江平。公开招考处级干部尘埃落地。七名副处级干部已经正式走马上任。而网上，关于江平公开招考的议论越来越多，江平市委采取的办法十分简单——不闻不问、不回答。而在给省委的报告中，市委强调了公考的公正性、公平性和公开性。省里虽然派了个调查组，来江平查了两天，结果是喝了三餐酒，看了若干个旅游景点，接着就打道回府。与此同时，江平市委组织部在论坛上发表了一个公开帖子，对网民的质疑进行了回答。

居思源一回来，就找来程蔚林，详细地询问了招考的有关情况。程蔚林说:“招考的原则是市委定的，思源市长你也参加了常委会的。至于具体的条件，是由组织部拿的，由陈焕副部长负责。整个过程我一直过问了，应该说是比较公开、公正与公平的。”

“那，最后被招考上岗的同志的背景查过没有？”

“那不是这些同志的问题。应该不属于招考条件所列范围。我们不能强调干部子弟就不参加公考。思源市长，你说是吧？”

“这倒也是。不过……很多人说在笔试前，一部分考生就已经得到了试题。这个查过没有？”

“查了。没有的事。网民嘛，净猜测。”

居思源让程蔚林将陈焕找来，又详细地询问了整个公考的流程。最后他发现按照组织部门所说，过程是清楚的、公开的，结果也是公正的、公平的。那么，为什么网上会有那么多质疑？参商他们凭什么说笔试试题在考前就泄露了？他问陈焕:“笔试试题是怎么出的？”

“从题库里随机抽起的。”

“什么时候抽起的？”

“提前三天。”

“抽起后怎样做了保密工作？”

“这……当时抽起题目时，公考领导小组的十二个成员单位都有人参加。题目抽好后，就封存在组织部档案室。”

“啊！”居思源点点头，对程蔚林道，“这事暂时就放下吧！另外，干部双向考评的结果出来了没有？”

“出来了。全市有三个干部分数低于五十分。分别是建设局的一个副局长、环保局的一个副局长和流水经济开发区的一个副主任。”

“既然结果出来了，就按照原来的研究处理到位。对总分不满五十分的干部，就地实改非。一定要处理到位，不然这双向考评就没了意义。而且，除了对这最后三名外，还要对其他分数较低的干部给予通报批评等。”

“这……”陈焕望了望程蔚林，程蔚林说：“思源市长，这操作起来可能……”

“是不是怕引起不安定？没事！这是先有政策再来执行的。由组织部拿出个具体处理意见，再上常委会。我的观点是既然出台了政策，就得执行，否则就不要出台。”

程蔚林和陈焕走后，居思源将公安局的王局长找来，让他对处级干部公考中笔试试题是否有泄露进行秘密调查，这事只对他一个人负责，任何人都不要讲。包括良凯副市长。王局长说：“我知道，我马上安排两个靠得住的同志来执行这个任务，一有情况马上就向居市长汇报。”

下午，居思源正在办公室看文件，就听见外面有人在问：“居市长在吗？”

这声音挺熟悉，居思源又听了会儿，想起来了，这是赵林。他没有起身，直到赵林进来，再一看，后面还跟着池强。池强喊了声：“姐夫！”赵林笑着，说：“居市长没想到吧，我又回来了。这回是给居市长送请柬来了。”

“请柬？”

池强从包里拿出一封大红请柬，递给居思源。居思源打开一看，上面写着：“林强物流有限公司项目拟订于二月十八日上午八点五十八分奠基，敬请居思源市长光临。”下面的落款是：江南林强物流有限公司董事长：赵林，总经理：池强。

真是奇了怪了，居思源抬头朝赵林和池强看了遍，他突然觉得有些不可思议。这么两个活宝居然走到了一起，还弄出个林强物流公司来，真是……他将请柬放到一边，问：“这项目什么时候弄的？怎么弄的？”

“哈哈，居市长，在江平也有你不知道的事？哈哈。告诉你吧，这项目是最近刚弄好的，不过，是作为市国土局的招商项目确定的。汇报的时候，我让他们没说我们俩，就怕你不同意。现在成了，才来请你。居市长没意见吧？我们可是……”

“国土局？杨俊？啊，前一次的用地协调会上，他汇报过这个项目。最后给了二百亩地。是吧？好啊，你们都……不过，既然项目定了，你们就得好好地干，要干出个样子来。第一，不要指望我在江平，你们就能有特殊性。第二，正因为在江平，你们更要遵纪守法，公平经商。第三，我如果听到你们在外面随便说到我，我可就……”

“姐夫，不至于因为你在江平，我们比在别的地方还更差些吧？赵哥，我姐夫这么说有理吗？”

“好了，好了，强子，也别说了。他现在是市长，得为头上的帽子考虑。我们不说了，这样吧，下周的奠基仪式居市长去吧？”

“好，我尽量去。”

“不是尽量，是一定！我们可不仅仅是赵林和池强，我们可还是江平市的招商项目！”赵林说完拉着池强就走，池强边走还边道：“官味越来越重了，哼！”

赵林说：“不是官味，是位越高越谨慎。”

居思源听到两个人边走边说，心里也没当回事。这两个人的个性他清楚，能干些事，但绝对不是干大事的料。不过，这搞物流倒是一条路子。现在全国各地的物流业正在迅猛发展，据统计，物流业的产值已经占到国内生产总值的百分之十七。这是一个庞大的数字。赵林和池强要在这庞大的数字中取一瓢饮，也不失为一着好棋。只是这二百亩地，都用来搞物流？他打通了杨俊的电话。杨俊说：“正要到市长这里汇报这事，这个项目是我们国土局的招商项目，项目的前期论证都很完善，他们在拿地之前，已经打到我们账户上五百万了。因为是市长的熟人，他们坚决不让我先说，所以就……”

居思源说：“我不问你这个。二百亩地全部用于物流？”

“是啊，建设物流城。”

“啊！”居思源放下电话，一下子似乎明白了。赵林和池强两个人的底牌还是房地产开发，只是走了一条项目开发的路子。这些年，纯粹的商品房开发拿地越来越难，但项目用地无论在审批还是地价上，都有优势。因此各地不断地出现物流城、物流港、小商品城、服装城、大市场等，这些项目看起来是在建物流基地、建市场，但同时重要的支柱是房地产开发。有物流城，有市场，就必须配套建设住宅。而这配套建设的住宅，就是作为商品房进入市场。中国的房地产政策，一直比较乱，乱并不是因为国家没有政策，而是没有执行政策，或者说打了政策的擦边球。比如这赵林和池强，五百万拿了二百亩地，然后取得土地使用证，再用土地到银行抵押获取贷款，用贷款再开发。再拿证，再抵押，再贷款，如此形成了一条自己不用掏钱完全使用银行资金进行开发的模式。反正到最后银行的钱都变成了资产，银行要，你尽管拿去；而银行要吗？它不是会要的，它只要你付息即可；至于本金，你的资产便是它放心的资本。

这擦边球人人都知道违规，可是谁都不会说破。

居思源苦笑了下，将请柬又拿过来，再看了一遍。他想起王琛上次过来，与杨莉、赵茜、王河他们一道。他竟然发现王琛似乎对赵茜很有意思，王琛说："思源哪，我可是等了你那么多年。现在我不能再等了，我得向她表白了。你没意见吧？"

"我有意见！当然有意见。"居思源说，"但意见归意见，那是你的权利。"

王琛用一杯酒回敬了居思源的回答。赵茜在边上一定也听见了，拿眼瞅着居思源，说："每一朵花都只属于一滴露水。来，为着我们的同学友情干杯！"

杨莉的高尔夫球场项目最后落在了财政局的招商项目上，居思源让杨莉和魏如意他们谈。他只定了条原则：在坚持政策的前提下实现"双赢"。

王琛在江平待了两天，然后和张部长助理一道回北京了。在江平，王琛还打听了一下钱参商。最后果真查出来了，就在江平市图书馆。钱参商从毕业到现在一直在那里，现在还只是图书馆的副馆长。平时不太露面，一身朴素，但眼睛放光，还是大学时的倔模样。居思源让图书馆转告钱参商，请他来参加同学聚会，被钱参商一口拒绝了。他说他没空，另外他与这些同学隔离得太久了，坐在一块儿也难得有共同语言。王琛只好和王河、赵茜他们去图书馆看他，结果也是没见着。图书馆里人说出差了。王琛后来告诉居思源："钱参商这个人有个性，是个好人、老实人，你现在当江平市长了，要多关照。"居思源说："怎么关照？连面都见不着。何况，他也许正喜欢那样的生活。我们不能用自己当下的生活来衡量他，来要求他。"王河也在边上说居思源说得有理，生活有不同的方式，只要内心里快乐了、安静了，就是最好。这事，一直从王琛走后到现在，居思源再也没找图书馆问过。他觉得他应该让钱参商继续生活在他自己的安静与快乐里。如果因此而打扰了他，那是一种罪过。

高尔夫球场项目最终谈定了，总投资五个亿，兴建高尔夫会所。江平这边负责一千亩土地的征迁。好在球场项目对土地的要求不是很高，因此初步选定的地点是市南郊外的一处山冈。基本上没有住房，将来拆迁工作量也小。当地的老百姓听说要在这儿搞大开发，都表现出了少有的热情。地价也因为是丘陵岗地，而且又是半荒地，所以每亩只有五万元。杨莉和赵茜十分满意，杨莉说:“这事只要秦可立来再看一下就可以全面确定下来，我们争取在上半年就开始动工。”

秦可立是杨莉的丈夫，长年在北京那边做生意。秦可立也是名将之后，只是自己在军队里干了些年，没能成为将军，就过早地退役了。看来，杨莉也只是拿着秦可立的钱，做些自己喜欢的事。最后的定夺还得由秦可立说。上次居思源到北京，曾同秦可立见了一面。秦可立带着个比自己小十几岁的女孩，两个人黏在一起。居思源看着也有些不太好意思，他终于知道杨莉为什么总是住在江南而很少回北京的缘故了。

女人一旦伤透了心，那她最后的办法就是远离，就是无所谓。

距两会召开只有半个月了，省委考察组的候选人名单却迟迟没有下来。徐渭达也打了电话，说是省委常委会没有开，所以就定不了。可是底下两会的时间是定了的，候选人名单出来后，还要公示，然后有些工作，还得做一做。至少组织意图要能够让更多的代表和委员知道。虽然现在民主在进步，但进步也是个过程。适度的民主与适度的集中，就是符合当前中国特色的基本原则。

晚上，居思源正在大富豪陪国家旅游局的领导，这时徐渭达打来了电话，说省委常委会下午开了，江平报的新增的五个候选人通过了四个。

居思源问:“四个？”

“是的，焦天焕、叶秋红和李朴是副市长人选，任意青是人大副主任人选。”

“啊！其他……既然省委定了，就得服从哪！”

叶秋红也在桌上，现在文化和旅游关系越来越密切，在年初的干部大会上，居思源就提出了江平要搞文化旅游这个概念，国家旅游局来人，他特地让市旅游局通知了叶秋红参加。叶秋红最近正在忙着文化一条街规划的最后论证，等论证结束，将提交人大会议表决通过。到人大会上表决通过，是居思源的要求。居思源认为像文化一条街这样的大项目，涉及面广，可以说是一个有全局影响的大项目。这样的项目就得通过人大会来进行表决，求得全体人大代表的审议。一旦审议通过，那就成了法定的项目，在具体操作上就将更有利，更能体现人民意志。

居思源望了望叶秋红，然后转脸跟国家旅游局的方局长说话。叶秋红手机也响了，她看了下，出门去接。回来后，她朝居思源点点头。居思源知道：叶秋红一定也得到消息了。这年头，官场的消息看起来最保密，其实透露得也最快。最保密的地方恰恰是最不保密的地方，比如组织部，每一次的人事调整，消息最先透露出来的必定是组织部。再比如某些领导，会上大谈特谈组织纪律性，谈保密。会后也许就在谈人事变动的推测，或者是先行解密党委、政府的某些安排。解密其实是人性中的一大特点，每一个都是秘密的解释者。藏着秘密是对人心灵的一种折磨。领导也是人，因此领导的解密同一般人的解密一样，出于人性，无可厚非。

宴席结束后，叶秋红出门时对居思源道："谢谢居市长！"

居思源没说话，只是又点了点头。华石生在边上，一脸的阴沉。刚才他也是应该接到电话了的，到了这个级别，每个人后面都有关系，都有信息来源的渠道。按徐渭达书记所说，华石生显然是不在列的。华石生上次和居思源说过想解决副厅的想法后，居思源也确实替他想了想。华石生说得有道理，但是，副厅级别的位子有限，空间有限，怎么解决呢？他为此也同徐渭达书记交流过。徐渭达说华石生的问题放一放还是可以的。在江平，论资格论水平，还有不少人在华石生之上。而且，从政府秘书长任上走副厅，华石生的要求不会仅仅是解决级别，他至少想在人大或者政协干上一任。其实如果仅仅要解决副厅，对于市政府的秘书长来说，是正常不过的事。市政府秘书长，一般有三条路可以选择，最好的是直接任副市长，其次是到人大或者政协，还有一条就是到副厅级单位解决级别。当然也有个别的，从政府秘书长转到市委秘书长，但很少。江平市今年换届所涉及的人并不多，除了政府的两个副市长职位外，其余都是全的。居思源因此给徐渭达建议，让华石生下一步到市委党校或者江平学院，解决个实职副厅，这也算是不错的了。不过，他没有跟华石生说。一切还得等两会之后。

车子正在发动，向铭清和劳力一班人也下来了。向铭清走过来，道："思源市长，陪旅游局的吧？”

“是啊！”

“省建委的老项主任过来了，我们都是老熟人，因此过来陪陪。你知道，老项是能喝酒的，这不，头有点昏了。”

“啊哈，好！”居思源边说边上车，劳力走过来，喊了声“居市长”，然后道：“居市长听说省里关于江平的候选人定了的事吗？”

“这……知道。”

“我怎么没上？我觉得这里面有猫腻。”

居思源瞪了劳力一眼，关上车门，让司机开车走了。

劳力盯着还站在边上的叶秋红，涨红着脸道：“恭喜美女局长哪！美女果真就是最大的资源哪！哈哈！”

“劳主任，酒喝多了，别胡说。”华石生赶紧劝道。

劳力却更有劲了：“我胡说？我胡说什么了。我说的都是心里话。叶……不就是居思源看上了吗？什么文化兴市，狗屁！向市长，你看看，这女人有哪一点比我劳力强？除了……有哪一点？”

向铭清半倚在车门上，这会儿朝着劳力叫了声：“别再乱说了，上车！”

劳力依然骂骂咧咧的，华石生让边上人拉着他上了车。车子走了，华石生对叶秋红道：“叶局长也别介意，失意人骂两句得意人，也是常理嘛！哈哈！”

叶秋红站在原地，等着华石生上了车，她都一句话没说。司机在不远处的车子里等她，她转过身用纸巾擦了下眼睛，心里一酸，眼泪又差点滑出来。其实，对于提名作为副市长候选人，她是从来没有想过的。虽然政府换届时必须要有一位女同志，而在江平的正处级职位上的女同志，目前也只有两三个人，她在其中算得上是有优势的。但很长时间以来，政府女同志任副市长往往和民主人士任副市长连在一块儿。年初，居思源向她透露要推荐她作为副市长候选人时，她还极力反对。这些年来，她虽然知道自己走到文化局长这位子上，是因为自己的努力与工作成绩，但却很难改变外人的看法：一个领导干部的女儿，一个女人，一个长得还算有几分姿色的女人……女人啊，一旦身入官场，就一定会陷入那些无休止的猜测与忌恨之中。因为这，丈夫同她分居多年了，婚姻名存实亡；丈夫在外面有了女人，她却只能强压着自己内心的痛，用近乎忘我的工作来掩盖伤痕……

华石生说她是得意人，难道被提名就是得意人了？一个人的价值有很多种，当然，作为一个已经进入官场的人来说，不想往上是不现实也是不理智的。正如“一个不想当将军的士兵不是好士兵”一样，一个不想通过自身的努力而被提拔的干部也不一定是个好干部。既然提名了，叶秋红就觉得这提名也有一定的合理性。她告诉居思源，无论两会上能否当选，她都会把组织上的提名当做一次鞭策。刚才席间，在省委组织部工作的同学打来电话，说她在最后的候选人名单中。她心里有些激动，但不是那种令人疯狂的激动。而且，她很快看到了劳力的讥讽和华石生的旁敲侧击。她不会退出来的，但她也确实因此而感到内心的痛楚。这样的一个时代，这样的一个官场，为什么竟不能容下一个奋斗着的女人的灵魂呢？

在车上，叶秋红给居思源发了个短信：谢谢市长。愿我的努力不至于让您失望！

文化一条街的拆迁工作从表面上看进展还算是顺利的，百分之八十的住户签订了拆迁协议。但是，越到最后，难度越大。而且有些情况的出现，令叶秋红感到莫名。部分最先同意拆迁的住户，有的突然遭遇了停电，有的水管被人夜间挖开，还有的甚至收到了恐吓信。她将这些情况汇报给了华石生和李远。李远皱着眉，说：“这是预料之中的。拆迁不仅仅是拆迁，而涉及利益。现在就……”李远没有往下说。华石生倒是接上了，说：“也许现在出现的新情况，是有目的的，也是有所针对的。”

有目的的？有所针对的？目的是什么？针对谁？

叶秋红一个人关门坐在办公室里想了半天，也没能理出头绪来。最后她豁然想通了，难道是针对她？那么，谁要来针对她呢？换句话，就像博弈，谁现在正站在她的对面，要通过压制她而获得利益？

在江平官场上，叶秋红虽然也是出身于干部家庭，但为人一向低调。她的观点是：高调做事，低调做人。可现在……

其实，在江平市委班子里，徐渭达书记对叶秋红也是相当不错的。当年，提名叶秋红任文化局长，就是徐渭达坚持的结果。徐渭达说叶秋红能干、果断，而且有思想，适合搞文化工作。程文远和吉发强都极力反对，最后是票决，叶秋红以一票险胜。人大正式任命后，徐渭达找她谈过次话，递给她一大摞来信。所涉及的内容五花八门，有作风上的，有经济上，有性格上的，有家庭上的，居然还有人说到她初中时早恋……真是荒唐至极。叶秋红稍稍看了看，就交给了徐渭达。徐渭达说，本来这些是不能给你看的，但我想让你知道，一个干部没有争议也不一定是好干部，如果争议多了，就得从自身考虑，时时检讨自己，永远是对自己的最大的保护，也是对组织上的最大负责。

正是基于此，这些年来，叶秋红一直低调再低调。包括同居思源的来往。要是没有工作，她绝对不单独同居思源见面的。两次喝茶，也都是仅仅喝茶而已。喝过了，茶尽了，只此而已下了。她把自己当成了一只蚌，偶尔地出来呼吸呼吸空气，更多的时候是沉浸在一个人的无尽的梦里。

办公楼下突然起了吵嚷的声音，叶秋红知道，一定是老街的拆迁户反映问题来了。

果然，三个拆迁户拿着一只袋子，正在向人诉说着。叶秋红听了听，原来昨天晚上，有人在他们的家门口分别放置了死蛇。袋子里装的就是。叶秋红听着，心想：也太嚣张了！太嚣张了！

这是谁呢？

她马上打电话找黄千里。黄千里最近正在山西矿上，听说那边矿出了点事。黄千里接了电话，叶秋红问他能不能打听一下老街拆迁中最近在胡闹的这些混混的出处。黄千里听了也有些惊讶，说：有这回事？居然有人在我的项目中搞乱子？好，我就让人查。查到了，我非整死他们不可。

这点，叶秋红相信。黄千里在很小的时候就是江平城里的孩子头，再大一点，就成了小混混儿的头。他手下的混混儿最多的时候据说有两三百之多。不过，黄千里这人有一点与其他的黑道不同，他从不招惹老百姓。他招惹的都是那些大款、暴发户。他手下的人，都得遵循他制定的三条原则：不嫖、不赌、不涉毒。一旦有人违反了这三条，轻则暴打，重则伤残。这十来年，黄千里从江平黑道上几乎消失了。他手下的人全部到了山西矿上。江平这边，黎子初手下的人逐渐成长起来，经过几年的打拼，黎子初俨然成了江平黑道的老大。不过，像叶秋红这样的政府官员，算是信息灵通的，他们都知道，黎子初的背后有人，而且，黎子初涉及的不仅仅是小混混儿街头闹事，他可能还涉及更多更大的事情。有人传说，江平近五年来，所有的道路都有黎子初的份子，所有的娱乐场所都得向黎子初交干股，所有的运输车辆都得向黎子初交买路钱……黎子初仿佛是一个帝国，虽然不动声色，却暗中统治了江平的地下政治。从去年开始，特别是马喜出事后，黎子初的居然山庄停业了，而且也听说省里正在查他。但是，似乎是没有什么成效。最近，省里的人撤走了，黎子初就像当年戏里唱的那样：老子的队伍又回来了。但是，叶秋红怎么也想不通，黎子初怎么会插手老街拆迁呢？他目的何在？又意欲何为？

楼下的办公室人员已经劝走了三个拆迁户，李局长上来将情况给叶秋红说了，道："再这么闹下去，文化局也没有安宁的日子了。"

叶秋红说："快了，这事难办。我已经有办法了。"

两天后，黄千里回到了江平。怪不怪，老街上立即就风平浪静了。黄千里笑着告诉叶秋红："这事儿我回来了，他们还能动？秋红局长请放心，这事搞定了。"

居思源是在黄千里回来后才知道老街拆迁中的相关情况的。应该说，他估计到会有些不正常的情况发生，但对不正常的估计显然不足。他没想到会出现蛇等之类的恶作剧。而且，叶秋红也没将相关情况报告给他。因此，黄千里一回来，他就召集李远、华石生、劳力和叶秋红他们开会。会上，劳力说："拆迁向来是大事，尤其是现在的老百姓都被政府给惯坏了，你不让他得到他想得到的利益，你就拆不掉。何况，我们有些领导还到处打着尊重群众、维护群众利益的牌子，让他们更有恃无恐了。"

"你这话……"叶秋红顶了句。

李远也道："劳主任，你作为领导，不能这样随便说话。拆迁当然应该尊重群众维护群众的利益，这是中央的要求，也是最基本的原则。说话不要有情绪嘛！"

"我有情绪？哈哈，我有什么情绪？"劳力涨红着脸，边说边点上烟。点烟时，他的手有微微地抖动。

华石生在边上一直看着，最近老街拆迁停滞了，他心里不知怎么的竟有些窃喜。他也觉得奇怪，按理说，他华石生不是这样的人。但现在……是不是因为提名候选人的事情？人事大于天，也左右着许许多多身在官场中人。倘若你一点希望没有，那也罢了；难就难在也许你正在门槛上，拉一把就上去了；上不去，就永远没了机会。对于华石生，就是这种状况。作为政府的秘书长，如果市委真有拉他一把的意思，他完全可以干个副市长；如果不拉，下一步肯定是到开发区或者党校一类的地方解决个副厅级。为这事，华石生直接找过徐渭达。徐渭达一句话就将他给推回来了，徐渭达说："政府的事，我基本上是放手给思源市长的。另外，提名人选也不仅仅是市里的事，重要的是省里同不同意。老华啊，你在秘书长的位子上也干了不少年了，动是肯定要动的。这点也要相信组织。把情况也给思源市长报告一下，让他定。"华石生只好点头。对于居思源，华石生到目前为止还没有摸准这人的个性。就到江平这快半年的时间来看，居思源是行事高调的。但是，在很多事情上，又显出他处世的精明与圆融。他也曾专门给居思源汇报过，居思源答应考虑，再没了声音。老婆劝他，是不是在这关键时刻要使点银子，他说没必要。居思源连别人看他老父亲的东西都退到纪委了，你再送银子，而且是情况比较勉强的时候送，他会收？他绝对不会收的，不仅不收，相反，还有可能作出些让你想不到的事情。居思源毕竟是个高官子弟，高官子弟作出常人不敢做不能做或者不想做的事，那都是有可能的。就像程文远，他可以跟黎子初搅和在一块儿。在江平官场上，他们的关系就像一块生铁一样，牢牢地焊在了一起。

想到这，华石生看了看居思源。上次马喜事件后，听说是居思源市长到省里汇报，省里才成立了调查组来查居然山庄，搞得山庄只好停业了。为这事，江平有不少议论。有人说，居思源是不知道居然山庄跟程文远的关系，是初生牛犊不怕虎，一到江平就捅了马蜂窝。有人说，居思源是有意为之，作为市长，他是书记的第一人选，但作为老资格的副书记，程文远又确实是他的对手，他要想在江平站稳脚跟，就得有所行动。而马喜事件正好给了居思源一个突破口，他便借此伸展开了拳脚。但是，程文远是什么人？程文远上面有当过高官的老岳，下面有死心塌地的黎子初，另外在江平，他的人脉也是广大得让人防不胜防。居思源要跟程文远斗法，那也许真的是两虎相斗，至于结果，谁能掐得准呢？最近，听说调查组撤出了江平市，黎子初也正在加紧居然山庄的重新开张。不知道居思源又会怎么想？又将怎么应对？

叶秋红对着劳力道："劳局长也不必如此说话，群众都是不错的。我怀疑现在出现这些情况，是人为操纵的，是有人想借老街拆迁做文章。"

"做什么文章？"劳力追问道。

"什么文章我不知道，但我总有这种感觉。"

黄千里一直在接电话，这会儿停了，说："我不管他做什么文章，既然我参与了文化一条街的投资，我就得管管。居市长，这事请你拿个意见，我来摆平。"

居思源笑了一下，又突然严肃起来："什么摆平？以后不要随便用这些词语。李市长，你牵头，要搞清楚这些人现在这么干的目的，搞清楚背后的主使。要分析问题解决问题，千万不能出现过火行为。拆迁问题是个敏感问题，一定要慎重再慎重。"

李远点点头，神情中却有些为难。

第18章　省委副书记的微妙处境

两会前，市委常委会研究了公考与干部双向考评的有关事项。本来，这两项都不在常委会议程中，但居思源坚持要求放进去，徐渭达也不好反对，就同意了。

组织部将公考副县干的有关情况给常委会作了汇报，特别汇报了公考期间和公考后，社会舆论对公考的影响。按理说，这些干部都已经走马上任了，这个问题已经没有再研究的必要。何况决定这些干部录用时，也是市委常委会定的。虽然那次常委会开会时，居思源正在台湾，但这不是理由。居思源说，再拿这个问题出来研究，是要给老百姓一个交代。直到现在，网络上关于公考的议论还有，还有很多人在等着市委政府的解释和答复。这事不能因为七名同志已经上岗就放下了。我们研究，是要从中吸取教训，为下一步的工作打好基础。

居思源在组织部汇报后立即发言，他这是要先入为主。除了强调了刚才组织部汇报时的意图外，他重点道:“现在的干部作用是人民群众最关心、最关注的问题。党风正不正，用人是关键。这次公开招考处干，从操作程序上看，应该是全规的。但是，结果却不合理。第一，现在录用的七名同志，包括所有这次参加报名的同志，大家看看他们的简历就知道，几乎都是干部子弟。但是，我们在制定规则时，就已经无形中给这些干部子弟开了绿灯。看看这条件，有多少人能符合？网上有人说，这是先确定了人，再提条件。我看有点像。第二，现在已经上岗的七名同志中，据说有人曾经受到过刑事处罚。还有一个，据说至今还是合同制干部身份，考试报名所用的文凭有伪造的嫌疑。”

“这不可能！”居思源话音未落，程文远先发话了，“思源同志，我反对你这种主观论断。这次公考，我是主要负责者。可以说，公考做到了程序合法，全程公开，阳光操作，公正公平。至于思源同志刚才提到的两点，第一点那是历史形成，没有任何追究的意义。第二点更是不可能的事情。在报名环节，组织部就进行严格的审核，怎么可能出现有那样的现象？网络上说的话也能作为我们研究问题的依据？思源同志是太注重民意了吧？”

徐渭达赶紧制止了程文远，朝着居思源问道：“思源同志，文远同志的话不无道理。你看……”

“文远同志是这次公考的负责者，这并不代表我刚才提的意见就是针对文远同志的。我说过，程序都是合法的，但是问题是显而易见的。第一条暂且不论，就第二条，我之前已经布置公安机关进行了先期工作。这是公安机关的汇报。”居思源说着将一摞材料放到了会议桌中间，说，“从这材料里面至少可以看到两点：一是考题有泄露，二是个别同志报名时材料与真实身份不符。”

纪委书记光辉拿过材料，翻了几页，对徐渭达道：“真有这情况？这要认真对待，要严厉打击，要追究责任。”

徐渭达让常委们都翻看下材料，一时间会议室里除了翻材料的声音，其他声音都没了。安静中，程文远的手机突然响了，声音显得刺耳和极不协调。程文远并没有急着去按手机，而是先拿起来看了看，然后再按下了拒绝键。

但不到一分钟，手机的尖锐声音再次响起。

程文远起了身，拿着仍然在叫着的手机出了会议室到了办公室，他一接上，就听黎子初道：“程书记，老黑失踪了。”

“失踪了？什么时候？”

“快一周了。一直联系不上，他们找到我。你看这……会不会是？”

“啊！怎么搞的嘛！再派人找找看。一个大活人，能失踪到哪去？再找找看。有情况随时报告我。”

回到会议室，程文远所有的心思都不在会议上了。老黑失踪了，这还真是个新现象。老黑是黎子初的得力干将，虽然明里他单独出来伙，但事实上他和黎子初是连在一条裤子上的。居然山庄的业务，有三分之一是老黑掌握的，特别是赌博这一块，一直是老黑控制着。也只有老黑，才能镇得住那些在赌场上几乎疯狂了的赌徒。老黑对居然山庄的一切都是清楚的，老黑如果真的是被公安给请去了，他后果……程文远想着也禁不住哆嗦了一下。虽然他从来没有真正地入股居然山庄，也不曾给黎子初任何生意上的指示，但是，这么多年来，黎子初确实一直活动在他的身边，居然山庄的整体规划和很多重大活动，他都出席了。黎子初的很多荣誉，像人大代表、工商联副主委，都是他积极推荐的。再说回来，这些年，黎子初跟程文远的关系，已经不仅仅是上级或下级的关系了，而更多地成了哥们儿、成了伙伴、成了同道。

千年的修行难道真的要毁于一旦？

程文远拿眼瞟着居思源。吉发强出事后，程文远当时满心指望着自己能正式上任成为江平市市长。可是，在主持了大半年的政府工作后，他被从省里直接下来的居思源给挤回到了市委。他为此找过徐渭达，但徐渭达是何等有城府之人，只是一笑，便让他吃了颗软糖。他又到省城当面向省委书记路怀凯汇报，路怀凯说，你的情况我们都了解，在这一段政府工作期间，也很有成效。省委知道，将来安排的时候再说吧。这又是半年了，上次省委组织部来考察换届班子时，他提出要离开江平。可是回答粉碎了他的想法，上面的人说，正是换届之年，作为一个分管组织的副书记，担子重，不能轻易调整。等班子全部定了后，省委再统一考虑。

统一考虑，以后再说，这样的官场语言，程文远自己也不知说过多少回了，他还能相信？

可是，程文远最没有想到的是，居思源居然悄无声息地就拿黎子初的居然山庄开刀了。而这刀下去，将来的结果是什么，连程文远也难以预料。当黎子初第一次向他汇报时，他只是笑着，说："居思源知道啥？让他弄去，看他能弄出个什么事？"过了几天，黎子初再给他汇报时，说省里调查组到江平了，山庄里的人看见他们在秘密调查。程文远觉出了问题的严重性。他忽略了居思源的能量和个性。居思源在江平是一片漆黑，但是在省城，他可是熟门熟路。何况，一个市长亲自到省公安厅报告，省厅能不重视？程文远让彭良凯反复打听，就是打探不出什么重要情报。这说明省厅里知道此事的也是很少，动用的调查组很可能就是于江生厅长直接指挥和掌握着的，其他人难以染指。他为此找过主管刑侦的王副厅长。王副厅长说这事他不知道也不清楚，如果是江生书记亲自定的，你就没有再找的必要了。从省里回来后，他让黎子初作好了一切准备，特别是叮嘱手下的人收敛些，对那些已经被公安机关挂了号的，能安排出去尽量安排出去避避风头。两周前，他得到消息，省厅的调查组可能已经撤了。与此同时，另一件让他十分上心的事——流水县县长黄松被害案也因为没有任何有何时何地的线索，专案组暂时撤出了流水县。这两个组的撤出，仿佛搬走了程文远心头上的两块大石头，他一下子轻松了许多。那天在大富豪，当他看着黎子初特地送过来的学生妹时，竟然兴致勃发，老夫聊发少年狂了一大回。

可现在……

老黑失踪了。倘若是平常时候，一个黑道上的大混混儿失踪了，并不是什么太新鲜的事。火并，被害，或者潜逃，都有可能。但现在是省调查组刚刚名义撤离了江平，一直躲在暗处的老黑却离奇地失踪了。这事，怕就不那么简单了。最近，程文远让黎子初给居思源制造了一点小麻烦，目的也就是想转移视线，将人们的目光从居然山庄转到老街拆迁上来。但这突如其来的老黑失踪，却让一切都乱了，难怪黎子初会这么着急。就是程文远，现在心里也像猫抓了似的，没了方寸。

大家看完了材料，徐渭达摸着脑袋，沉默了会儿才道:“都看了吧，大家议议。刚才思源同志也说了，重在总结教训。大家说说看。”

程蔚林首先说话了，他声音不高:“这事，看来组织部门确实有些工作做得不到位。在此，我向常委会作个检讨。对于报考条件，也就是规则，我想既已制定并且实施，就没必要再去追究了。下次公考，就得以此为戒，搞好工作。对于刚才公安机关提供的试题泄密和报考者资格造假，我的意见是追究责任，一查到底。如果属实，立即取消资格，对试题泄密的相关人员，给予严肃处理。”

光辉补了句:“试题泄密要立案查处，这事非同小可。”

正说着，会议室的门被推开了，向铭清端着杯子走了进来，嘴上说:“刚送走他们，唉！”便落了座。常委会的坐席是很讲究的，每个人的位置都是定好了的，即使没到，位置还得空着。向铭清坐下后，顺手就拿过桌上的一摞材料，翻了翻，又听光辉说完话，扭了扭头，喝了口水。程文远沉着脸，将翻开的笔记本合上，又翻开，然后清了下嗓子，说道："我不同意刚才大家的意见。这次市委公开招考七名副县级干部，是经过市委常委会集体研究确定的。相关的政策也是大家制定的。因此，要追究规则，那就首先要追究常委会的责任。"

居思源的手机振动了下，他没接。程文远继续道："至于试题泄密，这是公安部门的职责。请责成公安部门按法律程序侦查。而个别同志的报名资格与实际不符，这个要查清真实的原因和失察责任。是他有意隐瞒，还是我们的审查不到位。江平这一两年来，经济社会发展的同时，出现的问题也不少，这些问题极大地影响了我们干部干工作的积极性。当务之急，不是急于打棒子，追责任，而是要振奋干部精神，努力发展经济。不然，我们江平在全省还有地位不？没有了，同志们！"

程文远说到最后一句时，感情如同洪水，压抑着，似乎随时都要冲决出来。他喝了口水，手在颤抖。徐渭达看着，也觉得有些奇怪，平时，程文远虽然有些脾气，但也不至于……何况这事，跟程文远也不是那么紧密。他何必要如此呢？

居思源眼望着笔记本，一句话也没说。徐渭达道："好了，好了。大家心平气和地讨论嘛！这个公考的问题，我看这样，请纪委牵头，按照公安提供的有关线索再认真地调查一下。然后拿出个处理意见，交常委会讨论。"

程文远的电话又响了。

是黎子初。

程文远接起来，没说话就吼了声："吵什么吵？我在开会！"说着将手机扔到了桌子上。

会议室里气氛一下子凝重了。有人开始出门抽烟，有人低头看手机。居思源朝徐渭达看看，徐渭达宣布会议进入下一个议程：专题讨论干部双向考评。

组织部副部长陈焕汇报了双向考评的结果，后三名且得分在五十分的三个人的名单也出来了。陈焕说："按照市委去年出台的规定，对这后三名且总分低于五十分的同志，作降职处理。请常委会决定。"

处理人，在中国是大事。用一个人，用对了，是好事；用坏了，也不是坏事。而处理人，说穿了就是干部心目中的坏事，至少是不好的事。一个干部被处理了，那对于这个干部来说一生都是个污迹。多少干部干了一生，到退下来时，组织上问还有什么具体要求。他的回答往往是：将我从前的处理给拿了，我不能戴着处理的帽子回家。

可是，一旦处理了，哪能随便拿了？因此，处理一个人甚至比用一个人更值得慎重。常委会研究处理干部，一年中也难得有一两次。这样的研究，是每个常委必得表态的，最后才能形成决议。

徐渭达望着大家，说："大家都提提意见吧，规定是早有了的。现在考评结果也出来了，处不处理？怎么处理？大家都说说。"

光辉是纪委书记，这事当然得由他先说。他目光朝上，声音不大却很有质地道："我看就按规定办。不以规矩不成方圆，规矩有了，就得依照。"

"我觉得这是第一次双向考评，在处理上是不是先给个记过或者警告？下次再出现相同情况，则降职处理。"尉迟芳有点和稀泥了。

向隽一般情况下在常委会上是不大发言的，但这事，她知道也必须有个态度。现在按排位轮着她了，她只说了一句："按规定办吧！"

钱自兵说得更圆滑："要按规定办，当然也可以从治病救人这角度上，从轻处理。"

向铭清正拿一根烟在鼻子底下闻着，这会议室是禁止抽烟的。他将烟放到笔记本上，望了望居思源，又望了下徐渭达，然后道："不就是一次考评嘛，我觉得不应该如此处理。请纪委找来谈谈话，然后再通报批评就够了。搞到个处级也不容易，何必就降职？难道就没有别的办法了？"

政法委书记姚立德和组织部长程蔚林，都说了一通官话："应该处理，但也可以考虑是第一次，相应地处理得轻微些。"

程文远似乎一直在认真地听着大家发言，又好像一直没听。他的眼睛一直闭着，直到程蔚林说完话，才猛地睁开，睁开后眼睛连同嘴巴一道说话了："刚才大家都说了意见，很好。常委会嘛，就是民主。不能因为某一个同志没有出席，就让常委会的决议打水漂。对于处理干部，我的态度是一贯的，要慎重再慎重。处理了，就很难回头。我们用干部用错了，可以调整。但处理了人家，就不好再回头。所以，这几年虽然干部双向考评也一直在搞，却一直没有真正地去处理干部。一当然是没有出现干部在后三名且总分低于五十分的，二也是考虑到对干部的保护。现在，有些同志提出了要处理这次考评中的后三名干部，我觉得这有些太过于上纲上线了。我不同意对这三名同志降职处理，但是我建议对他们警告并通报全市。这三名同志我都熟悉，在各自的工作岗位上都作出过很大的贡献，不能因为这一次的双向考评，就让他们背上包袱。何况我们的考评是不是就十分的科学呢？考评本身有没有漏洞？是不是做到了真正的公平？如果不是，那么处理他们本身就有可能是个错误。避免错误发生，又要达到处理的目的，那就是通报加警告。”

“通报加警告”，程文远这一番话说得透，观点也明确，他就是否定了以前规定的处理办法，而代之以他所说的“不上纲上线”的处理了。

徐渭达咳嗽了声，转了转脑袋。居思源从侧面看见，徐渭达的秃顶更广大了。

常委会到了最后，就是两个一把手说话了。不过，在常委会里，就只有一个一把手了。徐渭达就是。居思源因此得先表态。他从徐渭达的秃顶上收回目光，又朝程文远看了看。程文远也看着他，两个人的目光在不大的会议室里纠结着，无声且凌厉。

“对干部的处理问题，我们向来是慎重的。不到万不得已的时候，轻易不处理干部，这是我们的原则。在全国全党是这样，在江平也是这样。因此，刚才大家表达的意见，我觉得都是有道理的。我来谈谈个人的看法，最后还请渭达书记定。”居思源端了杯子，却没喝，继续说，“市委关于干部双向考评的文件，是以前就有的，去年又作了修订。这个文件发到了市直各单位、各县区，应该说每个干部都知道。知道而违反，这就叫明知故犯。而且，我刚才又将文件认真地看了一遍，我们的政策事实上是很宽松的。考评后三名，并且得分在五十分以下，才给予处理。后三名没关系，但不能低于五十分。五十分是什么概念？大家都听了组织部汇报的后三名扣分的情况，太不像话了嘛！看看这条：工作态度蛮横，作风粗暴。还有：接受吃请，出入娱乐场所。这还是个好干部吗？是个称职的干部吗？我看不是。这样的干部不处理，会带坏一批人的。”

程文远拿着手机出去了。

居思源提高了声音:“我们的经济社会发展，靠干部来贯彻各项政策。干部都成这样了，政策能贯彻好？能落实得好？不可能的。我们的考评是经过市委常委会研究确定的，考评过程也是公正公开的。如果仅仅是考评了，不处理，或者说不处理到位，我们的考评条例就会形同虚设，没有力量。没有力量就是没有执行力，这将是我们搞各项事业的最大敌人。事实上，我们来研究处不处理这三位同志，就是多余。当然，也是出于对这三位同志的保护和慎重。我的意见是按照条例，处理到位。同时，要将处理结果在报刊电台和电视台发布，让全市人民都知道，我们的干部双向考评不是走过场，而是动真格的。”

程文远又拿着手机回来了，嘴角上挂着莫名的笑容，不知是愤怒还是高兴，他重重地坐下来，然后拿起手机，迅速地按动着机键，似乎在删除着什么。

徐渭达知道，必须出来作决定了。

作为市委书记，对于常委会的开法，他是熟谙的。对于最后的决定，他也是经常得做的。常委会的会议记录中，除了每个常委的发言外，最后必定单独有一条:书记决定。所谓的书记，这个时候是最能见水平的。其余人可以争，可以吵，甚至可以和稀泥，但你不能。你得态度明朗，得一锤定音。在书记的决定出来后，不同意的只能叫保留意见了。最后时刻，书记就代表着常委会，换言之，书记的决定就是常委们讨论结果的总结，因此，也就代表着所有的常委。

徐渭达将脑袋支得更高些，人也有些前倾，这是他每每要作决定前必定要出现的动作。接着道:“对于干部双向考评，大家都谈了很好的意见，很好，也很活跃。这个问题讨论还是有必要的，因为涉及干部，还是要慎重再慎重。综合大家的意见，我谈两点:一、同意按照考评条例，给予后三名且总分低于五十分的三位同志处理，建议党内职务不变，行政停职察看半年。二、公开通报批评。”

居思源没有想到徐渭达会出来这么一个不伦不类的决定，但既然徐渭达已经说出口了，他也不好再坚持，就低着头，没说话。程文远对徐渭达这个决定倒是赞成的，党内职务不变，行政停职察看半年，说白了，等于没有处理。停职察看，半年后再恢复就是了。级别没降，工资没少，就是面子上差点，谁让他成了后三名呢？居思源一直想在江平从整顿干部开始树立自己的权威，这下，你居思源还能说什么？其实，在会议之前，组织部就给程文远报告过双向考评的情况，涉及的三名干部，也先后以不同的方式找过他。其中一位还是宣传部长尉迟芳的外侄子，另外一位的老父亲以前是市委统战部的常务副部长，都是老熟人，怎么处理得了？何况人家一不是作风上的问题，二不是经济上的问题，三不是政治上的问题，能有多大问题？给个通报不就得了？应该说，对于居思源的态度，他也有所准备。因此会前，就这件事他同徐渭达交换过意见。徐渭达自然也不太想搞得太狠。江平这地方能有多大？处理干部，就是通天的大事了。处理了一个人，也许就废了一个人。何况处理干部也许还会带来其他的后果，比如上访，比如突发事件等。省两会马上就要开了，徐渭达现在要的就是安静，就是和谐，就是良好的氛围。这个时候，他是不希望因为处理干部而影响到自己的。程文远一说，徐渭达也就同意了，说：我会考虑的，干部嘛，还是要以保护为主。

现在这个结果，不得不让程文远佩服徐渭达处理问题的能力与圆滑。明的是处理了，而且很到位；暗地里，等于没处理，既达到了目的，又确保了平稳。

会议临结束前，居思源突然提了个人事安排：建议马鸣任市政府副秘书长。这个想法他早已有了，他得有自己的人，马鸣正合适。今天这会，争来争去，几乎成了都有面子的平手。这个时候提这个想法容易通过。而且马鸣在这些与会的领导面前，还都是说得过去的。果然，居思源一提议，大家都不说话，三分钟后徐渭达便定调子了："我看思源同志的提议很好，请组织部按程序进行。"

会议结束后，居思源回到政府，马鸣笑着说："谢谢市长了，我都很意外。"居思源没多说，只说了句："好好干！工作是第一位的。"然后他便赶往省城。文化一条街的规划已经搞好，本来想到江平来搞个规划研讨会，但专家们忙，他只好带着方天一、华石生和叶秋红、劳力一道到省城来听取专家们的意见，就在省规划设计院召开一个小型的论证会。下午，专家们已经就规划展开了研讨，他过来是想听听最后的论证意见，同时约请这些专家共进晚餐。

刚到省城，居思源就接到孙兴东部长的电话，问他在哪，是不是正在省城？居思源说："是的，刚刚到，才下高架路。"

"那你先到我办公室来一趟。"孙兴东说着就挂了。

居思源有些忐忑，孙兴东这是明显地发脾气了，只说了几个字就挂电话，而且指明到他办公室，情况应该不是很好。那么，大概是为了什么呢？他仔细地在大脑中搜了搜，是为苏朗朗巡回演出的事？应该不会吧，这事已定在五四青年节举办，一切工作都是由文化局承担的。赞助企业赞助的一百二十万元也已经打到了指定账户上。那么，是为人事？应该也不会，省里刚刚批了江平市两会新增加候选人，不可能再有其他动作。那么，是……居思源一直没想通，车子已经到了省委了。

居思源的车前面挂着省委大院的通行证，所以一直开到了办公大楼下。以前，他在宣传部时，就在这幢楼的六楼办公。组织部在八楼。再上面是省委办公厅，十二层是书记办公室。他下车上了电梯，正碰上省委宣传部的副部长叶永。两人也算是老同事了，一见面自然亲热了一下。叶永说："好久不见居市长了，晚上就在宣传部这边吧，给我们一个机会。"

"我也想，可是不行。晚上在规划院那边陪专家们，这是到兴东部长那儿有点事情汇报。"

"啊，是不是两会候选人的事？"

"这……"

"我下午也听说了。据说，怀凯书记还发了火。"

"什么？有……"

"你还不知道？唉，听说涉及你们所报的一个姓叶的候选人，现在到处都是关于她的来信。我们部里也收到了，内容都是一样的。不是举报，而是表扬，把人树得像英雄一般，里面所列举的事情，几乎就是江平市委、市政府的事情。"

"有这事？"居思源身子一震，应该说，省里批准了候选人的名单后，他就没再考虑这个问题了。没想到，现在出了这么大的乱子，连怀凯书记都惊动了。那么，徐渭达呢？

出了电梯，居思源本来想给徐渭达打个电话，想想算了，等看看兴东部长怎么说吧，先得弄清楚情况再定。

孙兴东见到居思源，伸手就将桌上一大摞信件推给他："你先看看，这像什么话？啊！"

居思源打开其中的一封，看了看，里面说叶秋红是江平最有前途、最正直、最廉洁的干部，是反腐斗士。她曾对吉发强进行过举报。她从不接受任何吃请，还经常用自己的工资用于公务招待。很明显，这信是另有目的的。居思源觉得，这明明是借表扬来打击叶秋红。现在的关键是，谁写了这些信呢？为什么要写？

"兴东部长，出现这事江平市委有责任。但我刚才看了看，这是有人有意为之。就是想通过这种以表扬信的方式，来打击叶秋红。这些信里的很多表扬的话，一看就极不真实。因为极不真实，就容易引起收信者的极大反感，从而影响到对叶秋红的印象。"居思源说着，又翻出一封，道，"你看这个，写叶秋红在防汛时一个人跳到湍急的水流中，摸索着打桩。这就像编故事一般，怎么可信？我认为，这是有人在制造混乱，以达到不可告人的目的。"

"我也知道。"孙兴东道，"可是，思源哪，马上就要开两会了，这铺天盖地的信，叫人怎么办？怀凯同志很生气，说要拿掉叶秋红的候选人资格。我刚刚也同渭达同志联系了下，他说请省委定。你看这怎么定，这不是……"

"我觉得没必要因为来信而改变省委的决定。如果改变了，正好让写信人达到了目的。"居思源说，"也不宜于追究，写信是公民的权利。更不应该因此对叶秋红有什么影响，那样既不符合事实，也对她不公平。"

"那你说，就到此为止？"

"当然是，兴东部长。"

"我刚才看了一下，里面也提到了苏朗朗巡回演出的事。怎么搞的？演出还没进行，就弄得满城风雨了？"

"有吗？那也是捕风捉影。叶秋红工作是比较扎实的，这事也由她在负责。"

"那你让她注意点。真不行，就取消吧！"

"那没必要。我会说的。"

孙兴东站起来，走到居思源所坐的沙发前，说："思源哪，我还是得提醒你一下。要处理好各种关系，特别是男女关系。在江平嘛，更要注意。在这方面出问题，是最不值得的，也是最没有意义的。”

“哈哈，兴东部长放心，我对自己有把握。”

“那就好。”

从组织部出来后，居思源情绪一下子低落了。应该说，他知道江平复杂，但复杂到这种程度，是他始料未及的。从报社改行搞行政这么多年，他是第一次面对问题感到棘手，而且失去了处理问题的方向。省委最后到底怎么定？难道真的会取消叶秋红的候选人资格？估计不会，但至少省里对江平、对叶秋红，印象不可能再是以前那样的了。上次，他给孙兴东部长汇报江平的人选时，孙部长对叶秋红就有些担心。当时，他是拍了胸脯保证：这叶秋红在江平是有政绩有口碑的，只要能进入候选人行列，就一定能顺利当选。

现在看来，他给孙兴东部长的承诺太早了些。并且，他有种预感：江平市的两会绝不会是那么的轻松与顺利的。

晚上吃饭时，居思源看叶秋红敬专家们喝酒，一杯接着一杯。一个女人在官场上行走，也确实不易。他没有将孙兴东部长所说的话告诉她，饭后，方天一和叶秋红他们回江平了。居思源没有马上回家，而是去了李南副书记的办公室。外面最近正在传着李南副书记被中纪委调查的事，居思源见了李南，感觉情绪还不错，便将来意说了。

“这个我知道。”李南谈到来信的事，说，“你的看法呢？”

“不过问，等两会开过后再说。”

“这事会不会直接影响到两会的选举？”

“肯定有影响。但我会做些工作的。江平的两会务必成功，这是我和渭达书记坚持的原则，也是我们在常委会上所提的要求。”

“啊！”李南将手中正摆弄的一只小玉扳指放到摊开的文件上，望着居思源，正要说话，电话响了。他示意居思源别出声，接了电话。居思源听见电话里是个男人的声音，但具体说什么，听不清。而且他发现，李南副书记的脸色越来越严肃，便起身到门外，并轻轻地掩上了门。

李南的秘书小陈喊居思源到隔壁办公室坐，居思源问：“最近李书记忙吧？”秘书说：“还行，只是跑北京多些。另外就是一直心事重重的，最近晚上几乎都在办公室，搞得我们也得跟着待在办公室。秘书苦啊！你们领导……”

居思源说：“我也当过秘书的，虽然没有真正的名分，但给部长写过多年的材料。秘书苦，我是知道的。所以我现在的秘书，就是那个马鸣，你们也认识，一般情况下，我是不带的。领导干部对秘书的依赖，不是好事，对自身的思考和成长都不利。”

陈秘书笑着说：“如果领导都像居市长这样，我们做秘书的，就觉得快活了。”

约莫谈了二十分钟，李南过来喊居思源了。

居思源看见李南面色发红，虽然极力显得镇定，但还是有些情绪化。

李南问：“老爷子最近都好吧？”

“都好。年前生了场病，现在基本好了。只是脾气倔，没办法。”

“脾气是一生的，强求不得。啊……老爷子好像有个战友，原来在中纪委，是吧？”

“是有一个，原来的副书记。不过早离休了。”

“我知道离休了。但他儿子现在也在中纪委，是常委，而且很有影响。”

“是吧，还真不太清楚。”

“这样吧，你回去问问。看看能不能找到老爷子那战友的联系方式，我明天到北京去，想找他办点事。”

“……好吧！”

居思源又问了句：“听兴东部长说，对江平的候选人问题要再研究，我看就不必了吧？李书记你看……”

“好吧，就依你。不过要做好工作，特别是选举时，千万不要出现意外。”

居思源得了李南副书记这话，知道至少省委不会再对江平候选人这一块再有动作了。李南是分管组织人事的副书记，现在，各级的副书记职数减少后，副书记的权力明显加大了。专职副书记不仅仅分管组织人事，其他各项工作都可以插手。从某种程度上说，副书记比书记、省长更能说得上话。书记和省长之间还有所制约，而副书记恰恰成了两个人制约后的最大获利者。副书记可以游刃于党委和政府之间，很多书记不好说、不好出面的事情，副书记可以出面；很多省长或者市长难以沟通的事情，副书记可以去沟通。因此，副书记往往成了一个地方出镜最多、最有影响力的人物。书记是一般干部难以直接接触的，市长又不宜于过多插手诸如人事等方面的事务，副书记却都能。副书记职位的灵活和直接，以及权力的相对集中，使其越来越成为一个地方党政班子中最炙手可热的职位。

李南副书记就是。在江南省，很多干部汇报工作，不是给书记，也不是给省长，而是给李南副书记。很多既代表党委又代表政府的场合，总能看到李南的身影。在重大决策上，李南的影响力甚至大过了路怀凯书记。

但现在，居思源感到李南有些力不从心的疲惫，甚至有种令人不安的恐惧。

难道真的如传言所说：中纪委正在查他？

回到家，池静正倚在床上看书，给他拿好了换洗衣裳，问他："怎么也不说一声？顺道回来的？"

"晚上到规划院，请专家。刚才又到省委那边去了下。"

"思源，我上次说的到国外做访问学者的事，已经定了。下月初正式动身，目前签证正在办。我还是担心淼淼。"

"去吧，难得的机会。淼淼不行，送到老爷子那边去，那边有阿姨。再不行，就让她到王河家去。她不是跟王河的女儿同班嘛！"

"只怕她不愿意。马上就高考了，我真的有些为难，不行，就不去了吧？"

"这次不去，下次还有机会不？"

"难说。像我这样的年龄，机会不会太多的。"

"那就去。我跟淼淼说。她懂事，会理解你的。"

池静说："那也是，你先去洗了吧。"

洗完澡上床，一番亲热后，池静躺在居思源的怀里，突然抬起头问："江平有个女文化局长，是吧？"

"是啊，怎么问这个？"

"我收到了好几封信。都是关于她和你的。我不相信，所以也没跟你说。你要不要看看？"

居思源这一下真的有些蒙了，如果说省委、省政府的领导们不断收到关于叶秋红的表扬信，是正常的，但池静收到，那就不正常了。他赶紧拿过信，一看内容，与写给领导的根本不一样。这些信就是一个主题：叶秋红是居思源在江平的情妇。更要命的是，其中一封信里，还夹着张照片，模糊地可以看出是两个裸体的人抱着的轮廓。

居思源将信狠狠地扔在地上，问池静："你相信吗？"

"我当然不相信。要是相信，还能这样？"

"谢谢。不过我还是得给你解释一下。"居思源将有关叶秋红的事详细地说了遍，池静听完了，说："我还是相信你。不过，别人写信也难怪。你是市长，不能只关心一个女局长。男女问题，说大不大，说小不小。还是得注意点好。"

"你这话怎么跟兴东部长说的一样啊！"居思源笑着道，"放心。我没有那个资本啊，更没有那个闲心。"

池静笑着偎在居思源的怀里，抬头问："我出国了，你还能……"

"要是不放心，就不出去吧。或者把你也调到江平？江平市立医院还真的缺少你这样的大夫呢！"

"又是贫！"池静嗔道，"都说你这样年龄的男人是极品，何况你又在高位。我总是担心。不过，你放心，我不会瞎猜疑的。"

"我知道你不会。外面一片清净，后院红旗飘飘嘛！"

"你啊你！"

第19章　小心提防官场上的小人拿你做文章

李朴一大早就赶到了市政府，居思源还没来。在走廊上正好碰见了华石生。

华石生道:“恭喜李书记啊！”

“恭喜我？何喜之有啊，只不过是一道配菜而已。”李朴说着点了支烟，到秘书长办公室坐下，问，“思源市长过来吧？”

“应该过来。”

“啊，那好！”李朴说着，弯下腰，华石生问:“怎么了？李书记？”

“没事，就是有点不舒服。”李朴用手压着肝脏部位，华石生立马道:“老李啊，我看你脸色不好，还是到医院查下吧。”

“不用查了，查过了。我来就是给思源市长汇报这事的。”

“难道？”

李朴摇摇头，这时外面马鸣过来喊:“李书记，居市长到了。”马鸣虽然刚刚提了副秘书长，但暂时还跟在居思源后面。

李朴进了居思源办公室，居思源问:“最近山核桃长势如何？”李朴说:“都很好，幸亏有去年下半年的财政及时扶持，不然都冻死了，现在只剩了荒山。现在漫山遍野的都是核桃树，有的叶子都寸把长了，看着就叫人欢喜。”

居思源说:“好啊，这山核桃产业要是做起来了，将来会是江平最朝阳的产业。”

李朴苦笑了下，道:“居市长哪，我怕……等不到那时候了。我来是特意给市委政府请假的。明天我要到上海去做个手术。”

“手术？”

“肝脏出了点问题，本来我不打算做手术了。但考虑不做，也许就两个月了。做了，可能还能挨上个半年一年的。我是很想把桐山的山核桃产业做起来的。可惜……唉！”

居思源起身走到居思源身边，问道:“真的？”

“真的。前两天我到省立医院确诊了。已经同上海那边联系好，晚上的火车。”李朴说着将手中燃得快尽的烟头灭了，望着居思源。居思源突然心里一酸，嘴上道:“怎么会？怎么会呢？唉，怎么会呢？”

李朴说:“我也是这样想哪！可是已经是了，就不想了。反正人生也总得一死，无非迟早。只是我还有不少事没做……”

“明天早晨我让政府的车子送你到省城，坐飞机过去。飞机票我马上让人给你办理。另外，我让政府派一个副秘书长跟你一道，到上海去帮忙。”

“这就不必了。我都安排好了。不能因为这小事惊动了太多。”

“不行，按我说的办。”

李朴点点头，又道:“我想我这病一时半会儿也好不了，我也同渭达书记汇报了，想让世民同志主持县委工作，居市长你看……”

“可以。”

“另外就是两会候选人的事，我想请辞。因为这已经没有实质性的意义了。还有很多同志比我优秀，让他们上吧。请市委务必同意。赶快向省里报告，免得‘两会’出现问题。”

居思源上前一把抓住李朴的手，说:“老李啊，你看你这……你这……”他转过身，过了会儿才回过头道:“一定要想办法，请最好的医生，尽最大努力治疗。”

李朴走后，居思源关上办公室门，一个人站在窗前，心情格外的沉重。李朴说是肝脏上出现了问题，到了这地步，应该不会是小问题。就是李朴不说，居思源也知道，肯定是肝癌。而肝癌在癌症中又是时间最快、最难治疗的。他看见外面的樟树，一边长出新叶，一边却在落叶。他多么期望李朴也能如这棵樟树，在落叶的同时长出紫红的新叶啊！

居思源打电话给徐渭达，徐渭达也叹气，说:“真没想到，平时看李朴这人身体挺棒的，怎么说出事就出事了？”

“是啊！他提出请辞候选人的事，渭达书记怎么看？”

“这个……我也在考虑。你的意见呢？”

“距两会召开只有十天了，这时向省委汇报这事，恐怕……而且我觉得虽然李朴同志自己提出来了，但组织上应该从关心一个同志的角度考虑。因此，我想还是按照省委批准的候选人来进行为好。另外，李朴同志的病情也不宜于在大范围内公开。”

“可以。就这么办！”

徐渭达停了会儿，又道：“这事请思源同志跟李朴同志谈谈，桐山那边也不要公开，就说暂时到北京学习去了。”

“好！”

第二天，李朴在市政府副秘书长马鸣的陪同下，到了上海。而在江平这边，公开的说法是李朴同志到京参加县委书记学习班了，为期两个月。当然，江平高层和桐山高层都是知道内情的。但居思源给定了个纪律：这事谁泄露出去，就查谁。两会举行在即，稳定最大。然而，这话刚刚说了三小时，下午，程文远就发火了。

程文远跑到徐渭达办公室，开口就道：“渭达书记，我还是江平的副书记吧？”

徐渭达知道程文远有几斤几两，就笑着道：“怎么？要提醒我一下，怕我忘了？”

“不是怕渭达书记忘了，是怕其他人忘了。李朴生病这么大事，我居然都蒙在鼓里，外面都传开了，我却不知道。这事……”

“这事怎么了？李朴同志生病的事，是我和思源同志商量的。两个一把手有权临时决定事务。文远同志，这可以吧？”

“这……当然可以。不过我……这明明是……何况李朴生病了，而且是重病，他就应该请辞候选人资格。”

“李朴同志请辞了，我和思源同志没同意。”

“选举一个不能履行职责的人当副市长，这是对代表和人民不负责任。”

“你怎么知道他不能履行职责？文远同志啊，看问题要长远些，要客观些。这事不要再说了。”

程文远一扭头，转身便走，同时道：“我这是对市委负责！”

晚上，居思源陪同从北京过来的京东集团陈总共进晚餐。他也请了徐渭达，徐渭达说他这两天身体不太舒服，就不陪了。居思源知道徐渭达还是没解开心里的结。徐渭达到京东集团去了几次，陈总连面都没让他见。现在，居思源一出马，项目搞成了，陈总还来江平了，徐渭达心里当然不快活。不快活再强撑着来作陪，就很为难。而解决这为难的最好办法就是身体不太舒服。

向铭清也在。向铭清只喝干红，一个人足足喝了两瓶特级长城。喝着就兴奋了，与陈总的秘书谈天说地，说到自己在财政厅当副厅长的时候，有一年到法国喝正宗的干红，“那真是地道的干红，喝下去整个人都沉醉，就像面对美丽的……你一样，哈哈！”

陈总和居思源一直喝白酒，喝得不多，节制而有礼节。居思源说：“京东集团到江平来投资，我手头上正有一个好项目，如果陈总有兴趣，我明天陪陈总过去看。”

“什么项目？”

“山核桃生产与加工。”

“这个很好啊，山核桃国际市场的需求量也很大。我们还正在寻找基地呢。面积多大？目前长势如何？”

“有一万亩，明年挂果。”

“好，明天过去看看。”

向铭清突然转过来，眼睛蒙眬着，道：“桐山那万亩基地……哈哈，我一直认为，农业不可能是个能产生大效益的产业。”

居思源被向铭清这句话给雷倒了，一个常务副市长在这样的场合公开出来拆市长的台，还真是少有。不知是有意还是无意，向铭清又接了句：“不过现在农业产业化倒是条路子，国家投资多。我在厅里时，每年手上就这一块十几个亿。钱呢？到现在也没见……陈总哪，不都是以农业的面目获取投资，然后搞……陈总，京东集团底下也有房地产开发公司吧？应该有！”

陈总板着脸，没有回答。居思源道：“铭清同志，不要再说了。京东集团是个纯粹的农业产业化集团，在全国十分有影响。陈总能到江平来，是对江平的关爱。不说了，我们一道敬陈总和各位一杯。”

向铭清迟疑着，端起干红，别人没动，他先喝了。喝完后用餐巾纸擦了下嘴巴，道：“明天到桐山，那李朴不是到上海治病了吗？”

“县长在。”居思源对陈总道，“桐山的书记身体出了点问题，到上海去了。县长在，明天我陪陈总。”

陈总道：“我知道居市长忙，但现在看来也只有居市长陪我了。或者我们自己过去吧。其他人陪就不必了。”

向铭清眯着眼，盯了陈总一会儿，突然道：“我陪！思源市长，我陪！”

“不必了。我亲自陪！”居思源说完同陈总谈到目前的国际粮食价格，向铭清出去在走廊上大声地接了个电话，进来后打断居思源的谈话，对居思源道：“思源哪，听说李朴请辞，怎么不同意呢？应该同意嘛！我看他不行，正好让劳力上。劳力不错，我来这么长时间，感到他办事扎实，胆子也大，也开拓。现在就得用这样的干部啊！”

“这个我和渭达书记已经定了。”

“定了可以再商量嘛！”

居思源有些生气了，但他强忍着，笑着请陈总吃饭。向铭清仍在唠叨着，唠叨了一会儿，见没人理了，便起身出去。在走廊上拨通了劳力的电话，说：“我跟思源说了，他不同意嘛！这个人死脑筋的。哈哈！”

劳力问：“我还有别的办法吗？”

“有！到省里去反映。”向铭清道，“我是支持你的。文远同志也同意。”

“那……”劳力接着道，“好的，我去去看。”

两天后，居思源接到省委组织部孙兴东部长的电话。孙兴东一开口就发火了：“怎么搞的？思源哪，你和渭达同志怎么搞的？”

“兴东部长，这是？”

“李朴生病的事，所有常委都知道了。怀凯同志指示要认真考虑。我怎么考虑啊？啊！”

“啊，是这事。孙部长，我觉得这事本来就不需要考虑，一个候选人谁能保证他不生病？生病了谁能说他就治不好？治好了不是照样为党工作？”

“……怀凯同志指示除了原来的候选人外，另外增加一位，他点了名字：劳力。”

“这……”居思源一愣，劳力这是用了通天的本领了，竟然连路怀凯书记都站出来为他说话。但是他还是道：“孙部长，这是通知江平市委还是征求江平市委的意见？如果是通知，我们服从；如果是征求意见，我首先不同意。”

“是通知而不是征求意见。”

“那我们服从。”

孙兴东压低了声音：“思源哪，候选人嘛，候选而已。变数很大的。这个就由你们来掌握了。不过，还有一件事，我还得提醒你：这两天不少人反映你和叶秋红的关系不正常。我知道你不会的，但是也得注意点，注意点总比不注意好嘛！啊！”

居思源握着话筒的手有些颤抖，道：“孙部长，这个你请放心，也请组织上放心。我就是要让大家知道，在官场上男女之间除了工作关系外，不仅仅是很多人眼中的那种关系，而应该有一种纯粹的友谊和关爱。”

“思源哪，这很危险。我建议你打住，啊！”

“这不危险。孙部长，我有分寸，而且我相信我和叶秋红同志的人格。”

“我是相信哪，可是……思源哪，还是注意的好！好，不说了。你和渭达同志将两会选举的事操做好，鲁部长明天过去。”

“谢谢孙部长！”

居思源放了电话，心里却十分不是滋味。官场上的文章很多，那些写在书面上的，仅仅是其中最小的一部分。还有更多的，被写在暗处，写在隐秘的地方，写在你防不胜防的时候……很多事都可能成为别人文章的素材，只是你浑然不觉，你成了文章的主角，被注视，被宣扬，被揣摩，被篡改，被规则。这些有形无形的小文章，构成了官场这篇错综复杂的大文章。

第二天，居思源陪陈总看了一天桐山的山核桃基地。陈总说：“有这基地我就够了，我马上会在这边来投资建一个大型的加工企业。将来，桐山这地方，就可以专业地发展山核桃种植，形成自己的生产品牌。”他对杜世民道：“这样，你这县长可就成了山核桃大王了。”

杜世民憨厚地一笑，说:“这得归功于李朴书记！他要知道了，保不准会高兴得跳起来。”

居思源在一边道:“现在很多人都说共产党的干部在体制内，做不成什么事业。其实，陈总哪，谁都有成就一番事业的雄心。这些县长、书记更有。刚才世民县长提到的李朴同志，就是很好的一个书记。想想也是。为官一任，能有多少年？再大的官，都有退下来的时候。但你做了好事，做了实事，不论过多少年，都还能被老百姓记着。这才是真正的成就。就像你陈总，为中国的农业倾注了心血，多少农民都在感激你。还有什么能比这更让人心生自豪？古人说‘些小吾曹州县吏，一枝一叶总关情’，就是这道理啊！”

“居市长思想精辟，听市长一席话，胜读十年书啊！我长期跟各级官员打交道，说真话，像居市长这样的官员太少了。太少了啊！”陈总叹着，说，“人之所欲，温饱而已。放眼为民，心有成也！”

晚上，省委组织部负责江平市两会选举工作的鲁部长到了。居思源和徐渭达、程文远以及程蔚林陪同。鲁部长私下里问居思涛:“应该没问题吧？”

居思源点点头。

江平市的两会准备得是比较充分的，而且，就会议议程来看，也是相对来说较轻的。虽然有选举一项，但大部分都是连任选举，只有五人涉及新提名。五人中，有两个县委书记、三个局长，其中一位局长还是女性。在会议之前，组织部就召开了不同层次的干部会议，就两会选举工作开展了个别谈话。就目前情况看，还没有发现什么不正常的苗头。

鲁部长一再强调工作要做在前，到了选举时，特别是提名酝酿时，再出现问题就麻烦了。现在讲的是民主，有十名以上代表（和委员）自己名就有资格推选和推举候选人，一旦推举出来了，往往事情就会朝相反的方向发展。原来组织上定的人选就容易落选，而代表和委员们推举出来的人选，当选率相当高。

“这个教训在很多地方都出现了。”鲁部长叹道。

徐渭达笑着摸着秃顶，说:“鲁部长放心，江平是靠得住的。我们的工作做得很细，问题要出早出了。现在不出，就不会再有。”

鲁部长道:“渭达书记是得站好在江平的最后这班岗哪，这可也是渭达书记在江平的政绩啊！是吧，哈哈！”

程文远手中夹着条小干鱼，阴阴地不易察觉地一笑。

居思源补充道：“鲁部长是对江平关心。我们会按鲁部长的要求，最后再做一次工作。尽量将问题消灭在发现苗头之时。蔚林部长哪，从今晚就开始计划，明天一天要全部过一遍。”

程蔚林点头说：“行，可以！”

“我看这就没必要了。”程文远插了句，“后天就开会了，现在做什么工作？再做，把人心都做乱了。算了吧！算了！”

鲁部长朝程文远望望，又望望徐渭达和居思源，然后道：“文远同志说得有理啊！到了节骨眼儿上，再……不太妥吧？即使做，也得细致些。”

居思源没说话。徐渭达咳嗽了声，大家就撇开这个话题，谈到原来的省委组织部副部长王长。鲁部长说最近他专门了解了一下王长案情的进展，情况不太好，数字比较大。有很多事情都是从来没有听说过的，包括王长在北京和上海两个地方都有情人，在省城还有两个。四个情人，每年王长给的开支就要上百万，他靠工资收入怎么能够？除了贪，还能……

鲁部长停了话，大家也都不做声了。在官场上，是忌讳谈这些事的，只是因为王长大家都熟悉，所以才谈起来。徐渭达说：“太可惜了，不然以王长的能力还是很有前途的。”居思源道：“越是有能力的人，一旦出起事来就是大事。因能力而贪，古人谓之智贪，它是甚于其他各种贪，而摆在贪之第一位的。”居思源说这话时，连鲁部长都眼望着别处。说完，徐渭达道：“大家不再说这沉重的话题了，清者自清。我们喝酒！”

程文远将酒一口吞了，然后重重地叹了口气。

晚上，居思源没有陪鲁部长去喝茶，而是回到了房间。他有点累。这些年来，他从报社到宣传部再到科技厅，虽然工作也复杂，但没感觉到像现在这么累过。他这累是从身到心的。作为市长，每天一开门，迎接的就是各种具体的事务和各色人脸，时间大多是周旋于各种会议与应酬上。以前当厅长时，工作还是相对单纯的。至少早晨到办公室，是有一段可以泡茶喝茶的时光。现在连这样的时光也越来越少了。有一次，他同王河、孙浩然他们谈起这事，孙浩然说:“你以前在厅里，是大政府下的一个部门；而现在，你就是一级政府。说得形象点，以前你是蛋里面的一块蛋黄，现在你是整个蛋。你当然得累，要是不累，在中国还能做市长？”

孙浩然这话话粗理不粗，想想也是。以前是大家庭中的一个儿子，现在是家长。家长的累，自然就显现出来了。这累，是责任，是焦虑，是疲惫，是应付，是渴望，也是虚与委蛇的不得已与无可奈何……

想到这，居思源轻松些了。连一个市长都累，那么下面那些县长、乡长呢？或许更累些吧？他用手机拨通了马鸣副秘书长的电话，问李朴的病情检查如何。马鸣说:“已确诊是肝癌三期，很不好。医生建议手术，初步安排在下周五。”居思源叹了口气，说:“一定得手术，哪怕换肝。你要好好地安排，有什么难处及时地给我报告。同时请转告李朴同志，让他好好配合治疗，我们都等着他康复回来。”

刚通完话，杨俊就过来了。

杨俊大概喝了点酒，脸上红红的，一进门就道:“居市长，联建公司的那块地彻底摆平了。所有手续都齐全了。”

“那好。”

“居市长，我一直想问问，为什么他劳力就能作为候选人，而我……不能？我哪点比他差？何况……”

“这不是差不差的问题。杨俊同志，不要再说了。”

“我是不说。我这是第一次给市长说，我心里不平。论资历，我们差不多；论背景，也是……谁不知道他劳力这几年在建设搞了那么多烂摊子工程，市长你看看网上，建设有什么好？这些年，除了花财政的钱，做了什么事？这样的人也……我就是不服，不服！”

“对劳力同志作为候选人，这是集体研究决定的。你有想法，可以通过正常渠道向上反映。杨俊哪，以后少喝酒，酒多伤身啊！”

“市长这是批评我？”杨俊划了下手，说，“我说完了，就没了。市长放心，我也是二十年党龄的老党员了。是吧？请市长放心！放心……”

杨俊说着就半斜着身子将手中的一只盒子放到桌上，说这是他刚从西藏带过来的。居思源问:“怎么到了西藏?”杨俊说:“是赵林请的，和池强他们一道。赵林在西藏的产业不小啊!”居思源又问:“这盒子里是什么?”杨俊说:“是一只薄胎珐琅小香炉。”居思源道:“那就请拿回去吧。”杨俊笑笑，说:“哪有这回事?我能拿回去?一只小香炉嘛，市长玩玩。我走了。”说着就迅速拐过前面的大楼，往车子走去。上了车，还不忘招着手，说:“请市长放心!放心!”

放心?居思源看着驶离的车子，心里想:这杨俊的父亲是老市长，姐夫又是当下的市委副书记，表面上看起来油滑得很，但做起事来，还算是有板有眼的。在江平的处级干部当中，杨俊也还显得开阔，有思想。在联建公司，包括其他一些具体问题的处理上，还是有魄力、有头脑的。不过，居思源也觉得这人太自负了，过于自负其实就是一种心理上的不成熟。另外听马鸣他们讲，杨俊对市长、对书记是客气的，而对于一些副市长或者人大政协的领导，他都不太看得上眼。他是最能讲理又最不讲理的人。他高兴的时候，一切事都好办;不高兴的时候，法律就挂在他的嘴边上，成了他的挡箭牌。人大的常务副主任徐本焕在副书记位子上时，曾向他要一块地，他答应了;而当徐本焕到了人大，他就不承认了，不承认还说这事不合法，惹得徐本焕在人大会上公开说:“如果依法办事，你杨俊早就进去了!”

居思源信奉一句话:兼听则明，偏听则暗。有关江平干部的情况，他不仅仅是听组织部的，也听诸如马鸣和司机他们所透露的小道消息，有时，他还上到论坛，了解一下意见领袖们对各个部门的看法。这些看法往往一语中的，切中肯綮。通过对部门的看法，就能了解到部门主要负责人。居思源觉得这种了解，最真实、最原始也最具有挑战性。通过这种了解，得到的可能正是自己最需要的。比如对杨俊，就是一个比较全面的了解了。其实在早前跟徐渭达沟通关于候选人名单时，他也提到过杨俊，但没通过。他是想将杨俊和叶秋红一道提起来，这两个人都是可用、能用也值得用的。一市之长，手下没有几枚能用的棋子哪行呢?显然，徐渭达是不太放心杨俊的，而且，程文远也明确反对。徐渭达是不放心杨俊，程文远是不放心居思源。他是担心居思源在江平培养了人，那其实也就等于将他的人马活活地拉去了。何况这是杨俊，杨俊既不能为我所用，岂能让外人所用?

正是通过这些了解，居思源知道了杨俊在江平这块地盘上，也算是一个了不得的人物。网民们在帖子中称呼他“地主”。土地财政在当前，是中国一个难以暂时消除的现象。工业化进程毕竟不是一步登天的，那么要想建设、要想发展、要想财政有钱，只有土地这老祖宗留下的资源最来得快、来得无成本了。土地财政在某些地方已经占到财政总收入的一半以上，就是在江平，也占到三分之一。给财政创造三分之一收入的国土局长，自然有不同于一般局级干部的风光。何况现在的国土资源管理体制上，国土局又属条条。地方上唯一能卡得住的就是一个局长，其余的都收到了上面。说能卡得住，也只是说说而已。你动他时，他便调走了，而且调得无声无息。条条和块块双重管理又以条条为主，这本身就是矛盾。中国特色式的矛盾催生了像国土局这样的怪胎。他们吃的是当地的草，而挤出来的奶却被层层瓜分了。

回到房间，居思源打开盒子，香炉确实很精致，白色的玉做的盖子，顶端还镶着颗绿松石。蓝白相间的薄胎炉身，拿起来不重，却看得出华贵。记得老爷子也有一只这样的香炉，那是他一个在西藏的战友带过来的，说价值上万。那个时候就上万了，那现在呢？居思源赶紧收了，过几天，他得让杨俊拿回去。任何事不能有开头，特别是在江平官场，处处都是心机，处处也都是陷阱。

江平市两会如期召开。市委书记徐渭达是江平市人大主任，而在人大和政协会议的常务主席团中，几乎所有的市委常委都在列。会前，主席团会议上，徐渭达对有关问题讲了足足一小时，轮到居思源讲时，他只说了两句话：坚持党的领导，充分发扬民主；严肃会议纪律，确保会风正常。

没有选举任务的两会，除了举手和听报告外，最重要的时间就放在讨论上。而一旦有了选举任务，“两会”的气氛就有些特色了。表面上看起来团结祥和，而内里沉闷至极。从开幕式开始，强调最多的就是民主和集中。代表和委员们用餐时，那些候选人则满脸是笑，一桌一桌地敬酒。也不说什么原因，就是敬酒。被敬酒的人自然也是心知肚明，不管是谁，酒先喝了，有的还奉承两句：“恭喜恭喜啊！”可敬酒人一转身，背后话就出来了：“神气个鬼！这样的人不知怎么就……”言外之意是，你以为敬酒就能解决问题？老子照样不选你！

焦天焕满面红光，头发也特意做了，一手拿大杯子，一手拿小杯子，挨桌地敬酒。有人道："焦书记，不，焦市长将来可是全国少有的市长书法家和诗人市长了。"焦天焕听着又是一阵笑，说："那就请各位多关照了。"说着喝一小杯，有人起哄，又喝一杯。喝完了，再到别的桌上。有人便道："听说省里要调查他了，还……"

候选人是一个战场喝完了，又得转战另一个战场。代表、委员们不住在一块儿，就餐也就分几家饭店进行。这酒既然喝了，是得一个不落地喝下去的。哪一桌喝丢落了，靠不住就丢了十张选票。焦天焕、劳力都是好酒量，但喝到最后，头也晕了。李朴因为在上海，向大会请假了。叶秋红倒是自始至终没有过来敬酒，只坐在自己该坐的桌子上。方天一趁喝酒的间隙过来告诉她：也得敬一圈吧，还得靠代表们投票呢？叶秋红一笑，说："我敬方市长一杯，其余就不敬了。第一我没酒量，第二这代表投票也不是酒能决定的。方市长，你说是吧？"方天一摇摇头，说："理是这个理，可是……"

除了候选人的敬酒外，在整个酒席上，还有两个人最活跃。

一个是华石生。

华石生是政府秘书长，当然跟代表、委员们都熟悉。在政协委员就餐的饭店，华石生跑遍了所有桌子，白酒足足喝了一大瓶。当然，这酒事先已作了处理。这些饭店，跟华石生秘书长关系都是相当熟悉的。华石生有个不为人知的特点，喜欢在酒里掺白开水。服务员都知道，每次华石生秘书长来喝酒时，都同时准备了酒与白开。今天这瓶酒里，一半以上是白开。敬酒时，有委员提出，秘书长这酒不太正常。华石生道："是的，不完全是酒，有水，我有喉炎。但是，这酒甚至比纯白酒更难喝。不信你喝一杯？"酒里掺水，确实是不瘟不火，喝着让人难受。华石生只敬酒，话也不多说。委员中就有人悄悄问："秘书长这酒敬得总有点意思吧？"

"有！当然有！"有人回答。

"那是……"

没人回答了。

回答的人是在酒后，华石生不可能亲自出来回答这问题的。他只是敬酒，表达对委员们的尊敬，至于他为什么敬酒，既可以理解为政府秘书长来敬酒，也可以理解为他另有目的来敬酒。反正是意义不明，姑且喝之。

另外一个活跃的，就是国土局局长杨俊。

杨俊活跃的场地跟华石生不同，他主要在人大代表就餐的宾馆这边。而且，他的方式也不同，他除了一桌一桌地敬了外，主要在其中的一两个桌上盘桓。他酒喝得急，话却少，仿佛一个长期唠叨的人，突然失声了，让人觉得不可思议。

居思源也在人大会议的主宾馆大富豪陪同人大代表就餐。他看着杨俊的样子，心里突然咯噔一下，心想这小子不至于耍什么花招吧？难道他真的……他找到程蔚林，让他注意一下这动态，千万要预防在前，不要等问题出来了，再去想办法，那时就被动了。当然，如果没事更好。到目前为止，整个会议的风气都是十分正的，千万不要盲目乐观了。程蔚林说："应该没事的，我也安排了些人在代表和委员之中了解。一有情况，我们马上就能第一手掌握。杨俊大概也就是心里有点不太平衡，所以就喝上了。在会议之前，也没听他说过有什么牢骚，会议之中，他能做什么呢？一个党员领导干部，这种纪律性和自觉性还是有的吧？"

"还是注意点好。"居思源仍然不放心，他又打电话给纪委的光辉书记，让他那边也密切注意。但是这事千万不要搞得太明朗了，明朗了，容易引起矛盾。现在讲的是民主，只要不犯法，怎么做都是合理的。

光辉说，我们也有人在做这事。另外，他告诉居思源，就在上午会议开幕式的过程中，高捷的妻子花芳和家属一大班人到会场来了，我们做了一个多小时的工作，总算将他们劝了回去。外围由立德书记在安排。有几个好上访户都被看住了。保证两会的宽松环境，重要啊！至于会不会出现选举方面的意外，光辉道："思源市长哪，江平这地方复杂。我估计要出问题也是到最后一刻才出来。现在露出来的都仅仅是现象，并非本质。或许根本就不曾有。不过，我这边会多加注意的。一旦有，涉及党员干部的，我们立即采取措施。"

政府工作报告审议了两天，人大和政协工作报告又讨论了一天。四天之后，两会进入了正式提名候选人和选举阶段。

在酝酿候选人提名的最后一刻，果真如光辉所说：出事了。

华石生和杨俊分别进入了政协副主席和政府副市长候选人的提名名单中。按理说，候选人的提名是共有三轮的。第一轮时，华石生的名字就出现了。程蔚林及时找他做了工作，华石生同意将他的名字拿了。但是第二轮时，名字又出来了。这回，程文远找他谈话，结果是华石生表示要尊重委员的民主权利，既然他们提名了，作为个人，是没有权利退出的。程文远生气地拍了桌子，这一桌子拍下去，华石生宣布退出。到第三轮，也就是最后一轮时，杨俊却又冒出来了，共有三十五名代表联名提名杨俊为副市长候选人。同时，华石生的名字又出现在人大副主任候选人的提名名单中。

市委常委会及时召开会议，专题讨论候选人提名一事。

徐渭达说："可以看得出来，这两个同志，特别是华石生同志，这次被提名是有些名堂的。杨俊同志到最后一轮冒出来，也是极不正常的。该做的工作都做了，文远同志和蔚林同志都找了两个当事人进行谈话，他们态度明朗，尊重代表们的民主权利。就好像我们不尊重代表的民主权利了，是不是啊？这事一方面说明了我们的前期工作有漏洞，没有注意到这方面的迹象；另一方面也给我们出了道难题，怎么办？现在省委组织部鲁部长也在，我们来集体研究这事，请大家都谈谈看法。有则长，无则短。"

光辉道："明天就要选举了，现在再查这两个人如何被提名，显然已经太晚。但是，如果让他们以候选人的身份进入选举，结果难以预料。因此，我建议市委再找这两位同志谈话，力求他们主动退出。"

"怎么谈？"程蔚林说，"他们说到了民主，还能有什么谈的余地？"

向隽捋着头发，说："我看直接让他们参选就是了。选上，说明了代表和委员们的信任；选不上，程序也是民主的、合法的。"

"这不行！"姚立德道，"这里面有文章。我建议立即暂停或者延期举行选举。在此之前，抓紧排查。这样大规模的提名，没有组织是不可能的。"

"我同意立德书记的意见，要查。你找他谈话，他就民主；查出问题了，他自然就无话可说。"尉迟芳说罢，钱自兵也表示同意。

向铭清倒是不太在乎，边调侃边道:“就让他们先嘛！我们的制度是健全的，我们的民主是向着所有人的。他们为什么不能被提名？如果他们选上了，那只能说明一个问题：我们以前提名的候选人，在代表和委员心目中的地位，还不是那么值得信任。这也是好事嘛，反正最后选上的也就那么几个人。人数不变，无非是人变了。变就变吧，都是不错的干部，谁都能胜任的。”

程文远沉着脸，内心里，他对这次两会出现新的提名是有心理准备的。在市委讨论提名候选人时，他就知道，将来两会真的召开时，一定会有人冒出来。江平这地方一向复杂，尤其在选举这方面。虽然这次两会准备工作做得充分，但这方面是无法做工作的。华石生和杨俊，先前都没有什么动静，也没见什么串联。现在事情一出来，最急的，除了这些常委，应该是徐渭达。徐渭达对这次两会是从未有过的重视，这次会开得好不好，成功不成功，跟他将来的走向不无关系。他看了下徐渭达，便道:“我的意见是延期，先查一下，如果有问题，取消他们的提名资格；如果没有，真的是代表提名，我们再讨论。可以再增加一轮预选嘛！”

徐渭达点点头，显然，他对程文远这个提议是满意的。他对居思源道：“思源同志，你看呢？”

“事情已经出来了，就要正视。大家刚才的意见都很严肃，也都很好。我同意暂时延期。延长一天时间。不能再长了。因此，在这一天之内，就要查清相关问题，包括是否有串选甚至贿选等；无论查到谁，要严肃处理。特别是如果涉及市级领导干部，不要姑息，一查到底。我建议成立个调查小组，由光辉同志任组长，蔚林同志和自兵同志参加。另外，就是请鲁部长给省委报告，听取省委对这事的意见。”

“思源同志讲得非常好！”徐渭达总结道，“就按照思源同志的意见办。时间不多了，会就到此结束。大家抓紧一点，请本焕同志和李亚同志迅速将会议延期通知到各位代表和各位委员。至于原因，暂不说。”

刚走出会议室，徐渭达就接了个电话。接完电话，他让居思源到他办公室，两个人关上门。徐渭达道:“省纪委来电话了。”

第20章　双规到谁为止是一门大学问

一场春雨毫无征兆地落了下来，江平大地，被雨水一洗，到处都是春天的新绿。街道边上，花圃里，开满了细密的小花，清香四溢；而远处，临江的钟楼，正敲出激越的钟声。

居思源起得早，他一开窗，就闻见大地在沉静之后的气息。他深深地吸了一口，感觉到肺腑里也清新了许多。

昨天下午，常委会刚刚结束，徐渭达就接到省纪委的电话。随后，居思源和徐渭达进行了紧急磋商。省纪委电话告知：即将对江平市建设局局长劳力进行“双规”。徐渭达问理由，省纪委负责此案的二室黄主任道：“还能有什么理由？受贿，且数额巨大。我们得到消息，劳力还是江平的副市长候选人，因此必须在副市长选举之前采取行动，否则就十分麻烦。”徐渭达说：“我知道了，你们过来吧。”

居思源对于劳力将被“双规”并没有感到多少惊讶。徐渭达倒是有些不安，他问居思源：“怎么我们一点风声都不知道？现在省纪委办案，连我们党委也不说了？”

“这个，纪委有纪委的纪律。”居思源说，“他们强调的是独立办案。而且像这类的案件，估计跟踪很长时间了，不可能是现在才开始。既然‘双规’，那就是有充分证据了。这个劳力，唉！”

“我……这不把我们的两会全盘打乱了嘛！不过，也是，要是选上后再‘双规’，岂不……”

“及时，还算及时啊！不然更麻烦。”

“及时？唉！会不会又是一场……”

徐渭达没有将所有的话说出来，其实这时候居思源也有些顾虑。看起来就是一个正处级的局长被“双规”，但在其后面，谁能保证还会有谁将接着被请到纪委？一个局长不可能是孤立的，他是有上也有下的。上与下，都与他存在千丝万缕的关系，这些关系一旦揭开来，将是一张庞大的网。这网上，有多少人会因为利益而成为一体？又有多少人曾是劳力的利益的共享者，或者说是一条绳子上的蚂蚱？

省纪委的人是黄昏时到达的，劳力就在人大代表就餐的宾馆被带走了。据现场的人讲，劳力被带走时，还朝来人笑了笑。有人问:“劳力这是……”他说:“我出去有点事，你们继续喝吧！”

徐渭达专门请教了过来的省纪委黄主任，对劳力被“双规”，怎么向代表们交代，因为劳力是副市长候选人。黄主任说:“这好办，劳力的事已经初步定性了，因严重的经济问题被‘双规’。”徐渭达说:“这就好，我们不能让一个副市长候选人突然蒸发了。现在有了初步定性，我们就好宣布，也好做工作了。”

上午，江平市人代会刚开会，程文远代表市委宣布了省纪委关于劳力同志因经济问题被“双规”的决定。一时间，会场上先是寂静，接着就炸开了锅。一个马上就有可能被正式选举为副市长的候选人，在选举前一天被“双规”了，这在全国大概也是少见。在欷歔之余，更多的人开始猜测，劳力究竟是因为什么样的经济问题出事了呢？是和前市长吉发强一样？或者说与高捷一样？还是另有隐情？虽然大家嘴上不说，可心里许多人都在想着同一个问题：是不是与居然山庄与黎子初有关？这样，大家又想起刚才程文远宣布时，脸色也是铁青的，仿佛是自己出事了一般。劳力和程文远的关系，在江平官场上所有人都清楚，他们的关系比程文远与杨俊的关系还要好。程文远跟杨俊虽说是郎舅，但两个人关系一向不和，甚至几乎到了不相往来的地步。程文远很少提及杨俊，杨俊在人前也从不提到程文远。所以，他们的关系在江平知道的人很少，与程文远和劳力的关系相比，完全是一种错乱。而这种错乱最终的指向，现在开始渐渐明了：劳力被“双规”了，而杨俊被联名提名为副市长候选人。也许，程文远是最不想看到这一幕的，但是他得看。官场上就是这样，很多时候，你得看你不想看的，做你不想做的，说你不想说的，甚至爱你不想爱的。

因为劳力的“双规”，副市长候选人开始充分尊重代表民意，杨俊被替补进来了。经过调查，华石生有向个别代表贿选和串选的行为，江平市委决定取消他的提名资格，同时暂停市政府秘书长的职务。华石生痛哭着找到居思源，说:“我这是一时糊涂，我是真的应该能在人大、政协当一任的。组织上为什么不同意呢？我这也是无路可走了，他们又撺掇，所以就……”居思源说:“我理解你的心情，但是任何事都有程序，都有法律，你这样做就是贿选，就是串选，而这，你作为一个领导干部，是明知故犯。你既然做了，你就得承担。”

华石生离开居思源办公室时，甩下了一句狠话:“我就不相信所有的人都像你居市长一样干净！我出事了，总得有人陪着！”

居思源相信，华石生这话说得出来就做得出来。这一步，是先停职了，再往下，如果有所处理，他也许就会抖搂出些名堂来。本来，居思源同徐渭达商量过，下一步是要解决华石生的级别问题的。虽然不能在人大和政协解决，但可以到开发区和高校去解决。然而现在他自己这么一闹，一切都没了。人生进退，一念之间。何必呢？

其实最不值得啊！

人生很多欲念，就在取与舍之间。取舍不当，则人生波澜重叠。到头来，白茫茫一片世界，还有什么取舍可论？

正式选举前，大会主席团再次召开各代表团会议，强调了民主与集中的原则，对提名候选人作最后一次介绍。这介绍也是有目的的，到了选票上，候选人是按姓氏笔画排列的，而在这介绍时，是基本按照组织意图排列的。副市长的提名顺序是焦天焕、叶秋红、李朴、杨俊，人大副主任新提名的就一个：任意青。这事实上是再一次给各代表团打个招呼，不要单纯地看选票上姓氏笔画，你们自己心里要有底。选举嘛，既要体现选举人意志，也要充分表达组织意图啊！

市委又召开了代表和委员中的中共党员会议，会上，市委副书记、代市长居思源宣读了市委要求全体党员代表和委员努力做好两会选举工作的意见。这个意见，是组织部连夜赶出来的，鲁部长看了后，觉得满意。为慎重起见，又传给省委组织部孙兴东部长审阅。孙部长指示道：江平选举工作出现了不应有的波动，要密切注意。选举工作一定要有良好的导向，方向就是力量。选举工作也要给力。

居思源不喜欢“给力”这两个字，虽说这是今年最流行的一个词。中国人有这方面的特点：喜欢舶来品。当年，连战先生到大陆，用了个词：愿景。后来便铺天盖地地都是愿景了。现在，党报用了“给力”，也便全国都给力了。包括孙兴东部长这样的高干，在指示中也用了，可见人的趋同性是多么的强烈。另一方面，居思源又觉得，像这个词包括“愿景”的大量使用，也是国民心智同质化的一种表现。而这种表现，最大的结果就是扼杀创造力。官场更是。人云亦云，毫无主见，跟风干部遍地是，有思想有真知有开拓意识的干部却少得可怜。不是没有，往往是刚刚冒头，就被压下去了。这或许是体制的原因，但更多的则是这个官场求稳求安、以帽子为第一的心态所造就的。

……选举结果很快就出来了。

居思源几乎是在第一时间得知结果的，程蔚林拿着选票统计结果，向徐渭达和他汇报。在没有汇报之前，居思源就有一种预感：选举结果还会出人意料，至少是出他意料。刚才在投票时，他看见叶秋红走到投票箱前，投下了粉红色的选票。他不知道叶秋红选了谁，但他心里感到叶秋红极有可能将是被差额差掉的那个人。说不出理由，他就是有这种感觉。从人代会开始，围绕提名候选人的问题，争论不断。但有两个提名候选人，一直没多少人争论。一个是叶秋红，一个是焦天焕。在这关键时刻，没人争论或许就是最不好的征兆。要么说明大家都打定了主意选你，要么说明大家都无意再去研究你。也就是说，放弃之心早已有之。他担心着，却无法明说。一个市委副书记，在选举中随便说一句话，可能就是孙兴东部长说的导向。该说的，组织上都说了。他是没必要也不能说的。只是昨天晚餐时，他碰到叶秋红，稍稍说了句：“美国还有竞选嘛，要懂得推销自己。”

不知道叶秋红听懂没有，反正今天上午一开会，他就看见叶秋红坐在座位上发愣。是不是她也感到了异样？

李朴和杨俊当选为副市长，任意青当选为人大副主任。焦天焕和叶秋红双双落选了。

不仅落选，而且他们的选票都没能超过半数。

居思源其实也是被选举的候选人，只是他是等额选举市长。他得到了三百二十一票，比全票差五十二票。这是历年来江平市选举市长时，得票率最低的一次。当然，没有人这样告诉居思源，他们只告诉了居思源选举的结果。居思源觉得能选上就行，至于选票多少，那有很多种可能。一个干部，除非是绝对地获得了广大人民的信任，他才有可能满票；或者说，除非他八面玲珑，才有可能尽量不失票。而有限度地失票，往往说明了这个干部有争议。有争议的干部并不可怕，怕就怕毫无争议，平平庸庸。

徐渭达紧急召集居思源、程文远、程蔚林和省委组织部鲁部长开会。徐渭达拿着选举结果，说："这个，马上就要公布了。现在我想临时开个会，按照江平市的副市长安排，我们最多是可以选三个同志的。四选三，差额一个。现在结果是只选出了两个，另外两个同志都没过半数。这两个同志又都有特殊性，一个是县委书记，一个是女同志。请大家来紧急磋商下，要不要再进行一轮选举。进行一轮也是合法的。从焦天焕和叶秋红两个人，再选举产生出一位副市长。还是干脆不再进行第二轮，以后等常委会议再行任命。"

程文远马上道："没有必要了。再选，也许更糟。现在的代表跟从前不一样了，有逆反心理。"

程蔚林摇摇头，说："其他地市选举中也出现过类似问题。鲁部长，省里对这种情况的一贯方法是怎样的呢？"

"很难说。两种方法：一是进行第二轮选举，再选。二是宣布结果。我觉得江平情况确实复杂，这是我来之前没有预料到的。两个同志落选，并且都没能过半数，这是不太正常的。按理说，前期工作也做得十分到位，怎么还会出现这样的情况呢？只能说这里面有人为的因素，人为的因素一介入，就更复杂。不搞第二轮，相对来说省事也稳妥些。搞第二轮，有一定风险，如果再不过半数，是否还往下选？"

居思源同意鲁部长的说法，但坚持认为必须进行第二轮选举。他道："进行第二轮选举，并不仅仅是要选一个副市长出来。而是体现我们党的领导力与执行力。一个市，选举出现这样的结果，作为市长，我是有责任的。但要细分析，这里面人的因素起了作用。提名候选人是经过市委提名省委批准，代表们也反复酝酿出来的，怎么一选，就出现不能过半数的结果？这个结果的出现，恰恰说明了我们的领导力与执行力不到位，从而影响了代表们的选择。因此，立即进行第二轮选举，十分有必要。”

徐渭达心里并不希望再来第二轮，第一轮结果出来了，反正已经选出了两个副市长。而且，私下里，他当然是希望焦天焕能当选的。但是，他也早已听说省纪委正在调查焦天焕，要是选上，将来出事了，也不好交代。市级人代会后，接着五月份，省人代会就要召开。到那时，自己就有可能离开江平了。离开之前，江平是要有平和的环境的，千万不能因为选举或者其他事情，再搞出什么让省里甚至惊动中央的大事来。不进行第二轮，事情到此为止，谁也没得话说。选上了，是人民信任你；选不上，是代表们没选你。如果进行第二轮，结果怎样谁也不知道。或许还是不能过半数，或许选出了其中的一个。谁呢？焦天焕？如果是焦天焕，徐渭达最担心的就是这人太不稳当，而且根基太深了，积下的事情也太多，将来前途很难说的。那么，叶秋红？叶秋红是女同志，按理说，政府班子中应该有一位女同志的。但现在还有向隽在。虽说是挂职的，但毕竟有了。真选不出女同志，也能有个交代。叶秋红工作是能干的，不然，徐渭达也不会让她当文化局局长的。叶秋红的老父亲叶同成，是以前的人大副主任，脾气倔。算起来，徐渭达当书记这快七年了，叶同成没有私底下找过他一次。这让他想起在省城的居思源的老父亲居老爷子，一退百了，不问世事。如果叶秋红当选，也是有理由的。女同志，最近在文化一条街建设上也颇有成果。更重要的是，叶秋红这人树敌不多，平时很少与人纠缠。但也正因为如此，徐渭达就想不通，她怎么没选上而且还没过半数？难道真的像鲁部长所说？

居思源道:“请渭达书记定吧！”

“那好。”徐渭达调整了下思维，喝了口水，才道，“我们来表决吧！”

“表决？”居思源重复了句，说，“也好。”

徐渭达说:“同意举行第二轮选举的，请举手。”

居思源首先举起了手，程蔚林看看徐渭达，又看看程文远，迟疑了下，还是举手了。现在的局面是二比二，程文远态度明朗，是不同意进行第二轮选举的。因此，是否进行第二轮选举，就看徐渭达的态度了。徐渭达挠了挠了秃顶，望了望鲁部长，又对程文远似笑非笑地“嘿”了下，然后慢慢地举起了左手。

"那就再来第二轮吧！请蔚林同志立即安排进行。一小时后开始选举。"

程文远出了会议室门，嘴里还在唠叨着："没有意义！没有必要嘛！"

代表们很快接到通知，一小时后进行大会第二轮选举。会议要求，所有代表不要离开座位，不要相互讨论。居思源坐在休息室里，手机振动不停。先是叶秋红的短信。叶秋红说，不要再搞第二轮了。选举是公正的。我会再努力。他回复道，第二轮并不是仅仅因为你。

叶秋红没再发短信了，居思源理解她的心情。一个女局长，在第一轮选举时未过半数，这对她来说，多少是个打击。居思源想了想，又发了条短信：人生如茶，有清香也有苦涩。保持清香，忘却苦涩。

我会的，请放心。叶秋红回复道。

一小时后，人大会议继续举行。主席团执行主席程文远宣布了第二轮选举的有关方案与要求。刚刚赶印出来的选票一张张地发到了代表们手中，十分钟后，投票开始。徐渭达是第一个投的，居思源朝他的选票瞥了眼，似乎是在叶秋红的名字后面打了圆圈，这让他很觉得意外。按理说，徐渭达是应该投焦天焕的。不过……居思源没来得及多想，就起身走到票箱前，将选票投了进去。半小时后，投票结束。时间已经是下午六点了。以往这一刻，正是代表们到宾馆就餐的时候，而今天，大家无一退场，静静等待着第二轮的结果。

这间隙，居思源接到王河的电话，说："是不是江平的选举出了问题了？省城这边都在传。"居思源说："真是不敢想象，这事会传得这么快，就像长了翅膀似的。"他答道，"是出了点小麻烦，但不能叫出事。基本上是按预定方针走的，只是中间出了点偏差。"王河说："这边传着说预定的候选人都没过半数，而代表提名的候选人一下子就上了。"居思源道："这是事实。国外选举还十轮八轮的呢，我们选两轮又有何妨？你啊，王大记者，就别在这上面做文章了。我也够烦的了。"王河说："没把你这个市长给选丢了吧？"居思源笑道："没有。要是有，你将得到第一手新闻，说不定真的一举成名了。"

王河也哈哈一笑，接着问："那叶……第二轮应该行了吧？"

"不知道。正在计票。"

"让我祝愿她吧！代表我们！"

居思源挂了电话回到休息室，程文远正在“嗯嗯”地接着电话，突然，程文远跳了起来，嘴里骂道：“你这浑蛋！简直是浑蛋！”

居思源也被程文远的骂声惊住了，问：“文远同志，怎么了？”

程文远“啪”地合上手机盖，也没管理居思源，身子一转，出门去了。他走得急，身子带起的风也有火气。居思源想：一定是出什么大事了，不然，程文远不会如此暴躁的。但是，又能出什么事呢？

半小时后，程蔚林过来告诉居思源：“第二轮结果出来了，叶秋红超半数十二票，焦天焕仍未过半数。”

居思源问：“渭达书记呢？”

“已经知道了。他说马上开会宣布。”

“那好，就宣布吧！”

回到会议室，主持人大会执行主席程文远却迟迟不见影子，又等了二十分钟，徐渭达让程蔚林给程文远打电话，手机关了。徐渭达问：“到底怎么回事？啊！”

居思源说：“刚才看见文远同志接了个电话，发了脾气，然后出去了。”

“立即让人去找。大会改由思源同志主持吧！”

居思源宣布：“大会第二轮选举结束，请程蔚林同志宣布选举结果。”程蔚林读道：“今天的大会，应到代表三百九十五名，实到代表三百八十三人，符合法定人数。参加选举代表三百八十三人，发放选票三百八十三张，收回选票三百八十三张，选举符合法定程序，真实有效。选票统计结果为：叶秋红同志一百七十四票，焦天焕同志一百五十二票。现在我宣布：叶秋红同志当选为江平市人民政府副市长。”

掌声，十分正常的掌声，既不太响，也不太稀。

居思源也鼓掌，他朝底下看，叶秋红的位子是空的。不到一分钟，他的手机上就收到了叶秋红的短信：我总感到很沉重。也许这将不是一个良好的开端！

祝贺！居思源回了两个字。

休会后，居思源和徐渭达一道回休息室，然后准备到大富豪。这时，彭良凯急匆匆地跑过来，说：“书记、市长，一小时前，在老街那边，两伙人持械打斗，造成三死十伤。公安在接警后迅速出动，到现场后平息了械斗。为首分子都已逃窜，但抓住了两边的几个成员。据初步审讯，他们一个是本市的老黑手下的人，另一个是来自山西的黑帮团伙。”

“为什么械斗？”

“据说是因为老街拆迁。山西帮半个月前绑架了老黑，至今不知下落。今天下午，老黑这边的人在老街上对个别拆迁户做工作，被山西帮发现。随即展开了械斗。”

“做工作？他们做什么工作？”居思源问。

“不是做拆迁的工作，是让他们不同意拆迁。”

“那么说，前不久出现的种种现象，都是老黑手下的人干的？是他们威胁拆迁户，不让他们签订协议，是吧？”

“有可能。”

“那山西帮是从哪里来的呢？怎么跑到了江平？”

“听说是黄千里带过来的。”

“立即成立事件调查组，同时成立协调组。”居思源对徐渭达道，“渭达书记，这事非常严重，要第一时间向省里报告。另外要马上开展善后调查工作。我看这样，由良凯同志任组长，尽快着手工作。”

“我同意。”徐渭达皱着眉头，说，“一方面搞好善后工作，特别是对死伤者的家属要妥善安置。另一方面要追查凶手，迅速破案。不行的话，可以请示省公安厅，请他们来协助破案。两会期间，出现如此恶性案件，一定要严惩不贷！”

彭良凯道:“我已经布置刑侦大队在全力追捕。善后工作这一块，是不是请铭清市长牵头……这样可能更合适些。”

“也好。就这样定了吧。”

彭良凯走后，徐渭达对居思源道:“江平这真是不太平哪！唉！”

居思源也叹了口气，说:“我早应该注意到这些动静。上次他们汇报说老街拆迁中出现异常情况，我就曾想到是不是有什么势力介入了。但可惜没有调查，以至于……”他四处看了看，道，“渭达书记，文远同志怎么了？”

“这……谁知道？”徐渭达说着开始打程文远的手机，打了足足有十分钟，手机终于通了。程文远说刚才一时血压升高，头发昏，就到医院去了一趟，现在好些了，正赶往大富豪。

徐渭达没说话，就挂了。

居思源没有问徐渭达，程文远为什么在选举的紧要关头突然离开了。他想，：要是徐渭达愿意说，他会说的。而他不说，说明了事态的严重，或者说是不可说。窗外，又下起了初春的细雨，细细密密的，将天地织成了一方神秘的雨之世界。

晚餐上了酒，因为两会的成功召开，酒成了最后的礼花。居思源喝酒，一来，他得接受大家的祝贺，他从代市长成了市长。二来，两会也是对政府工作的一次检阅和考验，两会顺利结束了，他作为市长，理应高兴些。虽然在会议中也出现了或大或小的不如意，但总体的方向是好的，是成功的。这就够了！有时候，过分地追求细节，往往就失之大气。

居思源特别敬了五杯酒。

第一杯酒，他敬了在此的代表和委员，感谢代表委员们对他的信任和对政府工作的支持和关心。

第二杯酒，他敬了鲁部长，说没有鲁部长坐镇江平，江平的两会不可能开得这么顺利，特别是在关键时刻，鲁部长起到了决定性的作用。

第三杯酒，他敬了徐渭达。徐渭达自然知道居思源要敬他，他摸着脑袋，说："思源哪，祝贺下！"居思源说："谢谢渭达书记。党委是核心，你是班长，将来还得对政府工作和我个人多支持！"

徐渭达笑笑，笑中含着说不出来的况味。程文远低着头，心事重重。

居思源将酒干了，徐渭达也干了。徐渭达朝着居思源又朝着鲁部长道："后生可畏啊！也可喜！"

第四杯酒，居思源特地敬了新当选的人大副主任任意青。任意青红着脸，仿佛一个刚刚上了轿子的新娘，心里还沉浸在当选的喜悦之中。他端着杯子，颤颤地对居思源道："谢谢思源市长了，谢谢市长！"

居思源说："祝贺！"他没再说什么，而且他听出来任意青称呼他"思源市长"了，而非以前的"居市长"。真是领导干部啊，适应新环境、新职位之快，让人难以置信啊！

第五杯酒，居思源专门敬了新当选的两位副市长：杨俊和叶秋红。

叶秋红喝了满满一杯，杨俊则喝了一大杯干红。居思源说："祝贺！"

杨俊道："我这是捡了个副市长，虽然意外，也还请市长一样爱护啊！"

"什么捡不捡的，那是代表们的信任！"居思源同杨俊握了下手，又同叶秋红握了手，他感到叶秋红的手似乎在颤抖。他赶紧收回手，说："文化一条街的工作还得抓紧，近期召开有关部门的会议，就目前的情况做些研究。"

"好的。"叶秋红道，"我马上准备。还有，老街那边……"

居思源说："下午因为选举，我已经安排铭清同志和良凯同志在处理。晚上，市委将开会讨论这事。你也参加吧！"

因为晚上要研究老街事件的处理，酒宴也就没有再往下展开。很多代表和委员兴致未尽，徐渭达说："让他们继续吧，我们过去开会。"

会上，彭良凯报告了老街事件目前所掌握的相关情况。事件是下午五点发生的，目前查明共有两个团伙参与了事件。一个是老黑的当地团伙，另一个是以老三为主的山西帮。原因是山西帮发现了老黑团伙的手下对拆迁户进行恫吓，两帮人马没有任何争吵，直接动手。事件持续了十分钟不到，三死十伤。从现场看，事件的双方都是对械斗有所准备的，随身携带了刀具和钢棍。死的三个人，两个是本地的，一个是外地的。伤者基本上都是本地的。老黑团伙的带队人黄毛也当场死亡，老三和其他山西帮成员已在事后逃跑。伤者目前住在市立医院，情况稳定。

徐渭达问："死者家属呢？"

"目前都没有出面。"

"这就怪了。"

"一点也不怪。"向铭清补充道，"三个死者中，一个外地的。另外两个本地的，一个是孤儿，没有家，一直混迹于黑恶势力团伙；另外一个，家在桐山山区，据说早已跟家里脱离关系。也还是单身。"

"啊！"徐渭达不经意地笑了下，说，"良凯啊，情况向上报了没有？"

"还没有。"

"这个我看，就暂时不要报了吧。免得事态扩大。"徐渭达说完看了下居思源和程文远。程文远马上道:“我觉得暂时不报是对的。一是情况还不太明朗，二是暂时也不能定性，三是也不利于江平的稳定。”

居思源动了动身子，他本来是斜坐在椅子上，现在改成了侧坐，面向着程文远。等程文远说完了，他道:“暂时不报也是可以的。但公安机关必须尽快搞清楚整个事件的来龙去脉。我刚到江平的时候，问一些人，江平的社会治安怎么样，有黑恶势力没有，答复说社会治安很好，没有涉黑团伙。现在呢？这不是黑恶势力是什么？良凯同志要组织精干力量，集中时间、集中精力严肃查处。特别是要查出黑恶势力后面的保护伞。我就不相信，没有保护伞，这些团伙能在江平待得下去？”

会议室里除了居思源的声音，没有其他的声音，甚至连动茶杯盖的声音也没有。居思源停了下，继续道:“江平江平，也不太平哪！而不太平，怎么发展？”

当然没有人回答。程文远从下午到大富豪后就一直黑着脸，就是喝酒时，也没开笑意。这会儿，他继续低着头，望着桌子上笔记本下的手机。正望着，手机就振动了。

程文然立即将笔记本合上，又打开，然后拿着手机，出了会议室。他并没有急着接电话，而是一直向走廊里面走去，走到自己的办公室，开了门，但没打开灯，关上门，站在黑暗中对着手机道:“怎么回事？”

“这……”黎子初大声地喘着气，“程……程书记，我刚打听到，老黑是被省厅给带走了。”

“省厅？”

“是的。确切消息。但目前关在哪里，不知道。”

“啊……”

程文远在黑暗中点了支烟，吸了一大口，喉咙里有些呛。他咳嗽了两声，才道:“这个……暂时不要对任何人透露，也不要再给我打电话了。”

“这……那我……”

“你自己想办法吧！要处理好，处理干净！”

回到会议室，徐渭达问:“文远同志还有别的意见没有？”

“没有了。”

第21章　市委书记与市长的关系，就像踩高跷

雨连续地下了好几天，江平城被雨浸着，慢慢地陷入了更深的错综与幽晦。

“少年听雨歌楼上，红烛昏罗帐。

壮年听雨客舟中，江阔云低断雁叫秋风……”

居思源站在办公室的窗前，面对窗外纷纷扬扬的春雨，心里也像春雨中打结的梨花，怎么也舒展不开来。老街拆迁发生的械斗，已经过去快一周了。但老街的拆迁工作整个地停顿了下来。徐渭达为此专门找居思源谈话，让他头脑要清晰，在拆迁这样的复杂工作面前，千万不能单凭着一股子热情去办事。居思源说:“我当然知道。我也不是单凭着热情在办事，而是经过反复考虑慎重决策的。老街拆迁总体方向没有错，现在是人为地在改变方向，在制造矛盾，在激化斗争。在这个关键时刻，市委政府不能软，在了解事实处理问题的同时，一定要坚持正气，坚持既定方针。”徐渭达叹道:“思源哪，我们要做事，但是要做能做的事。老街拆迁我看就暂时停一下吧，等江平的其他问题解决了，再来回头集中精力搞老街的拆迁工作。这样，你也能专心，老百姓也能理解。”

居思源实在不好再说了，但他又丢了句话:“江平的问题，是个整体的问题，不能割裂开来看。我同意渭达同志的意见，先处理其他的问题。对其他问题的处理，要连贯着看，挖到底，挖出江平社会发展中的毒瘤。”

徐渭达笑笑，他的光洁的脑袋，转向了墙壁上的“立党为公”的条幅。

居思源理解徐渭达现在的心情。省两会马上就要开了，徐渭达何去何从，完全取决于这次会议。就目前所掌握的情况看，省两会将新增两名人大副主任，徐渭达是三名候选人之一。另外两名一个是现任的省财政厅厅长，另外一个也是底下一个市的市委书记。三人实力相当，资历也彼此彼此，更重要的

是，另外两人所处的位置，这两年来基本上算是风平浪静。而江平，这两年着实成了江南省的“问题市”。先是两任市长出事，常务副市长接着也进去了；接着，又出现了县长被杀、副厅长意外死亡等事故，还出现了开发区群体事件。徐渭达说:“江平再也伤不起了，是啊，确实再也伤不起了！可是，真的就不伤了吗？”

不！居思源将目光从纷扬的春雨中收回来，心里迸出一个字：不！

这一刻，他的眼前又出现了当年父亲在战场上的画面。除了前进，他已别无选择。而前进所要付出的代价，居思源是清楚的。从某种意义上说，居思源明白自己不是一个英雄。在这样的和平年代，英雄已经很少了。他不是英雄，他只是居思源。一个在官场上行走了十几年的领导干部，一个在规则和潜规则的边缘小心翼翼、如履薄冰既想成就一番事业又不想掉下去的官场精英，一个头上顶着干部子弟的光环，内心里却想走自己的路，成就灵魂中的理想的奋斗者……

“咚咚”，门响了。

“进来。”居思源回到椅子上，向铭清拿着一份文件进来道:“思源哪，这江平怎么搞的？这么复杂？要知道这样，我就不来了。你也不早跟我说。”

“我跟你说？谁跟我说啊？”

“我看……”向铭清将手上的烟灰弹了下，白色的烟灰轻轻地落下来，无声无息。

居思源望了眼向铭清，问:“开发区财政的那笔补助给了吧？”

“给了。”向铭清笑道，“你发了话，我能不给？不过，那钱还得从开发区的财政中拿回来。下半年再说吧。”

“这个事情要了了。那些被征地户也很特殊，政府办事贵在公信力。”

“哈，公信力？思源，你现在可是越来越……啊，不说了。劳力的事情，现在……”

“情况不清楚。正在查。”

“应该没多大问题吧？何况一个建设局长能有多大能耐？这事我觉得市里应该给相关部门一些压力，该缓的缓，该含糊的含糊。劳力这个人我看还是很能做事的。能做事的人都出事了，将来谁来做事？”

“铭清哪，这话一半对一半不对。对的是，这些出事的人确实大都是些能做事的人；不对的是，他们做了不该做的事。他们把自己的能力用到了不该用的地方。劳力工作上是不错，我来虽然时间不长，但清楚。不过，越是这样的干部越不能用，智者之贪甚于虎啊！”

“……那倒也是。”向铭清脸上微微发热，随即就恢复了过来，将文件递给居思源，说，“我对今年的财政预算这一块作了点调整，你看一下。”

“好的，放这儿吧！”

向铭清又点了支烟，问道：“池主任出国的事，快了吧？”

“这事你也……”

“不是春节的时候，她们女同志在一块儿说出来的吗？她走了，淼淼怎么办？不行放到我那儿？”

“没事。这孩子处理能力强，说好了，一个人在家。我本来想让她到王河家去，她也不愿意。就随她吧。”

居思源这么一说，向铭清也无话可说了。他在屋里踱了几步，回过头来道：“文远同志……”

“……”

“我是说，文远同志最近外面有些传言，不会是……”

“传言止于智者。你也相信？”居思源皱了下眉头，道，“江平这边就是传言多。老街那事现在有没有什么新的动静？”

“没有。有些奇怪吧？以往像这种事，是越闹越大；而这次，他们一开始就是息事宁人。这里面……可能问题本身并没有那么复杂，是我们想多了吧？”

“我们想多了？铭清同志啊，我们想得不仅不多，而且太少了。越是息事宁人，越说明问题复杂。只是他们没有料到会出这样大的乱子。这个乱子出得有点让他们感到意外，也有点措手不及。”

“是吗？也许不会。江平还真的有这么复杂？思源你是不是太敏感了啊？”

“也许是吧。”

下午，徐渭达牵头，召开了老街事件碰头会。参加的人不多，徐渭达、居思源、程文远、光辉、姚立德、向铭清、彭良凯、李远和叶秋红。会议一开始，徐渭达就定了个调子："今天这个会，是碰头会。为什么叫碰头会？就是说沟通情况、进行研究、布置下一步行动的会议。这个会议我们要坚持两点：一是不上纲上线，二是不研究人的问题。我们只研究事，研究怎么处理和下一步怎么开展工作。"

程文远点点头，马上道："我同意渭达书记的意见。不要搞得一开会就人人自危。"

居思源听着笑了下，他忽然觉得程文远仿佛就在说自个儿。人人自危？除了程文远，还有谁？不错，老街事件出来后，确实让很多人紧张，包括居思源在内，都觉得在两会召开的同时，出这么大的恶性案件，简直就是……可是，事件的处理和后续的发展，又让居思源觉出了这起事件与以往任何一起事件的不同之处。以往的事件往往是起因小，雷声并不大，而是后面的雨大；而老街事件，从发生到现在快一周了，是雷声大，后面的雨点小，甚至小到了几乎没有雨点。死亡者第三天就被火化，没有任何亲属到市里任何一个单位和机关闹事。论坛上也没有任何声音，甚至连官场上也没有多少议论。当然，也许议论有，只是居思源听不到罢了。但至少，整体上看是低调的，是平和的，是安静的。低调、平和、安静得让大家感到窒息，感到后面蕴藏着更大的力量，感到事件从一开始到现在，都在被一双无形的大手操纵着。这双手让事件向着死亡发展，就出现了死亡；这双手让事件变得无声无息，就立即无声无息。这是何等有力量的一双手啊？那是谁的呢？在小小的江平，还有谁的手能在关键时刻发挥如此巨大而可怕的作用？

想着，居思源心里禁不住打了个寒战。最近他老是想起父亲当年在战场上的情景。父亲说：你退一步，敌人就进一步。上了战场，你就是战士，除了往前，你没有选择。现在，到了江平半年了，他发现自己正一步一步地走向了一场他根本就不曾预料的战争。虽然这场战争没有硝烟，没有看得见摸得着的枪和刀，但是，一样是战争，是被平和掩盖着的更加复杂和严峻的争斗。从马喜之死到居然山庄，从黄松之死到现在的老街械斗，从劳力的"双规"到江平的黑恶势力……这一切的一切，就像一张大网，牢牢地罩着江平这块土地。要么，你就认同，在这张网的笼罩之下，过一个官员蜻蜓点水式的官场生活，然后再借机离开。要么，你就站出来，准备着同这张网进行厮杀，最后，要么网破，要么你死!

“在这个没有英雄的年代，我只想做一个人!”居思源在笔记本的最后一页写下这两行他记在脑子中快三十年的诗歌，然后在“人”字后面打了一个粗黑的感叹号。

徐渭达侧过身对居思源道:“思源哪，那就开始吧!”

彭良凯将整个老街械斗事件发生的后续处理情况进行了汇报，他重点强调了两点:老街械斗可能与拆迁利益与将来的建设有关，从目前掌握的情况看，没有发现大规模的黑恶势力性质团伙参与。

“我想问两点：一、这次械斗与拆迁到底有何关联？至于将来的建设，政府已经明确投资主体和建设主体，怎么还会发生如此矛盾？二、难道这些死了的人和另外那些伤者，都是随意而为？背后没有主使，他们不可能如此嚣张？良凯同志啊，这些你们公安想过没有？应该想过吧？想过甚至也调查过，怎么会得出上面的那两点结论呢？”居思源用手中的笔敲打着笔记本，眼睛盯着彭良凯道。

徐渭达在刚才居思源说话时，一直端着杯子喝茶，这会儿他将杯子放了下来，看了看彭良凯有些发红的脸，道:“思源同志的问题提得好，但是，也太深入了些。目前我们要看事件的主体，要以稳定为处理事件的前提。其他同志也都说说吧。”

居思源将手中的笔放下来，拧着眉头，插话道:“渭达书记，我同意你刚才的观点。但现在我们是关起门来研究这个事件，那就要实事求是，找准问题的症结所在。稳定是江平压倒一切的主要任务，这不假。我同意也赞成。但是不能用稳定来掩盖背后的矛盾。这样只会越来越激化矛盾，越来越纵容矛盾，越来越制造矛盾。因此，我还是想请良凯同志就我刚才提的两个问题，深入地谈谈。”

“你!”徐渭达有些生气，语调短促，但随即就变了回来，“也好。”

程文远扭动着屁股，几次想说话但一直没说。尤其是徐渭达的情绪上的变化，让他感到无所适从。他知道徐渭达现在的痛处。徐渭达就是想在省两会”前保持江平的稳定，就是想在两会前不与居思源制造矛盾，至少不与居思源产生冲突，用忍让来获得居思源和居思源在省城的资源的支持。本来，徐渭达也是一个了不得的人物。否则，他也不可能让两任市长在他手上，一个调走，一个出事。市委书记与市长的关系，就像踩高跷。本来是平衡的两个点，谁强大些，谁就占据了高处。这种博弈，是自身力量与后台力量的双重博弈。徐渭达在江平这么多年，从副市长一直干到市委书记，也经历过这种博弈，而且是作为两种角色的博弈，他都尝试过。他知道该如何运用自身和后台的力量，来保证自己始终处在上风。事实上，他这些年的官场历程也证明了他是成功的，在江平，他的地位几乎可以说是没有人能撼动的。当然，也曾经有人要撼动他，结果只能是以失败而告终。但现在，他明显地感觉到了居思源正在一点点地抵抗着他、消解着他、撼动着他。以他的个性，以他的性格，以他的手段，他本是要好好地让居思源看看颜色的。但现在，这一切都没有必要，也不必要。居思源从省里到江平来，奔的就是江平市委书记这个位子。而他，也是希望有人奔着这个位子来。有人奔来，才会轮到他走。安全着陆，是每一个为官者的最后的希望。多少人就是因为最后着陆那一刻没有把握好，导致一生的辛苦全化作了烟尘。甚至，把自己送进了万劫不复的深渊。徐渭达要的是上，是平稳而体面地着陆。而这，就得靠居思源。居思源是他往上升的助推器，居思源的人脉资源，只要能为徐渭达所用，徐渭达忍这一时之气，有何不可呢？

彭良凯打开笔记本，先是翻看了几页，然后再道：“既然思源市长这么说了，我就汇报详细些。本来这些因为涉及案件的保密这一块，我没说。现在我就说了。”

居思源没动。

程文远倒是问了句：“既然是保密的，那就……渭达书记你看？”

徐渭达没动。

彭良凯只好说了：“从目前掌握的情况分析，这次械斗双方主要是由本市的老黑的手下和黄千里从山西带回的山西帮两帮人马。老黑在半个月前已经失踪，现在没有人知道他在什么地方。我们对受伤者进行审讯，他们供认是由老黑布置的。这项行动从春节后即开始，他们也不知道什么目的，只是每天收购死蛇等，悄悄放到拆迁户家中。同时给部分拆迁户门缝里塞字条，恫吓他们不要签订协议。有时晚上还给部分拆迁户门前倾倒大粪等。但是，从春节后到现在，他们没有和任何拆迁户发生正面冲突。半个月前，老黑失踪。但失踪前，他给所有人都下了命令：不要停止。因此，一直到事发之前，每天都有十个左右的小混混儿在老街上转悠。十天前，也就是两会召开之前，黄千里曾让人捎信给他们，要他们停止一切活动，否则将不客气了。黄千里说文化一条街建设他是入了股的，既然入了股，这项目就是他的。谁要是敢在他头上动土，那就是找死。如果不想死，就滚开；想死，就等着。老黑的人收敛了几天，看看也没什么动静，就又出来了。当天下午，他们在中街一户人家的后门，投放死蛇，被山西帮盯上，然后便动了手。最后的结果大家都清楚了，三死十伤。”彭良凯喝了口水，“情况就是这样。有社会小混混儿参与，但我认为没有上升到黑恶势力性质的犯罪。另外，根据调查，当时拿着刀片出手的主要有四个人，其中三个死了，另外一个重伤。其余人主要是在边上起哄。案件发生后，双方都很快对死者进行了处理，没有找政府，也没有出现亲属上访等现象。”

“那他们交代为什么要到老街破坏拆迁了吗？”

“没有交代。他们只说是老黑指使的，而老黑失踪了。”

“那山西帮这边呢？”

“黄千里说，他们这是正当防卫。”

“什么正当防卫？简直是……”居思源提高了声音，说，“这叫以黑治黑！”

全场都静默了。

半晌，向铭清才道：“也不能这么说吧？思源哪，问题不能扩大化。江平我看还是很太平的嘛，不要人为地制造不太平。当然我说的也不一定。我才来，了解得也很片面。但就这事说江平有黑恶势力，而且有多么可怕，我不同意。”

光辉接了句：“是不是黑恶势力我们要调查。我同意思源市长的意见，要以这个事件为突破口，好好地整顿整顿江平的社会治安。”

居思源的手机振动了，他拿起看了看，然后出门到走廊上接了。电话是省公安厅的于江生厅长打来的，告诉他居然山庄的案件获得了重大突破，老黑被抓住了。

“是吧，很好！”居思源简短地说了句。

于江生说：“可能这个案件会很复杂，老黑虽然被抓了，但想让他配合很难。我们正加紧审讯，效果不明显。不过，从现在我们掌握的线索看，这个山庄了不得啊！背后不仅仅是那个黎子初，还有更高的官员。思源哪，马上省里就要开两会了，这个案子是不是暂时缓一缓？”

“这个……由江生厅长安排吧！”

几乎就在居思源接听电话的同时，程文远也接到了一个神秘的电话，内容与居思源接到电话的信息是一致的。这个电话让回到会议室的程文远，身体禁不住打起了寒战。但是，他很快镇定了下来。而且迅速作出了一个大胆的决定，他要高调地来一台属于他自己的大戏。

居思源刚回来坐下，程文远便说话了：“我来说两句。”

程文远有意识地停了下，他想看看大家的反应。徐渭达闭着眼睛，手在头顶上摩挲。居思源正看着笔记本。向铭清出门去了，其他人也都在似乎很认真而严肃地听着。他咳嗽了声，又喝了口水，才继续道：“我在江平工作了快三十年了，可以算得上是经历过了江平的风风雨雨。江平现在有没有黑恶势力呢？这是思源市长一直在强调要弄清楚的问题。现在我可以回答：江平是有黑恶势力的。不仅有，应该还很强大。”

居思源也禁不住抬了头，从程文远的口中说出“江平有黑恶势力，而且还很强大”的话，不啻于春天里的第一声惊雷。从居思源到江平，每次开会只要提到社会治安或者黑恶势力这方面，程文远总是说江平的治安是很好的，江平没有黑恶势力生存的土壤。而这次，在这紧要的关头，程文远怎么会这样高调地跳出来，而且说出如此振聋发聩的话来？

难道……

徐渭达猛地睁了眼，盯了程文远一会儿，说：“文远同志啊，你这话太武断了吧？可不要随便……”

“我不是随便说，而是认真地向市委建议。江平的黑恶势力这些年一直存在，我们为什么没有认真地打击？就是因为它太强大了。它跟我们的很多干部有关联。对这事，我也多次向省里有关部门反映过，也跟市公安机关打过招呼。可是，都没有引起足够的重视。也许引起了，但没有能撼动。这些，渭达书记应该也知道一些吧？记得在有一次的常委会上，我专门就此事作过汇报。”程文远眼睛盯着徐渭达，顿了下又道，“这次老街拆迁中出现械斗，就是黑恶势力公开向党和政府叫板了。如此猖狂、如此嚣张，再不打击怎么得了？我建议，市里立即成立打黑指挥部，全面开展打黑斗争。不仅仅要打江平本地的黑，还要打击外来的黑。同时要打击黑恶势力后面的保护伞。”

程文远这话慷慨激昂，连居思源也给镇住了。居思源低着头，心想：程文远这个表态到底是什么用意？是真的要打黑？那是不可能的，也是程文远断断不会愿意的。那么，他为什么在这个时刻提出高调打黑的建议呢？

难道……

会场上十分安静，程文远在敏感时刻抛出了一枚更为敏感的棋子，将所有参加会议的人员都一下子给打蒙了。这或许正是程文远需要的效果。他拿着手机出了会议室，回到办公室给黎子初打了个电话：“我已经提议在全市开展打黑斗争。另外，听省里那边说老黑已经被抓了，你们要想想办法。”

“这……您提议打黑？这不是？”黎子初有些慌张。

“是我提议的，而且要声势浩大地开展打黑活动。”程文远干笑了下，说，“打的是黑恶势力嘛，你黎子初是吗？不是嘛！那谁是啊，老黑他们。这点就要你想办法了，做干净点。好的，别的不说了。最近也不要再跟我联系，好吧！”

“好，可是……”

“什么可是不可是！就这样了。”程文远说完，挂了电话，心里竟一下子轻松起来。他甚至哼了两句江平小调：“花开春天一园香草，直往那绿野深处把蜂蝶儿寻找……”

正哼着，彭良凯过来了。

“文远书记，这……这打黑……”

“是得打嘛！不打还得了？良凯啊，打嘛！”程文远边说边进了会议室，向铭清正在大声地接电话，好像在说：“我已离开省厅哪，哈哈，到江平了。好啊，好啊，来嘛！是得来看看老领导嘛，哈哈！”

听得出来，向铭清这说话的语调是有些向上的，甚至有些张扬。好在现在大家的焦点不在这儿，在打黑上。

徐渭达的左手一直放在头顶上，这会儿，他开口道：“大家都说说吧，文远同志的意见大家讨论一下。我先说说个人的想法，啊！”

一般情况下，作为市委书记，会议的组织者和最高领导，在别人讨论前先说自己的意见，是很少的。只有一种可能，就是他得先发表倾向性的意见，通过他个人的意见，来引导大家的意见，从而保证会议的方向。徐渭达这个时候主动先发表意见，那就是个信号，大家可以有不同的意见，但原则上应该围绕着我的意见展开。

居思源没等徐渭达开口，就已经猜到徐渭达要说的话了。徐渭达肯定是不赞成打黑的。打黑涉及面广，问题复杂，不到万不得已，是不宜于开展的。不管哪个地方，一旦正式开展打黑，结果都是震动巨大，几乎牵涉到了社会政治经济生活的所有方面。究其原因，是因为当下的黑恶势力已经不再是当年的黑恶势力了，现在的黑恶团伙不仅仅内部组织更加完善、更加制度化，而且他们建立了与官场与经济与政治的密不可分的关系。这种关系明里虽然看不见，却已经渗透到了社会肌体的每一个细胞。动一发而牵全身，打一黑而牵全市。如此错综复杂，如此回环绾结，如果没有浩然正气，没有强有力的信心和力量，是难以真正撼动的。往往是黑没打掉，自己却先掉进去了。徐渭达现在正面临着马上要召开的省两会，无论他与江平的黑恶势力有没有关系，他都不愿意他在江平任上时，来掀开打黑这道帘子。他无法保证这道帘子掀开后，里面出来的是神仙还是妖怪，或许是魔鬼。在两会之前的短短的两个多月，打黑也不见得会有成效。何况即使有了成效，都会被记在居思源的头上。而相反呢，如果帘子掀开了，却打不出成果，或者是打到了大老虎身上，还往不往下打？不打，半途而废，被人诟病；打，那可是拿自己的政治前途来做赌注的。徐渭达现在是输不起了，也不愿意输。他肯定会找出合适的理由，来阻止这场看似由程文远挑起来的打黑斗争。

果然，徐渭达将茶杯放下来，先看了下居思源，又看了下程文远，便道：

“文远同志的意见，有道理。但是，我觉得有些危言耸听。江平社会治安总体是好的嘛！是不是啊？啊，大家都在江平工作了这么长时间嘛，都应该清楚的。可能我们还有一些治安上的死角，还有一些矛盾，也甚至，在社会上的确还有一些小混混儿和小的帮派，但还不至于能被称做黑恶势力吧？问题的定性要准，只有定性准了，才能看透问题的实质，从而找到解决问题的方法。这次老街拆迁过程中发生的械斗，可能还是与建设的利益有关。别的还能有什么呢？首先我觉得黄千里的做法有问题，要批评，严厉批评。当然，老黑采用的方法更不可取。这事我建议由良凯同志牵头，制定一个处理办法。对于械斗的主要当事人，要刑事处理；对于黄千里，建议由文远同志亲自找他谈谈，了解事情真相。要想参与老街开发的心情我们可以理解，但采用如此极端的方式来解决问题我们不同意。总体上，我的意见是首先要稳定，在稳定的基础上加强社会治安的综合治理；发展经济，是第一要务啊！而怎么发展经济，首先就是要有良好的稳定的环境哪！同志们，稳定是大局，是毫不动摇的大局！”

徐渭达这话可谓是语重心长了，连居思源听了，心里也不禁有些触动。发展经济是第一要务，要发展需要良好稳定的环境，这是个颠扑不破的真理。但这会儿徐渭达说出来，却让人有种无奈和心酸之感。徐渭达是经不起再折腾了。这两年，江平这地方折腾得也算够了。市长出事，常务副市长接着出事；副厅长死在居然山庄，县长被人杀死在办公室；选举出现贿选，副市长候选人在选举前被“双规”……一个小小的江平，还能出多少事？一个市委书记，还能经得住多少折腾？徐渭达现在是要争取这最后的两个月，稳定再稳定，稳定地让他度过这一段时光，在省两会上能顺利地当选，那对于他就是最大的“福”了，就是最大最平稳地着陆了。

然而……

居思源用笔在本子上写了两个字“进退”。

彭良凯见大家都不说话，便道:“我会按照渭达书记的指示，尽快开展工作。”

程文远正在看手机上的短信，看完了，又回了，然后才抬起头，扫视了一下整个会议室，说:“既然渭达书记这么定了，我没意见。我下午就找黄千里谈。”

光辉和姚立德也表示同意徐渭达的意见，这一下子，就剩下居思源和向铭清了。居思源朝向铭清看看，向铭清道:“经济建设是第一政绩，当然，治安工作也十分重要。相比来说，经济建设更为重要。因此，我同意渭达书记的意见，大家都把精力多放到发展经济上，江平发展了，社会治安也会随之好转。何况现在我们的社会治安也不是一无是处嘛！是吧，思源市长？”

“这个……”居思源马上接了话茬，他的声音低沉而有力，“我想在此提醒大家，我们今天是在研究老街械斗事件的处理，而不是研究发展经济。诚然，发展经济是我们工作的第一要务，但是，没有好的环境，经济怎么发展？早晨，我还接到京东集团的陈总的电话，说有人在他的工地上公开抢材料，他说他没想到江平的发展环境如此恶劣。他让我好好地反省，如果不能解决这个问题，京东集团的投资将移到别的地方去了。大家都知道，京东集团的陈总对我、对江平的印象很好，在决定在江南省布点时，首先就想到了江平。现在，项目来了，投资也到了，工程也开工了。可是，人家干不下去啊！明目张胆地抢材料，这还了得？我已经让公安局的王局长带人去查了。刚才他给我回话，说又是什么明子那一帮人干的。我问他明子是谁？他说是老黑的手下，也是……也是谁的手下，想必大家也能猜到。我就不明说了。这样的环境，以后谁还来投资？就是老街拆迁，国家投资一亿多，如果以现在的情况发展下去，拆迁都不能完成，怎么搞文化一条街建设？建设不了，我们怎么向文化部交代？也许大家要说我说得有些危言耸听，真的危言耸听吗？还是我们在回避现实，逃避矛盾？或者是我们另有目的，只问政绩，不问政纪？”

徐渭达闭了眼，又打了个喷嚏。他拿起纸巾，正在擦，又一个喷嚏上来了。他歪了头，朝着背后使劲地发出“阿嚏”之声，回过头，眼睛也被喷嚏挤出了泪水。整个脸涨红着，他大概也感觉到了自己的窘样，站起身出门了。

居思源看着徐渭达出了会议室门，停了话头。向铭清的手机发出“老公，有电话哪”的提示音，声音娇媚，惹得所有人都看着他。向铭清笑笑，接过电话，道:“从哪里冒出来了？也不来江平喝酒？”

说着话，向铭清将点燃的烟放在烟灰缸上，正要拿起，神情突然紧张起来，接着问道:“什么？你怎么知道的？”

居思源朝向铭清看了眼，向铭清面色凝重。他收回目光，向铭清已经起身，一只手捂着手机听筒，往门口走去了。

叶秋红刚才一直在笔记本上记着什么，她应该不是在记关于打黑方面的内容，而很有可能是在考虑文化一条街的建设。这当口，徐渭达和向铭清都出去了，叶秋红望着居思源，又低下头，用手机给居思源发了条短信：

打黑的水很深，我们还是先在岸上建文化一条街吧！

居思源看着，朝叶秋红笑笑。徐渭达进来了，居思源说："今天的会议是讨论老街的拆迁和事件的处理。我刚才的话可能说重了些。但是，对于江平的打黑斗争，肯定要进行，而且要大张旗鼓地进行。不过当前，我同意渭达书记的意见，继续调查，积极处理。"

徐渭达还在揉着眼睛，刚才涌出的泪水，显然刺激了他的眼角膜，眼睛有些发红。见居思源转了风向，徐渭达道："那好，就按思源同志的意见办吧！"

叶秋红长长地舒了口气，她不是不想居思源在江平开展打黑，而是因为她知道江平的黑恶势力存在不是一天两天了，也不是一年两年了。黑恶势力也不仅仅是黑恶势力那么简单，后面有千丝万缕的关系网。居思源从省里下来，在江平应该说还没有什么根基，而且，这打黑的事，大概是沾了"黑"字，很难理清。有些人打黑打到最后，自己倒成了黑恶势力的保护伞。打黑是必需的，这一点她赞成；但是，她不太同意居思源这种激进的方法。她刚才给居思源发那个短信，她觉得她应该在这个时候出来提醒他，那也是对他的一种保护，也是对江平的未来和一种责任。

会议结束后，徐渭达请居思源到他的办公室。一坐下，徐渭达就道："思源哪，对这个问题，其实我和你想法一样。只是现在还不是时候嘛！打黑工作要从长计议，是吧？何况你刚到江平，马上就做这样大的动作，容易引进方方面面的争议和是非。先让良凯他们调查调查，等掌握的情况差不多了，再来动作，就更容易……是吧，哈哈，思源哪，哈哈！"

"在这事上，我是有些太……而且对问题的分析有些片面化了。渭达书记，我是有些急啊！一系列的事情……唉！文化一条街项目我是在文化部立了军令状的。以目前这势头，我怕……所以……"

"思源哪，你的心情我理解。到江平来了，都是想做些事的嘛！不仅仅你，文远同志，铭清同志都是。可是，事情得慢慢做啊！经济建设搞不上去，其他事想做好都难。二者取其要，思源同志应该比我更懂的。这事让文远同志和良凯去处理，会处理好的。”徐渭达说着站起来，踱到居思源面前，突然问，“劳力出事了，建设那边总得有人主持吧？这事你定，下次常委会再过一下就行。”

“还是请渭达书记定吧。”居思源道，“建设的干部我不太熟悉。”

“那也好，我先考虑下，我们再商量。”

从市委出来，居思源一路上总感到有些憋屈。他在最后时刻改变主意，倒不是因为叶秋红的提醒，而是因为向铭清面色凝重地接了那个电话，还有徐渭达的态度以及其他人员的沉默。但是，他得将话说出来，得表明个态度。即使是最后时刻他没有坚持，也是因为他得给徐渭达一个时间，让徐渭达在两会前的两个月能顺利地过渡过去。从自己到江平这半年来，徐渭达应该说对政府的工作、对个人都是极力支持的，他也不想在徐渭达临离开前再给他添更大的“不安”了。

父亲形容当年战场上的战争的激烈时，曾强调过一个词：持久。

对，就是持久了。“出师未捷身先死”，那是会让英雄泪满襟的，换言之，也是会让对手笑开颜的。

刚到办公室，池静就打电话来了，说她下周一就要出发了。

“好的，我明天回去。”居思源道。

第22章　打黑：即使是马蜂窝也要巧妙地捅破

四月，正是江南万物萌生的季节。政府后院里的树木，一夜间，点缀出无数的紫红。居思源早晨起来，一推门，就迎面与这紫红撞上。他走近细看，原来是树丫间长出了新生的小叶子，这些叶芽紧紧地包裹在一块，怯生而清新。

居思源在树下走了几步，呼吸着这淡淡的清香。想起昨天晚上，杨莉打电话来，说赵茜即将结婚了。

“结婚？”居思源沉默了会儿。

杨莉说：“是的，结婚了。跟王琛，也是居市长的同学。”

“啊！”居思源叹了声。

“我知道，赵茜其实对居市长很……只是……”杨莉道，“一个女人，总得有个落脚点的。她结婚，也是为了让你安心啊！”

“这……替我祝福她！不，祝福他们！”

杨莉说：“一定转达到，但最好还是请居市长亲自祝福他们。这一定也是他们所希望的，而且，也应该是居市长你心里所希望的吧。”

居思源答应亲自打电话给王琛。杨莉又说王琛马上也要到江平来，高尔夫会所即将动工，到时他们两个都会来。“咱们到时再好好地祝福他们，好好地喝上两杯！”

“一定！”居思源应道。

放下电话，居思源坐在电脑前，思绪一下子出现了空白。他想努力地想起些什么，却总是什么也想不起来。他只觉得大脑里仿佛涌起了一层层的浪花，这些浪花翻卷着，升腾着，跌宕着，一层一层的，层出不穷。在浪花中，一段段的岁月来了又逝去，一张张面孔近了又遥远，一个个眼神明亮又暗淡……

杨莉说得对，一个女人，总得有个落脚点的。赵茜已经孤单了这么多年，她应该有她自己的幸福。当年，赵茜和居思源之间，怎么开始又怎么结束的，甚至连他们两个人也说不清楚。他们之间真的产生过爱情吗？还是仅仅是一种朦朦胧胧的关切与向往？他们从来没有明确过，也从来没有分手过。如同两条溪水，曾经在一片土地上嬉戏，然而有一天，却又悄然地分开了。记得他同池静结婚时，赵茜还从国外给他们发来了一封祝贺电报。那封电报是淡蓝色的，至今似乎还在居思源的脑海里飘摇着。

“从来不需要想起，永远也不会忘记……”

也许这就是世界上最纯洁的那一份情感吧？永远不能走到一起，却彼此相守相望……

太阳即将升起来了，东方的天际已经现出了一大片淡然的胭脂红。居思源回到房间，打开电脑，给王琛发了一封电子邮件。想了想，他又开始给赵茜写信。可是，一开头他便难住了。该怎样称呼她呢？

赵茜，还是赵茜同学？或者是当年在学校里他们之间所称呼的“茜”？

不合适，都不合适了。

干脆不写了。居思源关了窗口，抬起眼看窗外，一只小鸟正从树枝间飞起，欢快地鸣叫着，冲向天空；而在它身后，另一只小鸟也飞了起来，紧紧地跟着它，飞过了窗前的视线，飞进了无边的春日晴空。

七点二十，居思源到食堂吃了早餐，正碰着纪委书记光辉。

光辉笑道：“听说市长最近恢复单身了？”

“是啊，这事连纪委也知道了？”

“当然知道。这是对市长的保护嘛！哈哈，是昨天晚上和铭清同志在一块儿他说的。说池主任出国了。他说得庆祝一下思源市长单身，这年头，男人谁不盼望着能有短暂的再单身啊！难得自由嘛！”

“这个铭清……啊！净乱说嘛！”

光辉端了稀饭，边喝边轻声道：“劳力在里面态度强硬，据说到现在什么也没说。就是两个字：沉默。”

“是吧？”

“不过，外围的取证工作已经取得了突破，他再沉默，在证据面前还是得低头的。不过，我没有想到，一个建设局长会涉及那么大的数字，会牵涉到那么多的人和单位。做这纪委书记，我感到有愧啊，没有早点发现，不然也不会……”

“这话就不必说了。光辉同志，现在也不晚嘛！那些涉案的，纪委可能要拿个意见。我的想法是，要分清情况，不搞‘一刀切’。另外就是本着这么一个原则：治病救人。对于那些情节不很严重的，涉案数额比较小的，可以坚持人性化处理。不然，会影响江平干部的稳定。现在反腐败最大的问题就在这儿，不能动。一动就是一窝，就是一群，甚至是一个班子、一批干部……唉！”

“这事我也请示了渭达书记。他的意见是能不处理的尽量不处理，但是该处理的必须处理到位。”

“这个原则好。我同意！”

偌大的食堂里就居思源和光辉两个人。光辉停了下，将空碗放到桌子中间，凑近居思源道：“最近纪委接到了一些举报，是关于叶秋红副市长的。”

“是吧？选举前是一味表扬，甚至搞到省委去了。现在又举报，看来情况不简单哪！这个要慎重，可以采取一些必要的调查，但必须严格保密。”

“我想这事得向市委常委会汇报。不过我看那些举报，大部分都很空洞，没有实质性的内容。”

“既然这样，就不管他。”

“那也好！”

八点十分，居思源刚到政府，黄千里就闯进了办公室。他一进门就道：“居市长，看来文化一条街的开发，我黄千里是得退出来了。”

“怎么？”居思源一边看着文件，一边问。

“怎么？居市长不清楚了吗？最近文远书记找我谈了几次，说我带着山西黑帮回江平闹事。不错，我是从山西那边带了几个人过来，那是为了维护老街拆迁的秩序的。我可以负责任地说，他们不是黑帮。真正的黑帮是谁，他程文远还不清楚？现在倒在我黄千里头上做文章了！我黄千里是软柿子任他捏？要是弄得老子烦了，将他做的那些事全部都倒腾出来，这年头谁怕谁啊！”

黄千里越说声音越大，马鸣赶紧过来道："黄局长，坐下说。我给你泡茶。坐下，慢慢说，慢慢说！"

居思源将文件放到一边，然后望着黄千里，问道："牢骚发完了吧？政府是给你发牢骚的吗？啊！你自己做的事你自己不清楚？难道还要我来说？"

"这……"黄千里触电般地站起来，接着就嘻嘻笑道，"我也只是说说。政府就是给老百姓说话的地方，市长，是吧？"

"我问你，山西帮到底是怎么回事？你准备怎么处理？"

"山西帮？其实也说不上。居市长，你知道我这些年在山西开矿。那里情况复杂，不养些人管理是不行的。有时候也难免有些冲突。这些人就是我矿里的保安，哪有什么文远书记说的黑恶势力？黑恶势力那事情如果早十年说，我有可能沾了点边，但这十年，可以说是绝缘了。我不会拿自己的脑袋撞枪口，居市长，是吧？"黄千里停了下，点了支烟，又道，"这次我也就带了十来个人回来，原因是叶秋红，不，叶市长说有一批小混混儿经常在老街拆迁中捣乱，报案给公安了，也没起什么作用。我就说我来想办法。这里面我也有股份嘛，我得维护自己的利益不是？我给我的人下了死命令：一旦发现搞破坏的小混混儿，先要制止，绝不主动动手。当然，要是对方动手，也要正当防卫。"

"正当防卫？说得轻松。怎么一下子就死了人？这叫正当防卫？"

"这也是万不得已。我们损失也大，我到山西花了好几十万。"黄千里马上打住话头，转口道，"我这也是为江平净化环境作贡献啊，市长！"

居思源让马鸣请叶秋红副市长过来，马鸣出去后，居思源道："搞经济要用市场经济的方式进行，而不能用黑道的方式进行。黑道的方式不会长久，也不能容忍。这次事件，我让他们暂时缓和一下，下一步还是要认真追查的。江平不能容忍黑恶势力存在，这是大趋势，也是老百姓的愿望。"

"市长说得好，其实这也正是我们的愿望。我们想做点事，可是他们不同意啊。你看老街拆迁，他们一直闹嘛！闹得太不像话了，我才出来制止的。公安也报案了，没人问。我当然不能说公安有什么不对，可是至少……好好，不说了，不说了。我现在是个商人，我得讲究利益回报，是吧？我看中文化一条街，一是讲利益，二也是想为江平做点事。可是做事难哪！居市长，江平这地方复杂啊！复杂！我在山西开矿，一是一,二是二，哪有这边这么多羁绊？”

“是啊！”居思源若有所思，道,“我们的环境是得……京东的陈总也说了。是得整顿整顿了。”

叶秋红和马鸣差不多同时进来了。居思源示意他们坐下，说:“正好黄总在，老街拆迁因为上次的事停了，现在要重新动起来。马秘书长协助秋红市长抓具体工作。文化局那边暂时确定一名副局长参与。现在总结拆迁中的一些教训，我们必须成立一个班子，由文化、建设、公安、城管等多家参加。我看总的工作就由秋红市长牵头，过后我给铭清市长说一下，请他支持。”

“这……居市长，拆迁这一块是由杨俊市长负责的，我再插手，怕不太妥当吧？”叶秋红问。

“有什么不妥当？都是政府工作嘛！分工是相对的，市长跟着项目转，这是个原则。一个项目一个市长一抓到底！文化一条街项目就由你来抓，包括拆迁、建设等。”居思源看着叶秋红，叶秋红到政府这边来以后，比在文化局长任上时更低调了。因为人大常委会还没开会，她现在还兼任着文化局长。政府前几天刚刚开了个市长办公会，确定了新一届政府的班子的分工。叶秋红负责文教卫，加上群众团体工作。杨俊负责城建、城管、工业经济。彭良凯继续负责公安、金融、农业经济等。向铭清则协助市长负责任政府常务工作，分管财政和计划。向隽因为再有一个月就挂职期满，所以她本人提出来不参与分工。而且事实上她早已回到了北京，稍后她只需要再回江平拿一个组织上给的挂职鉴定再参加个欢送会即可。

居思源其实心里清楚，叶秋红一直有负担。选举时出现的第一轮未过半数，让她压力很大。虽然第二轮时她超过了焦天焕，但是，她明白这里一半以上的原因是因为居思源。因此在政府市长分工后的当天晚上，她陪同居思源出席的接待省教育厅王厅长的活动时，她有意识地斟了满满一杯白酒，没说一句话，敬了居思源。居思源倒是说话了，居思源道:“在政府共事，以后酒经常喝。关键是要尽快搞好角色转换，适应工作。”

叶秋红点了点头，不知怎的，在居思源面前，她时时感觉到自己就像个小妹妹一般。她觉得自己小，真的很小，小得需要在居思源面前呈现她极不愿意在别人面前呈现的柔弱的一面。她也知道，在居思源心里，对于她，那只是一种惺惺相惜，只是一种出于工作的爱护与支持。她从来不期望能有别的什么。也许一个四十刚刚出头的女人说心如止水太早了，可是对于她来说，真的是“心如止水”了。她对于情感上再没有什么奢求，而且即使有也只能是镜中月、水中花。自从当上文化局长后，自己的婚姻就已经是名存实亡。两个人住在一个城市的两套房子里，一年也见不上一次面。唯一成为他们之间联系纽带的就是儿子。早在她当局长前，丈夫就已经在外有了情人，而且几乎是公开的。她没有选择吵闹，只是提出离婚。但丈夫否决了，理由很简单：不同意。后来再说，干脆不理，或者就是拳脚相加。渐渐地，她也失去了耐心了。反正不住在一块儿，就当做是离婚了吧。她把整个的精力都放在工作上，除了工作，深居简出。居思源到江平后，从第一眼开始，她就觉得自己是欣赏他的，也是喜欢他的。可越是这样，她越得离他更远。那是对欣赏的一种保护，是对喜欢的一种负责任。这一点，叶秋红总觉得自己像父亲叶同成。父亲从退到二线开始，就不再过问政事。后来的这些年，他几乎没有踏进过市委、市政府的大门。她每次到郊外的父亲的小屋，父女俩谈得最多的是那些农作物，是父亲刚刚挖出来的新鲜的红芋，是刚刚摘下来的还带着露水的月亮菜，以及那些父亲精心侍弄的盆栽和兰草。父亲对兰草花有着特殊的感情，直到两年前，有一天她去看望父亲时，父亲一个人呆坐在一盆兰草花前。她问父亲，父亲叹息道：今天是我和你妈妈在战场上第一次相见的日子……那一刻，她哭了。母亲的名字里有个兰字，这大概就是父亲含蓄地表达着对母亲的思念吧。爱需要含蓄，爱更要约束。于是，在对待居思源的情感上，她在心里划了道天河……

而且，叶秋红其实早已看出来了，在居思源心里，除了妻子和女儿，还早已有着另外一个女人的位置。那就是赵茜。他看赵茜的目光是柔和的、是温情的；赵茜看他，也是深情的、羞涩的。这样的目光，只有两个曾经爱过而且至今还相互爱着的人才会有。而那种爱，显然已经经过了时间的荡涤，变得异常的纯洁与天真了。那爱中没有杂念，有的只是关切；那爱中没有肉欲，有的只是灵魂的呼应。这种爱，其实也是叶秋红所渴望的。但她也知道，她不可能从居思源身上得到。居思源与她，只能是站在河的两岸，不断地互相鼓励的两个注定平行的路人。

既是平行线，那就得让平行线也成为人生的风景，岂不更好？

居思源正问黄千里到底准备在文化一条街中投资多少，“一直说投资，到底多少呢？但政府主体是不会变的。你得在这个前提下进行投资。具体的投资方式你们商量。我看最好是 BT 方式。”

“BT？”

“啊，就是一种投资方式。”叶秋红解释道，“你先投资，获得若干年的使用权。到期后，再交给政府。这一般用于公共设施和重大项目建设。”

“就是说我投资，然后我建设，建设好了我无偿使用。到了一定年限，我再全部交给政府，是吧？”

“就是。”

居思源也点点头，对马鸣说：“马秘书长也考虑一下，必要的时候你们可以出去考察考察。看看别的地方 BT 项目是如何进行的。政府不能一直背着建设的包袱，要发挥各种渠道融资，当然，要‘双赢’。‘双赢’才能保证将来有更多的投资。”

“居市长这话说到了我的心坎上。文化一条街总投资三个多亿吧，我拿五千万。”黄千里道。

“好，我们欢迎。不过这与上次事件无关。那个事还得处理。”

“处理就处理吧！”黄千里转头对叶秋红道：“叶市长，我现在可是正式投靠你了。”

叶秋红笑了下，说：“黄总投靠的不是我，是文化一条街这个项目。”说着伸出手，与黄千里握了下，“咱们以后好好合作！你也得该回来给江平作些贡献了。”

“哈哈，贡献，说得好！我这就叫作贡献吧！”

叶秋红说那边还有教育的几个人在等着，先过去了。马鸣也转身要走，居思源问：“李朴同志的情况怎么样啦？”

“不太好！”马鸣皱了皱眉，说，“手术本身比较成功，但太晚了，本身身体素质也成问题，恢复得很不理想，怕……”

“唉！与那边联系一下。我下周过去看他。”居思源补充道，“另外请蔚林部长一道。这个我来说，你安排吧。”

“好的。”马鸣出去后，黄千里仍在坐着。马鸣看得出来，黄千里是有话要单独向居思源市长汇报，便掩了门出去了。黄千里站起来凑近办公桌道：“居市长，您是真要在江平打黑？”

居思源抬了头，却没说话。

黄千里又道：“打黑是得打，确实要打。江平也不是没有黑可打，有！不仅有，而且很了不得。十几年前，我在江平也带着一班人混，但那时，还就是打打架混混儿而已。但现在江平的黑恶势力，那可是……几乎是垄断了江平的很多产业，比如娱乐业，比如物流这一块，他们不同意，谁都搞不成。明里，他们不再打架混了；可是暗地里，他们比以往任何时候都厉害。我这些年不常在江平待，但对江平的情况还是熟悉的，对江平的底子还是了解的。居市长真要打黑，那可得十二分力气啊！何况这些人后面还有人，没有背景，没有后台，哪会存在黑恶势力？居市长，是吧？”

“你觉得该打，还是……”

“这个……”黄千里意味深长地笑了下，说，“那就请市长揣摩吧。”

黄千里说着，就点了支烟，边抽边告辞了。居思源想着刚才他的话，觉得黄千里这话说得在理。某种程度上说，黄千里也算是江平黑恶势力早期的一个人物，他现在站出来告诉居思源这些内幕，到底是出于什么目的呢？是想阻止居思源打黑，还是提醒居思源打黑要慎重、要小心，要考虑方方面面呢？

居思源喝了口茶，马鸣放茶叶有点多，茶浓得有些苦。他冲了点开水，刚回到桌前，手机响了。是王河。

王河问居思源在省城不。居思源说不在，在江平呢。

王河说：“她要结婚了，知道吧？新郎是王琛。”

“这个……知道了。”

“啊！我就是告诉你一声。淼淼昨天晚上在我家吃的饭，跟欣欣处得很好，你放心吧。她们玩得比什么都好。”

“在你那，我当然放心。”

“最近省里有些情况，知道不？你应该知道的。什么时候回来再谈吧。”王河挂了手机。居思源叹了口气，池静出国后，淼淼坚持一个人在家，说自己能行。但是他不放心，最后说定淼淼每两天回一次家，其余时间在王河家与欣欣住。两个人正好同班，也好有个照应。更重要的，这样才能让居思源和池静都稍稍放心些。

王河说省里有些情况，如果猜得不错的话，肯定是指李南副书记。外面传着李南到北京找了一些人活动，结果情况不仅没有往好的方向发展，还引起了高层的注意。这里面，是不是也有居思源给介绍的居老的那个老战友的儿子？那人现在是中纪委的常委。李南书记上次要他的电话，是不是到北京就找了他？

上周，居思源回省城，在一个宴席上正好遇上省委组织部的鲁部长。他敬了鲁部长一杯酒，感谢他在江平两会期间给他的关照和支持。鲁部长笑着说:“不是关照，也不是支持，那是尊重江平市委的决定。”

“哈哈，鲁部长说话有原则。”居思源问，“兴东部长最近在江南不？”

“一直在。不过也常跑北京。最近情况紧，你知道吧？”鲁部长故作高深道，“他马上要上了。”

“这个听说过。就在江南？”

“在江南。李……情况不妙啊！”

“李？”居思源拉着鲁部长到外面走廊上，问，“没那么严重吧？”

“好像听说中纪委作为重点在……”鲁部长说着摇摇头，“这事都只是传传。不说了吧。那个叶……叶秋红在政府还不错吧？”

“还行。”

“思源哪，我听说她可是家庭情况复杂。我在江平那几天，就有人直接打电话找我，说你们俩的关系不一般。我说当然是不一般，市长和局长嘛，能一般？”鲁部长耸耸肩膀，说，“那人气得骂我。不过这事你还是得注意啊，在这上面出事不值得，也没意义。”

“放心，没事的。不过还是得谢谢鲁部长。”

当天晚上回家后，居思源一个人躺在床上，反复地回想了他同叶秋红这仅仅半年多的交往。真正算起来，两个人单独相处也就两次，而且都是在茶楼里喝茶。然后就是偶尔会有短信来往。也都是互道珍重，没有什么越界的言语。他曾经公开说过，要在官场上建立一种纯洁的男女关系。当时说这话时，也是在气头上，即兴一说。其实，他何尝不知？男女关系就像官场上的一层纱，最容易被人窥视，也最容易被人拿捏。而且男女关系十分复杂，要么你不踏进那湍急的河流，一旦踏进去了，想再上岸就难上加难了。居思源算起来从大学毕业到现在，也经历过多多少少的男人女人。但他将男女关系的线一直紧紧地攥着，他不能松，一松，就无可挽救。特别是到科技厅后，有好几次，他甚至在性贿赂的边缘，稍稍犹豫一下，也许就不是今天的居思源了。对美的爱，人人都有。然而得分清是在灵的层面还是肉欲的层面，就像热爱一朵花，可以去爱，可以去观，但不可亵玩，不可占为已有。对于叶秋红，居思源更多的是从培养一个干部的角度，甚至有些想在江平建立自己的关系的角度出发的。一个市长，干干净净地从省城下来，江平对于他来说几乎是一张白纸。这时候，他是需要同盟军，需要值得信赖的人，来为他做事，为他所用的。官场有技巧，当官其实是最复杂、最有艺术含量的活儿，当得不好，一辈子都是个平庸之官；而想有所作为，就得用我所用，尽我所能，化繁为简，立异标新。在男女关系这敏感性点上，居思源自信自己是能够把持住的。但转念一想，鲁部长的提醒也是十分有必要的。你如何想，别人怎么能知道？世人皆浊，能坚信你是清白的吗？

这两天，居思源抽空带着向铭清一道，到市直各主要经济部门调研。因为班子调整，这些经济部门中不少单位人心都是浮的，建设局劳力的事因为尚未正式定性，所以劳力还是建设局长；发改委主任任意青到人大当副主任了，这边暂时由党组书记主持工作；这些一把手的出缺，很大程度上影响了这些经济主管部门的工作。班子浮躁，互相观望。特别是建设局，除了局长劳力外，有还有九个副局长。现在每个人都在巴望着能够扶正。到建设局的路上，向铭清就说：“建设局是个大局，一把手的配备尤为重要。我看那里面的何局长不错。最近几项工作都是他在主持，干得有条不紊，思想十分清晰。”

“这个下一步还要统一研究。”居思源道。

向铭清笑笑，说：“思源哪，有句话我觉得还是要说。你到江平来半年多了，也得有自己的人马了。一个市长，不，马上就是书记了，没自己的人马，工作不好做啊！弄得不好就是光杆司令哪！”

居思源没说话。

向铭清继续道：“你我都是要在江平待上几年的。你就是当了班长，也还得待上个三年五年。我呢，是因为你在这才过来。我们得培养人，这次经济主管部门人事调整正好是个机会，我知道，在市级干部的配备上，你下了不少工夫。在处干这方面也得多考虑啊。工作将来还得他们来做，他们是基础，是骨干，是你在江平能自由自在的水啊！”

“这个暂时不谈了吧！”居思源终于打断了向铭清的话，他这时候打断，是最恰当的。向铭清的意见已经全部表达完了，他也全部听清楚了。再讲就是多余！培养人，当然重要。居思源何尝不知。一个干了多年副厅又干了好几年正厅的领导干部，连人的因素都摸不准，那还了得？

其实，在两会刚刚结束后，居思源就已经同徐渭达就下一步市直和县级班子的配备，深入地交换了意见。徐渭达说：“思源哪，你到江平也半年多了，干部也应该熟悉了。这个你拿主导意见，将来，他们都还是为你所用嘛！”

“那……还是渭达书记定吧！”居思源谦虚了下，又道，“不过也好，我先拟个名单，然后再商量。”

徐渭达将光洁的脑袋不断地转动着，他有颈椎病，一年四季喜好转头，说这样有利于颈椎活血。转了会儿，徐渭达道：“不过有个别人选，我看你得慎重。建设局那一块，副职很多，就不要从内部产生了，免得矛盾。让天焕同志上来怎么样？他也提了要求，一个县委书记上来任建设局长，有点……但暂时的嘛，以后再调整。”

“流水那边现在也没有合适的人接任，我看暂时就不要动焦天焕同志了。等下一步再考虑。也可以到副厅级单位去嘛，渭达书记你看？”

“这……那就到党校吧，党校的老田快到龄了，让天焕同志先去熟悉一下，下一步搞常务副校长。”

“这可以。那流水这边？”

“我就提这一个，其余的你定。”徐渭达不再往下说了。居思源知道，徐渭达这是把皮球踢给了自己，徐渭达并不是不想定，而是看居思源如何定。你定得适合我意，则在书记会上同意并提交常委会；若不合我意，则以各种理由来改之。而且同时，如果有什么矛盾，那是你居思源定的，我徐渭达只是点了头。将来江平的摊子还得居思源来收拾，只要不影响我在省两会上的选举，我为何不睁一只眼闭一只眼？

政治需要智慧，官场是高智商的较量。看似不经意，却是百转千回，处处马虎不得。

“那好！”居思源显然不是一般意义上的市长，现在，经过这几天的考虑，他大脑里有一个大概的眉目了。他拉着向铭清下来，也是为了进一步地通过调研，来考察下干部。他的原则是：干部要能用，要好用。要能用出成效，用出特点，用出政绩。

一连跑了三天，居思源心里算是有些底了。向铭清自然也知道居思源这样跑的目的，只是他不说。而且看得出来，在某些单位，向铭清已经显示出了他作为常务副市长的能耐与活络。一来，可能是因为他以前在财政厅，与底下打交道的面宽，大部分干部都熟悉。二来，也表明他是愿意下到基础的，喝酒的时候，大家都知道向市长是喝干红的，且是上好的干红才入口。因此，每天晚餐都是既备了高档白酒，也备了上好干红。居思源是礼节性地喝两小杯白酒，而向铭清则是来者不拒，干红几乎当成了啤酒。居思源也不好劝，只是暗示其他人不要让铭清市长喝得太多了。有两天晚上，喝完酒，居思源先回办公室了。而向铭清则同那些处干打成一片，越喝越兴奋了。

周五下午，居思源主持召开市长办公会，刚开到一半，接到省委行管局的电话，说居老病了，目前正在医院抢救。

“情况怎样？”

“不好。据医生说是大血管破裂，加上心肌梗死，目前人是昏迷的，我们正组织医生全力抢救。”

“那好，我马上回省城。”

居思源在走廊上站了会儿，平抑了下情绪，然后给居霜打电话，请她马上从北京坐飞机回江南。另外通知王河，让他立即到医院去一趟，了解下情况。这边，他等开会结束就赶回去。这回，他心里突然有个预感：居老爷子怕是不行了。这种预感其实不是从现在开始的，而是从春节后就有了。除夕夜，一家人正在吃饭，居思源陪着老爷子喝了一小杯茅台。老爷子喝着，突然抬起头说："这怕是最后一次一块儿过年了，你母亲在底下也等得太久了。"

居思源没做声，池静劝道："老爷子至少还得和我们过十个年，一百岁，那时候淼淼也大了。"

居霜也道："你老爸得活着，你不在了，我们这还叫家？"

老爷子笑着捋了捋胡子，说："我不怕死。战场上死了那么人，谁怕过？可是，该走的时候就得走啊！从上次病后，我就知道我得走了。不仅仅你们母亲，还有那么多战友都在等着。他们等的时间够长的了。我再在这世上待着，他们难受啊！"

老爷子说这话时，胡须抖动，眼睛里却有泪光。

居思源明白，在老爷子的心灵最深处，是那些抛洒热血的战争，是那交织着血与火的战场，是那些同生共死的战友，是相濡以沫的母亲，是过往激荡不已的岁月……

最近几次居思源回省城，只要能抽出空，他都到老爷子那边去看看。保姆说，老爷子今年不比往年了，往年每天还看看花、弄弄草、活动活动，而今年，大部分时间就坐在椅子上，一坐就是两个小时。有时坐着坐着，就流泪了，那泪水浑浊而沧桑；有时，在睡觉时，也会大声地喊着些人名。居思源听着点点头，他的心里有刀割般的疼；而在老爷子面前，他还得劝老爷子多活动活动，生命在于运动嘛，我们都期待着您活到一百岁呢。

老爷子只是沉默。以前每次回家，父子俩还能说上三五句话，现在则是一句话没有了。居思源猛地想到"烈士暮年"这个词，一个奋斗一生的人，最后的时光就是如此的沉默和如此的平淡吗？

市长办公会结束，已经是下午六点了。居思源马上上车往省城赶。路上，他与王河联系，王河说正在抢救。当车快进省城时，他的手机响了。是王河。

这一瞬，居思源知道：父亲走了。

第23章　位高权重的老爷子去世了，他的老战友们还会为居思源保驾护航吗？

春雨一场接着一场，往往是刚刚黄昏，雨就开始下了，到了夜间，雨更大，而天一亮，雨又停了，然后是从东方跃出的一轮水淋淋的太阳。或者就是阴阴的天气，天地之间弥漫着水汽。江南之春，到处都是正在成长与鲜活的气息，而谁又能看得清，在那无边的雨缝之中，在那浓厚的雨之气息里，还有多少让人根本看不见的疼痛与罪恶？

居思源最近晚上总是做梦，梦见父亲，梦见母亲，梦见童年，梦见那些逝去的往事与人物……在梦中，他总是长不大，还在二十岁上下。好几次梦中，是与赵茜一道。两个人在省委家属院的后园里，吹蒲公英，找夏天在树枝上鸣叫的蝉。他还梦见赵茜哭了，接着是一个男人过来，为她擦拭泪水。对应现实生活，那应该是王琛吧？可是在童年的梦境里，那是谁呢？那或许就注定了在他和赵茜之间，本来就还应该存在着另一个男人。昨天晚上，他梦到母亲，笑着站在自家老房子的门前，说我终于把你父亲等来了。他这么多年也不来。这死老头，来了还想着打仗呢。他想问母亲，你们在另一个世界都好吧？母亲却笑笑回到屋里去了。醒来，他发现枕头湿了一片。好多年都没这么做连续的梦了，是不是人到了一定年龄，就会陷入往事和怀旧之中？当然，他也知道，这些梦其实都与近来的变迁有关。老爷子走了，赵茜马上就要跟王琛结婚了。而江平这边，打黑工作因为徐渭达和其他人的不同意，只好暂时搁置，人事安排也呈现胶着状态。回头放眼一看，来江平半年多了，他依然是孤身一人。按照鲁部长的说法，他得后面有人哪！是的，确实得有人。这有人有两层意思：一层是要有强硬的后台，另一层是指要有一批能为自己做事的人。一个市委副书记、市长后面没人怎么能办事？特别是那些棘手的事，那些敏感的事，那些只能用特殊手段和特殊方法才能做得了的事，没有得力的人、可靠的人、充分信任的人，难道非得自己去办才成？

后台没人，注定了一个官员难以走远；而前面没干事的人，这个官员也难以走得顺当。

现在，居思源的处境正是有后台而后面没人。虽然老爷子走了，但光环还是笼罩在头上，而且老爷子的那些战友、朋友、部下，还有很大一部分正在台上，正执掌着更大的权力，这些人只要居思源愿意动，都是他优质的后台资源，在省内这一块，怀凯书记、李南副书记，包括孙兴东部长都算是对他印象不错的，也还都能算得上是能说上话的后台。一个厅级干部，虽然他的目标不在厅级，但就当前，这些后台不是不够，而是够得太多。居思源并没有多少兴趣要来用这些后台，从报社改行开始，他就打定主意，首先要靠自己奋斗。就是领导们关心了，也让他们有个关心的绝对正当的理由。老爷子遗体告别仪式时，怀凯书记和李南副书记都参加了。怀凯书记在握着他的手时说："老爷子是江南的老领导、老同志、老榜样，你也得好好干，干出老爷子的风范来！"

居思源回答说："谢谢省委领导关心，我会努力的。"

努力那是主观，真正到关键时刻起作用的还是领导的关心。官场就像农民种田，你再辛勤，再努力，老天不帮忙，风不调雨不顺，你照样是没有收成。

一个红色后代，问题不在于有没有后台，而在于怎么用好后台。居思源这么多年待在高层，这一点算是揣摩出了一点道道。如今，他忧心的是省委把他放到江平这个地方，后面没人，走来走去都是仿佛是一个光杆市长。虽然表面上看，叶秋红、杨俊都与他走得较近，但是还说不上那么完全可以信任。当然，从当副厅长开始，居思源就曾接受了老爷子给他的教导：不要培植党羽。在省厅里，没有党羽还过得过去，各个处室之间容易形成掣肘之势，他作为主要领导，很容易从中去疏通管理。而在市里，各部门之间几乎是自成系统，处干们之间除了都要向上爬的愿望一致外，其余很难做到一致。春节同王则老一块儿聚会时，王老就提醒他要建立起一支队伍。"这队伍，不是让你搞小集团，也不是搞独立，而是能为我所用，为我所谋。不然，一个市长，你都事必躬亲？那你还叫市长？市长不是御事的，而是御人！”王则老平时很少开口谈官场权术，这回语重心长，也是实在想为居思源传点真经。居思源当时就想，王则老这是点到了我在江平的痛穴。很多工作没法开展，或者开展得不顺，都是没人啊！干部也是看你领导的，没有天生服从的干部。如果干部服从的是你的位置、你的权力，那是不可靠的。关键是要服从你的人格、你的心。

前两天，在市经济工作会上，徐渭达问居思源人事安排的名单出来没有。居思源说还没有。徐渭达说:“要快点，不要拖。再拖，我们都吃不消了。”居思源觉得也是，最近，通过各种方式给他打招呼的电话相当多。而且，这些电话的来路甚至都让居思源觉得吃惊。大部分都是省直的，这可能是考虑到居思源在省直多年，与省直的关系较熟有关；也有省领导的，还有一个最高级的，是科技部的。对于这些电话，居思源一概是热情接听，耐心解释，到末了就四个字:“我知道了。”他佩服这些江平干部的勇气和灵活，同时他也感到了从未有过的压力。他现在知道徐渭达让他来排这个名单的真实意图了。徐渭达是不想在省两会前因为人事问题再惹是非。换言之，他是不想在江平处干们的后台中，造成不好的影响。他知道，人事一旦要动，省直的、省领导甚至北京的，都会来找。不同意吧，他们有意见；同意吧，又确实为难，有些基本上没有任何可能的。早些年用干部，只要关系硬，不管能力如何、品德如何，都上。现在不行了，关系再硬，干部自身素质不行，特别是品行如果太差，也是不能用不敢用的。带病提拔，将来说不定就有一天，就会成了自己的包袱。而且，人事安排最容易得罪人。两会在即，徐渭达怎么会还抓这个虱子来挠呢？他乐得做个顺手人情，无论是谁问上来，他就一句：这事由思源市长在考虑。多光滑！甚至，他还可以在必要时刻做个艰难的顺手人情：这事我给思源市长说说，尽力吧！

在官场智慧上，居思源知道自己是不能跟徐渭达比的。有时候，他却得意于这一点。一个官员，仅仅靠官场智慧来生存，那其实已经外化成一块官化石了。而他不愿，他必须有血有肉、有情有感、有智慧且更要有良知……

早晨，居思源刚到政府，叶秋红就过来了。她今天神情有些疲惫，甚至有些颓丧。见了居思源道："居市长，有个事不知能说不能说？"

"说吧。"

"就是苏朗朗演出那事。企业这一块总共拿了一百二十万元。文化局本身承担了前期费用大概十万元。苏朗朗那边提出来，演出利润不能少于一百五十万元。您看这事，从财政出还是继续找企业？我就怕影响不好。"

"一百五十万元？这也太……是啊，多了，肯定影响不好。"

"我想，如果有大企业一家来赞助，也许要好些。能不能让华美集团，或者太阳制造来接手？"

"这个可能嘛，不过一两百万，怕也很难。这样吧，你先跟他们联系下，看看情况。这事一定要减少负面影响。特别是不要提到兴东部长。"

"华美那一块，是不是请居市长给李和平说一下。不然，这些企业家都是天字第一号的。而且我听说李和平也见过苏朗朗。"

居思源想起来了，第一次他见到苏朗朗，就是与孙兴东、徐渭达一道，那次还是李和平做东的。这样说来，让华美来接手这个摊子，应该是最合适不过的了。他马上给李和平打电话，李和平一接电话就道："哎呀，居市长啊，您怎么想起我这破企业来了？您有什么指示，尽管吩咐。"

"没有指示。在江平吧，如果方便，到我办公室来一趟。"

"好，好，就到。"

叶秋红问："孩子还好吧？嫂子出国了，孩子一个人行吗？"

"行。跟同学住，比她妈在家还快活。孩子大了，都是这样。哈哈。"居思源发现自个儿的笑声有些空洞，便道，"女孩子更是。你们家孩子呢？也是吧？"

叶秋红支吾了会儿，才说："我们孩子还小。不过也是啊！"

居思源低下头将桌上的文件翻开来，边批边道："文化一条街那边的设计出来了吧？专家最后的论证如何？"

"设计出来了。最后结果下周一出来，到时请市长再定。"

"那好，要抓紧。"

"居市长，最近你没收到有关我的来信吧？"

"来信？什么信啊？"

“我知道有人在两会前后，一直到现在，都在不断地给各级写信，也给很多领导写信，包括有些领导的家属。我想他们不会漏了居市长你的。你们家一定也收到了吧？”

“啊，这个……是有过。但是，他们这种做法事实上很幼稚。秋红市长哪，身正不怕影歪，越是有议论，越说明了你的成功。特别是现在到政府这边来了，更要注意这一点。处变不惊，才能逐步解决。他们这样做，目的是什么？就是让你先乱了方寸。两军交战，稳者胜。”

“话是这么说，可是……”

“就这样吧，放手干工作，我们都会支持你的。”居思源说着起来，同叶秋红握了下手。刚放下，就听见走廊上有女人的哭声。马鸣进来关了门，说：“高……高捷的老婆来了。就是……”

居思源心沉了一下。从去年第一次见到高捷的老婆花芳到现在，快半年了。高捷的案子一直拖着。吉发强该交代的都交代了，数额不是太大，也不是太小。但是，高捷据说一直没有正面交代，现在掌握的都是旁证。省检对此也做过研究，但目前尚未作出结论。上次碰到省检的黄检察长，问及此事。黄检说，吉发强的案子要等省委定，然后要报中纪委。高捷作为吉案并案，可能也要到相应时候才能出结论。居思源就问高捷的情况到底如何。黄检笑着说了句意味深长的话：进来了，都是有问题的。谁没有个大污小点的？进来了，就放大了，但问题肯定没那么严重。最后是纪律还是刑事处分，就等省里最后定调。黄检这话让居思源很是有些震动，一是为了高捷。江平这边对高捷还是同情的，很多人都说高是牺牲品。二也是为黄检的那句话：谁没有个大污小点的？有，都有！在官场上混这么多年，真要是两袖清风，可能早已被边缘掉了。

对于高捷的事，居思源当然不能和花芳说。组织上没定下的事，都是未知数。特别是这样敏感的涉及个人的大事，唯有沉默才是根本。居思源对马鸣道：“这事你去处理。”然后又打电话请向铭清过来，让他安排政府办公室在大门前设置专门的接待室。向铭清说已经有了，居思源说：“有是有，没人值班，形同虚设。从现在起，政府秘书长每天轮流值班，副市长按周带班。”

“这……还有信访局呢！”

“不能把这些事都推到信访局，能解决的，信访局还不是要到政府来解决？”

“有些是不能解决的，像刚才那女人……”

“那是特殊情况。”

向铭清嘿嘿笑着，又望了望叶秋红，道：“秋红市长今天的穿着很知性哪！”

“向市长过奖了。只是一般服装，加上人本身就不知性。哪来……”叶秋红笑道，“都是秋风年纪了，还有什么知性？”

“秋红市长正是当年。哈哈，哈哈！”向铭清点了烟，边往外走边说，“你们谈，你们谈。我还有事。”

叶秋红也告辞出去，在走廊上，向铭清道：“思源就是想一出是一出！搞接待，这不是找事吗？本来都到信访局了，这一下说不定就都过来了。谁来收拾？唉！”

叶秋红没说话，进了办公室。刚坐下，就接到苏朗朗电话，问巡回演出的事筹备得怎么样了。如果行，她的班底有十来个人月底就过来打前站。叶秋红说过来吧，只是经费这一块还有点问题，不过也正在想办法。刚才还与居市长商量着。苏朗朗笑着说：“你让居市长想办法嘛。兴东为你的事可是……这你是知道的。一是看你的面子，二还不是看居市长的面子。你们俩……唉，不说了，这事请叶市长叶大姐尽快落实了，我也就不和兴东说了，免得他又急，给你们打电话。”

“那好，我们尽快。”叶秋红放了电话，心里不是滋味。这苏朗朗说话是话中有话，软中有硬，而且还夹杂着棍棒。如今的女孩子，简直就……叶秋红不再往下想。孙兴东部长对她的事应该是过问而且关心过的。其实早在两会选举前，就有省城的同学打电话问到她来信的事，那一刻，她先是蒙了。接着她就作出了一个决定：退出选举。但是，她还没来得及跟徐渭达和居思源汇报，就看到了居思源在会上那目光——那是澄澈的，也是温暖的；是激励的，也是相信的，那目光让她周身一振。人，有时候并不是为着一时之想活着，也不仅仅是为着一官半职活着，更多的时候，人是为着精神沽着，为着志气活着，为着更多的挂念着你的人活着。人，一生下来，就不可能是自己的。尤其是个官场中人，能有多少属于自己？想到这，叶秋红禁不住有些伤感了。这些年，她也看见不少女人用姿色、用身体去换取一个比一个高的职位，或者得到一重比一重更重的利益。最后呢？她们只在人前风光，而在人后，永远都只能是耻辱与笑柄。人，活着就得纯洁。无论多么艰难，内心澄澈的人，总是走到最后的人。就是为着居思源的目光，她选择了坚持。当选后，省委组织部找她谈话时，她确实有些激动，但她在表态时只说了三个词：感谢、坚守、努力。感谢是感谢组织的关怀和人民的信任，坚守是坚守道德底操和党政干部廉洁底线，努力是勤奋工作，报答组织和人民的信任。

当然，叶秋红也知道，每一个人都不是生活在真空之中，官员更是。很多人笑话说，现在的官场是污泥，想找出莲是不容易的了。多少人能出淤泥而不染？太难了。那些人最初的心目中都是一朵莲花，而到了最后，要么夭折了，要么同流合污了。

心怀一朵莲的理想，澄澈地生活和工作，叶秋红觉得这也许正应该是自己的目标了。

华美的李和平很快过来了。

李和平和叶秋红也认识，以前每次见到时，李和平总是嘻嘻笑着称呼她"美女局长"。这回改了，叫"美女市长"。叶秋红没有应答，李和平大概知道叶秋红是不喜欢这个称呼的。企业家是官场的感应最快的晴雨表，李和平这样的企业家，对江平官场的风云走势是把握得很准的，他自然知道外界对叶秋红和居思源关系的传闻，也知道叶秋红现在是副市长了。副市长再不济，要想对付一个企业还是绰绰有余的。企业家不怕贷款，不怕工人，不怕税收，就怕官员，最怕的就是那些官员递过来的小鞋，你穿着难受，他还假惺惺地问你：舒服吧，我这可是关心啊！市场经济再发展，竞争再激烈，能坚持到最后的，大多是正确地处理了官企关系。李和平在商场也搏击了这么多年，这点岂能不懂？因此刚才到居思源市长办公室，居市长让他直接来找叶秋红市长，他就明白了。这事居思源是首肯了的，只是借叶秋红的嘴说出来而已。他便问道："叶市长，有指示？"

"你个李总！不是指示，是有件事跟你商量一下。"叶秋红起身给李和平续了茶，又让秘书小胡拿来一份文件，交给李和平，说，"你先看看，我们再谈。"

李和平掏出眼镜，凑近慢慢地看了遍，然后抬起头道:“这个苏，是……来头不小啊？”

“你不记得了？你们应该见过的。”

“见过？”

“居市长说，在省城见过。”

李和平拍着脑袋，闭着眼想了会儿，忽然一拍大脑道:“啊，想起来了。是孙部长的情……忘了，徐书记也提到过。我早就准备好，就等着叶市长召唤。”

“别胡说。想起来了就好。刚才你也看了文件，这事有兴趣吧？也是一次很好的企业文化宣传机会。现在也有个别企业有想法，但是……苏小姐那边不希望零零碎碎的。所以，我的意见是尽量由我们的成熟的大企业来做，‘双赢’嘛！”

李和平一点也没犹豫，马上道:“这个我来做。”

“那好，我就知道李总是有眼光的。现代企业家就得有这种远见。”叶秋红接着道，“能拿多少？”

“这个……预算呢？”

“二百万。”

“这……太多了，拿不起。除非政府给我些补贴。”

“补贴没有。最少能拿多少？”

“一百万。”

“一百五十万吧，冠名。”

“那我考虑考虑。”李和平喝了口茶，又点了支烟，虽说企业现在是牛大马大的，但一下子拿一百五十万，他还真得掂量掂量。关键是这一百五十万出得值不值。按理说，这事能做，苏朗朗是孙兴东的人。孙兴东是省委组织部长，听说马上要当副书记了，是江南的实权人物，自己虽然不在官场，但与官场须臾不能分离。何况在此之前，徐渭达也跟自己说过，说:孙兴东部长的那位苏小姐要到江平演出，我不便出面，但是关键时刻你得站出来出资支持。说老实话，这些年企业做大了，也是靠着官场来做的。哪一个当官的不高兴了，企业也就完蛋了。企业家再有本事，能大得过官员？官员是鹰，你顶多是只在鹰的羽翼下讨一片天空的小鸟。这苏朗朗与孙兴东有关系，就是与徐渭达有关系，与居思源有关系，与叶秋红有关系。与这么多大人物有了关系，能不理睬？不就是一百五十万嘛！反正用的也是银行的钱，何况企业还能冠名？

“那就一百五十万吧，我得冠名！”李和平将烟圈吐得老高，回过气来道。

叶秋红伸手握住李和平的手，说：“那就定了。谢谢。具体工作我让文化局的王局长跟你谈。”

李和平一走，叶秋红就给居思源汇报，说李和平这边定了，出一百五十万，冠名。那另外的几家企业出的钱，是不是就算了？其他本着开支，是财政承担还是……

居思源说企业就只留华美了，不要搞得面太广，影响不好。另外的钱，我来想办法，末了，他感叹道：“以后这事还是少点好，劳民伤财啊！”

叶秋红也叹道：“就是。将来绝对不能再搞了。不过这事，好像徐书记也清楚。李和平说徐书记也给他打了招呼。”

“有可能吧。”居思源没再说，以徐渭达和孙兴东的关系，孙兴东不会只和他居思源说的。一定是说了，徐渭达说这事他不好直接出面，让思源市长出面更方便些。因此，孙兴东才不断打电话给他的。这徐渭达，唉，老姜啊，老姜！

老街拆迁工作基本完成，原来老街的地方，如今成了一大片空场。文化一条街的设计也由江平市人大正式通过，黄千里的资金、文化部的项目经费和授信都相继到位。居思源和叶秋红专门给徐渭达汇报，是不是确定一个合适的时间，正式举行文化一条街建设的开工典礼。徐渭达笑着道：“是要举行，但暂时不要动了吧。再等等。不过前期基础性工作可以做，比如工程招标。文化一条街的工程体量大，招标时一定要认真考虑。要分标，强化监督。这个事情，文远同志有经验，我看可以同他商量商量。”

“张部长助理还说要来参加文化一条街的开工典礼，那……”叶秋红没说完，居思源就接过话头，道：“就按渭达书记的意见办吧！我再同文远同志商量下。秋红市长这边，可以做前期工作。典礼只是形式嘛，等基础工作做好了，再搞不迟。”

“就是嘛，哈哈！思源哪，老爷子的事，怎么先也不说一声，搞得我们很被动啊！”徐渭达眯着眼道，“老书记，又是思源同志的老父亲，江平理应去的。可是，这不好。我很有想法的。”

居思源解释说：“谢谢渭达书记。这事是完全按照老爷子的遗嘱进行的。十年前，老爷子八十时，就立了遗嘱。其中有一条就是过世后不发讣告，不搞遗体告别仪式，不请任何亲友。待丧事全部结束，再请报刊发表讣告，同时告知亲友。特别是那些老战友、老同志。老爷子这样说了，我们焉能不从？因此这次，我们也是报告了省委主要领导后，先办了，再在报纸上发了讣告。”

“不过，我总是感到……唉，居老这人一生就是这样，两袖清风，连走的时候也不愿意沾我们一点。可敬可敬哪！”徐渭达叹着，说，“现在的人哪，与老一辈相比，差得太远啰！”

叶秋红也点点头，居老爷子去世，她倒是在第一时间得到了消息。省直的一位朋友告诉了她，她没去省城，只是给居思源发了个短信：惊闻老爷子仙逝，请保重！居思源回了两个字：谢谢！她又回道：需要去吗？居思源答曰：不来就是支持！居老爷子去世的第二天，她回家跟老父亲提起，老父亲竟呆坐了半小时，良久才说：“居老是个好干部、好人、好同志。请代我向居市长表示敬意！”叶秋红这几十年很少看见父亲敬佩过别人，父亲一生耿直，就是在错误批斗那些年里，也是从来昂首挺胸，绝不以弱示人。在位时，父亲曾被许多亲友骂为“不通人情”。退下来后，他从来不问政事，但又时刻关心政事。关心而不发言，只在心里，这是何等的坚忍？自己当初刚刚当文化局长时，父亲送给她一句话：先做人，再做官。他搬到这城郊来住，也是为了避开那些从前的官场客套。这次，她当选副市长后，父亲没有再送她什么话了。她回家问，父亲说：“我已经说过了。”她想到“先做人，再做官”这六个字，备感沉重。后来，她向居思源转告父亲的问候，居思源说：“叶老爷子跟我们家老爷子一样，经历了那个时代的人，最大的特点就是有信仰、有底线、有骨气、有原则！”

从市委出来，叶秋红问居思源怎么同意徐渭达书记提的推迟典礼的意见，居思源说：“应该同意。这个时候对渭达同志来说很关键。”

叶秋红一下子明白了。官场的话讲究模糊而通透。模糊是指说话人，通透是指听话人。官场语言说白了，就是介于江湖语言与世俗语言之间的第三种。这语言没办法学习，却能在官场历练中慢慢掌握并进而熟练运用。进入了官场，就得进入这种语言体系，就像到了威虎山，就得知道“天王盖地虎”的下联就应该是“宝塔镇河妖”一般。

五一前，苏朗朗巡回演出的打前站人员到了江平，叶秋红负责接待。居思源陪同了一餐。其中负责打前站工作的是个年轻人，据说也是苏朗朗的经纪人。喝酒时，有人介绍说他还是苏朗朗的男友。这就让居思源多少感觉有些异样。不知道这男友知不知道苏朗朗和孙兴东的关系。或许是知道的，艺术圈嘛，很平常；或许是压根儿就不知道的。女人为了成名，往往做些傻事。娱乐圈是，官场也是。对这些女人，居思源是既理解又鄙视。理解是因为每个人都有每个人的难处，都有每个人的目标，都有每个人的理想；鄙视是因为拿身体、拿感情来实现自己的理想、目标，那其实是世界上最低廉、最没有尊严的办法。苏朗朗与孙兴东虚与委蛇，那与其他人呢？

华美集团很快将一百五十万元打到了苏朗朗的个人账户上，其余巡回演出的资金，居思源也没有直接在财政上开口，而是向徐渭达作了报告，说上次同兴东部长谈到的苏朗朗小姐巡回演出的事，马上就要开始了，就定在“五四”。“我已请华美冠名赞助了一部分，还有缺口，有四五十万，渭达书记你看，这事怎么个解决法？”

徐渭达知道，居思源这是在向他推责任了，钱肯定是得从财政出，居思源也算好了账，现在的问题是这钱怎么个出法。为一个女演员搞巡回演出，财政拿五十万元，这在网络时代一旦传出去，影响是极其不好的。让其他企业再出钱，也不太好办。“这个，我看这样吧，将这事交给焦长江，他有办法。”

居思源想了下，觉得也不错。由工经委去组织，可以巧妙地化解这方面的矛盾。不过焦长江这人，居思源倒是不太倾向。油滑、漂浮，很难做实事。这次在考虑处级班子时，居思源就有要换他的想法。而且，焦长江与程文远关系私密，这事……但也无妨，徐渭达也同意了，那就办吧。

回到政府，居思源将徐渭达的意思给叶秋红说了，叶秋红说这还是不妥，焦长江这些年在企业那一块名声不太好，说不定这事就捅出了纰漏。正说着，居思源接到了孙兴东办公室的电话，就孙兴东部长将于五月三日到五日，到江平调研，请江平这边做好接待。居思源说这很好，欢迎兴东部长到江平视察。放下电话，居思源道："也不要再找工经委了，既然兴东部长过来，这事就好办。他正好赶上了苏朗朗的巡回演出，就按接待这一块来处理吧。这事我跟接待处来说，由他们负责。"

"孙部长要过来？时间……"叶秋红没有再说，而是转了话道，"我上午听黄千里说，老黑死了。"

"真的？"

"应该是真的。黄千里的路子很广的。他说是公安内部传给他的，是自杀。"

"是吗？"居思源坐下来，拿着手机想了会儿，然后示意叶秋红关了办公室门，打于江生的电话。一问，果然是，老黑从审讯地的五楼跳下去了，当场死亡。在死亡前，他没有交代任何有价值的材料。"不过，他留下了一张写着人名的字条，其中提到了一些人，我们正准备着手调查。"

"啊，那好！"居思源放了电话，心想这居然山庄打黑的事，又转弯了。

晚上，居思源回省城，先带淼淼和王河的女儿欣欣一道去吃饭，饭后他直接找到于江生厅长。于厅长正在接待一个外地的访问团，居思源只简单地问了江平案的进展。于书记说，虽然老黑自杀了，但案件有很大进展。这回，可能涉及了江平的高层。我们正在研究，下一步是加强取证，然后收网。

"马上两会就要开了，我看这事……"居思源有些犹豫。

"这个你放心。会在两会之后的。"

居思源压低声音问："老黑怎么？"

"这个显然是受到了外面的压力，我们低估了有些人的能量。思源哪！复杂啊！不过也快了。"

"快了！"

刚回到家，池强就过来了，说是一个朋友从海边回来，带了上好的海鲜，拿些过来给淼淼吃。居思源问到在江平的林强物流公司的事，池强笑着点了烟道："相当好！江平的物流业才刚刚开始，我和赵林有个打算：三年内建立起更

大规模的物流公司，成为江平物流业的龙头老大。”

“不要一开始就想着大了，要一步步走，脚踏实地。另外就是物流业的安全问题。这个一定要高度重视。”

“当然重视。现在花的可是我们自己的钱，能不重视？”

“那就好。”

池强接着问到居然山庄的事，说：“黎子初这人也还不错，不像黑恶势力，这事也该了了吧？”居思源问：“不是请你当说客的吧？这事是省里直接过问的，我也不清楚。”池强嘟哝了会儿，一时无话，就起身告辞。临走时又道：“江平那边的老百姓不太好对付，我的业务在做，可是……以后还请姐夫多关照。”

“你本分地做生意就行。”居思源说完，送池强出门，又打电话请王河过来，将海鲜拿了过去。王河问：“老黑的事，怎么样了？”居思源说：“还没有进展。”王河说：“现在打黑难，难就难在内部有鬼。不然这老黑怎么能自杀？怎么想到自杀？”

“是啊，内鬼比什么都可怕！”居思源叹道。

王河拍拍他的肩膀，说：“江平虽然出了吉发强的事情，但总体上还是蒙着的。你这一去，把盖子揭开了，后面不太好收拾啊！这个你考虑没有，要有打算。打下去了，可能江平就成了青天；打不下去呢？或者被他们绝地反击呢？都麻烦。我前天和浩然说起，他也担心。省直也有些议论。你还年轻，正是往上走的时候，要……唉！不过说真的，我还是支持打的。风气不正，经济再上也是枉然。有什么需要我和浩然的吗？”

“没有。你帮我带好淼淼就行了，免得池静回来骂我。”

“行！放心！”

第24章　两会上不算意外的意外

“华美之夜”京城名模苏朗朗巡回演出江平站获得巨大成功，正在江平视察的江南省委常委、组织部长孙兴东应邀观看演出，市委书记徐渭达、市长居思源等陪同观看，并同苏朗朗及其他主要演员合影……

《江平日报》5月5日报道

居思源看着《江平日报》这头版头条新闻，总觉得有些别扭。一场纯粹是吸金的商业演出，被包装成了高雅的文化大餐。孙兴东适时地到江平来考察，给这道文化大餐增添了更加亮丽的色彩。演出结束后的晚宴上，孙兴东格外高兴，不仅仅敬了苏朗朗一杯，还特地感谢徐渭达和居思源，各敬了一杯；同时还敬了叶秋红一杯，说叶市长这新上任，就在江平搞了这么大的文化活动，符合当前全国上下大力发展文化事业的要求，路子是对的，方向是明确的，工作也是有力的。他边敬酒边对徐渭达和居思源道：“这样的年轻的女干部，要更加关心哪！”

徐渭达也很兴奋，两会召开之前，省委常委、组织部长专程到江平，并且如此好兴致，这本身就是个好兆头。虽然孙兴东在江平三天，真正视察只用了半天。另外就是召开了一个市级领导干部座谈会。明眼人都能看得出来，孙兴东来江平，目的是陪苏朗朗，视察只是一个由头。孙兴东要的是苏朗朗，而徐渭达要的是孙兴东。当然，居思源也要。因此，他一再嘱咐电视台，要将孙兴东部长在江平的活动，重点放在视察工作和召开座谈会。至于苏朗朗的演出，正好是被孙兴东部长碰上了。作为文化大餐，当然得请部长出席。在市级领导干部会上，孙兴东几乎是直接说了：“江平的发展一直在全省前列，省委高度关注。对江平的干部，省委是关心的。希望江平的干部们，扎实工作，不辜负省领导的期望！”这话说白了，就是给徐渭达一个交代，其实也是给居思源一个交代。徐渭达在晚宴上忍不住多喝了几杯，送孙兴东回大富豪后，他拉住居思源，坚持在办公室里谈了一个多小时，谈了他在江平的十六年岁月，谈了过往的那些干部，当然谈得最多的是将来——江平这地方只有人治，一把手要学会一手强硬一手圆通。末了，他转着光洁的脑袋，哈哈大笑着说：“思源哪，在官场上，要记住那句话的修正版：人人为我，我不为人人。”

居思源听着眉头一皱，说：“渭达书记，您喝得有点高了。”又喊来秘书小黄，让他送书记回家休息。第二天，两个人再见面，缄口不提了。他相信，徐渭达既是喝高了，一时兴起说漏了嘴，同时可能也是真心地告诫他。毕竟在江平这地面上，徐渭达待了十六年。十六年的官场经历，是足够写一本大书的。

梅子黄时家家雨，江南梅雨季节，在五月的中旬便到了。天地之间，密密织着的，都是那雨的梭子。得意者看那梭子，织就的都是兴奋与开怀；失意者看那梭子，却是满腹的忧伤与喟叹。居思源是无所谓得意和失意的，文化一条街的设计通过后，老街的清理工作已全面开始，居民全部搬走了。市政府特地从廉租房中拿出一些，给那些经济困难的住户临时租用。在老街的街口，江平文化一条街的大牌子已经竖起来了，足足有十来丈高。这是黄千里的主意，居思源第一次看就觉得太显眼了，黄千里说：“就得大张旗鼓，这可是居市长你到江平来做的第一大工程，将来也是你居市长在江平的最大的政绩呢！”

“政绩！”居思源笑笑，说，“既然这样，你不要把他建成‘政纪’就好了。”

黄千里狡黠地一笑：“如果是从前，我还在当建设局的副局长，那也许……不是也许，就肯定是。但现在我不会的，我也是股东，是投资人，我得对自己负责。居市长，是吧？”

“这样想就好。文化一条街是民生工程，是标志性工程。在让谁负责的事情上，我和秋红市长都力荐你，就是相信你能把握好，无论在质量还是在工期，包括其他各个方面，都不会让我们失望，更不会让为文化一条街搬迁出去的老百姓们失望。”居思源继续道，“这里面以前你的很多方法是错误的，在将来的工作中要改进。秋红市长具体抓这项工作，必须配合好，要多听她的意见，多吸纳广大群众的意见。”

“放心！”黄千里说，“一年之后，就等着看文化一条街屹立在江平市的中间吧！”

居思源笑着，黄千里用了“屹立”两个字，虽然滑稽，但却不失有意义。

大牌子竖起来后，江平市连日梅雨。就在梅雨下到第十天的时候，正是五月二十日，距离省两会还有六天，省人大特邀代表、江平市委原书记涂朝平去世了。按理说，一个老市委书记去世，年龄也八十多了，实属正常。但涂朝平的去世有些离奇，他是死在自家的浴缸里的。头朝下，几乎是扎在水里面。死亡的时间是上午九点。八点，保姆上街买菜。九点半回来，人已经没气了。保姆随即给黄千里打电话，黄千里赶回家，第一个感觉是老头子死得蹊跷，但随即就自我否定了。老头子这些年不太与外界接触，无冤无仇。80多岁的人了，又有高血压病史，一头栽在浴缸里，说得过去。

黄千里让人赶紧通知了涂朝平在外的子女。江平市委也组成了治丧办公室，负责丧事。应该说，到此为止，涂朝平的死亡虽然古怪些，但整体还是比较正常的。可是丧事一结束，黄千里心中的疑问又上来了。早晨九点，老爷子跑到浴缸干什么？浴缸里的水从何来？难道是老爷子要自杀？

如果不是，那么……

黄千里把自已关在房间里，想了半天，然后使劲扔了烟头，出门上车，直接打电话给黎子初:“黎子初，老爷子是不是你派人做的？”

“这……”黎子初愣了下，才道，“这怎么可能呢？可别胡说。我敬重老爷子还来不及呢？怎么会……别胡说了。这事可不能乱说的。”

“黎子初，你给我听着，如果我查出是你让人干的，我活剥了你！”黄千里恶狠狠地挂了机，脸色涨红。黄千里是涂朝平当年在乡下调研时，同村支书的女儿生的儿子。四岁时，黄千里的母亲便去世了，外公外婆养大了他。后来在工作中，他通过偶然的机会认识了时任市委副书记的涂朝平。两个人竟有缘。再后来，终有一天，事情传了出来，又在艰难中得到了确证。涂朝平退下来后，两个人的父子关系就公开了。这些年，涂朝平的子女都在外面，黄千里事实上一直承担着照顾父亲的工作。但是，他与涂朝平的另外几个子女基本不往来。这次老爷子的遗产，他也放弃了。他更没有与别人谈到过自己的怀疑，他得用他的方式来解决这个问题。

半小时后，黄千里到市委找到了程文远。

程文远问:“事情都办完了吧？唉，老爷子也太……”

“办完了。”黄千里冷着脸，然后点了支烟，又递给程文远一支，凑近点火时突然道，“程书记不觉得老爷子走得有些奇怪吗？”

程文远拿烟的手一抖，缩回来问道:“怎么了？有什么奇怪？”

“我怀疑老爷子是有人……他们目的是报复我。”

“不可能吧？不可能。千里啊，你这些年搅在这些东西里面太久了，思维也太敏感了。不会的，江平还不至于乱到这种程度。”

“会的。我只是来给程书记打个招呼，将来我查到哪个头上，程书记可别出来说话。”

“这个有必要查吗？没必要吧。千里，死者长已矣！别再折腾了。你这怀疑是没有根据的，也是没意义的。查得不好，又在江平闹得满城风雨。”

“是我要闹吗？程书记，你说说看，我回到江平来投资文化一条街，他黎子初干了什么？让老黑带人来拆台。这么多年，我与他是井水不犯河水，他何必来这一招？我知道，他这是要对付居思源，对付叶秋红，那也得不看僧面看佛面吧！你们政治斗争，跟我何干？我插手了老街，老街就是我的。你动，就是跟我作对。动用些小儿科的小混混儿，十几年前老子手下就有好几百了。是吧？程书记！”

程文远听着黄千里咬着牙说话，又看看黄千里的眼睛，眼珠子都发红了，他明白这回黄千里是真的急了。他心想：黎子初不应该做这样的事吧？你对付黄千里可以，不能去对付一个八十岁的老人啊？何况目的也不在他。目的正如黄千里所说，是居思源。而现在，不仅没有让居思源退下去，反而刺激了他的斗志。文化一条街的人牌子都竖起来了，人也死了好几个，唉！老黑在审讯中自杀后，程文远就一再告诫黎子初:“一定要守住，千万不要乱动。”黎子初说:“这里面有些情况，文远书记你是不知道，老黑怎么进去的，书记你知道吗？”

程文远问:“难道还有隐情?”黎子初说:“当然有，是黄千里给省厅报信的。”程文远瞪着眼，问:“你怎么知道的?”黎子初说:“这个书记就不必问了，我的消息可靠。老黑手下的人都嚷着要给黄千里颜色看。”程文远说:“千万别乱动，非常时期，再动，咱们就都保不住了。”

可是现在……黎子初这浑蛋！程文远心里骂着，嘴上却道:“千里啊，这事我总觉得还是得慎重。江平也够麻烦的了，不能再添乱了，是不是?渭达同志马上要参加省两会选举，思源同志也还得上嘛，你都得考虑考虑。你是个党员，还是个领导啊。这事跟我说了，我就得劝你。放下吧，好好地做你的文化一条街工程！”

黄千里没说话，甩头就走了。

程文远赶紧给黎子初电话，劈头盖脸地骂了句:“你不想活了吧?”

黎子初还没来得及回话，他又道:“弄那个八十多岁的人有什么意思?要是你们干的，连我都饶不了你！”

“我没干。我也问了下面，都说没有。”

“那就好。”

程文远收了线，又给太阳制造的老总王海电话，问那事办妥没有，什么时候能动身。王海说:“证已办好了，您的手续也办全了。六月二十日左右动身。”

程文远长叹了口气。他在一个月前已经给徐渭达汇报，要和太阳制造的王海一道到欧洲考察。因为是领导干部，要办理相关手续，所以王海最近一直和他的秘书在跑。现在总算办下来了，定在六月二十日，天气正好。看来，他得作些准备了。

江平虽然是地级市，但是大型企业并不多。现在能数得上号的，除了江平重汽这个国字号企业外，就是四大名企。其中就有太阳制造和华美实业，还有长江实业和大路集团。长江实业是黄千里的，主要业务在省外。大路集团的老总路大海，是江平企业界的牛人。牛就牛在他基本不和江平的官场打交道。他有能力在外地的大工程招标中获胜。如果以税收和带动江平老百姓就业这两个数字看，路大海是最了不起的。但正因为他一以贯之的军人做派，和基本不与江平这边多接触，因此程文远与路大海也仅仅是面子关系。李和平是徐渭达的人，与市委书记的人走得太近，并非明智。表面上，程文远在江平与黎子初关系最近，但其实内心里，真正与他谈得拢的是王海。一般情况下，他与王海接触最少，也不大在一起喝酒。没有特殊情况，王海也不会找他。即使找了，他也很少直接出面，而是让别人出面来解决。王海在江平本身就很低调，事实上，程文远最清楚：王海是江平企业界从官场得利最多的人。这次他让王海安排出去考察，也是先接洽了欧洲的一家企业。当下时局紧张，山雨欲来，程文远必须得有个从长计议了。

省两会前，省报头版刊发报道:《反腐倡廉，任重道远》，公布了一批江南省近年查处的大案要案，其中就有江平市前市长吉发强案，其中也提到了副市长高捷，连带对江平劳力案也作了表述：这是近年来查处的工程领域的较大案件，其数额之大、牵涉人员之多，让人警醒。

居思源也看到了这篇报道，特别是这段文字。他马上打电话给省报，问：“这是怎么回事？还没公布没定性的事，怎么就报道出来了？”

省报答复曰:“这是省纪委提供的专稿。请向省纪委询问。”

居思源没有再问。既然省纪委提供的专稿，那一定是定性了的。在两会前发这样的稿子，对江平事实上是不利的。说穿点，是对徐渭达不利。果然，徐渭达直接给居思源打电话了，请他问问省报到底是什么意思，“两会前发这样的稿子，不是出江平的笑话吗？太离谱了，太不像话了！”

“我已经问过了，说是省纪委的专稿。”居思源劝道，“任何事情都是双刃剑，这也是宣传江平反腐倡廉的成果嘛！渭达书记，是吧？”

徐渭达在电话里“哼哼”了两声，显然他对居思源的解释并不满意，但又不好再说话。徐渭达的心情居思源是理解的，但徐渭达为什么要打电话给他，这倒让他有些疑惑了。难道……居思源没有再往下想，当初刚到江平，徐渭达是明确表示支持他的。而且从这么长时间工作来看，徐渭达也确实做到了。他没有理由也不应该怀疑居思源什么。在徐渭达的去留问题上，居思源只有一个想法：希望他上。

两会报到后，徐渭达前所未有地高调起来。居思源理解。报到的当天晚上，江平市代表团会议后，居思源到徐渭达房间。徐渭达道:“思源哪，你也知道，就这一步了。”

“知道。渭达书记是没问题的。我来也正是为这事。我跟新闻中心协调了下，想请省内媒体这一块，集中采访下渭达书记，怎么样？”

“这个……”徐渭达摸摸脑袋，想了几分钟才道，“也好。这事你让人安排吧！”

“那就明天下午。明天下午大会讨论。”

“也好。”徐渭达说着突然叹了口气，道，“最近……唉，事情很多啊！劳力的事，怎么也……另外焦天焕那边，听说也问题不小。这是怎么了？啊，江平这地方，本来也是很好的嘛！”

“现在也很好。我们的经济建设还在大发展。这些问题都是发展中出现的问题，解决就行。”

“是啊，是啊！思源哪，我还是真得谢谢你到江平哪。你在省直这一块有影响，有些事还请你……这半年多来，外面也有很多传言，也有人跟我说了，包括省领导，我怎么会信呢？是吧？思源同志正是当年，江平有思源同志过去，是好事啊！我这个市委书记理所当然地举双手欢迎也支持。下一步，思源同志的担子就更重了，这事你得早谋划，关键是谁来和你搭档。”

“这还早。组织会考虑的。”居思源撇开话题，说晚上还另外有几个熟人等着，就告辞了。

省报记者对徐渭达的专访相当成功，居思源虽然没有直接出面，但他对省里的几家报纸的老总都打了招呼——渭达书记的专访一定要有特色，要有骨子，要能立得住。这些老总自然也明白，省报再牛，将来也还得与一个市长、与市委书记打交道，他们派出的记者也都是一流的，事先确定了采访提纲，由徐渭达过目后，正式进行采访。徐渭达总体的表现可谓是春风得意、如数家珍。两会第三天，也就是正式选举前两天，各大报都刊出了江平市委书记徐渭达的专访。虽然两会新闻中心也安排了各地市主要领导的专访，但毕竟都是走过场，难得如此排场。一时间，两会会场上很多人都在议论江平市委书记徐渭达。徐渭达时不时地听上一句，却不言语。两会的气氛也是中国官场的真实写照。本来是大家去竞争，却很心照不宣。来来往往，没事似的，特别是竞争对手，见了面比平时更客气。套用一句话说：组织安排。暗地里谁都在活动，表面上却谁都在平静。候选人是会议前就公开了的，因此喝酒敬酒，往往成了候选人在会场之外最直接的公关。但那是市级以下的事。到了省级，酒不能再敬了，能不能在省级领导的位子上坐着，沉着是一个重要的特质。徐渭达也只是象征性地喝一点酒，而且这几天，他也很少在代表中串门。他的一切联系全部回归到了电话，电话成了他操纵一切的最主要的工具。

然而，两天后的选举彻底击碎了徐渭达的努力和理想——徐渭达作为七个候选人之一，得票虽然过了半数，但还是作为得票最少人选，落选了。

6∶1，徐渭达在江南省五年一次的官场大戏中被踢出局。投票结果刚一出来，徐渭达就黯然神伤，闭幕式一结束就跑到了在省城的住宅。同时打电话给李和平，让他过来陪他。李和平说："这个时候我知道徐书记的心情，这样吧，我正有事不得过去，我安排人过去。就过去，您等着！"

居思源对徐渭达的落选自然也是有些意外，但他感觉又似乎正常。徐渭达虽然在七个候选人当中资格算老的，但口碑和影响还是有差距。特别是近年来，江平老是出现问题，市委书记难逃其责。选举前的头天晚上，居思源和省直几个厅干在一块儿聊天，就聊到徐渭达。这几个厅干都只是笑，说前景难测。更重要的，据说省委书记路怀凯对徐渭达也有些不太感冒。选举后，居思源听叶秋红说：江平的代表中还有一些人都没投徐渭达的票。这多少让居思源有些吃惊。其实在选举之前的代表团会上，居思源特地作了强调。他也不能明说，意思表达得却很清楚。代表们的表态也是相当好的，可是……中国式的选举，你说真吧，也许有些假；但要说全假，不对，大部分是真的。代表们的素质也在逐年提高，早些年，最好的代表是从不提反对意见的代表。现在呢？却是最喜欢提反对意见的代表，往往成了代表中的风云人物。选举结果一出来，居思源第一时间就给徐渭达发了条短信：意外。相信省委会有安排的。徐渭达没回复。居思源看见徐渭达离开会场时，脸是黑的，没同任何人打招呼，然后手机就进入了关机状态。

晚上，居思源到孙兴东的桌上敬酒。孙兴东将居思源拉到边上，问："渭达同志呢？"

“大概有事吧？”

“他有情绪。”孙兴东说，“我也没料到嘛！思源哪，下一步，你得有思想准备。”

“我会继续配合渭达同志工作的。”

“这就好。”孙兴东压了声音，“渭达同志，省委会考虑的。这点你放心。不过当前，你还是得好好地配合他。老书记了，也不容易。是吧！江平马上可能还有些动静，你也得有思想准备。”

“动静？”

“有个别同志可能有些问题，省委正在研究。”

“啊！”

居思源心情更加沉重了。徐渭达的落选，其实不仅仅是徐渭达个人，这牵涉到江平整个的班子配备。到江平这半年多来，徐渭达对自己的支持，绝大部分原因是因为考虑到省两会的选举。现在，尘埃落定，徐渭达回到江平，会以怎样的姿态来审视和对待他这个市长呢？

回到家，居思源同池静通了会儿电话，说了说居淼。刚放下，就接到叶秋红的来电。叶秋红说：“徐书记落选了，这对居市长也……我知道徐书记的个性，我就怕他回到江平会作出些格外的举动来，居市长可得有思想准备。”

“放心。他是书记，落选是另外一码事嘛！他不会计较的，我们都得好好地配合他。江平要的就是团结，就是发展。这点请大家都放心！”

叶秋红没再说什么，也没问其他的，就挂了电话。从叶秋红到政府后，居思源有意识地拉开了跟她的距离。很多时候他觉得背后有无数双眼在盯着他，他不得不小心，不得不谨慎。尤其是在男女问题上，正如孙兴东所说：“不值得，也没必要！”虽然他曾公开说过要在官场上建立一种纯洁的男女关系，但是，真正要建立起来，怕连他自己也难以掌控方向。一个市的方向他可以操控，但两个人的感情却是无法操控的。与其将来失控，不如现在就掐住。适时地掐住，不仅仅是策略，也是留住一份难得的美好。他相信，这一点不仅仅他应该，而且叶秋红也是理解并愿意的。

不过，叶秋红的提醒让居思源心里更有了底。坐在书房里，窗外，五月的细雨中，飘浮着一些新生植物的香气。而从那些密集的树丛中往上看，天地都混沌成了一线，万事万物都纠缠在其中了。

省两会结束后，居思源又在省城开了两天的计生工作会议，刚回到江平，就被徐渭达叫去了。

徐渭达笑着，笑容甚至比两会前更有内涵了。居思源道："这次……也是个例外吧，我听说省委马上有安排。"

"安排个什么？我已经跟怀凯同志说了，我就钉在江平了。"徐渭达口气倒不像笑容那样，有些僵硬。这让居思源到底有些不快，但他嘴上没说，只是笑笑，然后才道："哈哈，也好啊，江平正需要渭达书记的坚持。"

"不是我要坚持，而是有些人……"徐渭达转过头，盯了居思源一眼，说："上次说的处干的名单拟好了吧？"

居思源没有立即回答，而是稍稍想了想，说："拟好了。"

"这个，这样，我也搞了个名单，碰一碰。好吧！"徐渭达说着就从抽屉里拿出张纸，递给居思源。居思源看了看，名单很详细，包括谁谁任什么职务、谁谁调任什么职务等，都写得明明白白。他再细看，差不多全市包括各县区的处干的位置，能动的都在里面了。这个名单，与自己所拟的那份名单，显然有较大差距。重合率不到百分之二十，就是说百分之八十的人选，徐渭达所定的跟自己先前所想是不同的。而且，这名单中的一部分人，据他了解，在江平的口碑是不太好的，有些甚至是受到广泛诟病的。像组织部的副部长陈焕，这次竟在桐山县长的提名中；还有两位，是年初的干部双向考评被免职的副职，徐渭达竟也安排他们到区一级任副书记了。

"怎么样？没问题吧？"徐渭达问。

"有问题！"居思源没有迟疑，继续道，"我对一部分同志的安排有不同意见。特别是陈焕同志。还有其他一些同志，也安排得不很妥当。我们现在要的是干事的干部，不是能说会道的干部，更不是背后活动的干部！"

"思源同志！"徐渭达突然提高了声音，"我这是跟你在商量，这名单里哪一个是背后活动的干部了？啊！你到江平来才半年多，就如此给江平的干部定性？"

“渭达同志，我是根据自己的了解来说的。干部问题历来是重要问题，我个人觉得这个名单有些不妥。”居思源道。

“我们不争了，等书记会定吧！”徐渭达说着就转过了椅子，居思源知道这是无声的逐客令，便起身离开了。回政府的路上，居思源想，徐渭达的变化也太快了，一周前还……现在却……难道真的如叶秋红所说？

到了办公室，杨俊跟着居思源进了门，掩上门，悄声道：“思源市长，听说了吧？外面有人说，渭达书记对你很有想法。”

居思源没应。

杨俊又道：“听说这次徐没选上，省直的票几乎没得到，江平也有不少人没投。有人说，这是思源市长做了工作。另外，两会期间搞记者专访，调太高了，影响了投票。”

“是吗？”居思源想到了杨俊说的前半部分，可对最后记者专访的事真没想过。现在连这都成了徐渭达没当选，而居思源也没支持的证据了。他突然心里很堵，脸上却笑道：“让别人说吧，别管！”

杨俊也笑道：“是啊，也就一说。”

两会像一支兴奋剂，江平市因为有徐渭达的候选人身份，也着实热闹和兴奋了一阵。在这兴奋剂的支撑下，很多工作出乎意料地走向了不同的方向。现在，这兴奋剂的劲头过了，江平官场一下子又沉入了静默与讳莫如深之中。

徐渭达接着召开了书记会、常委会和党政联席会，每次会议的主题其实都只有一个：“江平需要加强党委的领导，彻底扭转当前的混乱局面。江平需要稳定，只有加强党委的领导和稳定，才能保证江平经济社会快速发展！江平不是试验田，江平的干部整体是好的，是有战斗力的。江平的未来是一片大好的。”

这三次会议，都是居思源主持，徐渭达讲话。居思源在主持词中，既强调了要贯彻渭达书记的重要讲话，又近乎旗帜鲜明地表了态：“党委领导是根本，在党委的领导下，继续推行政府改革，打击腐败，提高效率，进一步促进江平社会经济向风清气正、能干事、干成事的大方向发展！”

这就是对台戏了。

好戏！

江平大地在注视，在骚动，在较量着……

半个月后，程文远赴欧洲行出国前，在海关被纪委带走。与此同时，省委副书记李南被“双规”了。

在宣布程文远被“双规”的干部大会前，居思源在小休息室见到了徐渭达。徐渭达递给他一张名单，半笑不笑地道:“这是马上要动的干部，你看看，如果没意见，我就让组织部他们搞了。”

居思源看了眼，名单中的大部分人都出乎他的意料。他也没多说，只道:“这个，渭达书记考虑好了，应该就……”

“我是得征求你的意见嘛，你是副书记。”徐渭达摸了摸脑袋。

居思源正要说话，省纪委的鲁书记进来了。

图书在版编目（CIP）数据

班底 / 洪放著 . — 长沙：湖南文艺出版社，2012.1
ISBN 978-7-5404-5258-2

Ⅰ . ①班…　Ⅱ . ①洪…　Ⅲ . ①长篇小说—中国—当代
Ⅳ . ① I247.5

中国版本图书馆 CIP 数据核字（2011）第 242387 号

上架建议：长篇小说

班底

作　　者：洪　放
出 版 人：刘清华
责任编辑：丁丽丹　刘诗哲
监　　制：伍　志
策划编辑：康　慨
营销支持：高广童
封面设计：蒋宏工作室
版式设计：崔振江
出版发行：湖南文艺出版社
（长沙市雨花区东二环一段 508 号　邮编：410014）
网　　址：www.hnwy.net
印　　刷：三河市鑫金马印装有限公司
经　　销：新华书店
开　　本：787mm × 1092mm　1/16
字　　数：335 千字
印　　张：21.5
版　　次：2012 年 1 月第 1 版
印　　次：2012 年 1 月第 1 次印刷
书　　号：ISBN 978-7-5404-5258-2
定　　价：37.80 元
（若有质量问题，请致电质量监督电话：010-84409925）